I0694437

Una vez en la vida

GILLES LEGARDINIER

Una vez en la vida

Editado por HarperCollins Ibérica, S.A.
Núñez de Balboa, 56
28001 Madrid

Una vez en la vida
Título original: Une Fois Dans Ma Vie
© Éditions Flammarion, Paris, 2017
© 2019, para esta edición HarperCollins Ibérica, S.A.
© De la traducción del francés, Ana Romeral Moreno

Todos los derechos están reservados, incluidos los de reproducción total o parcial en cualquier formato o soporte.
Esta es una obra de ficción. Nombres, caracteres, lugares y situaciones son producto de la imaginación del autor o son utilizados ficticiamente, y cualquier parecido con personas, vivas o muertas, establecimientos comerciales, hechos o situaciones son pura coincidencia.

Diseño de cubierta: © Gilles Legardinier
Realización: Jean-Paul Dos Santos Guerreiro/Studio Flammarion

ISBN: 978-84-9139-347-4
Depósito legal: M-38711-2018

1

Es de noche, hace un poco de frío. De pie, frente a la ventana que acaba de abrir, una mujer inspira profundamente y contempla la luna llena, que brilla sobre los tejados erizados de antenas y chimeneas. Ni el más mínimo soplo de aire juega con su larga cabellera.

Saboreando la quietud del momento, separa lentamente los brazos, como una antigua sacerdotisa que se entrega a un ritual secreto. ¿Una llamada a los dioses o un sacrificio? Este mismo gesto, realizado tiempo atrás, habría podido hacer temer que fuera a saltar al vacío. Pero después de todo lo que ha superado, ahora que por fin empieza a perfilarse una promesa de futuro, parece que hay una apertura hacia el mundo. Ahora es capaz de captar la energía de la que durante tanto tiempo fue privada. Un renacer.

El panorama oscuro y azulado que se extiende ante ella se asemeja a su propia existencia: tinieblas sobre las que triunfará una nueva madrugada. Mientras tanto, la velada que se presenta va a cambiar su vida. Ocurra lo que ocurra.

Se da la vuelta e inspecciona cada detalle de la romántica mesa puesta para dos. Ahí está, encendiendo la vela, corrigiendo la posición de un tenedor y tirando ligeramente de la esquina del mantel para alisar una arruga. Todo tiene que estar perfecto. Al comprobar el resultado, tiene la tentación de sonreír, pero cambia de opinión: aún no se permite creer que por fin la suerte la vaya a visitar. ¿Esperar la felicidad en su casa? ¡Qué disparate! Como si pudieran llevarla a domicilio... Sin embargo, es a ella a la que espera.

Atraviesa el salón esbozando un paso de baile. Una vez más, una habilidad olvidada que vuelve a surgir en su interior. No hay nada como la esperanza para despertar el talento dormido. Delante del equipo estereofónico, pasa revista a algunos álbumes, duda si poner música, luego se lo piensa mejor. Nada debe distraerla de las palabras que se van a intercambiar esa noche.

De pronto, un timbre rasga el silencio. Llaman a la puerta del apartamento. Pillada desprevenida, mira su reloj. Llega pronto, pero qué más da, lo importante es que esté ahí. No se echa en cara a la felicidad llegar media hora antes.

—¡Ya voy, ya voy!

Con unas ligeras zancadas, pasa por delante del espejo, se arregla rápidamente el peinado, ajusta su escote e intenta controlar esos movimientos demasiado violentos que traicionan su exaltación. Por la ventana, que sigue abierta de par en par, chisporrotea la luna.

Abre. Su sonrisa resplandeciente desaparece en el momento en que descubre al hombre que está en el umbral de su puerta. Instintivamente, retrocede. No era para nada quien estaba esperando. De hecho, es al último al que habría querido ver, pero él entra como si nada.

—Estás muy guapa —comenta.

Después añade, burlón:

—Si simplemente hubieras hecho el mismo esfuerzo por mí...

Frente a semejante grosería, que no la sorprende, ella mantiene la calma y se limita a preguntar:

—¿Qué quieres?

—Pasaba por el barrio y me ha apetecido saber de ti, ver cómo te iba.

—Claro… ¡Si simplemente hubieras tenido este tipo de detalles antes! Más bien, lo que quieres comprobar es si sigo deprimida y si te sigue yendo mejor que a mí. Pues te vas a llevar un chasco…

—¿Sigues enfadada?

—He pasado página. Pero no olvido. Repito mi pregunta: ¿qué quieres?

Él se permite reír, después se queda helado al ver la mesa de enamorados. Entonces suelta un silbido tanto de admiración como de ironía.

—Caramba, ¡has puesto toda la carne en el asador! Una cena romántica… No debería extrañarme, siendo tan mona…

—Era igual de «mona» cuando te tirabas todo el día engañándome.

—Todo el mundo comete errores.

—No todos los martes, a la misma hora, durante más de tres años. Y yo, pobre inocente, que te deseaba suerte en tus supuestas cenas de negocios…

En lo más profundo de su ser, asoma la cólera, justo donde había dejado hueco para acoger al placer. Algunas personas son auténticamente contaminantes, capaces de envenenar el paraíso más puro. Comprueba la hora. El hombre al que espera no debería tardar, y el que tanto la ha hecho sufrir no debería, bajo ninguna circunstancia, arruinar ese momento. Ya bastante lo había hecho.

—Como tan hábilmente has señalado —dice ella—, espero a alguien. Gracias por tu visita, pero la próxima vez llama antes de aparecer.

—¿Ya no soy bienvenido?

Ella alarga la mano, cambia de sitio sin necesidad un adorno —un pretexto para evitar su mirada—, y suelta:

—No, ya no pintas nada en mi casa. Y si no entiendes por qué, es tu problema. He terminado contigo.

—Ya no eres la frágil y tierna jovencita que necesitaba que la protegieran…

—Esa ya ha terminado su formación. Formación bastante costosa, todo sea dicho. Búscate a otra en prácticas.

—¿Así que has olvidado todo?

—No guardo recuerdos que duelan…

—¿Eso es todo lo que soy para ti, un mal recuerdo?

La luna vuelve a chisporrotear. Esta vez, la mujer no se vuelve. Está entre la espada y la pared. No es cuestión de bajar la mirada y de esquivar el obstáculo. Es el momento de afrontarlo.

Tensa pero decidida, se lanza a un monólogo sin dejar a su compañero la oportunidad de responder. El tono es calmo, pero cada palabra viene recalcada. Esta requisitoria la ha construido durante innumerables noches de insomnio, la ha madurado a lo largo de interminables soledades, la ha perfeccionado a lo largo de muchas penurias. Sus lágrimas se han convertido en la tinta de un acto de justicia que por fin se puede permitir. Implacable, desgrana los momentos vergonzosos de esos años en los que él jugaba a un doble juego, mientras ella le daba todo. Desde hacía mucho, esperaba decirle cuatro verdades.

No es la única en sentirse impaciente por este momento: también el público aspiraba a ello desde hacía una hora, pendiente de sus palabras y transportado por las peripecias de su vida, en la que cada cual se sumergía sin pudor. En la sala, mientras ella se desahoga, los espectadores se vuelven locos de alegría. Ante ellos, no solo se representa un renacer, sino una resurrección. Aquella que tanto ha sufrido se recupera. Después de haber sido escandalosamente manipulada, por fin toma las riendas de su destino.

Él intenta responder, pero ni su ex ni el auditorio toleran ya sus dudosos razonamientos. Ya nadie soporta su mala fe sacada a la luz. Está rodeado, a izquierda y derecha. Cada vez que se permite tomar a los espectadores como testigos, un rumor de indignación recorre la sala. Todo el mundo ve claro a lo que está jugando. Aunque la principal afectada haya sido la última en darse cuenta, como suele ocurrir, ya no teme juzgarlo. Ya no tiene miedo. Expone sus argumentos como un ejército a la carga, con tal convicción que él se ve físicamente obligado a retroceder hasta un rincón del decorado. En el escenario, el combate desleal de los primeros actos se ha olvidado, y nos deleitamos con las escaramuzas que anteceden a la condena a muerte del malhechor. Después del dolor, la revancha. Después del aplastamiento, el despegue. Todo va a volver a la normalidad. Justicia ideal de un mundo perfectamente escrito donde nuestras esperanzas perdidas pueden volver a la vida.

Eugénie se sabe de memoria la obra. Asiste a cada una de las representaciones de *Corazón de relojería* desde que lleva programándose, en nada hará tres semanas. Como cada noche, toma asiento en la parte alta, en un lateral, en un palco que nunca nadie reserva porque la vista dista mucho de ser buena. No se coloca ahí por casualidad. Desde su mullido nicho, protegida por la penumbra, es posible que vea la escena en diagonal y que los actores queden ocultos en una cuarta parte del escenario, pero en cambio disfruta de una vista directa del patio de butacas que le permite observar a los espectadores. Su campo de visión abraza los dos universos, el de la vida y el de la comedia. Desde ahí, incluso ve a lo lejos a Karim, el bombero que, entre bastidores, asiste también a la representación. Está tan absorto en lo que se está representando, que ni siquiera se enteraría si se declarara un incendio delante de sus narices. Cuando se emociona, se seca discretamente una lágrima asegurándose de que nadie se haya dado cuenta. Cuando se divierte, se troncha de risa con el público. Eugénie lo encuentra conmovedor. A veces, también entrevé a los tramoyistas que se ponen en marcha antes de los cambios de escena. Sin falta, habrá que hacer que los electricistas comprueben el empalme de esa maldita luna que no para de crepitar. Una noche explotará en medio del espectáculo.

Pedazo de puesta en escena. El timbre del apartamento suena

de nuevo. El público aguanta la respiración. Sin embargo, nadie duda de la identidad de quien se anuncia, y todo el mundo lo espera con avidez. La puerta se abre con una exclamación de la sala. La llegada es tan impetuosa que hace ondular el fondo del decorado.

Como era de esperar, es la felicidad la que entra. Deja un ramo de rosas rojas a los pies de la que, a partir de este momento, resplandece. Cuando el simpático pretendiente advierte al infame ex, no se desmorona. Comienza el homérico combate de machos por los ojos de su amada. Se respetan los códigos; la puesta en escena es sencilla pero impecable; los actores se desplazan conforme a un baile que dominan a la perfección. Las puyas dan ritmo al enfrentamiento, las entradas se intercambian como puñetazos o disparos de un francotirador. El que ama con amor sincero va hilando reflexiones que desencadenan oleadas de carcajadas entre las filas. «Dicen que el amor es ciego, pero cuando escucho su pérfida voz, supongo que también tiene que ser sordo», «¡No se mueva!, ¡ahí está perfecto! Desde esta perspectiva, podría interpretar al traidor en cualquier serie mala...».

Eugénie se sabe cada palabra de los diálogos y no los encuentra divertidos. También conoce la historia que se representa detrás de la máscara de los personajes... Bajo los rasgos de la «mujer desdeñada» y de su «antiguo amor», se libra simultáneamente una pequeña batalla entre dos actores de segunda, Natacha y Maximilien. Los dos, faltos de reconocimiento, intentan mangarse las escenas a golpe de palabrería. Tanto la una como el otro están convencidos de ser el mejor, genio injustamente subestimado que su mediocre pareja impide elevarse hasta el firmamento. Cada uno se considera como el soberano natural cuyo reino sería este modesto teatro. Nunca son tan buenos como cuando tienen que odiarse... Estas patéticas luchas de ego cansan a todo el equipo, pero también ofrecen una sabrosa segunda lectura a la representación. Cada noche el mismo texto, y cada noche un nuevo fuego cruzado para quien sabe entreverlo.

Deslizándose al borde de su asiento, Eugénie se acerca para estudiar la sala. Apoya la barbilla en sus manos cruzadas por encima de las molduras doradas del balcón. Colocada de esta forma, sale parcialmente de la penumbra. Emboscada, con su perfil bañado por el cálido brillo de la escena, parece instigar un complot. Desde su pedestal, al acecho, puede escrutar con total impunidad a la audiencia que mira hacia otra parte.

Sorprendente patio de butacas, fascinante asamblea renovada a merced de los días. Efímera reunión de individuos que no tienen nada en común, pero que, por unas horas, comparten el curso de una misma historia. Todas las generaciones, de todas las clases sociales, hombres, mujeres, familias, solteros, parejas, amigas venidas a despejar la mente. Eugénie se fija en ellos al azar. Identifica a los que se han vestido para estar elegantes o para hacerse notar. Reconoce a los que vienen asiduamente sea cual sea el espectáculo, como Marcelle y Jean, la parejita de jubilados; y los que eligen un espectáculo en concreto. Cada cual reacciona a su manera. Ve los que se hacen un ovillo para no molestar a sus vecinos. Se fija en los que viven literalmente la obra, cuyo cuerpo reacciona a cada giro, mientras otros lo interiorizan. Algunos —sobre todo algunas— dedican también mucho tiempo a comprobar el efecto producido por las entradas en sus vecinos… A todos les brillan los ojos. ¿Por qué esta gente tan diferente está ahí está noche? ¿Qué eco produce en ellos este vodevil? ¿Con qué parte de los personajes o de ellos mismos se han dado cita? ¿Por qué estos seres humanos se encuentran en comunión ante esta pantomima de la existencia?

Esta pregunta interesa a Eugénie mucho más que la obra en sí. De hecho, se la hace a cada nuevo espectáculo. ¿Qué fuerza de atracción se necesita para hacer que todos estos caminos lleguen a cruzarse aquí, bajo los dorados, entre los terciopelos rojos, sentados unos junto a otros frente a estas fábulas?

A fuerza de pensar en ello, puede que Eugénie haya encontrado la respuesta. Es esta respuesta la que hizo que se animara a presentarse al puesto de guardiana en este teatro. Es esta respuesta la que todas las noches la empuja incansablemente a venir a ver y volver a ver.

Al igual que ellos, está ahí para experimentar sentimientos. Está ahí para sentir cómo late su corazón. Para ver la vida tal y como se sueña, y no tal y como se vive.

Este teatro es un auténtico tubo de ensayo. Cada espectáculo es una experiencia única que pone en contacto un principio activo emocional con células *vivas*. Algunas tiran a rojo, otras palidecen o tiemblan, pero son pocas las que permanecen inmunes.

Reír, estremecerse, creer, alegrarse o indignarse contemplando las accidentadas trayectorias a las que se enfrentan otros. Poder implicarse sin correr el menor riesgo. Vivir otras vidas permaneciendo cómodamente sentado. Hasta olvidar tu propia existencia.

Cada noche, como una espía en su escondite encima de esta gente sedienta de emociones, Eugénie se pregunta dónde han ido a parar las suyas. ¿Dónde están sus arrebatos, sus sueños, sus esperanzas? ¿Qué ha sido de la energía que durante tanto tiempo le permitió tirar adelante sin jamás dudar? ¿Está empezando a toser su motor antes de calarse?

Aun así, considera que no puede quejarse. Su salud es buena, consiguió un puesto que le iba bien y no le falta de nada. ¿Suficiente para ser feliz? La vida es más compleja.

El hecho de que sus padres fallecieran hace poco o que sus hijos se alejen para hacer sus vidas no entra dentro de la lista de lo que comúnmente se consideran como catástrofes. No hace que a nadie se le salten las lágrimas. Así es la vida, y a todo el mundo le ocurre algún día. Pero, aun así, cómo duele… Eugénie ya no tiene a nadie por delante ni tampoco a demasiados por detrás. Eso cambia tu manera de ver las cosas. A pesar de ello, este tipo de fisura íntima o de cuestionamiento casi nunca ha sido elegido para convertirlo en tema de una obra de teatro o de una película. No se les comenta a los que pasarán por ello, y no se escucha a los que ya lo han pasado. Si no vende, no hay glamur. Así que cada uno lo lleva como puede en el momento de enfrentarse a ello, guardándose para sí las heridas que resultan de estos combates en ocasiones violentos, pero siempre silenciosos.

Eugénie ya no es joven, pero desde luego tampoco es vieja. ¿Qué hace uno cuando se encuentra en ese punto? ¿A quién puede preguntar? ¿A quién puede, simplemente, confiar sus dudas? Flota entre dos clichés, en el corazón de la zona gris de la que nunca nadie habla. Su energía se ha estancado. Perdida a costa de elecciones que no cambian gran cosa. Enterrada bajo los años vividos junto a un marido adorable al que nada puede reprochar, pero que ahora parece tan cansado como ella.

Venir aquí, a este templo del sentimiento, vibrar en medio de sus iguales gracias a eternos artificios le permite abstraerse del día a día. Al menos por unas horas. Poco importa si lo que ocurre en escena no es verdad. Nadie se chupa el dedo, pero a fuerza de saber demasiado uno termina por necesitar inventar.

El ex ya no tiene mucho que hacer. La felicidad va a ganar. Todo saldrá bien, viene incluido en el precio de la entrada. Eso no cambia nada para la guardiana de este lugar. Inmersa en su introspección, Eugénie ya ni siquiera sigue el desarrollo de la obra. Corre delante de la rueda del tiempo que la persigue y que no va a tardar en aplastarla. Se siente impotente frente a un mundo al que apenas pertenece y al que está convencida de que no puede cambiar. En el teatro, los dramas y las redenciones se interpretan todos los días salvo los lunes; pero en la vida real, las angustias existenciales nunca descansan.

En unos minutos, los actores que se han despellejado y odiado con tanta convicción saldrán juntos a saludar, todo sonrisas, de la mano, si la luna no prende fuego antes. Karim los aplaudirá con entusiasmo, al igual que la sala, que terminará por levantarse. Una vez que caiga el telón, cada cual volverá a su casa, a su realidad. ¡Qué palabra tan horrible! Eugénie no abandonará el teatro. Hará su ronda de seguridad con Victor, su marido. Apagarán las luces que se han quedado olvidadas en los camerinos desiertos, comprobarán que la entrada de los artistas esté bien cerrada con candado, y después se irán a acostar. Ella cerrará los ojos, rezando para que la vida sea clemente con su hijo Eliott y su hija Noémie. Suplicará que un dios los proteja, visto que ella ya no tiene ese poder. Como cada noche, despierta mientras Victor ronca, se preguntará qué puede hacer aún, tan frágil, a pesar de haberse peleado frecuentemente por los demás, ahora que ya no es una tierna jovencita. Hoy, consciente de ser minúscula en un mundo apático, ya no ve un horizonte hacia el que correr.

Terminará por llegar la madrugada sin haber superado nada; y Eugénie vivirá otro ciclo, como si cada día fuera una vida, desde que se despierta en este gran teatro vacío hasta que las luces se enciendan una tras otra desde el frontón hasta la sala, para que el público, los actores, el equipo, y con ellos la vida, vuelvan a tomar por último posesión del local.

A fin de cuentas, su única alegría es ser útil para este lugar, este fabuloso amplificador de sentimientos al que venera desde su más tierna infancia. Ya está deseando encontrarse con Céline, que le dirá lo difícil que le resulta educar ella sola a su adolescente. También se nutrirá de la energía desbordante de Juliette que, entre coreografía y coreografía, le hablará del entrenador deportivo que atormenta sus días y, sobre todo, sus noches. Y todo volverá a comenzar, *in crescendo*, cada vez más rápido, cada vez más fuerte, hasta los fuegos artificiales que marcan el colofón por el que este extraño lugar existe. Entonces, por unos fugaces y preciosos instantes, las paredes temblarán gracias a la gente que está de pie, que gritará aplaudiendo porque se lo ha creído. Después volverán la noche y el silencio.

Eugénie está deprimida porque está convencida de que ya no tiene nada bueno que esperar de la vida. Lo mejor ha pasado. Ya solo le queda recordarlo, arrepentirse y ver cómo esta vida perra le arranca aquello que tanto quiere. Eugénie cree saber de lo que estarán hechos sus días a partir de ahora.

Pero las sorpresas no llegan solo a escena. ¿Y si la luna prendiera fuego durante el espectáculo o en el cielo? Aquellos que han sobrevivido antes que ella lo saben: cuando uno cae desde arriba, tiene tiempo para aprender a volar.

2

Vestido con una capa negra, Victor se desliza entre los venerables pilares de debajo del escenario. En la casi total oscuridad, podría parecer un bandido que prepara un golpe. De hecho, la comparación no es descabellada...

Victor percibe el murmullo del público joven con el que tiene cita. Al pasar junto a la concha del apuntador, pone la oreja. El rumor de la sala no tiene nada que ver con el de las representaciones de por la noche. Los niños chillan, se interpelan, bromean, y a las voces de las maestras les cuesta contenerlos. Se sienten muy emocionados de estar ahí. Eso está bien, Victor también. Se frota las manos con sonrisa maliciosa. De todas sus tareas como regidor del teatro, el papel de guía para visitas escolares es, con mucho, su preferido.

Avanza por las entrañas del edificio centenario hasta alcanzar a Olivier, el tramoyista. Este, que no pierde ocasión para desarrollar su musculatura, está ahora ocupado haciendo mancuernas con un pesado estribo. Plantado junto al escenario hidráulico, es él el que elevará a Victor hasta las tablas, que este último demostrará tener.

—Hola, Victor.

—Buenos días, Olivier.

El tramoyista apoya el estribo y pregunta:

—Esta mañana, ¿qué toca? ¿Asiento eyectable tipo avión a reacción o montaplatos para platos soperos?

—El término medio suele ser lo más sensato: un asiento eyectable para platos soperos, por favor. En cualquier caso, menos violento que la semana pasada. No estaría mal que pudiera caer sobre mis piernas sin rompérmelas.

—A sus órdenes.

—Oye, he vuelto a tener mi pesadilla.

—¿La que te espachurras lastimosamente contra la trampilla antes de que le dé tiempo a abrirse?

Victor asiente con la cabeza.

—Ha sido horrible, te habías dejado los cuernos en ello, y yo reventaba como un huevo caído del nido, pero hacia arriba.

—Extraño concepto… ¿Era la yema o la clara la que llevaba puesta tu capa?

Los dos hombres ríen juntos y Victor pregunta:

—¿Hasta dónde tienes pensado empujar?

—Sesenta y cinco por ciento.

—Sube hasta setenta y cinco, quiero que los niños recuerden esta visita durante el resto de su vida.

—Para eso, ¡mejor te espachurras como un huevo!

Victor trepa al ascensor y se coloca en el centro, echando un vistazo desconfiado a la trampilla que le separa de la superficie. Comprueba su atuendo y se sube el cuello. Medio vampiro, medio pirata, se toma su papel muy en serio y se concentra. Resopla como un caballo antes de la carrera.

—Estoy listo. Cuando quieras, los proyectores y la introducción.

Olivier teclea en la consola.

En la sala se hace la oscuridad. La cháchara de los niños cesa de inmediato. Dos haces de luz atraviesan de repente el espacio para converger en los inmensos telones rojos echados, sobre los que dibujan un disco resplandeciente. Un redoble de tambor acompañado de trompetas pregoneras anuncia el comienzo de la representación.

A modo de recuento, Victor toma aire tres veces, y luego hace un gesto a su cómplice para que lo propulse. ¡Arriba!

Como un diablo que surge de su caja, Victor irrumpe espectacularmente en la parte anterior del escenario, en el halo de luz. Como un héroe vengador, cae jugando con su capa.

—¡Ajá! ¡Estáis aquí! —lanza a la audiencia—. ¡Buenos días a todos!

Los jóvenes visitantes —dos clases de cuarto de primaria— están instalados en las primeras filas del patio de butacas. Victor sabe que los niños son un público muy selecto que reacciona ante todo. Lástima, una pequeña rompe a llorar porque se ha asustado al verlo aparecer. Victor se vuelve a repetir que, sin duda, tendría que tomarse menos molestias cuando recibe a los de primaria, pero es un propósito que nunca cumple.

—¡Bienvenidos al teatro Jacila!

Juega con todo su cuerpo para dar vida a un personaje cuyos gestos subrayan y amplían su propósito. Ya no queda nada del hombre corriente que todo el mundo conoce, como si el hecho de vestirse con este sencillo trozo de satén negro le otorgara el poder de cambiar a una dimensión paralela. Vuelve más grave su voz, le da efectos. Los pequeños están fascinados.

—Soy vuestro guía, y es para mí un placer haceros descubrir todos los secretos de este lugar mágico, de los más sorprendentes a los más terroríficos...

Al acabar su frase, Victor se envuelve en su capa hasta desaparecer. Algunos niños empiezan a inquietarse. Pero entonces tropieza y rebota al enredarse los pies con el disfraz. Los niños ríen.

—¿Quién de vosotros ha venido aquí ya a algún espectáculo?

Algunos brazos se levantan. Aunque la programación propone con regularidad eventos para los más pequeños, no son muchos los que los aprovechan. Eugénie debía de tener su edad cuando su tía, que vivía en una calle de al lado, tomó la costumbre de traerla aquí.

—¡Formidable! Podéis bajar las manos. Hoy vais a descubrir un mundo que no tiene nada de virtual. Pero antes de dar comienzo a nuestra visita, una pregunta: ¿sabéis por qué este teatro se llama «Jacila»?

Un pequeño levanta la mano.

—Adelante, jovencito, te escuchamos...

—Porque la gente está sentada, como mi perro cuando se lo pedimos...

—¿Tu perro se llama «Jacila»?

—Pues sí, se sienta.

—Ah, así que le dices: «¡Siéntate![1]». Ahora ya lo entiendo... No es la respuesta correcta, ¡pero te felicito por el intento! Permitidme que os cuente en pocas palabras su verdadera historia: este teatro fue construido hace ya más de siglo y medio por el señor Fernand Marchenod, un industrial del norte de nuestro país que fabricaba telas. No se lanzó a este proyecto para ganar dinero, sino porque su bienamada soñaba con convertirse en actriz. Como no conseguía un papel, él dedicó su fortuna a construir este lugar donde, durante toda su vida, pudo representar lo que quería. De hecho, obtuvo cierto éxito. La joven actriz se llamaba Violette, sin embargo, el nombre del teatro viene de otras flores. A ella le encantaba el perfume de las lilas en primavera y el de los jacintos en invierno. Después de mucho dudar entre los dos nombres, la pareja decidió no elegir, ¡y mezcló las dos palabras! Así pues, jacinto y lila se entremezclaron para convertirse en «Jacila», y el teatro fue bautizado.

---

[1] Juego de palabras entre la fonética del nombre del teatro y el imperativo francés «*Assis là!*» (N. de la T.).

»De esta forma, todos los sentidos de los espectadores podían abrirse en este lugar nacido de una historia de amor: el oído y la vista a través de los espectáculos; el tacto con los maravillosos terciopelos que el señor Marchenod mandó confeccionar especialmente para la decoración y los asientos; el gusto gracias al excelente bufé que, por primera vez, este teatro tuvo la idea de proponer al público durante el entreacto; pero también el olfato, gracias a los ramos que, dependiendo de las estaciones, decoraban el vestíbulo, y cuyo perfume daba la bienvenida a los espectadores. Jacintos en invierno, lilas en primavera. Ahora ya lo sabéis.

Al terminar su discurso, Victor saluda a su público y prosigue:

—Y ahora, basta de hablar, pasemos a cosas serias...

Con un énfasis del todo dramático, se gira, da una palmada como un señor que ordena a sus sirvientes y después, con un amplio gesto, abre los brazos para ordenar que se abran los telones. Cuando estos le obedecen, la asistencia celebra el fenómeno con una exclamación de admiración.

En la escena que se ha revelado, Victor está ahora en el apartamento de la heroína de *Corazón de relojería*, con los ruidos de la ciudad como fondo sonoro: tráfico, cláxones y conversaciones lejanas.

—Aquí, niños, todo es posible. Se pueden contar todas las historias, vivir las aventuras más locas. Dejadme que os ponga un ejemplo...

Con grandes pasos, se dirige hacia la puerta por la que la felicidad entra todas las noches hacia las diez con su manojo de rosas artificiales. Sale del apartamento cerrando tras de sí.

Su voz resuena por detrás del decorado:

—No os preocupéis, ¡sigo aquí! ¡Pero en un lugar lejano!

Se le escucha volver a dar una palmada y, como por arte de magia, las paredes del apartamento se levantan al mismo tiempo para desaparecer en los telares. Exclamaciones del público.

Cambio de ambiente: se oyen sonidos mecánicos y tintineos.

Esta vez Victor aparece en un decorado industrial, una maraña de grandes tuberías cromadas que habían servido para un espectáculo contemporáneo. El contraste tiene su efecto en los jóvenes, que piden más.

Victor se acerca y les susurra con un guiño de ojo insistente:

—A todo esto le falta naturaleza, ¿no os parece?

Nueva palmada; el decorado de la fábrica se levanta, cruzándose en su levitación con los árboles tropicales recortados que descienden. Para mejorar la ilusión, se escuchan ruidos de selva y gritos de animales, y altas franjas de matorrales silvestres aparecen deslizándose desde los laterales del escenario, formando en un instante un frondoso paisaje. Los pequeños están boquiabiertos.

Cuando resuena el barrito de un elefante, Victor hace como que tiene miedo y se agacha para esconderse. Se desliza entre la hierba hasta colocarse exactamente en la cruz que hay marcada en el suelo. Se incorpora y se toma un segundo para saborear la atención que le dirige su joven auditorio.

—¿Os gusta este tipo de excursiones?

Al unísono, los niños gritan entusiasmados.

Victor chasquea los dedos, y en esta ocasión es la fachada de una casita de cuento de hadas la que desciende de las alturas para enmarcarlo, bajo las notas de un arpa encantada. Sin haberse movido, se encuentra en el umbral de la casita de formas redondeadas y colores chillones.

Los pequeños aplauden.

—Un teatro, mis queridos amigos, es un lugar donde el único límite es la imaginación. Podéis experimentar de todo, podéis ver de todo; pero no como en la televisión, porque aquí todo ocurre realmente. Es gente de verdad la que realiza ante vosotros acciones de verdad. ¡Es lo que se llama un espectáculo en vivo!

A la señal de Victor, la casa despega majestuosamente y sube a los telares. Es en ese momento cuando una roca tan grande como un coche le cae encima y parece aplastarlo bajo un ruido atronador.

Los niños gritan, pero rápidamente el hombre con capa se vuelve a poner en pie levantando la roca con una sola mano, como un superhéroe. Todo un éxito.

Los niños están exultantes y Victor también. Al regidor con alma de actor le encanta cuando el público funciona. Tener éxito no es lo que cuenta para él; lo que más le gusta de todo es desencadenar emociones. Da gusto verle su amplia sonrisa. Desde el fondo de la sala, Eugénie lo observa con ternura. Cuando sus propios hijos eran pequeños y Victor jugaba con ellos al volver del trabajo, tenía esta misma sonrisa. Y no es que fuera forzosamente una buena señal para Eugénie, ya que después se tenía que tirar su buena media hora calmando a Eliott y a Noémie antes de acostarlos. Qué más daba, esos momentos eran maravillosos. Hoy, Victor necesita el entusiasmo de cuarenta niños para igualar el que solo dos podían provocar. Cuando Eugénie ve a su marido divertirse de esta forma, reconoce al joven alegre y un poco chalado que la sedujo hace ya mucho tiempo. Ya no está tan loco y sonríe muy rara vez, pero es un buen hombre que siempre la ha apoyado, hasta el punto de animarla cuando se presentó al puesto en el teatro.

Pero los niños ya se están levantando y la visita continúa. Eugénie tiene que pensar en prepararse para el otro momento con el que su marido se deleita en las visitas.

Victor va a arrastrar al grupo hacia los camerinos, va a enseñarles el almacén de accesorios que encierra los objetos más incongruentes. Después visitarán los almacenes de los trajes con sus miles de piezas de todas las épocas. A continuación, atravesarán el depósito de los decorados, pasando de una fachada veneciana a la cripta de un castillo. ¡Un éxito garantizado! Un poco más lejos, los pequeños se mirarán en los grandes espejos de la sala de ensayos, antes de subir al escenario y de darse cuenta por sí mismos de lo que es tener los proyectores en los ojos.

Por último, volverán a pasar por la sala, subirán a los palcos y, una vez arriba, en el número diez, el más grande y prestigioso, el que está justo enfrente del escenario, el guía un poco majareta les contará la historia que tanto le gusta y que siempre hace estremecer a su auditorio… Y entonces le tocará jugar a Eugénie.

Lo que pasa es que esta mañana ha decidido cambiar las reglas del juego.

3

Mientras los niños se empujan para entrar en el palco, una de las profesoras se acerca a Victor.

—Bravo, tiene el arte de despertar su interés.

—Muchas gracias, pero no soy más que el humilde embajador de este lugar, él sí, apasionante.

—No crea. El mes pasado, en el Museo de Tradiciones Regionales, la guía era tan soporífera que al cabo de una hora no había quién los controlara. Incluso hubo uno que se zampó un trozo de pan de poliestireno expuesto en una vitrina…

Victor sonríe, pero tiene que seguir concentrado. Se abre paso entre los jóvenes alumnos para llegar hasta el balcón del palco.

—Queridos amiguitos, ya casi hemos llegado al final de nuestra visita. Para que conozcáis perfectamente el teatro, solo me queda presentaros este lugar tan especial. —Señala la sala de más abajo que tiene detrás—. Este teatro está hecho un poco a imagen y semejanza de nuestro mundo. Todo ocurre en escena, ante nuestros ojos, y hay que saber mirar. En el espectáculo de la vida, hay quien está mejor situado que otros. Bajo la luz, en el centro de todas las miradas, nos encontramos con los que tienen el mejor papel y nos hacen soñar. Pegados a ellos, junto a la acción, se encuentran los que casi pueden tocarlos: los ricos. Cuanto más nos alejamos, menos clara es la visión, y cada cual mide su fortuna y su importancia según la fila que ocupa. Por encima de nosotros, en el gallinero, alejados y apretados, se amontonan los que no tienen los medios para estar en los primeros palcos. Por cierto, la expresión ha pasado a formar parte de nuestro lenguaje coloquial. Así pues, tanto en esta sala como en la vida, cada uno ocupa un lugar que indica quién es. Pero si los ricos están al pie del escenario, los poderosos se instalan precisamente donde nos encontramos nosotros, en este espacio apartado. Comprobadlo vosotros mismos: desde aquí tienen la mejor vista del escenario y dominan al pueblo que se extiende a sus pies. Ven perfectamente, al tiempo que están protegidos. Os encontráis en este lugar privilegiado que ellos se han reservado.

Victor acaricia el terciopelo rojo de los asientos.

—Es precisamente aquí donde la familia Marchenod asistía a las primeras representaciones de Violette. Justo en este sillón se instalaba el patriarca, Fernand, quien hizo construir el edificio, rodeado de los cuatro hijos que había tenido con su querida actriz. Y, seis generaciones después, es una vez más un Marchenod el que posee las paredes de este teatro creado por su antepasado, aunque sea el Ayuntamiento el que lo sustenta. Pero lo más sorprendente no es esto. Este palco tiene realmente una extraordinaria particularidad, sobrenatural me atrevería a decir...

Victor se inclina y, con tono confidencial, revela:

—Se dice que cuando Violette Marchenod falleció, estaba tan ligada a este lugar que no lo abandonó. Brrr... ¡Me entran escalofríos por la espalda! El palco número diez, aquel en el que nos encontramos, estaría encantado por su fantasma. Cuenta igualmente la leyenda que ella asiste a todos los espectáculos y que lleva puesta una suntuosa joya que su marido le habría regalado y que su familia nunca encontró. ¡Un auténtico tesoro! Algunas noches, cuando el teatro está desierto, su voz melodiosa se alza en el silencio, y numerosos testigos aseguran que han visto su silueta deslizarse entre las bambalinas...

Los niños miran atentamente a Victor, petrificados. Reina un absoluto silencio, se palpa la tensión. El auditorio es impresionable y su imaginación solo pide encenderse. Las profesoras esperan que el guía afloje rápidamente la tensión, porque si no saben a lo que aquello puede llevar…

Victor vuelve a acercarse a su auditorio.

—Escuchad, aguzad el oído. Me parece oír algo… ¿Vosotros no? —Los pequeños tienen los nervios de punta—. ¿No es el fantasma de Violette el que canta a lo lejos y se acerca?

Una profesora interviene:

—Todo en orden, niños, no os preocupéis, es una leyenda.

Con aire convencido, Victor mira la rendija de ventilación por la que se supone que tiene que difundirse la voz sobre la pasmada asistencia.

—No oigo bien a Violette. Quizá debería cantar un poco más fuerte…

Silencio sepulcral, mientras la presión de los niños, ahora petrificados, sigue subiendo.

Victor se impacienta y se dirige a la apertura de la rejilla:

—Eugénie, perdón, quiero decir Violette, si estás ahí, canta. En cambio, si tienes algún problema, da dos golpes.

Dos golpes sordos resuenan a través de las paredes del palco. Un estremecimiento de terror recorre la asamblea. La pequeña que había llorado con la aparición de Victor vuelve a hacerlo.

—¡Canta, gentil fantasma, canta! —implora Victor.

—No, no cantaré. Me parece muy cutre aterrorizar a estos niños.

Salida de ninguna parte en aquel tenso silencio, la voz produce el efecto de una chispa en un tanque de gas: una explosión. Los pequeños comienzan inmediatamente a gritar, dispersándose en todas las direcciones. Los más próximos a la salida huyen empujando a su paso a sus profesoras; otros se tumban en el suelo; hay uno que esconde la cabeza en una butaca gimiendo; otra que se cubre la cabeza con su falda levantada. El apocalipsis se ha abatido sobre el palco diez.

Victor permanece sorprendentemente hermético ante el pánico que se ha apoderado de su público. Sin embargo, nota que a esta edad los gritos de los chicos son tan agudos como los de las chicas. En ambos casos, un horror para los tímpanos. Nunca habría creído posible provocar semejante pánico en un espacio tan reducido. Los alumnos salen por patas, las acompañantes hacen de barrera con su cuerpo para impedir que se acerquen al parapeto del balcón. Los gritos y los llantos resuenan por todo el teatro.

—¿Estás contenta? —pregunta Victor a la boca de ventilación—. No solo has estropeado mi historia, sino que encima los has asustado más que con mi versión…

—Me la trae al fresco —protesta la voz desencarnada de Eugénie—, ya no quiero hacerlo.

Victor ve a los lejos unos niños que ya se están dispersando por la gran sala. Corren como posesos por los pasillos del patio de butacas. Ahora, solo en el palco, se pega a la pared, bajo la rendija.

—Eugénie, mi reina, deberías haberme prevenido de que suponía un problema para ti. Lo habríamos hablado.

Una de las profesoras, desamparada, pasa delante de la puerta y mira, incrédula, al vampiro pirata que habla con ternura a la rendija de ventilación.

La voz del «fantasma» responde:

—No consigo expresarme, ya no lo consigo.

—No te pedía que hablaras, sino que cantaras. Ahora será mejor que vaya a calmarlos. Si no, van a tener pesadillas hasta el instituto y les costará veinte años de terapia.

Victor se acerca al balcón, que domina la sala donde los niños corren en todas direcciones. Vistos desde arriba, se dirían ratones dentro de un laberinto. Estira los brazos y exclama a voz en grito:

—¡Juan y Pínchame se fueron a bañar!

Al menos, la visita ha conseguido un propósito: los pequeños van a recordarla toda su vida.

4

En cuanto las amigas se acomodan a la mesa, Juliette pregunta a Céline:

—Y bien, cuenta, ¿cómo fue?

Espera detalles picantes y el relato de arrebatos de pasión. Eugénie, por desgracia, ya no se hace ilusiones. Por toda respuesta, Céline se conforma con un gesto de frustración, acompañado por un suspiro que podría ser el del pinchazo de un flotador. No parece demasiado contenta con su última cita con el tipo que le promete el oro y el moro desde hace años.

—Teníamos que pasar una velada romántica. Se supone que tenía «algo importante» que anunciarme. Os podéis imaginar cómo me encontraba y todo lo que me imaginé… Resultado, simplemente me explicó que iban a reorganizar no sé qué en su curro y que era una superoportunidad para él. Ni siquiera sé dónde cenamos, él hizo sus asuntillos y se marchó.

—¡Qué cutre! —se cabrea Juliette.

—¿Cómo llevas el palo? —se preocupa Eugénie.

—Todas las veces es igual: promesas, esperanza y una decepción más grande que una de sus cámaras frigoríficas. Y mira que me había prevenido mi abuelo. Cuando cumplí dieciséis años, me dijo: «Mi niña, los hombres te dirán dos frases que, bajo ningún concepto, debes creer: "Te quiero" y "Si me las enseñas, te juro que no las toco"».

Juliette se queda pensativa.

—A mí nunca nadie me ha dicho «Te quiero».

Céline replica:

—¡Y generalmente se las enseñas incluso antes de que te lo pidan!

Se echan a reír, mientras Eugénie se contenta con sonreír. Aunque se alegre de ver a sus dos cómplices, está lejos de sentirse de humor. Pero una tradición es una tradición, y no se perdería por nada del mundo este almuerzo mensual que, además, fue ella la que lo instauró. A pesar de tener la ocasión de verse con frecuencia en el teatro, las tres mujeres agradecen verse a solas para hablar de sus preocupaciones hasta conseguir reírse de ellas. Eugénie, Céline, Juliette. El trío infernal, como las llaman en la compañía. Podrían ser de la misma familia, pero el vínculo que se ha tejido entre ellas es de otra índole. En el fondo, son los problemas los que las han unido. Céline empezó a confiarse con el doloroso divorcio que la dejó con casi cuarenta años con un hijo al que criar. Juliette necesitaba que la escucharan cuando se alejó de su familia. Eugénie fue el oído de una y el hombro de otra, antes de convertirse en el guion entre las dos. Cada una con sus problemas, cada una con su vida, pero ahora les sería difícil no compartirla.

—Y tú, ¿el curro? —pregunta Eugénie a Juliette—. ¿Te deja un poco en paz, el dichoso doctor?

—No sé cuánto tiempo voy a aguantar. Ese gordo libidinoso no es buen radiólogo, pero sí un excelente obseso sexual. No aguanto más. Ya no son solo sus continuos comentarios los que me agotan; lo que no soporto es que maltrate a sus pacientes. Mete prisa a todo el mundo para ir más rápido. Solo piensa en su volumen de negocios para irse a jugar al golf con otros miserables como él. Ayer vino una mujer que se había roto el brazo. Tendríais que haberlo visto estresándola… Yo estaba indignada.

—¿Has pensado en otro trabajo?

—Conozco un montón de insultos y me encanta soltar guantazos a la gente. ¡Podría trabajar de portera en una discoteca!

Céline y Juliette se vuelven a echar a reír. Eugénie las mira con benevolencia. Dos mujeres, dos edades. Cada una busca el amor a su forma. Juliette solo responde a la pasión, a lo sensual, a la seducción en estado puro despojada de toda norma social. Céline se recupera de un primer matrimonio que no le correspondía, encargándose ella sola de su pequeño Ulysse. Todavía cree en un futuro con su amante casado, que le promete dejarlo todo por ella. Eugénie teme que cada una, a su manera, acabe decepcionada. Ya se conoce la historia, identifica los peligros y las posibles trayectorias. ¿Por qué Eugénie ve cosas que sus dos amigas no detectan por sí solas? ¿Por qué le parece todo tan evidente? Otra pregunta llega inmediatamente después: ¿quién es ella para permitirse pensar que su manera de ver las cosas es la correcta?

Tampoco es que su situación sea fácil. Dentro de poco la sesentena. ¿Cuál es el balance? Evidentemente, puede presumir de tener una pareja estable. Y, sin embargo, ¿es por ello más feliz? ¿Se siente satisfecha? ¿Es su situación más envidiable que la de sus dos cómplices más jóvenes? Hay que reconocer que no es el caso. Entonces, ¿qué? ¿La maldición de las mujeres consiste en perseguir amores imposibles? ¿Están condenadas a tener solo la oportunidad de alcanzarlos cuando han pasado página? ¿Eternamente insatisfechas y frustradas? El deseo, ese tirano cruel, ¿se las apañaría para sacar sistemáticamente ventaja a la madurez que permite aplacarlo?

Eugénie se masajea las sienes, mientras las chicas están inmersas en un delirio de reconversión profesional. Ella ya no está en ese punto. El siguiente paso en su carrera será la jubilación. ¿Y todo para qué? Tantas preguntas pendientes y tan pocas respuestas. Maldita experiencia. Siempre se tiene demasiada cuando se mira al pasado y nunca suficiente frente al futuro. Un sabio dijo que la experiencia es una linterna que solo alumbra el camino ya recorrido[2]. Filosofía de tres al cuarto. Otro que tuvo que romperse la crisma como un pordiosero en el primer agujero para terminar muriendo harto de sus frasecitas sermoneadoras.

A fin de cuentas, Eugénie tuvo la edad de Juliette. También la de Céline. Se acuerda perfectamente y está segura de que tampoco a ella le fue mejor. Se equivocó en un montón de cosas. Sin embargo, ahora que ha superado estas etapas, ve claramente las soluciones y las trampas de las cuales no era consciente entonces. ¿Será que esta vida solo ofrece respuestas cuando ya no se pueden aplicar? ¿Es solo cuando uno empieza a saber, a comprender, cuando se da cuenta de que ya no sirve de nada?

Céline pregunta:

—Y a ti, Eugénie, ¿te ha dicho Victor «Te quiero»?

—Varias veces. Toco madera, pero hasta ahora, con todos los respetos a tu abuelo, he tenido motivos para creerle. En cambio, está claro que me mintió cuando me prometió que no se lanzaría sobre lo que me pidió que le enseñara…

—¡Dichoso Victor! —exclama Juliette.

En lo que dura una comida, las tres mujeres pueden hablar de sus cargas. Pero a pesar del cariño que se demuestran, ninguna de las tres lo contará todo. Uno siempre acarrea él solo con lo peor.

---

[2] Hace referencia a la cita de Confucio: «La experiencia es una linterna que llevamos en la espalda y que solo alumbra el camino ya recorrido» (N. de la T.).

5

Agotado por su presentación de por la mañana y por la reorganización del almacén de los decorados, Victor deja su capa sobre el respaldo de un sillón y se deja caer en el sofá.

El teléfono suena.

—¿Señor Camara?

—El mismo.

—Le llamo hoy porque ha sido seleccionado para beneficiarse de una oferta excepcional…

Victor frunce el ceño e inmediatamente pone en marcha el cronómetro de su reloj. Avejenta su voz:

—¿Eres tú, Huguette?

—No, señor, me llamo Virginie y le estoy llamando para hacerle partícipe de una…

—¡Qué morro tienes de llamar después de lo que hiciste, pedazo de pelandusca! ¡Nunca te perdonaré haberte acostado con Jean-Michel!

—Señor Camara, no soy Huguette, yo no me he acostado con nadie. ¿Le gusta el café? ¿Le gustaría recibir un café excepcional, sin ningún compromiso?

—¡Cochina! ¡Si te crees que me vas a seducir como al pobre Jean-Michel! ¿Es con tu café con lo que le embaucaste? ¿Sabes dónde te los puedes meter, tus paquetes de café? ¡Y también las tazas, bruja libidinosa!

Eugénie vuelve de su almuerzo. Al descubrir a su marido muerto de risa y desatado al teléfono, pregunta discretamente:

—¿Otra vez los de televenta? —Victor dice que sí con la cabeza mientras continúa pasándoselo en grande. Ella le susurra al oído—: Deja ya de jugar con esos pobres diablos. Intentan ganarse la vida.

Él apoya la palma en el auricular y contesta:

—Que se busquen un trabajo honrado y dejen de acosar a la gente. ¡Me vengo por esos pobres viejos a los que no paran de estafar!

Vuelve a adoptar su voz de anciano y declara por teléfono:

—Debería darte vergüenza, Huguette. Y cuando dices que no te has acostado con nadie, o eres una sucia mentirosa o te has caído de un guindo. Deja de mentir o acuéstate con quien quieras, ¡me parece estupendo!

La vendedora le cuelga en la cara. Victor comprueba su cronómetro.

—¡Un minuto y ocho segundos! Estamos lejos del récord. Pobrecita. Se diría que los nuevos tienen menos aguante.

En la cocina, Eugénie se prepara un té. Victor la alcanza. Apoyándose como si nada contra el marco de la puerta, prueba:

—¿Así que ya no quieres hacer de fantasma?

A Eugénie no le apetece contestar, sin duda porque tampoco es que ella lo tenga muy claro en su cabeza. No termina de explicarse del todo su reacción. Sumerge la bolsa de té en su taza y se fija en las armoniosas volutas de color caramelo que se expanden por el agua humeante. Pero Victor no se rinde. No dice nada, pero posa en ella esa mirada paciente que siempre les ha permitido evitar lo que había implícito. Con un suspiro, ella termina por rendirse.

—No es tanto ese rollo tuyo del fantasma lo que me molesta…

—¿Entonces qué?

—No sé. Tengo la sensación de no poder más. De estar hasta el gorro de todo.

—Me doy cuenta de que no estás en tu mejor momento. Arrastras los pies. No escuchas, incluso te olvidas de los horarios de los ensayos. Y, sin embargo, vivimos donde querías. Soñabas con este teatro. Te encanta estar aquí.

—Lo sé, me lo repito todos los días, pero eso no cambia nada.

—¿Hay algún problema del que no me hayas hablado?

—Nada que no sepas ya.

—Tiene que haber por fuerza algo que te ponga en este estado. Si no quieres hablarlo conmigo, intenta al menos hablar de ello con Céline o Juliette.

—Ya ni siquiera sé dónde estoy. A los niños les va bastante bien, tú eres un marido atento, el equipo es genial (aparte de los dos divos), trabajo donde siempre he querido. No tengo ningún motivo para quejarme. Vaya cruz…

—No te quejas, pero el hecho es que no estás bien.

—Ya no me apetece nada. Hay algo que ha hecho crac en mi cabeza y, además, noto que os preocupa.

Él la abraza, ella se deja.

—Culpabilizar no sirve de nada. Todo va bien. Desde hace meses te dejas la piel en los espectáculos, ya no salimos de aquí, no hemos tenido vacaciones. Siempre estás disponible para todo el mundo, es lógico que estés cansada. Te vas a tomar un pequeño descanso e irá mejor…

—No lo tengo tan claro. Noto que, en el fondo, hay algo más y no sé qué es. Hastío, desinterés. Quizá porque veo que me estoy haciendo mayor. La sensación de que todo se va derrumbando poco a poco… Algunos días, no me apetece ni continuar.

—¿Depresiva?

—Más bien falta de objetivo. ¿Para qué romperse los cuernos cuando sabes que a esta edad lo mejor que puedes sacar es dinero y lo peor una traición? ¿Para qué luchar cuando aquellos a los que quieres hacen su vida en otra parte? Creo que me la trae todo al fresco porque ya no creo en nada. Solo consigo esforzarme delante los niños. Aparte de eso, en cualquier parte, me preguntó qué hago aquí.

Ni siquiera tiene ganas de llorar.

—Eugénie, eres importante para el equipo. Este teatro al que tanto quieres te necesita. Muchos se han unido a la compañía porque tú los has animado.

—Están aquí por la misma razón que yo, porque huyen de la vida real. Están aquí para olvidar que, fuera, todo aquello que merece la pena termina por acabarse, mientras que lo que nos carcome nunca deja de hacerlo.

—Te veo un poco sombría.

—Este teatro es un auténtico Arca de Noé. En una tragedia, se diría que es un refugio para corazones rotos, un atolón para ilusiones encalladas, un sanatorio para esperanzas sin resuello. De todas formas, tal y como están las cosas, no vamos a conseguir proponer una programación capaz de convencer al Ayuntamiento y nos cortarán las subvenciones. Es a lo que están esperando. Todo se detendrá y el arca se hundirá.

—Todavía no hemos llegado a eso. De momento, dime qué puedo hacer para ayudarte. El equipo cuenta contigo, eres un faro para nuestros hijos…

—Nadie es irreemplazable. Los niños se las apañan muy bien sin nosotros y es normal a su edad.

Con ternura, Victor levanta la cara de su mujer.

—Yo sí que te necesito. Para mí, eres irreemplazable.

6

Mientras conduce, Juliette canturrea. De hecho, por regla general, cuando la joven no habla, tararea. Esto le suele acarrear frecuentemente comentarios del dueño del gabinete de radiología en el que trabaja de ayudante. Su pasión por la danza explica sin duda las cancioncillas que continuamente le rondan por la cabeza y la empujan, en este preciso instante, a menearse a su ritmo.

Desde el asiento del pasajero, Eugénie observa a la joven, tan viva, tan reactiva a todo lo que la rodea. Dentro de la compañía, Juliette se encarga de organizar las coreografías. También se encarga de desarrollar lo que Maximilien, el seudoactorazo, llama pomposamente «el lenguaje corporal escénico». De esta señorita tan guapa, acepta consejos. Eugénie cree que solo los acepta por las veces en las que puede pegarse a ella «para aprender a colocar mejor su cuerpo».

De repente, nota algo.

—¿Has cambiado de peinado?

—¡Jopé! Te ha costado seis kilómetros darte cuenta. Te he visto más avispada... ¿Qué te parece?

Eugénie tiene sus dudas. Después de haber visto a su joven cómplice con coleta, melenita, trenzas y un montón de peinados ya olvidados, esta mañana se la encuentra con una especie de moño cuidadosamente peinado/despeinado. Como la respuesta tarda en llegar, Juliette se pone de nuevo a canturrear.

—Este peinado está muy bien, pero el de antes también era perfecto.

Juliette deja de mascullar su cancioncilla. De repente, Eugénie entorna los ojos con aire de sospecha.

—La última vez que cambiaste de peinado fue justo antes de que dejaras a tu futbolista por tu entrenador…

—Llevas bien tus cuentas…

—¿Tienes otro novio?

—Me he tirado seis meses con el último, no está mal.

—Juliette, te estoy hablando como amiga: no puedes pasarte toda la vida así, de tío guapo en tío guapo.

—Así que estás conmigo, estaba cañón. ¡Pero espera a ver este!

—Lo digo en serio. Una relación puramente física nunca te hará feliz a la larga.

—Totalmente de acuerdo, es por eso que cambio a menudo.

—Te conozco, eres sensible. Ha llegado el momento de que construyas algo más profundo.

Juliette pone el intermitente para girar a la derecha hacia un centro comercial.

—¿Eras tan seria cuando tenías mi edad?

—¡Llámame dinosaurio mientras puedas! Pero te advierto: con una sola de mis patorras, puedo espachurrar a una pava como tú. Y para que lo sepas, con veintiocho años, ya estaba con Victor y teníamos planes.

—Así que yo soy una descerebrada y tú la razón hecha mujer…

—Solo te digo que deberías buscar a alguien que te quiera por algo más que por tu cara bonita…

—¿Y qué jeta tendrá ese bicho raro?

—Ni idea. No es su aspecto lo que cuenta, sino lo que sentirá por ti.

—Pero reconocerás que una cara bonita es mucho más sexi que un plan de pensiones.

—Luego no me vengas llorando. ¡Ya te lo he advertido!

—Muy bien, señora sermoneadora, entonces explícame de qué va tu jueguecito con Maximilien. —Eugénie tose y se atraganta. A pesar de ello, Juliette no se detiene—. Y venga a reír como una tonta cuando me habla al oído, y venga a poner ojitos cuando me sujeta la puerta… ¿Te crees que no lo veo?

—Ya vale, ¿no? En primer lugar, Maximilien tontea con todo el mundo, empezando por ti; y en segundo lugar, no tiene nada que ver.

—Y en tercer lugar, haces lo que te da la gana…

Juliette guiña el ojo a su vecina y decide no seguir torturándola.

Esta vez gira a la izquierda, sin canturrear y sin hablar. Algo muy poco habitual.

—Eugénie —dice por fin—, ¿puedes guardarme un secreto?

—¡Qué pregunta! Pues claro. ¿Tienes algún problema?

—Necesito tu opinión.

Juliette entra en el aparcamiento de una gran área de bricolaje. Su amiga se sorprende.

—¿Qué piensas hacer aquí? Antes de que te hagas daño, pide a Victor que te eche una mano.

Juliette ríe y se dirige hacia el fondo, allí donde siempre hay un montón de plazas disponibles porque la gente prefiere apiñarse en la entrada antes que andar diez metros más. Se coloca, inicia una maniobra y empieza a echar marcha atrás lentamente.

—¿Me juras que no se lo dirás a nadie?

—Lo juro.

—¿Nunca?

—Nunca.

Juliette abre la puerta y se asoma para comprobar la precisión de su marcha atrás. De repente, da un ligero acelerón y hace que el coche choque contra un cono de hormigón. El golpe es ligero, pero el ruido de plástico roto combinado con el de los bajos del coche arrastrando no deja lugar a dudas sobre la realidad de los desperfectos.

—¿Pero qué demonios haces? —exclama Eugénie—. ¡Lo has hecho aposta! ¿Estás loca?

—Sí, por él, y vas a ver que merece la pena.

Juliette arranca a toda velocidad cantando a voz en grito.

7

Dos canciones más tarde —aproximadamente unos ocho kilómetros—, Juliette se detiene delante de un modesto taller perdido entre dos hangares en una zona industrial.

Una fachada de chapa ondulada cubierta de placas esmaltadas alabando los méritos de marcas que muchas de ellas ya no existen. Un viejo surtidor de gasolina fuera de servicio desde hace tiempo. En el frontal, aún se distingue el rastro de las palabras *Mantenimiento y reparación*, pero muchas letras se han caído. Ya solo quedan algunas, rojas y picadas por el óxido: «Ten...t... ación». Desde su primera visita, Juliette vio en ello una señal.

Antes de bajar, comprueba su aspecto en el retrovisor y, después de probar algunas muecas, compone un aspecto preocupado.

Columnas de viejos neumáticos y un coche de coleccionista sobre calzos enmarcan las puertas abiertas de par en par de un taller donde reina un oscuro caos mecánico. Eugénie, cada vez más intrigada, se desabrocha el cinturón de seguridad y sigue a su amiga, que franquea el umbral.

Los coches medio desmontados y las motos sin ruedas parecen monstruos que acechan en la sombra. Herramientas y piezas de automóviles cubren el suelo, mientras en el aire flota un perfume de aceite usado mezclado con gasolina. En alguna parte de esta leonera, una radio gangosa difunde un éxito ya antiguo. Aunque seducida por el ritmo, Juliette consigue controlarse. Con una voz teñida de un tono suplicante, llama:

—Disculpe, ¿hay alguien?

Un ruido metálico resuena al fondo, inmediatamente seguido de una palabrota.

—¡Voy!

Ruido de pasos, después una silueta que rodea el elevador de coches y se dirige derecha hacia las visitantes. Un joven vestido con mono azul emerge de la penumbra. Como un puzle cuyas piezas van encajando progresivamente ante ella, Eugénie lo descubre. Para empezar, una forma de andar pausada pero segura; un buen ancho de espaldas; y por último, una cara bien dibujada, un equilibrio perfecto entre la fuerza de la mandíbula, la dulzura de la mirada y la sensualidad de los labios. Cuando se acerca, la guinda del pastel, se da cuenta de que tiene unos ojos magníficos. Difícil no sucumbir a los encantos de esta masculinidad en estado puro cuyo portador parece inocentemente ignorar su valor.

Con una timidez que su amiga ignoraba, Juliette pregunta:

—¿Me reconoce?

—Claro, estuvo la semana pasada, y también la anterior. No me diga que se la ha vuelto pegar…

—Sí. Es horrible, creo que tengo la negra…

—¿De qué se trata esta vez?

—No lo sé muy bien.

—¿Quiere que le eche un vistazo?

—Me salvaría la vida. Muchas gracias.

Al pasar ante Eugénie, a la que saluda, el joven mecánico comenta:

—¡Su hija no tiene suerte con los coches!

Eugénie recibe el comentario como una bofetada en la cara, como un golpe para caer hecha trocitos, empezando por los brazos, que se le descolgarían. Tampoco es que fuera a suponer un problema, unas cuantas piezas más desperdigadas no se notarían en este ambiente tan caótico. Vaya día que lleva Eugénie, a quien, desde esta mañana, la han llamado dinosaurio y ahora la han encasquetado otra maternidad. Brontosaurio despistado ve un nuevo huevo a su lado.

Dirigiéndose hacia el punto de impacto en la parte trasera, el mecánico inspecciona el vehículo. Al descubrir las marcas, se detiene, perplejo.

—Caray… ¿Cómo se ha hecho esto?

—No me va a creer, pero no tengo ni idea.

Él se arrodilla para ver los desperfectos, pasa la mano por los bajos. Al ver que las abolladuras van más al fondo, se tumba de espaldas, listo para deslizarse debajo.

Juliette, estremeciéndose, se acerca a Eugénie y le murmura discretamente:

—Es mi momento preferido. —El hombre se mete debajo del coche—. Me encanta cómo se mueve. ¡Mira qué guapo es! Esos hombros, ese torso, esa pelvis. Debe de bailar como un dios…

—Me has hecho pasar por tu madre.

—Para nada, ha sido él el que…

—No has dicho nada para sacarle de su error.

—Me encantaría verte como mamá.

Juliette la agarra del brazo y se acurruca contra ella.

—Perdona, es verdad, habría tenido que rectificar. Pero es su culpa, ¡hace que pierda la cabeza! Es la primera vez que siento algo así por alguien.

—Una no se enamora de un tío que se retuerce en el suelo, aunque, efectivamente, tenga muy buena planta.

—No se retuerce, salva mi coche.

—Que tú misma has desfondado…

Juliette le hace un gesto para que hable menos fuerte.

—No, te lo juro, me causa un efecto especial. Siento algo diferente.

—¿El gasoil?

—Lo digo en serio.

El hombre sigue contorsionándose para inspeccionar el chasis. Juliette se lo come con los ojos. Murmura a su cómplice:

—¿Ves?, ahora mismo me entran ganas de lanzarme sobre él.

—Te lo ruego, cálmate, piensa en una canción; y por favor, que no sea una lenta…

Pensativas, las dos mujeres observan al mecánico que, al rato, termina por apartarse.

—Ha tenido suerte, no es demasiado grave. El catalizador no ha sido dañado. También tenía miedo por el depósito, pero está todo bien. En cualquier caso, habrá cosas que hacer. La buena noticia es que podrá circular así. No hay necesidad de repararlo.

—¡No, insisto! ¡Arréglemelo!

El hombre parece sorprendido por la reacción, pero, después de todo, el cliente siempre tiene la razón, sobre todo cuando es una clienta tan mona.

—En ese caso, tendrá que dejarme su coche un día o dos. Aun haciendo lo mínimo, debería salirle por unos trescientos cincuenta…

—Ya me las apañaré yo. Confío en usted. ¿Cuándo quiere que se lo deje?

Él reflexiona.

—El martes por la mañana, ¿le va bien?

—Sin problema, ¡mi querida mamaíta me traerá!

Mamá dinosaurio está a puntito de transformarse en un dragón que escupe fuego. Lo que, entre los bidones de aceite y los vapores de carburante, haría estallar en llamas a todo el vecindario.

8

—Bendígame, padre, porque he pecado.

En la oscuridad del confesionario, a través de la celosía perforada de minúsculos agujeros que los separa, lo único que Céline distingue del cura es una forma vaga.

—No tiene la costumbre de venir —señala este.

—La verdad es que no, tengo que reconocerlo. En realidad, nunca…

—Ya nadie pronuncia esta fórmula. De hecho, ya nadie viene a confesarse, aparte de la señora que se encarga de las flores y de la sacristía, porque hace trampas a la belote[3].

Céline duda, pero no puede aguantarse su pregunta.

—¿No se supone que usted debería garantizar el secreto de confesión? —Escucha un golpe sordo, y después nada—. Padre, ¿sigue ahí?

Él no responde de inmediato.

—Sigo aquí, totalmente a su disposición. Discúlpeme por este despreciable desliz. La falta de costumbre… Pero no tema, puede confesarme aquello que le preocupa con total confianza.

---

[3] Juego de cartas muy popular en Francia (N. de la T.).

A juzgar por la voz, Céline y el cura deben de tener más o menos la misma edad.

—Me da vergüenza, padre. Ya no sé dónde estoy ni cómo encontrarme.

—Explíqueme qué le ocurre.

—Estoy criando a mi hijo sola. Se llama Ulysse y acaba de cumplir doce años… Tengo la impresión de no estar a la altura, de no ocuparme correctamente de él. Pero hay algo peor: hay momentos en los que me arrepiento de haberlo tenido.

—¿Es decir?

—Me gustaría que no existiera. Es horrible… Sin embargo, le juro que lo quiero con todo mi corazón. Me doy asco. Soy una madre indigna.

—¿No quería niños?

—Sí, al contrario. Pero entre lo que uno se imagina y la realidad… Simplemente tengo la impresión de no ser capaz de criarlo. Todo me sale mal, siempre se me va la pinza. Como si me hubiera inscrito a un examen para el que no tengo el nivel. No debería haberme presentado…

—¿Nota este sentimiento paradójico en momentos de cólera?

—Más bien en momentos de agotamiento. Por lo general, empiezo a venirme abajo por la tarde, hacia las siete, cuando estoy al límite de mis fuerzas y aún debo preparar la comida, ayudarle con los deberes, ocuparme de las facturas… Me hundo a eso de las nueve, cuando Ulysse está acostado.

—¿No hay cólera en usted?

—La cólera requiere demasiada energía, es un lujo que no me puedo permitir. A veces, mi exmarido consigue desencadenar en mí tremendos accesos de rabia (me ha regalado mucho más de eso que flores), y cada vez que ocurre, me entran ganas de degollarlo…

El cura tose, Céline se interrumpe.

—No debería hacer este tipo de comentarios, ¿verdad?

—No estoy aquí para juzgarla, sino para ayudarla a aliviar su conciencia. Hábleme de su hijo.

—Seguro que no voy a ser objetiva, pero la primera característica que se me ocurre es «amable». Con sus amigos, conmigo, siempre opta por el cariño. Comparte, da, intenta ayudarme en lo que puede, trabajando duro en el colegio, por ejemplo. Lo veo convertirse en un hombrecito y, con frecuencia, intenta protegerme. Y eso hace que me derrita. Es por él que sigo adelante. Carga con demasiado peso, bien sea con bolsas de la compra como con sentimientos. Ya es más maduro que su padre… De golpe, incluso lo encuentro demasiado razonable. Sin duda, nuestro divorcio le habrá hecho crecer más rápido de lo que debería. No he sido capaz de darle el lujo de ser un niño despreocupado… No es en absoluto responsable de mi estado, y me siento fatal por tener estos sentimientos indignos. ¿Qué tipo de monstruo hay que ser para desear que un ser inocente, tu propio hijo, no exista?

—¿Ulysse sabe lo que usted siente cuando está cansada?

—Por supuesto que no. Nadie está al corriente, aparte de usted ahora. Hago todo lo posible para darle los medios para que pueda tirar adelante en la vida. Pero entre mi trabajo, todo lo que tengo que hacer por él, llevarle a que haga deporte, al colegio, y mantener en funcionamiento la casa, no puedo más.

—¿El padre está ausente?

—Lo preferiría, pero ahí está, irresponsable y destructor. Desestabiliza a Ulysse intentando ponerle en mi contra. Cada vez que el crío vuelve de su casa, está hecho un lío. La actitud de su padre oscila entre la de un amigo demagogo que cede a todo con tal de comprar su cariño, y la más completa falta de implicación. Desde hace cerca de un año, ni siquiera me pasa la pensión alimenticia. Me culpa de haberme quedado con la custodia de Ulysse. Si usted supiera todos los horrores que ha ido contando de mí para tratar de recuperarla… Pero, en el fondo, le importaba un bledo nuestro hijo. Todo lo que quería era humillarme y quitármelo para hacerme sufrir.

—Escucho a una mujer que tiene dudas, que vacila, pero que aún no me ha contado nada que necesite ser perdonado. ¿Por qué ha venido hoy a confesarse? ¿Qué falta cree haber cometido?

Céline se siente trastocada.

—¿Hay que cometer una falta para sentirse avergonzado? ¿Una debilidad, un sentimiento no es suficiente para sentirse mal? —El cura no sabe qué responder. Céline prosigue—: A lo mejor si jugara a la belote, yo también haría trampas. No soy ninguna santa. Pero mi prioridad es Ulysse. No vivo por mí, sino por él.

—No se abandone. Hay que recibir antes de dar. También debe vivir por usted, si no, ¿de dónde sacará las fuerzas para ayudarlo?

Céline se calla, aunque tendría mucho que decir. Debería responder, tener el valor de reconocer que sale con alguien, aunque solo sea de vez en cuando. Pero ¿qué diría el cura si se enterara de que aquella a la que está escuchando mantiene una relación con un hombre casado? Peor, ¿cómo la juzgaría si supiera que espera que este hombre rompa para por fin tener la oportunidad de ser feliz, haciendo daño a otra?

—¿Tiene allegados, familiares con quien pueda hablar de su situación? —retoma el cura.

—Tengo dos amigas, pero no es lo mismo.

—¿No es lo mismo?

—Creo que necesito escuchar los consejos de un hombre. No ven la vida como nosotras, y es ese punto de vista el que me falta.

—Yo soy cura…

—Pero es hombre, ¿no?

—Eso sí, se lo puedo asegurar, pero no tengo experiencia de pareja ni de paternidad.

—Y, sin embargo, me gusta hablar con usted. Me sienta bien. Ya lo noto. No lo veo, pero su voz me tranquiliza.

—¡¿Ha venido aquí simplemente para hablar con un hombre?!

—Un hombre en quien pueda confiar.

—¿No conoce ningún hombre en quien poder confiar?

Céline piensa en su amante casado. Le encantaría que fuera el confidente que tanto añora, pero tiene que reconocer que no da para nada el perfil.

El cura insiste:

—¿Su padre?

—Murió cuando tenía seis años.

—Lo siento.

—Está el marido de una de mis amigas, bastante cercano a Ulysse, pero al que no puedo contarle todo.

—¿Nadie más?

Céline busca, pero tiene que rendirse a la evidencia.

—No. Para que se haga una idea de mi situación, antes de atreverme a venir a verlo, fui a consultar a una psicóloga. Lo dejé cuando me di cuenta de que echaba cabezaditas mientras yo lloraba en su gabinete. También lo intenté con un adivino. Me entró pánico cuando me predijo una tórrida historia de amor, al tiempo que intentaba acariciarme la mano.

—Dios mío…

—Doctor, ¿qué puedo hacer?

—Ni yo soy doctor ni usted está enferma. Sufre de un montón de cositas que, todas juntas, la abruman. Pero si se enfrenta a ellas de una en una, sin duda podrá conseguirlo e invertir la tendencia.

—Genial, habla como la revista que me ha prestado una compañera. «Mantenga siempre un acercamiento positivo», incluso al fondo del agujero. «Disfrute de las pequeñas alegrías del día a día». Pero, para serle sincera… estoy continuamente al borde del llanto. Me contengo para no venirme abajo delante del pequeño, pero cada vez se me hace más difícil. Hace dos días, como no conseguíamos que nos saliera un ejercicio de química bastante sencillo, tuve que salir corriendo al baño para llorar a escondidas. Derrotada por una molécula de oxígeno que no sabía qué hacer con sus electrones. ¿Se da cuenta? ¡Me dejé vencer por una molécula! Y más ridículo aún, en la última reunión de padres y profesores me tiré un cuarto de hora lloriqueando en brazos de una profesora de francés que ni siquiera era la suya. Tienen que tomarme por una completa neurótica. Pero esto no es lo más grave. ¿Qué pasará cuando Ulysse se plantee preguntas a las que solo un hombre pueda responder? ¿A quién me voy a dirigir?

—¿No cree en la oración?

—Trabajo en una aseguradora. Digamos que las estadísticas han acabado con la poca fe que quedaba en mí. Soy madre soltera, como el veintitrés por ciento de las mujeres que tienen niños hoy día en nuestro país. Infligiéndole una vida tan precaria, sé que expongo a mi hijo a un futuro mucho peor del que habría podido disfrutar en el seno de una pareja estable. Es matemático.

—¿Es una estadística oficial?

—No, un miedo incontrolable. Perdóneme, padre, pero no creo en los milagros. El único del que he sido testigo fue lograr ganar más de un kilo cuando solo había comido cien gramos de helado…

—Y, en cambio, ha venido a verme.

—Es verdad.

—Yo también tengo un dato estadístico para usted: el cien por cien de la gente que vive en este planeta tiene problemas, con frecuencia muy serios. El cien por cien de ellos necesita ayuda y el cien por cien no encuentra salida a no ser que se cruce con alguien que se convierte en su solución. Solo, uno no consigue nada. Es absolutamente necesario que usted pueda, al menos, expresarse. No conseguirá salir del atolladero mientras esa carga que la corroe permanezca en su interior. Venga a verme de nuevo todas las veces que quiera.

—Gracias, doctor. Debe de encontrarme patética.

—Es la condición de todos nosotros, hasta que nos orientemos hacia la luz que nos guíe fuera de las tinieblas.

9

En la sala de ensayos, la compañía está reunida en torno a una gran mesa improvisada. Cerca de una veintena de personas discute a la vez, desde los encargados de vestuario a los tramoyistas, pasando por los técnicos de iluminación y el taquillero, hasta los actores. Hay que decir que la situación es seria.

Natacha y Maximilien se han sentado, cómo no, lo más lejos posible el uno del otro, pero enfrente de los grandes espejos para poder admirarse mientras se escuchan hablar. Eugénie se ha sentado entre Victor y Juliette. Karim también está. El bombero no charla con sus vecinos. Él es, sin duda, uno de los más preocupados por el futuro del teatro. Céline aún no ha llegado. Daniel, el tramoyista hipocondríaco, se ha disculpado porque tenía que ir urgentemente a hacerse unas pruebas, como cada dos días. Arnaud, uno de los técnicos de iluminación, ha venido con un maniquí tamaño natural que descubrió hace dos semanas al fondo de un almacén de atrezo. Nadie sabe por qué se ha encaprichado con este gran muñeco de trapo armado con una estructura metálica articulada, pero se han vuelto inseparables. Lo lleva consigo a todas partes, lo viste y habla con él. Hoy, lo ha ataviado de presidiario y acaba de preguntarle si está a gusto sentado.

—¿De verdad que había necesidad de que trajeras ese trasto? —gruñe Maximilien.

—Se llama Norbert, y es mi amigo.

Nicolas, el director de escena de la mayoría de los espectáculos, un tipo tan escuchimizado como su barba, preside. Para hacer que el equipo se concentre y anunciar el comienzo de la reunión, da unos golpecitos en la mesa con su bolígrafo.

—Por favor, vamos a comenzar... Gracias a todas y a todos por estar disponibles. Ya sabéis hasta qué punto la implicación de cada uno es necesaria en el período que estamos atravesando. Nuestra sesión tiene como objetivo preparar el programa que propondremos a los representantes municipales y al propietario del teatro, y necesitamos más que nunca ser imaginativos y pertinentes. No podemos contar con las habituales audiciones para dar con espectáculos que nos salven. Todas las ideas son bienvenidas, sentíos libres. No hay que negar la evidencia: nos estamos jugando el culo, y si no damos con espectáculos capaces de movilizar al público, corremos el riesgo de tener que arriar velas, incluso de tener que abandonar este lugar...

Maximilien se hace inmediatamente con la palabra:

—Hay que apostar por los clásicos, reinventar las eternas obras maestras con puestas en escena contemporáneas, conservando al mismo tiempo los valores intemporales que nos llegan a través de ellas. Shakespeare, Racine, Molière... Esos grandísimos creadores de héroes complejos y ricos nos permitirán saciar el hambre de distracción popular sin tener que apartarnos de la calidad que exige nuestro arte.

Fiel a su costumbre de sobreactuar, Natacha suspira lo suficientemente fuerte como para que todo el mundo la escuche, antes de soltar:

—¡Bobadas! Los tiempos han cambiado. Al diablo con estos arquetipos que ya han durado demasiado. Lo que el público quiere ahora es seguir el destino de las verdaderas heroínas del día a día, la aventura de aquellas que hacen avanzar el mundo, encarnando los retos de hoy día con su inefable sensualidad. El arte dramático ha negado a las mujeres durante demasiado tiempo el lugar que les corresponde. Tenemos que buscar una obra anclada en el siglo XXI, centrada en una personalidad portadora de esperanza y que emane humanidad sublimada.

Karim mira alternativamente a las dos «estrellas», sin poder determinar cuál podría tener razón. Los tramoyistas se miran, dubitativos. Olivier, discretamente, hace como que se pega un tiro en la sien para hacer reír a sus cómplices. Eugénie se dice que, una vez más, el tándem de bobos no decepciona, incapaces de ver más allá de sus propios intereses. En el fondo, cada uno ellos solo piensa en el papel principal que le tocará, a ser posible en detrimento del otro.

El director de escena reorienta el debate.

—Ya hemos representado clásicos y, aunque hemos llegado al público escolar, hemos perdido un poco el público de pago. Encontrar una obra inédita llevaría también demasiado tiempo. Hay que destacar, y rápido. Tenemos que hacer muestra de audacia, tanto en el contenido como en la forma. Si queremos sobrevivir, tenemos que dar el gran golpe.

Marco, uno de los habituales en papeles secundarios que también se encarga de pintar los decorados, propone:

—¿Por qué no un musical? Una mezcla de danza y música con poesía, en un estilo contemporáneo…

Juliette asiente sobre lo de la danza, pero Victor modera:

—La última vez que representamos este tipo de rollo esotérico, con una nota musical perdida cada diez minutos y frases sin sentido recitadas por actores en pelotas, nos llevamos el mayor batacazo de toda la historia del teatro. Karim, ¿no fue esa vez cuando te quedaste dormido?

El interesado agacha la mirada, pero confirma con un movimiento de cabeza. Franck, el taquillero que siempre ha soñado con escribir, levanta la mano para pedir la palabra. Nicolas se fija en él.

—No estamos en el colegio, Franky, puedes hablar —dice el director.

—Se me ha ocurrido una idea que podría ser lo suficientemente potente como para que todo el mundo esté de acuerdo. Cogeríamos dos historias superconocidas, totalmente universales, y las mezclaríamos para crear así una especie de cóctel inédito que podría entusiasmar a todos los públicos.

—¿Por ejemplo?

—He estado pensando mucho en ello. Me he imaginado varios, pero el primero que se me ocurre es una mezcla entre *Bambi* y *Titanic*. ¿Os imagináis la presentación? Un cervatillo huérfano se embarca en el viaje inaugural del mayor crucero del mundo. En la bodega se encuentra con Tambor. Juntos, romperán el hielo…

Silencio sepulcral entre los asistentes, salvo Olivier, al que se le escapa una risa nerviosa. Nicolas se rasca la barba y la calva comentando con sobriedad:

—Efectivamente, es una idea poderosa…

Eugénie no consigue que sus cejas, arqueadas por la sorpresa, vuelvan a su sitio. Victor interviene, todo sonriente:

—Ya tengo el título. Se llamará *Titambi* o, mejor aún, ¡*Bambinic*!

Llevado por su entusiasmo, Franky permanece impermeable, más que el famoso crucero, a la perplejidad que le rodea. Insiste:

—Tengo otra cosa, si queréis: *Una jaula de grillos* y *Batman*, ¡o incluso *Blancanieves* y *Los siete magníficos*! Podríamos meter ponis en escena, a los niños les encantan los ponis…

El director levanta la mano para interrumpirle:

—Gracias, Franky. Aunque la idea es innegablemente revolucionaria, sin duda tendríamos problemas jurídicos.

Después de consultar con la mirada a su compañero maniquí, Arnaud se manifiesta:

—He conocido a un tipo que toca la flauta de Pan con el trasero.

Natacha está a un tris de desmayarse, pero los electricistas, y sobre todo Victor, parecen muy interesados.

—Espero por ti que no lo hayas conocido muy de cerca —dice este—. ¿Crees que podría aguantar dos horas?

—No sé, pero tenéis que reconocer que es original.

Junto a los tramoyistas, Victor está al borde del ataque de risa.

—Lo que nos ahorraremos en decorados, nos lo gastaremos en judías y en máscaras de gas para el público…

Maximilien levanta la mirada al cielo. Como director, Nicolas sufre. Él reacciona:

—Un poco de seriedad, por favor, nos estamos jugando el pellejo…

Olivier replica:

—¡Incluso podríamos decir que el culo! ¡Hay que tener olfato!

Arnaud, ofendido, toma a su maniquí como testigo:

—¡Díselo tú, si sería o no lo nunca visto!

Por una asombrosa casualidad, la criatura inanimada cae hacia delante y agacha la cabeza justo en ese instante. Arnaud lo vive como un cruel repudio. Lo único que le salva de su desazón es una oportuna distracción: llaman a la puerta de la sala.

Céline abre, sin resuello.

—Perdón por el retraso, he venido tan rápido como he podido.

—No pasa nada —responde Nicolas—. Llegas en un buen momento.

—¿Por dónde vais?

Victor resume:

—Habíamos alcanzado un gran fresco minimalista que ponía en escena a Hamlet que, recientemente operado para convertirse en mujer, lucha para que Bambi pueda subir en una balsa salvavidas junto a los de primera clase, mientras en el puente unos pedorros tocan música peruana. Todavía nos quedan dos o tres detalles por concretar, sobre todo en lo relativo al papel de los ponis. Si se te ocurre alguna sugerencia…

10

Mientras la discusión se va acalorando, Eugénie se levanta discretamente para saludar a Céline y le comenta a solas:

—Empezaba a preocuparme… ¿Va todo bien?

—Lo siento, tenía que terminar urgentemente un informe de solicitud de indemnización en la oficina. De todas formas, si no es por esto, es por otra cosa; pero me paso la vida llegando tarde a todas partes, se me zampan viva… No tengo tiempo para nada.

Mientras le da un beso, Eugénie le señala su silla.

—Coge mi asiento, yo voy a sentarme detrás.

—¿Por qué? Estás muy bien ahí. No eres tú la que ha llegado tarde.

—Cada uno va a su bola, me han perdido. Además, desde el fondo veré mejor.

—Tu famosa visión de conjunto…

—Exacto.

Con gesto cariñoso, la mayor guía a su amiga hasta su asiento y se exilia en la banqueta del piano, en una esquina de la sala.

Extraño espectáculo. Como lleva ocurriendo desde hace tiempo, Eugénie se pregunta si lo que se está representando ante ella es una obra teatral, una película o la realidad. Por más que se frota los ojos, todo le parece etéreo, como si viviera los acontecimientos a través de un velo de irrealidad, completamente desconectada del momento presente. Escucha las voces, pero no las entiende. Algunas contestaciones, que en principio deberían hacerle reír, no le hacen gracia. Ya nada parece impresionarla. En sus raros momentos de lucidez, Eugénie se pregunta: ¿renuncia a lo mejor para no correr el riesgo de dejar entrar lo peor, que suele aprovechar la brecha abierta? ¿Es un mecanismo de protección? ¿Es posible la felicidad a costa de la anestesia absoluta? ¿Se ha vuelto realmente impermeable a toda forma de emoción? ¿A cuándo se remontan su último ataque de risa, sus últimas lágrimas vivas?

Demasiado feliz con la perspectiva de poder encontrar por fin una respuesta, el cerebro se precipita sobre sus archivos para recuperar los datos. Su último ataque de risa data de la noche en que Daniel, uno de los tramoyistas, explicó muy serio que ya no podría cargar con cajas porque se había descubierto una nueva enfermedad que podía hacerle explotar si levantaba más de once kilos y medio. La víspera, había sellado todas las tomas de corriente de su casa con pañuelos de papel, porque es por ahí por donde los servicios secretos extranjeros nos espían. A Eugénie todavía le entra la risa con solo pensarlo. En cuanto a las últimas lágrimas de verdad, fue un domingo, al final de la mañana, justo después de que Noémie trasladara sus cosas para instalarse con su novio. Una etapa positiva y necesaria para su hija, pero el fin del mundo para su madre.

Cada vez que piensa en los mejores momentos de su vida, Eugénie tiene la impresión de estar en un ascensor que se ha vuelto loco. Subir, bajar. Aceleraciones fulgurantes, caídas vertiginosas. Unas tras otras, en un agotador vaivén emocional. Las risas de los niños, la sonrisa benévola de su padre, las meteduras de pata de Juliette y los planes estúpidos de Victor hacen que suba directamente a la decimoquinta planta, a la terraza, a pleno sol. La mirada perdida de su madre en el coche al volver de las exequias de su padre; la voz enfadada de Eliott, que se niega a hablar de sus problemas; o su propio cuerpo que cambia, y no para bien, le hacen bajar al trigésimo sexto por debajo. Un día, el cable terminará por soltarse y, en esos casos, es raro que la cabina tire hacia arriba…

Rápidamente, mira a los demás para no pensar más en sí misma. El debate sigue candente acerca de los posibles espectáculos. Más que lo que dicen, son como siempre los individuos los que más interesan a Eugénie. Con cada uno de los presentes en la sala comparte una historia particular. Por lo general apego, a veces cariño. Identifica lo que aprecia de ellos y lo que le inspira. También sabe lo que odia. Conoce el lugar que ocupan en su día a día. Tomándolos de uno en uno, es exactamente consciente de lo que representan en su vida. Pero ella, ¿qué representa en la de ellos? ¿Qué influencia tiene sobre esta gente? ¿Modelo, aliada, salvaguardia, motor, medio para conseguir sus fines o simple segundona de una existencia? Sin duda, un poco de cada, según el momento. ¿Cambiaría la vida de los que están sentados en torno a la mesa si ella desapareciera? ¿Cuál sería su reacción? ¿Acaso se darían cuenta?

De momento, todo el mundo parece haberse olvidado de que ella se encuentra en la habitación, y le viene de maravilla. Escruta sus caras, intenta desencriptar las emociones que en ellas se inscriben. A veces las palabras mienten, pero no las expresiones espontáneas. Captar, estudiar, intentar comprender, Eugénie lo hace cada vez más, pero ¿con qué fin?

Le viene a la mente una frase de Céline: «Me paso la vida llegando tarde, no tengo tiempo para nada». En pocas palabras, es un ritmo de vida, toda una energía la que se manifiesta y la que resurge en la memoria de Eugénie.

Hace apenas unos años, ella podría haber empleado las mismas palabras. Conoció muy bien esos días en los que no tenía tiempo para nada. Esas malditas semanas donde todo va más rápido que tú. Esas horas estresantes donde el minutero se convierte en segundero y te deja tirado. No hace tanto, Eugénie se veía también obligada a saltar de una urgencia a una necesidad.

Estaba cansada, desbordada, como Céline. No era un período fácil. Y, en cambio, daría lo que fuera para volver a vivirlo, antes que tener todo este tiempo que no le sirve para nada.

Si el genio de la lámpara se lo propusiera, estaría dispuesta a cambiar, sin dudarlo, un año de su futura vida para encontrarse al alba de uno solo de esos días de los que hoy Céline se queja. El despertador que suena y ya se está llegando tarde. Claro está, en aquella época ignoraba el valor de lo que estaba viviendo. Todo iba demasiado rápido para poder verlo desde otra perspectiva. Tenía la impresión de sufrir, de estar en un barco-colador en el que intentaba tapar las fugas, sin éxito. Veinticuatro horas de veinticuatro, siete días de siete, tenía la impresión de ser una malabarista china que corre de palo en palo para evitar que los platos que giran cada vez más despacio caigan y se hagan añicos. Una pesadilla despierta. En cambio, todo tenía más sentido. El trabajo, hacer la compra, ir a buscar a los niños a la salida del colegio, oírlos contar las mismas historias que ella misma había vivido a su edad… En un feliz caos, que se complicaba aún más por la más mínima llamada inesperada, todo se arreglaba para que por la noche la familia se reuniera a la mesa. Victor iba a volver. Tiraría su bolsa en una esquina del vestíbulo antes de posar las manos en las caderas de su mujer, ocupada en cocinar la verdura como a él le gusta. Le pediría amablemente que barriera… Cosas que hacer por la gente que uno quiere. La felicidad.

Hoy, por fin tiene eso que tanto le faltaba, pero dista mucho de ser mejor. Tiene tiempo para todo. Levantarse media hora más tarde no es un problema. Puede darse una ducha durante horas si le da la gana, ya nadie intenta sacarla del baño. Tiene todo el tiempo del mundo para embadurnarse con toda la gama completa de cremas que prometen mantenerle la piel «joven». En aquella época, los cosméticos caducaban antes de que le diera tiempo a abrir los tarros.

A partir de ahora, Eugénie no solo puede leer el modo de empleo —por lo general, bastante sencillo—, sino también la totalidad de la composición, que se parece a un hechizo ancestral con todas aquellas palabras incomprensibles en latín. De hecho, Juliette asegura que si se leen al revés, un monstruo sale de los retretes. Eugénie casi tiene la tentación de hacer la prueba. Ha tenido que esperar a llevar gafas para descifrar los listados de componentes en letra pequeña, mientras que cuando veía bien, ¡ni se le hubiera pasado por la cabeza tomarse un minuto para echarles un vistazo! Qué vida esta. Pero ¿ahora los lee porque piensa que es útil o porque no tiene nada mejor que hacer?

Antes, Eugénie no paraba en todo el día. Ahora, espera. Espera la hora de apertura del teatro, espera las escasas llamadas y SMS de sus hijos. Al final, la témpera con la que estos monstruitos solían mancharle la cara era sin duda mejor para mantenerla joven que todos los elixires vendidos a precio de oro por laboratorios que hacen su agosto con la desesperación de las mujeres. Los únicos principios activos eficaces no se venden en frasco: son los sentimientos.

La reunión continúa. Ahora se trata de un coro que recuperaría los más bellos villancicos… en octubre, números de magia, incluso proyecciones de películas en 3D. Arnaud propone un espectáculo interactivo en torno a un maniquí que toma milagrosamente vida gracias al polvo de hadas. Olivier afirma que aquello tendría más éxito si se tratara de una muñeca hinchable. Natacha hace como si se desmayara por octava vez. Maximilien se contenta con indignarse.

Si Eugénie ha estado siempre atenta a los que la rodean, esta capacidad de observación nunca ha sido tan aguda como desde que vive en el teatro. Aquí, la emoción de los seres siempre termina por transparentarse. Demasiadas preguntas se apelotonan en su mente, también demasiadas respuestas. Todo lo que sabe no la ayuda a ver más claro. Entonces, ¿de qué le sirve?

Un alboroto la devuelve, de repente, al presente. Está claro que

Eugénie ha debido de perderse algo, porque no entiende por qué Maximilien, loco de rabia, se lanza sobre el maniquí de Arnaud para darle un tortazo. Eugénie sonríe y toma brutalmente consciencia de algo evidente que se le había escapado hasta ese momento: el saber no es el motor del mundo, son los sentimientos los que dictan nuestras vidas.

Y de momento, para lo que sirve…

De pie, delante del panel eléctrico del local técnico, Victor pone en marcha uno tras otro los interruptores. Cada vez, una luz verde confirma el restablecimiento de la corriente. Siguiendo un ritual muy rodado, cada día, al final de la tarde, el regidor ilumina de esta forma la fachada exterior y después sale para asegurarse de que todo funciona perfectamente.

Con su par de prismáticos en la mano, Victor cruza el vestíbulo en dirección a la salida.

El taquillero ya está detrás de su ventanilla acristalada, ocupado en apuntar las últimas reservas.

—Y bien, Franky, ¿el resultado de esta noche?

—¡Setenta y cinco! No está nada mal para un jueves, aunque tampoco sea la repera. ¡Seguro que atraíamos a más gente si se propusiera una adaptación de Agatha Christie con canciones interpretadas por los Aristogatos!

Victor no responde. Cruza las puertas de cristal de cuadraditos biselados y se encuentra en el exterior, abandonando la atmósfera sosegada del teatro por aquella mucho más bulliciosa de la ciudad. El contraste es sorprendente entre el cascarón intemporal y la efervescencia disonante. Coches, autobuses y vehículos de dos ruedas desfilan en un raudal heterogéneo. En lo que respecta a los peatones, entre la salida de los colegios y la vuelta de los trabajadores a sus casas, es la hora punta.

Ha tenido que ser un magnífico día, pero al pasar todo el tiempo dentro, Victor no se ha dado cuenta. Levanta la cabeza y comprueba que el cielo sigue azul, a pesar de la luz del atardecer que ya abraza la cima de los inmuebles. Debe de ser uno de los pocos en no alegrarse. La vuelta de la primavera nunca es una buena noticia para los locales de espectáculos. Cuando hace bueno, la gente abandona las salas oscuras donde se sentía tan feliz de encontrar refugio durante el invierno. Con los primeros signos del despertar de la naturaleza, sale, se junta, pasa el rato cogida de la mano, se toma algo en una terraza y termina la tarde sin haber necesitado a unos saltimbanquis para distraerla.

Prudente, Victor espera que haya un hueco entre dos oleadas motorizadas para cruzar la calle con paso ágil. Como de costumbre, se coloca en la acera de enfrente, delante del escaparate del sastre, al que dirige un saludo. Entonces contempla «su» fachada, no sin cierto orgullo.

Hay que reconocer que tiene encanto. Hace ya unos años, la estructura *art nouveau* fue armoniosamente resaltada con elementos de iluminación y por un amplio alero decorado en su borde con bombillas como los de las salas de Broadway. Destacando la entrada, el volumen subraya también las elegantes estructuras. Con sus prismáticos, Victor inspecciona a conciencia el friso esculpido de la parte alta, que representa lilas y jacintos entrelazados. Las ornamentaciones de piedra son antiguas y el paso de los inviernos las vuelven cada año más frágiles. Hay que vigilar diariamente los posibles daños causados por las bruscas variaciones de temperatura en esta época de cambio de tiempo. El venerable teatro necesita cuidados.

Victor le tomó rápidamente cariño a este lugar. En el corazón de la ciudad, presa de una histeria mercantil que termina por desfigurar el entorno social, el majestuoso edificio sirve de oasis. A su alrededor, los rótulos cambian cada seis meses. Las tiendas de accesorios de telefonía ceden su puesto a las tiendas de manicura, que a su vez dejan paso a los *outlets*, a los cigarros electrónicos o incluso a tiendas de ropa cuyo nombre nadie conseguirá pronunciar antes de que pasen de moda. Los únicos que resisten son la panadería, el taller de costura y la peluquería.

El teatro, por su parte, no cambia; remanso de paz al abrigo de la versatilidad de los tiempos. Independientemente de lo que se piense de su estilo, el simple hecho de que permanezca invariable le hace digno de admiración. ¿A cuántas modas pasajeras, las supuestas revoluciones sociales, habrá sobrevivido este templo? Un punto de referencia, un decorado inmutable en el que cada noche se desarrolla un nuevo espectáculo. ¿Cuántas generaciones han empujado estos mismos batientes, con sus marcos de cobre brillante, emocionándose por lo que iban a vivir?

Las cornisas y los frisos parecen aguantar. Victor cree que puede dar por terminado su trabajo por esta noche, cuando de pronto se fija en una bombilla fundida en el frontón. Su temperamento de antiguo ingeniero no soporta este tipo de detalles que deslucen. Eugénie le toma el pelo haciéndole ver que solo él se fija en lo que no va bien. Mientras espera, Victor ya solo ve esta bombilla apagada. Ensombrece la percepción del conjunto. Y eso no se puede permitir. Pero hay un pequeño problema: donde está situada, no podrá alcanzarla desde el balcón. Es bueno escalando.

El tiempo que tarda en coger la escalera en el almacén, y ya está subiendo con la bombilla de recambio metida en su bolsillo dado de sí. Está tan acostumbrado que ni siquiera ha cortado la corriente.

La operación apenas le lleva unos segundos. Cuando vuelve a bajar, contempla con satisfacción el montón, ahora ininterrumpido, de luminosas bombillas que enmarca el cartel. Vuelve a plegar la escalera, la apoya al pie de la puerta y se concede unos segundos para saborear la cálida luz que el alero y su miríada de bombillas derrama por la acera.

En sus pocos metros cuadrados, está claro que no es la luz de una playa soleada ni la del amanecer. No, es aquella tan particular de un lugar que en realidad no existe, pero que por sí solo conserva buena parte de nuestro imaginario colectivo. Una mezcla que evoca alternativamente la edad de oro del espectáculo, los preestrenos con sus alfombras rojas, el ambiente de fasto y glamur de las fiestas de etiqueta. La claridad que proyectan los innumerables puntos luminosos dibuja múltiples y limpias sombras. Se necesita la magia de esta luz para transformar un banal rectángulo de acera en noche de gala. Gracias a este modesto prodigio, los pocos metros de asfalto que dan cobijo al teatro adoptan aires de West End, y los que pasan parecen invitados vips. A Victor se le llenan los ojos. Se mira los pies, juega con su sombra e incluso se marca unos pasos de claqué, aunque no tenga ni idea de cómo se hace.

—¿Ha perdido algo?

Una joven se ha plantado delante de él.

—Sí, se me han perdido dos toneladas de lingotes de oro. Y me joroba, porque no voy a poder comprar el pan.

La señorita no dice ni pío. Imposible saber si le toma por loco o si no lo ha pillado.

—¿Trabaja en el teatro? —pregunta ella.

—En realidad, soy pastor. ¿No habrá visto mi rebaño? Espero que esas bestias asquerosas no se hayan largado con mi oro…

Ella sigue sin moverse. Espera. Entre los dos se entabla un extraño juego de miradas, se evitan y se buscan, como cuando los niños quieren hablarse, pero no saben qué decir. ¿Quién será el primero en rendirse?

Victor pierde la partida.

—Sí, trabajo en el teatro, pero aún no está abierto.

—Es por eso que me permito molestarle mientras está fuera.

—Irrefutable. Me encanta ese espíritu de poderosa deducción. ¿Qué quiere?

—No estará contratando figurantes para los espectáculos, ¿verdad? Voluntarios, claro está.

Victor señala uno de los carteles de *Corazón de relojería.*

—No para ese, no los necesitamos. No hay ninguna escena de grupo.

La joven parece profundamente decepcionada. Le tiembla el labio. Su pregunta anodina no dejaba adivinar la importancia que le daba a esa esperanza. La intensidad de su consternación la delata. El regidor odia ver a la gente en semejante estado, sobre todo si la persona en cuestión le recuerda a su propia hija.

—En cambio, en un mes, para otro proyecto, debería haber escenas de calle y una gran escena final. Todos disfrazados. No se lo puedo garantizar, pero, si quiere, puede dejarme su número…

La expresión de la cara de la desconocida cambia a una velocidad de la que solo son capaces los jóvenes. Ella sonríe.

—Estaría genial, ¡muchas gracias!

Decidida, hurga en su bolso para encontrar algo con lo que escribir. Victor se siente un poco desconcertado. Normalmente, los jóvenes que aparecen de pronto para actuar piden directamente un papel de verdad; y si se les dejara, está claro que se verían en lo alto del cartel desde esa misma noche.

—¿Por qué te apetece hacer de figurante?

—Para probar. Nunca he actuado ante nadie, aparte de en el colegio. Me apetece ver qué se siente. No consigo hablar en público y me he dicho que quizá sería una buena experiencia para desatascarme.

Impresionado por su calma y la manera tan sencilla con la que expone la situación, a Victor se le ocurre una idea.

—Estamos buscando una acomodadora, remunerada con las propinas. No hace falta que te diga que no te vas a comprar un *jet* privado nada más empezar, pero si quieres meter el pie, es una buena ocasión. —Por toda respuesta, la joven sonríe aún más—. ¿Cómo te llamas?

—Laura.

A la luz particular del frontón, Laura parece una joven estrella a la que le acaban de ofrecer el papel de su vida.

12

—Olivier tiene razón con respecto a Arnaud —ha farfullado Victor en su almohada—. Con su pelele tamaño natural, va a terminar por...

Y de golpe, nada. Fin de la transmisión. Se ha quedado dormido tan pronto que ni siquiera ha terminado la frase. Ha caído rendido como un bebé. Eugénie se queda sola, desamparada, intentando imaginar el final. ¿Qué espera Arnaud con Norbert? ¿Va a terminar por parecer majara? Ya lo parece. ¿Va a morir de hambre porque estará esperando a que su cómplice de tela y hierro le prepare un plato caliente? ¿Va a ser víctima de un accidente mortal porque querrá enseñarle a conducir, a hacer creps o a pilotar un avión militar? ¿Terminarán casándose? ¿Por qué no? El testigo de Norbert será un espantapájaros.

El campo de posibilidades es casi infinito. En sus divagaciones, Eugénie incluso se imagina a Arnaud y a Norbert bailando desnudos en la playa de una isla paradisíaca desierta, riendo como locos. Arnaud comería cocos y Norbert... nada —los maniquíes siempre están a régimen—. En Navidad, a los pies de un abeto formado por una bonita pirámide de cangrejos muertos, con guirnaldas de algas, Arnaud le regalaría, en el interior de una concha nacarada, aguja e hilo para zurcir, como símbolo de vida eterna.

Un poco más tarde, sin saber muy bien por qué, Eugénie se los imagina en la más dura de las batallas, durante la guerra de Vietnam. Norbert luce orgulloso en su uniforme de marine, pero acaba de pisar una mina. Un brazo y una pierna arrancados, una verdadera carnicería, paja y tela por todas partes. Incluso se ve asomar el perno de la articulación. Insostenible. Arnaud cae de rodillas y maldice al cielo gritando: «*Why?*», lo que fonéticamente en vietnamita significa otra cosa muy diferente que para los yanquis. «Pero ¿por qué este hombre grita: "¡Col rellena!"?», se preguntan los rebeldes. De golpe, dejan de disparar a diestro y siniestro y se lanzan «Fak» interrogativos, lo que fonéticamente en yanqui no significa para nada lo mismo. La incomprensión de los pueblos siempre causará estragos, pero esto no cambia nada del drama que atraviesan pelele y bicho raro. Arnaud ha vivido demasiados buenos momentos con su colega para resignarse a abandonarlo. No va a dejar que se pudra en un arrozal, sobre todo porque empieza a parecerse a una esponja. Lo carga sobre su espalda y, en un heroico esprint grabado a cámara lenta, corre hacia la estación de metro más cercana para dar una vuelta por la feria.

De pronto, Eugénie se siente muy cansada. Está claro que cuando uno sueña despierto, ciertas partes del cerebro aprovechan para no dar palo al agua. De hecho, «coherencia» y «credibilidad» han vuelto a su casa dejando una nota para disculparse en su escritorio. Pero si «dejar que todo fluya» y «está en tu cabeza, pero lo habías olvidado» han tomado el control del cerebro mientras «raciocinio» estaba en el baño, «arrepentimientos» y «depresión» acechan, siempre a la espera de jugar una mala pasada.

Con todo esto, Eugénie no ha conseguido conciliar el sueño. Mira al techo desde hace horas, con los ojos abiertos como platos, dejando vagar sus ideas, lo cual nunca es bueno en el estado en el que se encuentra. Sobre todo, mejor no pensar en nada serio, si no se va a volver muy negro.

Filtrados por las cortinas que deberían ocultar las ventanas, los rótulos de la calle y los pocos vehículos que pasan proyectan reflejos en la pared. Estas formas difusas componen cuadros efímeros, engendrando tantas impresiones como imágenes asociadas en una sucesión constantemente renovada. «Sentido creativo frustrado» se lo pasa pipa. Eugénie entrevé paisajes, una cesta con verduras, un papel de regalo arrugado, un secador de pelo que baila, abanicos orientales, incluso una paloma rellenando su declaración de la renta. Pero cada vez que se permite echar su mente a volar, lo que sobre todo contempla es el vacío abismal de su existencia.

A la larga, termina por tomar consciencia de un extraño fenómeno: sorprendentemente, los autobuses alumbran menos que los coches. Las máquinas grandes iluminan menos que las pequeñas. ¿Quién lo habría dicho? ¿Otra lección de vida? ¿Y a quién le importa? A nadie, pero ya ha pasado otro minuto a la espera de que suene el despertador.

04:22 h, el camión de la basura acaba de aparecer por el bulevar. Se acerca. Al principio se oyen los silbidos de los chorros a presión que limpian las aceras, acompañados del rugido del camión que se mueve a su paso. Por momentos, dicho rugido cubre el de Victor.

Eugénie tiene calor. Aparta la colcha, pero no cambia nada. Se ahoga y se vuelve hacia Victor. Le encantaría que estuviera despierto y que encontrara las palabras adecuadas para reconfortarla. ¿Y por qué haría falta que la tranquilizara? Eugénie no lo sabe realmente. De todas formas, él duerme a pierna suelta y le da la espalda. Cansada de aburrirse en la cama sin encontrar descanso, decide levantarse. De puntillas, sale de la habitación.

De pie en el salón, Eugénie se pregunta qué hacer a esas horas. ¿Prepararse un té? Lo ideal para no dormir. ¿Un vaso de leche templada? Solo funciona en las películas porque, en realidad, es algo vomitivo.

Sin saber muy bien por qué, decide ir a dar una vuelta por el teatro.

Baja la escalera que une su pequeño apartamento al local de personal que linda con el vestíbulo. Como una sombra que se desliza en silencio, atraviesa el espacio iluminado por las luces de seguridad. A través de los cuadrados biselados de las puertas de entrada, titilan las luces de la calle. Le parece oír un ruido. ¿Se va a cruzar tal vez con el espectro de Violette?

La gran sala del teatro está desierta y fría. Eugénie nunca la ha visto así. Con el brillo verdoso de las salidas de emergencia, el lugar parece azotado por una maldición que lo mantendrá al margen del tiempo, en el corazón de un invierno maléfico. Sin colores y sin movimiento alguno, la atmósfera es inquietante. El inmenso volumen parece la caja torácica de un monstruo inanimado, en el que los palcos harían de costillas. ¿Como es posible que este lugar, que hace unas horas vibraba con la emoción de un público satisfecho, pueda parecer ahora tan inerte? El telón está tan inmóvil que podría parecer hecho de ladrillo. Para Eugénie, en la penumbra, las filas de butacas le recuerdan a las lápidas alineadas de un cementerio.

Por más profundamente que respire, la sensación de ahogo no la abandona. Se le ocurre salir a la calle, pero cambia de opinión. No solo necesita aire fresco, también altura. De repente, le entran ganas de subir al tejado.

Animada por este objetivo inesperado, se mete por el dédalo de escaleras y de pasillos que permiten llegar hasta la planta alta. Conoce este laberinto como la palma de su mano. A veces, le parece oír ratones que trotan o que arañan.

La atmósfera cambia radicalmente cuando abandona el lugar autorizado al público por aquel reservado al personal técnico. Nada de dorados ni de terciopelos. Nada de confort. Lo único que está permitido es lo funcional. Muros desnudos con los revestimientos estropeados por el paso del tiempo, extintores, tubos y tuberías, flechas o señales de seguridad pintadas en las paredes. Aquí, sin maquillaje, lejos del lujoso decorado reservado a los espectadores, al teatro le traiciona su edad.

Continuando con su periplo nocturno, Eugénie incluso termina por dejar atrás el sector habitual de actividades. Ya ha llegado al desván. Mientras atraviesa una zona atestada de viejas cajas y de baúles polvorientos, un ruido seco llama su atención. Se detiene. Le parece sentir una presencia… y no la de un roedor. Le entran escalofríos.

—¿Hay alguien?

Sin respuesta. Y en cierto modo mejor, porque si hubiera escuchado una voz, Eugénie habría podido comprobar instantáneamente si sufre problemas de corazón. Se atreve a dar un paso, pero vuelve a detenerse. Al fondo del espacio abuhardillado, entre viejos objetos de decorados, cree percibir un movimiento. Una silueta que pasa.

—¿Quién está ahí?

Ningún ruido. Se queda unos segundos alerta, duda si desandar el camino; pero finalmente retoma su ascenso hacia la cima, permaneciendo alerta.

Estrechos corredores en pendiente, cada vez sube más alto por el edificio. Solo se ha aventurado hasta aquí una vez, cuando iba a empezar a trabajar, en la visita técnica con los bomberos.

En ese momento se encuentra encima de la cúpula de la gran sala, rodeada por una pasarela. Ahora las escaleras son de acero y enrejadas. No tiene vértigo, pero se dice que tendría que haber cogido una linterna.

El recorrido la conduce entre el armazón metálico. A veces, se agarra a las vigas cubiertas por una fina capa de polvo de óxido. Se frota las manos, pero no basta para quitar todo.

Por fin, ve los últimos escalones que conducen a la puerta de hierro en la que está pintado *Acceso tejado*. Empuja con todas sus fuerzas la barra de apertura y se encuentra en el exterior.

El soplo de la noche la atrapa de inmediato. Pasar de la calma ahogada del edificio a la exposición a los elementos le provoca la misma sensación que saltar al mar desde un acantilado. Llena sus pulmones de aire fresco. El horizonte sin decorados, el techo sin molduras doradas, pero hermosamente constelado por millones de estrellas… Bloquea el batiente para no acabar encerrada fuera y se dirige hacia la cubierta de cinc. El techo es casi plano y ofrece una vasta superficie. No tiene frío. Incluso es feliz de sentir cómo recorre su cuerpo el viento, del cual no la protege su camisón.

Avanza en dirección a la fachada, bordeando una serie de aparatos de aire acondicionado. Al fondo ve el borde y, en contrapicado, divisa la calle, como un agujero. Alrededor, un océano de tejados. Hay menos antenas que en el decorado de la obra, pero más parabólicas.

El vacío la atrae. Da unos pasos más, cada vez más indecisos. El precipicio no está lejos. Cierra los ojos, después separa lentamente los brazos, como una antigua sacerdotisa que se entrega a un ritual secreto. Un ligero vértigo está a punto de hacerle perder el equilibrio. Retrocede. Pero ¿por qué retroceder? ¿Y si la solución a todos sus problemas se encontrara ahí, a menos de un metro de ella? Bastaría con avanzar un poco y abandonarse a la gravedad. La gravedad terrestre y la gravedad de su situación. Todo se arreglaría. La idea de acabar con todo le parece de pronto obvia. Cada día, convencida de que ya no sirve para nada, se repite que su vida no merece la pena ser vivida. Anclada en un mundo de arrepentimientos, perdida la esperanza. Su entorno se las apaña muy bien sin ella. Entonces, ¿por qué sigue sufriendo, presa de esta existencia que la priva de todo lo que ama?

Adelanta un pie, un paso más. Le asoman las lágrimas. Quizá sea culpa del viento, que le acaricia la cara y le seca los ojos; o quizá sea el peso de sus sentimientos. Tan solo está a unos centímetros del precipicio. Ya distingue la acera de enfrente. Visto desde aquí, parece tan sencillo… Basta con avanzar un poco más para que todo se detenga. No volver a esforzarse. Nunca. Las razones para abandonar la partida son numerosas. Sería suficiente una corriente de aire o la aparición del fantasma de Violette para que dé el paso de más que decida su suerte. Unos siete pisos más abajo, todo terminaría. Una pequeña caída que sería más que suficiente para darle tiempo a hacer inventario de su vida. Nada que merezca la atención de los libros de historia. Una existencia insignificante. Todos sus esfuerzos, todas sus batallas, todo este amor, para llegar hasta ahí… Mejor dejar su lugar a aquellos que seguro lo harán mejor que ella.

¿Hay algo que echaría de menos? ¿Existe algo en esta tierra que aún pueda esperar? En el momento de hacer balance, ¿con qué se quedaría? Las caras de sus hijos cobran vida. ¿Está lista a renunciar a ellas? ¿Es capaz de privarse de ellas, cuando puede verlas, aunque sea menos a menudo? La otra imagen que le viene es la de Victor sollozando. En casi cuatro décadas, nunca lo ha visto llorar. Si ha contado para alguien, es sin duda para él. Que ella pueda volverse la causa de su dolor no le gusta. También echaría de menos a Juliette y Céline. Le gustaría verlas salir adelante. Para ellas aún hay tiempo. Y luego está Noémie, que ha empapelado las paredes del pequeño apartamento que comparte con su novio. Eugénie tiene curiosidad por ver qué tal ha quedado. ¿Unas sonrisas y papel de pared bastan para seguir viviendo?

De repente, una ráfaga de viento le hace perder el equilibrio, y solo por los pelos consigue recuperarse. ¿Un reflejo de supervivencia? Jadeando, retrocede torpemente hasta que su espalda tropieza con la chimenea. Se sienta, se hace un ovillo y aprieta las rodillas. De golpe, tiene frío.

13

No lejos del final de línea, el autobús se echa a un lado delante de una parada perdida mucho más allá del centro de la ciudad.

Ligera, Juliette desciende del vehículo bajo la mirada del conductor, visiblemente cautivado por esta bonita joven deportista. El buen hombre no se imagina lo que está en juego para su pasajera, ya que la carrera a la que va a lanzarse esta mañana nada tiene que ver con un simple entrenamiento. La distancia será modesta, pero la meta es enorme. Por cierto, es para no llegar agotada y sudando que se ha acercado en transporte público. De la misma forma, el conductor tampoco tiene ninguna posibilidad de imaginar el tiempo que ha necesitado para preparar ese atuendo aparentemente sencillo…

Es una mañana muy importante para Juliette, una especie de primera cita, aunque aquel a cuyo encuentro corre no tenga ni idea.

En la acera, se ajusta las correas de su mochila y se aprieta la coleta. Comprueba la hora y emprende la carrera. Una señal de que está concentrada es que no canturrea. Se ha tirado la mitad del fin de semana pensando en lo que se iba a poner para esta ocasión.

Todo empezó el viernes por la noche, cuando volvió a casa después de una reunión de reflexión sobre los futuros espectáculos del teatro. No se tomó ninguna decisión clara, pero igualmente mereció la pena intentarlo. En efecto, nunca había visto a un adulto enfadarse con un pelele. La única vez que había sido testigo de algo parecido fue cuando su primita le había gritado a su muñeca porque esta se negaba a responderle. En este caso había sido algo parecido, salvo que los dos protagonistas eran adultos. Norbert había permanecido tranquilo y muy digno frente a la cólera del actor. Eugénie tiene razón: siempre es el más astuto el que mantiene la sangre fría.

Fue al volver a casa, toda contenta por este incidente, cuando Juliette se plantó delante de su ropero. En ese momento, consideraba que elegir no le llevaría mucho tiempo. A veces nos hacemos ideas equivocadas...

Se había tirado dudando cerca de una hora antes de decidirse a sacar toda su ropa para esparcirla primero por la habitación, y después por todo el apartamento. ¿Deportivo? ¿No deportivo? ¿Vestido de noche y zapatos de tacón para ir al taller? Resultado, había ropa por todas partes: en la cama, en la mesa, en el sofá, en los muebles, sobre la televisión, incluso en los tiradores de las puertas y de las ventanas. Una verdadera instalación de arte contemporáneo. Había probado numerosas combinaciones de diferentes elementos, generalmente con resultados improbables. Para ir más acorde con su personalidad, la versión deportiva había terminado por vencer. Sin llantas de aleación.

No había sido la parte de arriba la que había supuesto el mayor problema. Después de un cordial debate interior entre «con clase» y «hazle ver que tienes lo que hay que tener donde hay que tenerlo», había optado por la sobriedad, sin olvidar subrayar su silueta de bailarina y, sobre todo, su pecho. En general, las chicas delgadas no tienen prácticamente pecho, lo cual no es su caso. En la gran competición que es la vida, Juliette comprendió rápido que es toda una ventaja. Ya se imagina a los entusiastas jueces masculinos, con los ojos brillantes, blandiendo sus tablillas de puntuación arbolando solo dieces...

Sin embargo, para la parte de abajo, la situación se había complicado rápidamente. Su habitual *legging* era, sin duda, demasiado ajustado. Entre «elegancia en movimiento» y «¿has visto mi c...?», el debate no había tardado en agravarse. Sus pantalones cortos de verano le hacían parecerse demasiado a una animadora de campus americano, y no le apetecía parecer una chica fácil. Incluso por un momento se le ocurrió ponerse unas bermudas que se había olvidado su ex, pero corría el riesgo de que se confundiera con la ropa de su chico, y eso sería una catástrofe.

Así que, como parecía no dar con la solución, al día siguiente Juliette pidió consejo a Victor y a Franky. Dirigiéndose a especímenes masculinos, esperaba obtener legítimamente respuestas pertinentes sobre lo que podría gustar a uno de sus congéneres... Una vez más, se estaba haciendo ideas equivocadas. Aunque fueron interrogados por separado y a diferentes horas, los dos hombres habían reaccionado exactamente de la misma manera, que podría resumirse así: «¡Nos la trae totalmente al fresco! ¡Búscate algo de tu talla y mueve el culo!». Olivier, que acababa de deslomarse levantando tres veces un madero antes de dejarlo en su sitio, se había entrometido, pensando sin duda que ayudaba, y había comentado alegremente: «Cuando compras jamón, no es el envoltorio lo que piensas comerte...». A Juliette le entraron escalofríos por la espalda de solo pensarlo. Ni siquiera se habían molestado en tomarse en serio su problema. He aquí una reacción masculina... Eugénie diría que es un buen ejemplo de todas las molestias que una se toma por ellos y de las que ellos ni se enteran.

Al final, mirando en Internet y hojeando las revistas de la sala de espera del gabinete de radiología, Juliette había terminado por pensar que un *jogging* un poco chic sería lo ideal. No demasiado amplio; informal, pero sexi; de tendencia, pero no excéntrico; con un color que no haga pensar en un supermercado. A Einstein le tuvo que costar menos encontrar la fórmula que dice que estamos bien donde estamos, pero que estamos a nada de estar en otro lugar. Al contrario que él, Juliette no obtendrá el premio Nobel. La vida es injusta. Además, Einstein iba mal peinado. Pero volviendo a su atuendo, un estilista que prepara el primer número de una revista de moda debe de tener menos complicaciones. Intentad escribir en un buscador: «sexi informal vanguardista *cool* clase». La respuesta os conducirá bien a una página de productos para desinfectar piscinas, bien a un kit para armar un criadero de hurones…

El siguiente paso fue dar con ese pantalón ideal un domingo. Juliette había recorrido más de sesenta kilómetros en coche hasta descubrir la preciada prenda con la que saldría a galopar un centenar de metros. La huella de carbono llora, mientras las partículas finas y el agujero de la capa de ozono lo festejan felicitándola con entusiasmo.

Mientras corre, Juliette toma consciencia de que los minutos que se anuncian podrían llegar a ser surrealistas. Desde su punto de vista, se está lanzando al encuentro de un joven encantador del que ha caído completamente rendida. Para el chico, ella no es más que una clienta que va a recoger su coche con dos horas de antelación. Ella espera de todo corazón que él no haya terminado, para poder quedarse un poco con él y aprovechar para estudiarlo detenidamente.

Aunque esté acostumbrada a correr, está sin resuello. No es su primer flirteo, y sin embargo se siente ansiosa. Siempre ha seducido a chicos. Dinámica, alegre y, sobre todo, muy mona, su mayor problema consistía normalmente en decidir al afortunado elegido o en lidiar con los rechazados. Por lo general, encuentra a sus pretendientes durante una competición, en el gimnasio o incluso en la discoteca. Muchos intentan acercarse a ella después de haberla visto bailar. Siempre es el mismo procedimiento. Fase uno: algunos saludos cómplices del hombre, cada vez más insistentes, hasta que, «por casualidad», se encuentra a corta distancia, convirtiéndose, por ejemplo, en su compañero de baile o en su vecino de la cinta para correr. Fase dos: charlas anodinas que una libélula podría tener con una torre eléctrica y que, evidentemente, no son más que pretextos. Fase tres: una copa —oficialmente calificada como «de amigos» con una hipocresía compartida, aunque ninguno de los dos se chupe el dedo—, después una o dos salidas al cine o a un restaurante, y ya estamos listos para la fase cuatro: unos meses de pasión, antes de que uno u otro pase a otra cosa. Un baile a cuatro tiempos antes de mandarlo todo a paseo.

Hoy, Juliette sabe que la situación es diferente. Nota una sensación indefinible e inédita. En el atasco de sus preocupaciones, en medio de todos los vehículos utilitarios que atascan su carretera, este chico sería un brillante bólido que adelantaría por el arcén saltándose todos los semáforos. Hermoso como un camión. ¡Piii piii!

Desde que se cruzó con este mecánico, Juliette no consigue quitárselo de la cabeza. Nunca había maquinado por nadie el tipo de plan disparatado que está llevando a cabo esta mañana. Antes de él, todo era tan sencillo… Además, va y se carga su propio coche para que se lo arregle. Si hubiera trabajado en Urgencias, se habría disparado en los pies para que él se los curara. Si hubiera sido bombero, habría prendido fuego a todo. Si hubiera sido socorrista, no pararía de desmayarse para caer en sus brazos. Pasa revista a todos los oficios a la velocidad del rayo. Se habría convertido en sirena para el pescadero, eterna repetidora para el profesor. Si hubiera sido proctólogo…

A Juliette ya no le apetece jugar. Al final, para ahorrarse situaciones embarazosas, prefiere que sea mecánico de coches. El único pero: sus sabotajes le han costado ya una buena pasta. Haciendo cuentas, se ha comido un mes de sueldo con su estratagema. Con el mismo presupuesto, la CIA consigue derrocar gobiernos. Por su parte, ella simplemente espera hacer caer un hombre a sus pies.

¿Por qué él? Al plantearse esta pregunta, Juliette se encuentra frente al insondable misterio de la vida. Se enfrenta al enigma absoluto, al secreto de los secretos, a la alquimia del mundo y, de manera accesoria, al peor problema con el que una señorita pueda darse de bruces. Porque seamos claros: cuando una mujer se plantea esta pregunta, ya es demasiado tarde. Ya no podrá escapar ni a la pregunta ni al tío. Está muerto, jodido, perdido. Ya nada más contará. La abominable verdad es indiscutible: las mujeres están hechas para picar este temible anzuelo. Peor aún, muchas de ellas se pasan el tiempo buscándolo. Un segundo antes, las pobres criaturas coquetean inocentemente, sin saber siquiera que este interrogante pueda existir; y en el momento en el que lo descubren, tienen que reconfigurar sus vidas aceptando que nunca encontrarán la respuesta. Empiezan los problemas, es el principio del fin, porque esta es solo la primera. Después del «¿por qué él?», viene el «¿por qué yo?», y es así como se anuncia una delirante ráfaga de dudas. Desde el «es demasiado bueno para mí», a «¿qué me pongo?», pasando por «si ve eso, estoy muerta», todo se andará. Un calvario sin escapatoria posible. Un infierno sembrado de buenas intenciones. Pero un infierno tan cálido que, cuando no se tiene la suerte de conocerlo, se vive con el corazón helado.

¿Por qué él? Ella nunca lo ha visto más que con mono, con las manos llenas de aceite de coche y despeinado aunque, paradójicamente, siempre vaya afeitado a la perfección. ¿Por qué le causa tal efecto? Su mirada, bastante dura, dulcificada por sus largas pestañas, le hace perder los papeles. Piensa tanto en este chico que eclipsa a todos los demás. La semana pasada, un dios griego se acercó a saludarla a la salida de una clase de baile. Era perfecto, bien vestido, amable, elegantemente fornido. Ella ni siquiera se dio cuenta en el momento. Tuvo que volver a casa para pensar de nuevo en su sonrisa ideal y darse cuenta de que estaba ligando con ella.

Juliette se mete ahora en la calle del taller. Recta final. Al fondo ve los grandes hangares, e inmediatamente el rótulo. Corre hacia «Ten…t… ación». Ante todo, no pensar en lo que va a suceder. Tiene que parecer natural a toda costa. Su coleta se balancea al ritmo de su carrera larga y regular, pero su cuerpo corre de manera automática, porque su mente está en otra parte. Juliette está preocupada. Por todos lados busca señales que puedan tranquilizarla. Si la tórtola apoyada en el tendido eléctrico no sale volando a su paso, verá en ello un verdadero estímulo y todo saldrá bien. Si el coche que acaba de adelantarla gira a la izquierda y le despeja la vista de todo obstáculo, entonces es una señal del destino que le abre el horizonte.

La cabeza de Juliette se llena rápidamente de este tipo de consideraciones, hasta el punto de que no se da cuenta de que se ha acercado más rápido de lo previsto.

El coche ha girado a la izquierda; el pájaro se ha quedado en su cable, incluso ha llegado un segundo pájaro para posarse a su lado. ¡Las dos aves se hacen carantoñas! Eso es más que una señal, ¡es un mensaje divino! ¡Esto está hecho! ¡Juliette y su hermoso camión se van a casar la semana que viene! Ya ve el blasón de familia: un viejo neumático con tutú. Y la invitación: *Juliette Franquet y el mecánico tienen el honor de anunciaros su boda, que será la bomba... de gasolina.* ¿Qué se le regala a un mecánico por su boda? ¿Pernos, líquido refrigerante para la noche de bodas, un gato? ¿La llevará hasta el Ayuntamiento con su mono de trabajo, que le sienta tan bien? Al menos, podrá contar con los Klaxons[4] para el cortejo.

Pillada desprevenida, Juliette se da cuenta de repente de que ya ha llegado. Al contrario que las veces anteriores, su coche no está aparcado fuera. Es una excelente noticia. La primera parte de su plan se desarrolla según lo previsto. Se le da diabólicamente bien. Le viene de perillas, el infierno se abre ante ella.

---

[4] Grupo británico de música pop (N. de la T.).

14

Moviendo los labios en silencio, Juliette repite cómo va a presentarse al entrar en el taller. Se le ofrecen varias opciones: «¡Cu cu, soy yo!», demasiado familiar. «*Hello*, guapo!», demasiado frescales. «¿Quienesquienvieneabuscarsubrumbrum?», demasiado ñoño.

Opta por un «¡Buenos días!», al tiempo alegre, sensual y responsable. Nada evidente, aunque se intuya. Está lista para lanzarse, pero no tiene que hacerlo. Su coche está sobre el elevador hidráulico, y el hombre que está buscando debajo, de pie, iluminado por el haz de chispas de su soldador. Juliette se queda quieta y lo observa. Se encuentra en la situación del cazador que acaba de divisar un estupendo animal que aún no le ha descubierto.

El hombre apaga su máquina y se levanta la máscara de protección. Acerca un proyector portátil para comprobar la calidad de su soldadura. La lámpara resalta su perfil. Su mentón; su pelo que, aun corto, lucha para traicionar su vitalidad; sus labios… Una nueva pregunta se suma a la lista de Juliette: ¿por qué es tan guapo a la luz? Le encantaba cuando se contorsionaba para deslizarse debajo de su coche; pero se pregunta si no lo prefiere de pie, con los brazos en alto, en una actitud de la que no habría renegado Atlas, cuyo globo terráqueo sería reemplazado por un coche totalmente abollado.

Concentrado en su reparación, el bello mecánico sigue sin percatarse de la presencia de la joven. Juliette duda del comportamiento que debe adoptar. Si se manifiesta, teme que este raro espécimen vuele o huya por el bosque. Por otro lado, ¿qué va a pensar si se da cuenta de que lo está mirando a escondidas? Va a comprender que le tiene echado el ojo. La solución consistiría en hacer parecer al mismo tiempo que acaba de llegar. Tendría que parecer que anda sin moverse. Sin duda, es por este tipo de situaciones por lo que se inventó el *moonwalk*[5].

Indecisa entre las ganas de seguir observándolo impunemente y el canguelo de ser pillada en flagrante delito de voyerismo, Juliette ya no sabe qué hacer. Como dice Victor, a menudo tirar por la vía del medio es lo más sabio. Así que da unos pasos, y termina por saludar:

—¡Buenos días!

La voz tiene más de temblorosa que de alegre y sensual. Otro fallo. Sorprendido, el chico se gira, golpeándose el hombro.

—¿Ya está aquí?

—Sí, pero no se preocupe, tengo todo el tiempo del mundo.

—¿No habíamos dicho a mediodía?

—Sí, pero me he tomado la mañana libre. He pensado que podía aprovechar para correr un poco.

Él la mira con extrañeza, como si no comprendiera el significado de la expresión «tomarse la mañana libre para correr un poco». A no ser que sea la primera vez que ve a alguien vestido de esa forma. Si es así, es que nunca ha tenido la ocasión de aventurarse fuera del taller. Nació aquí, en una cunita de chapa, con un mono para bebé y un babero hecho con un guardabarros de vehículo pesado. Su tele estaba equipada con limpiaparabrisas, lo que igualmente constituye una primicia mundial. Su papá y su mamá tam-

---

[5] Paso inventado por Michael Jackson (N. de la T.).

bién iban siempre en mono, al igual que sus abuelos, con la diferencia de que eran más claros porque habían perdido color con el tiempo. Creció jugando con pistones y juntas de culata con las que hacía joyas para el Día de la Madre y tirachinas para cazar ratas. Sin embargo, no vayáis a pensar que su infancia fue tan difícil. Hoy tiene tan buena complexión porque nunca sufrió de malnutrición. Cuando le faltaba hierro, ¡hop!, se zampaba la puerta de un coche.

Juliette se da cuenta de que la mira de manera rara. Ante la absoluta urgencia que le ordena no parecer boba, consigue recobrar, mal que bien, el control de sus pensamientos. Si él no sucumbe a su ropa seleccionada con tanto esmero, es sin duda por culpa de que ella se encuentra a contraluz. Para colocarse mejor en la luz y permitirle apreciar el resultado de sus esfuerzos, que se merecen por lo menos un premio de los de Estocolmo, empieza a desplazarse de lado, como los cangrejos. Él no aparta la mirada mientras ella da un paso *chassé*. ¿Qué opinará él de su desconcertante comportamiento? Va a terminar por olerse su malestar. Las grandes presas son capaces. Se dice que pueden oler el miedo de una ostra a decenas de metros. ¿Y el canguelo de una tarta? Porque es precisamente eso lo que Juliette tiene la impresión de ser. Está claro, esta vez va a largarse al bosque y se acabó. Porque una tarta no puede correr tras un gran ciervo. De hecho, una ostra tampoco. La última imagen que tendrá de él será sus pequeñas nalgas musculosas saltando por encima de los matorrales. Hay recuerdos peores.

—Y bien, ¿cómo va ese arreglo? —logra por fin decir.

Tras un segundo de vacilación, él responde:

—Aún quedan unas cuantas abolladuras por aplanar para colocar un último refuerzo, y ya estará listo. ¿Sabe?, porque es para usted, porque en principio no se nos deja meter mano en las estructuras de un coche así.

Lo único que Juliette ha oído es «porque es para usted...». Fuera, debe de haber centenares de tórtolas haciendo arrullos.

Le indica que se acerque.

—¿Quiere echar un vistazo?

Juliette hace un esfuerzo sobrehumano para no lanzarse sobre él gritando de alegría. La última vez que tuvo que demostrar semejante control, debía de tener diez años. Su madrina la había llevado a la mejor pastelería de la ciudad diciéndole: «Puedes comer todo lo que quieras». Juliette había reaccionado de una manera cuanto menos curiosa. Está convencida de que fue tras este episodio que los pasteleros ponen vitrinas entre los pasteles y los clientes.

Este bocadito de nata es de otro tipo. Se une a él bajo el puente hidráulico. ¡Qué romántico! Normalmente, el primer beso es bajo el muérdago, no bajo un coche averiado.

—El eje de sujeción del chasis está torcido.

—¿En serio?

—Para evitar un punto débil, he añadido una pieza que va a reforzar el conjunto.

—Apasionante. ¿Y es con ese chisme con el que atiza el metal?

—Es un equipo de soldadura de arco, pero se necesita precisión, porque el depósito no está lejos.

—Claro, ya entiendo.

—He tenido que vaciarlo con cuidado porque, si no, imagínese lo que podría pasar…

—Evidentemente, ese gran palito que suelta chispas podría agujerearlo.

No se da cuenta de lo que acaba de decir. En cambio, parece que él sí.

—¡Más que nada porque mi electrodo de soldadura podría hacerlo explotar!

—Claro, y pegaría un gran petardazo.

No se encuentra en su estado normal porque nunca ha estado tan cerca de él. Siente su perfume, de un tipo diferente a los que salen en los anuncios de las revistas. Huele a metal quemado, con un fondo de aroma de gel de ducha de frescor marino hecho expresamente para aquellos chicos convencidos de que huelen bien. Él detalla el resto de la reparación. Juliette aprovecha que está ocupado dando explicaciones que le importan un comino para cerrar los ojos y embriagarse con su olor. Respira profundamente para impregnarlo en su memoria. No quiere olvidar nunca este momento. Colocará este perfume único en su banco de datos olfativos, entre el del bizcocho de azahar de su profesora y el del bosque cuando caen las primeras gotas de lluvia.

De cerca es aún más seductor. Cada uno de sus gestos desprende un poder tranquilo. De golpe, a Juliette le gustaría ser telépata, sueña con tomar el control de su mente. «Abrázame, yo te lo ordeno». ¿Y si, de repente, va él y decide abrazarla? ¿Y si posa sus manos en ella? ¿Qué pasaría, aparte de que podrían contarse las marcas de sus dedos y sus huellas digitales en su top claro?

Esta vez es él el que la mira sin decir nada. Pendiente de sus emociones, Juliette no se ha dado cuenta de que él ha terminado su discurso. Es ella la que se ha hecho pillar desprevenida. El gran ciervo juzga a la cazadora. Milagro, no huye. Sus miradas se cruzan, y tanto el uno como la otra se sienten incómodos. Para ocultar su confusión, él coge una herramienta al azar. Juliette duda si hacer lo mismo. Pero ¿qué haría con aquello que parece un abrebotellas gigante? Las botellas de ese tamaño no existen, salvo en los cuentos de hadas para borrachos.

—¿Hace mucho que es mecánico?

—He crecido aquí, el taller es de mi tío. Fue él quien me enseñó. Yo no estaba hecho para los estudios, así que mejor que dejarme holgazanear en la calle, me puso a currar. No sé hacer otra cosa, y esto me gusta. Estoy bien aquí.

—Espero que a su novia le gusten los coches…

¿Cómo se ha atrevido a hacer esta pregunta? Con semejante metedura de pata, lo va a echar todo a perder.

—Ya no tengo. Precisamente porque odiaba la mecánica. Todo lo que le interesaba eran los centros comerciales, la ropa nueva y salir a comer fuera lo que podía cocinar en casa.

¿Por qué responde eso? Él también se arriesga a echarlo todo a perder. Entre los dos, van a terminar por pegársela. Al menos se la pegarán juntos. Cuando Céline y Eugénie pregunten qué hicieron en su primera cita, Juliette podrá responder: «Dimos un bonito paseo, ¡y nos la pegamos!».

Para desviar la atención, Juliette alarga la mano y toca la pieza añadida a su coche.

—¡Cuidado! —exclama él.

Antes de poder detener el gesto de la joven, esta roza el metal aún caliente y se quema. Suelta un grito de dolor y hace una mueca. El mecánico, normalmente tan calmo, se agobia.

—¡Mierda mierda mierda! —Invadido por un sentimiento de culpabilidad, se retuerce las manos—. Venga a mi oficina, tengo un botiquín.

Juliette se esfuerza en parecer valiente. Aunque la quemadura no parece muy grave, el dolor es fuerte. En el cuarto acristalado, él le señala una silla. Juliette se sienta y mira a su alrededor, mientras él se pone a buscar sin tardanza en el armario. Una mesa de despacho desordenada, cuadernos de facturas, un viejo ordenador y, en la pared, un calendario con chicas desnudas. Durante este tiempo, él continúa apartando todo lo que le impide encontrar lo que está buscando. Los jabalíes hacen lo mismo con sus hocicos.

—Sé que está por alguna parte…

De repente, saca una cajita que blande victorioso. ¿Desde hace cuánto llevará ahí? Se arrodilla ante Juliette mientras saca unas gasas y desinfectante.

—Deme su mano, por favor.

Juliette va a grabar esta frase en letras de oro en el panteón de sus recuerdos. No ocurre todos los días que un hombre le murmure, menos aún con la rodilla hincada en el suelo. Obviemos el hecho de que la escena tenga lugar en un taller costroso, que le duela el dedo y que los productos que va a usar para curarla tengan más posibilidades de matarla que de aliviarla.

Le pone lo que en otro tiempo tuvo que ser desinfectante. Ahí, en esos momentos, huele a lo que deben de beber los mineros en el último rincón de Siberia para olvidar el invierno. Juliette no puede por menos que celebrar su gesto de atención, a pesar de que, teniendo en cuenta el espacio y los dedos mugrientos de su enfermero, el resultado se anuncie incierto. Él continúa agachado frente ella. Ella pasea su mirada por su pelo brillante; podría, sin problema, tocarlo.

—¿Le duele?

—Está mejor, no se preocupe.

—Lo siento, ha sido mi culpa, no debería haberla hecho venir al puente…

—No, ha hecho bien, me ha gustado muchísimo.

Él levanta la cabeza, sorprendido.

—¿En serio, le ha gustado?

Le cuesta sostenerle la mirada. Es tan intensa que incluso va a provocar un cortocircuito en la cabeza de la joven. En una fracción de segundo, iluminada por un destello de lucidez, consigue descubrir uno de los hechizos que la convierten en su víctima voluntaria. El hombre no le escondía este encanto, pero ella estaba ciega y no se había dado cuenta hasta entonces. Y, sin embargo, era evidente: él nunca juega, no usa ninguno de los códigos utilizados cuando un hombre se dirige a una mujer. Es auténtico, extraordinariamente real. Nada de falsas apariencias, nada de artificial. Quizá no preste nada de atención a su ropa, pero le habla con una desarmadora sencillez. Y más impresionante aún, la mira con tal libertad que tiene la impresión de estar desnuda frente a él. Cunde el pánico. A su mente se le acaban de fundir los plomos, su corazón se acelera. No puede decir nada, no puede articular palabra, salvo las de un recién nacido que abre sus ojos atónitos a un vasto mundo del que desconoce todo. «Ajo ajo». Cállate, Juliette.

Ella nota cómo crecen sentimientos de los que no tenía ni idea. Por miedo a que él los lea en sus ojos, baja los párpados. Es una escasa protección para esta extraña ola que rompe derribando todo a su paso.

Él le toma la mano con tanta delicadeza como torpeza, embadurna la herida ya convertida en ampolla con una crema de reflejos extraños que recuerdan los de las botellas de aceite. Es evidente que se siente menos cómodo que con una llave inglesa. Ella nota cómo el dedo de él roza el suyo. En el fondo, ha hecho bien en quemarse. El dolor no es nada en comparación con la felicidad que siente.

—Le voy a envolver eso con una venda.

—Me llamo Juliette.

Él la mira.

—Lo sé, lo he visto en sus cheques. —Duda—. Yo, Loïc.

Al confiarle su nombre, se golpea el pecho con la mano para dejar claro que es él quien habla. Como si fuera un explorador que se dirige a una criatura indígena primitiva y quiere estar seguro de que le comprende bien. Juliette espera que diga: «Vengo en son de paz y te voy a hacer unos hermosos hijos», pero él se contenta con terminar como sea su vendaje con un trozo de esparadrapo que corta como un salvaje con los dientes.

—No tarde en mostrar la quemadura en una farmacia —dice—, creo que la pomada está caducada.

Juliette levanta el dedo y contempla el resultado divertida.

—Espero que se le den mejor las soldaduras, porque me extrañaría que esto aguantara mucho.

Los dos se echan a reír de forma animalesca, él como un jabalí que hace ruidos con su hocico, y ella como una cabra después de una insolación. Pero no importa. Todo es maravilloso.

15

Con delicadeza, Céline coloca la chaqueta con faldones en una gran mesa de costura. Un modelo como los que llevaban los nobles bajo el reinado de Luis XVI, que se ha utilizado en diferentes obras del repertorio clásico. Bajo la luz brillante de las lámparas, bien estirada, la prenda parece un paciente a la espera de ser operado. Y es un poco eso lo que se avecina.

Cuando no hay que hacer ningún traje para un nuevo espectáculo, Céline emplea su poco tiempo libre y su talento para conservar y arreglar los elementos más preciados del fondo del teatro. Pasa revista a las piezas guardadas y consagra su saber hacer a los más estropeados. En este caso, son las costuras de la espalda las que han cedido y algunos adornos bordados los que necesitan ser reforzados.

Sola en el taller de confección, Céline elige el hilo en un estante de bobinas. Su ojo experto duda entre un algodón cuyo color se corresponde o un poliéster más oscuro pero más resistente. Siempre le ha encantado coser y realizar toda clase de artículos. Iniciada y formada por una vecina anciana que tenía máquina, en sus primeros ejercicios y juegos había hecho ropa de muñeca, bolsos, saquitos y estuches de todo tipo. Es en esta época cuando el zumbido del mecanismo de la vieja Singer se convirtió poco a poco en la música de su infancia, tranquilizadora. El movimiento regular de la aguja que, por turnos, subía y bajaba para unir telas, le daba seguridad al tiempo que le producía auténtica satisfacción. Asociar diferentes piezas, unirlas para darles forma y utilidad… Una filosofía en sí misma. Desde su adolescencia, había deseado hacer este trabajo, pero sus padres habían considerado más seguro orientarla hacia estudios de administración. Aunque esto le supuso un motivo de arrepentimiento durante mucho tiempo, ya no era así, visto que por fin conseguía manifestar su pasión a través de su compromiso con la compañía.

Por la puerta que ha dejado abierta, unos pasos rápidos que resuenan llaman su atención. Alguien se acerca corriendo. Céline suspende su costura. Nunca nadie corre por el teatro, aparte de entre bastidores, justo antes de que se alce el telón.

De pronto, aparece Eugénie, roja y sin aliento.

—¿Por qué vas corriendo de esa manera? —se sorprende Céline—. ¿Qué ocurre?

La visita recupera aire.

—Nada especial, tenía prisa por verte.

—Muy amable, pero por favor… Mira cómo estas…

—Nadie me había avisado de que habías llegado. ¡Si no llego a ver a Ulysse enredar con Victor, te pierdo!

Con paso decidido, Eugénie rodea la mesa y abraza fuerte a su amiga.

—¿Qué te pasa? Cualquiera diría que no me ves desde hace meses.

—Me siento feliz de volver a verte, es todo.

—Cuidado, no te pinches con mi aguja…

Céline se siente sorprendida por este gesto de cariño tan poco habitual. Eugénie lo nota, pero no puede reconocer que la noche anterior, en el tejado, faltó un suspiro para que no se volvieran a ver nunca más.

Después de un abrazo un poco churro, la guardiana suelta a su amiga y toma asiento en uno de los taburetes altos.

—No veía a Ulysse desde la semana pasada. Tengo la impresión de que ha vuelto a crecer.

—No me hables, que lo que me está costando… Crece una talla al mes.

—Nadie mejor que tú para arreglarle la ropa.

—¡Si me dejara! Pero prefiere trapos nuevos, y de marca, como sus compañeros.

—Está en la edad en la que los chicos intentan gustar a las chicas. Qué mono.

La modista levanta la mirada al cielo sin detener su obra. Sus gestos son fluidos, no duda. Su destreza impresiona a Eugénie.

—Dime, si la memoria no me falla, ¿era ayer cuando tenías que verte con tu donjuán?

—Lo vi.

La respuesta es demasiado breve para no resultar sospechosa.

—¿Fue bien?

—Me tuvo esperándolo durante tres cuartos de hora sin tan siquiera mandarme un mensaje. Ya conoces la escena de la pobre chica que ha quedado para cenar y se va desmoralizando a medida que ve desfilar los platos de las mesas vecinas… Y claro está, durante ese tiempo, ¡yo pagando una canguro!

—¿Tenía un buen motivo?

—«Cosas que hacer… ».

—¿Por lo menos se disculpó?

—¡Qué dices! Me estuvo hablando de su trabajo, hasta de sus futuras vacaciones en familia…

—¡Qué tacto!

—Y la guinda del pastel: había quedado conmigo en un restaurante mexicano perdido de la mano de Dios porque no quiere correr el riesgo de que le reconozcan en los excelentes locales que frecuenta normalmente. —Céline se levanta un mechón de pelo y se señala un bonito grano en la frente—. He aquí el único regalo de la noche que le debo a su festín rezumante de grasa.

Está visiblemente más animada.

—¿Hizo alusión a vuestro futuro juntos? —pregunta Eugénie.

Céline intenta concentrarse en la manga, pero no lo consigue. Es un tema demasiado sensible. Termina por dejar la aguja y suspirar.

—¿Sabes qué? Hace mes y medio tomé la determinación de no sacar el tema de nuestro proyecto de vivir en pareja. Para ver cuándo lo sacaba él. Creo que voy a tener que esperar para largo… Te apuesto que si no saco el tema, él no lo hará nunca.

A Eugénie no le sorprende, pero tiene que tener cuidado en no reconocerlo. No quiere hacer daño a su amiga. Sin embargo, desde el principio desconfió de esta relación. Céline busca una historia de amor, y el otro una simple aventura. Asociación tristemente banal de una esperanza y una necesidad. En tales juegos, ya se sabe quién sale siempre perdiendo.

—¿Y qué piensas hacer?

—No sé. Después de cada cita termino siempre enfadada. Me digo que tendría que abrir los ojos y pasar página de una vez por todas. Me está tomando el pelo. Me cuenta rollos para seguir manteniendo lo que no es más que una vulgar aventura. Me usa para engañar a su mujer y punto. Por muchas trolas que me cuente, nunca la dejará y casi tiene lógica. En el peor de los casos, yo podría aceptarlo y contentarme con lo que hay, si al menos no me viniera con milongas. Objetivamente, no le importa lo que me pueda pasar o lo que yo sienta. Él no tiene nada que ver con mi vida. Se la trae al fresco. Nunca me pregunta nada sobre mi curro, no muestra el más mínimo interés por el teatro. Nunca me pregunta por Ulysse. De hecho, dudo que se acuerde de que tengo un hijo… Todo lo que quiere es divertirse.

—¿Y no piensas en buscarte otro?

—Debería, está claro. Pero al cabo de unos días sin verlo, después de dejarme pisotear bien por la vida, me entran ganas de creer sus mentiras. Me sientan bien, al menos por unas horas. Como una droga, me envenenan, pero de vez en cuando me hacen flotar. Por unos minutos, me esfuerzo en creer que, quizá, yo también tenga la oportunidad de tener una vida de verdad. De todas formas, con todo lo que tengo que hacer en mi día a día, ¿dónde y cuándo quieres que encuentre a alguien?

—Hay páginas de Internet, puedes probar en los anuncios por palabras…

—«Madre soltera, machacada por la vida, pero con bonitos restos, busca profesor de natación socorrista que domine a la perfección el boca a boca y que sea capaz de llevarla a la orilla, donde se hace pie. Abstenerse perdedores pelados de pasta».

—Anda que no exageras.

—Es terrible, pero cuanto más vueltas le doy, más pienso que mi marido y mi amante tienen puntos en común. Egoístas, vanidosos, rácanos… Cualquiera diría que me atraen las personas en exclusión social.

—¿Rácano? ¿Quieres decir que tu ex sigue sin pasarte la pensión alimenticia?

—Ni un duro. Él también se ríe de mí. Al final, creo que si no me paga, es más para joderme que para ahorrar dinero. Y fíjate que sé que tiene una pequeña fortuna escondida. Es superrico, el muy desgraciado. Y mientras se lo gasta pasándoselo de miedo, yo las paso canutas con Ulysse. Resultado…

Céline se interrumpe para no hablar más de la cuenta, pero Eugénie lo ha entendido.

—¿Estás pasando apuros económicos?

—¿Quién no?

—Te conozco. Si lo estás pasando mal, podemos echarte una mano.

—«Madre soltera que pide limosna…». En el fondo, quizá me merezca un perdedor.

—Deja el orgullo fuera de todo esto. Nadie te está juzgando. Simplemente, quiero ayudarte.

Céline mira a la cara a su amiga, después, pasado un rato, le confiesa:

—He tenido que comprarle zapatos y dos pantalones al peque. He podido por los pelos, pero la lavadora se ha ido a hacer gárgaras. Y ya no tengo derecho a créditos. El banco me llama todos los días.

—No tienes que justificarte. ¿Cuánto necesitas?

Vuelve a dudar.

—Cuatrocientos cincuenta sería ideal.

—Solucionado. Te hago el cheque antes de que te vayas.

—Muchas gracias. Te lo devolveré en cuanto me ingresen el sueldo en mi cuenta.

—No hay prisa. No te sumes esta presión.

Céline se siente con un peso menos, pero avergonzada de haber tenido que aceptar lo que considera una limosna. El balance está equilibrado: un problema resuelto por otro abierto. No debería dejarse ayudar de este modo. Siempre se ha ganado la vida gestionando razonablemente sus ingresos. Otra vergüenza más que sufre en una existencia que se le escapa por completo.

Indecisa entre la indignación, el malestar y el agradecimiento, vuelve a coger su aguja y se pone de nuevo a coser. Al menos, eso sí que lo controla. Eugénie adivina los sentimientos de su amiga y esto le produce mucho más que pena. Siente perfectamente la injusticia de la situación. Aunque no sea más que por echar esta modesta mano, hizo bien en no saltar. Al menos, vivir un día más habrá servido para esto.

Mientras Céline retoma su chaqueta, Eugénie siente cómo le sube una extraña vibración, una cólera sorda que se expande y termina por sacudirle hasta los cimientos. En estos momentos, su aparente impasibilidad esconde una tempestad interior. Un profundo cambio sacude su mente como una onda sísmica. Estaba prisionera, atrapada entre sus arrepentimientos y su sensación de impotencia. Pero algo acaba de suceder. El muro de su desesperación cede para dejar que se desborde el mar de su cólera. En este seísmo, el inaceptable desamparo de Céline habría tenido el papel de detonante. El eco de esta deflagración íntima no deja de resonar en ella. De golpe, Eugénie es consciente de que si su vida ya no vale nada, tiene que hacer otra cosa con ella que lanzarla al vacío. Aún puede ser útil a aquellos que tienen la oportunidad de salir adelante. Quizá su causa esté perdida, pero no la de los suyos. Visto que está segura de no tener futuro, el destino no tiene, por tanto, ninguna prisa con ella. Ya no tiene miedo, ni siquiera a la muerte. Esta toma de conciencia tiene en ella el efecto de una bomba o, mejor aún, del alba.

Ahora tiene un buen motivo para seguir viva: va a sacrificarse por aquellos a los que quiere. Esta sencilla idea despierta en su interior una vitalidad olvidada. Le tiemblan las manos, siente un hormigueo en las piernas. Está decidido: será el árbol que desafía valiente al rayo para que puedan crecer a sus pies los brotes tiernos. Será el pez payaso que atrae a los tiburones para salvar a sus semejantes. Será la roca que rompe las olas para que la playa permanezca segura. Será el protector de enchufes, aunque tenga que meter los dedos en ellos.

La indignación por la situación escandalosa que afecta a su amiga habría sido su electrochoque. Como Frankenstein, alcanzada por este relámpago, va a levantarse y soltar guantazos a todo el mundo. El brontosaurio que vuelve a la vida no conoce la cobardía. Se lo jura a sí misma, no volverá a ser la gallina que pone un huevo al borde del acantilado. Tampoco será el conejo que roe la cuerda de la guillotina en la que está atrapado.

Todas estas lecciones aprendidas, todas estas pruebas superadas está claro que no le servirán de nada para sí misma, pero puede hacer que se beneficien de ellas aquellos en los que cree. Cuando uno ya no teme por su vida, ¡es libre! Lo que los suyos no se atrevan a hacer, lo hará ella por ellos. Ya no quiere morir. La parca puede irse a hacer puñetas.

Por primera vez en meses, Eugénie siente latir su corazón.

—¿Cuánto te debe tu ex?

—A estas alturas, casi diez mil.

Eugénie está que echa humo.

—¿Y si te dijera que se me ha ocurrido una idea para recuperarlos?

16

Un grito de mujer desgarra el silencio. Un alarido espantoso, agudísimo. Imposible saber de dónde proviene. En la sala del teatro, ninguno de los técnicos atareados con el escenario reacciona. Olivier continúa levantando sus cajas dos veces, aunque con una bastaría. Solo Laura, que espera a su primera noche de acomodadora, parece preocuparse.

—¿No lo habéis oído? —suelta tímidamente.

Olivier le responde mientras continúa haciendo pesas con su carga:

—No te preocupes, es Chantal, ha debido de cruzarse con un ratón.

Otro técnico completa:

—Cuando es más ronco y oyes una sarta de insultos justo después, es Annie, que ha visto una araña.

—¿Hay ratones? —se sorprende Laura.

Olivier apoya su carga y se reincorpora.

—Es su palacio. ¿Te imaginas todos estos recovecos, estas estructuras agrietadas, estos espacios donde ningún humano pone nunca el pie? Es un paraíso para ellos. Si además les gusta el teatro, pueden ir a ver un espectáculo todas las noches, y sin necesidad de

99

llevar esmoquin. ¡Vienen en pelotas! De hecho, estamos superbién considerados en las guías de viaje para roedores…

—Necesitarían un gato —propone Laura seriamente.

—Un batallón de gatos, querrás decir, ¡con cascos de visión nocturna y detectores infrarrojos! Bromas aparte, no hay mucho que hacer. Es la paz armada. Compartimos el edificio, de día es para nosotros, de noche para ellos. ¿Te dan miedo?

—No, y las arañas tampoco.

—Genial, ¡necesitamos jóvenes que no le tengan miedo a nada! Olivier salta del escenario y va a dar la mano a la recién llegada.

—Bueno, si he entendido bien, ¿eres la nueva acomodadora?

—Voy a probar suerte.

—No te preocupes, es fácil, ya verás. Para colocarlos, es como el juego de los barquitos, G12, ¡tocado y hundido! Además, el equipo es majo. ¡Y menos mal!, porque no es por lo que nos pagan por lo que nos quedaríamos, ¡visto que somos casi voluntarios!

—Señor Olivier, ¿puedo preguntarle algo?

El tramoyista finge que le han disparado en el corazón y que cae de espaldas.

—Me has matado. ¡Me acaban de echar ciento diez años! «Señor» Olivier… ¡Me haces sentir viejo! Aquí nada de ceremonias, nada de señor ni señora, salvo a Taylor, que es un poco las dos cosas… Todos nos tratamos de tú.

—¿Puedo igualmente hacer una pregunta?

—A su servicio, señorita.

—¿Por qué levanta sus cajas varias veces antes de dejarlas?

—Ah, te has fijado… ¿Sabes?, odio los gimnasios y me encanta cuidarme. Al multiplicar los movimientos, me pongo «mazas» al tiempo que sirvo de ayuda.

Laura no reacciona. De manera furtiva, valora la complexión de su interlocutor y comprueba que aunque no está para nada hinchado como los culturistas, tiene, efectivamente, buena planta.

—¿Y «te» puedo hacer otra pregunta?

—Por favor. ¿Un consejo sobre el peinado, un secreto de belleza?

—No, gracias…

Le señala con discreción la fila del fondo, donde hay un hombre sentado al lado de un maniquí vestido de jugador de fútbol americano.

—¿Sabes quién es?

—El que se mueve, Arnaud, el técnico de iluminación, está esperando a que despejen el escenario para pulir sus luces. Al lado, el que no se mueve, pero sonríe todo el tiempo, es Norbert, su colega. Ayer iba vestido de pescador.

—¿Es normal que Arnaud hable con ese maniquí?

Olivier se acerca y le susurra:

—Querida Laura, te encuentras en uno de los últimos lugares de este planeta donde a todo el mundo se la trae completamente al fresco lo que sea o no sea normal. Aquí, mientras seas amable con los demás, puedes ser quien quieras y como quieras.

La joven sonríe. Le gusta la idea.

—¿Crees que puedo ir a saludarlo?

17

Sentada ante el espejo de un camerino, Juliette contempla su cara. Las numerosas bombillas que ribetean el tocador no bastan para devolverle un aspecto alegre. La joven está preocupada. Con los codos sobre la tablilla, se acerca, como si por verse más de cerca fuera a mejorar su situación. De repente, se vuelve a despeinar con auténtica energía. ¿Qué más puede probar? Su moño peinado/despeinado ya no le gusta. No pega con Loïc. Disgustada, murmura para sus adentros:

—Pobrecita, vas a necesitar mucho más que un buen corte para atrapar a este. No es como los otros.

Habla sola, mirándose directamente a los ojos. Juega con su pelo, se lo levanta, se alisa unos mechones, inclina la cara para intentar descubrir otras versiones de sí misma; pero hay algo que le advierte desde ya que cuanto más sencillo, mejor. Inútil perderse en versiones adulteradas. Como de niña, la coleta será perfecta. Adivina que con él tendrá que olvidarse de todas sus artimañas habituales. Un nuevo comienzo.

Una minúscula rayita al lado del ojo llama de pronto su atención. Se acerca aún más a su reflejo para asegurarse de lo que cree haber visto.

—¡Una arruga —exclama—, una sucia arruga!

Espantoso signo del destino, funesto presagio del tiempo que acaba de atraparla entre sus garras para arrastrarla hacia la agonía de la decadencia. ¡Hela ahí, condenada! Las tórtolas no tienen arrugas. De hecho, las ostras tampoco.

Juliette se pega al espejo para examinar mejor la infamia. Lo que ahora considera como una cicatriz que le desfigura irremediablemente es, en realidad, algo microscópico y único en esa carita tan fresca. Lo que no impide que produzca un efecto inversamente proporcional a su tamaño. Juliette se estira la piel para intentar borrar la afrenta, pero la solución se revela peor que el problema. Con este *lifting*, se parece a esas estrellas más estiradas que la piel de un tambor que tienen los ojos de un luchador de sumo, las mejillas hundidas de un extraterrestre de serie B y la boca de un erizo que sueña con zamparse una manzana. Que aproveche.

Murmura para sus adentros:

—Para que te haya salido eso en la jeta, has tenido que cometer actos horribles en tu vida anterior. ¡Solo a las chicas malditas les pasa de entrar en la tercera edad justo cuando descubren el amor!

Recupera la esperanza un instante diciéndose que quizá Loïc pueda soldarle un refuerzo para evitar que se desplome por completo. Pero, en el fondo, siente que es una causa perdida y se vuelca en el peinado gimiendo como una moribunda.

—¿Por qué? ¿Por qué? ¡Maldito espejo que me hacías creer que era la más bella! Te merecerías que te hiciera añicos, si no fuera por el cague que me entra de que me caigan encima siete años de mala suerte además de este tajo en la cara.

De repente, en el reflejo, Juliette ve que Eugénie la observa desde la entrada. Se reincorpora con la vivacidad de un felino, mandando a paseo la silla.

—¿Desde cuándo llevas ahí?

—Lo suficiente para tener la confirmación de lo que creía.

—Si tiene que ver con mi estado mental, te lo pido por favor, no digas nada, ya sufro bastante.

Eugénie se echa a reír. Hacía meses que no le pasaba.

—¿Qué te pasa, mi bebé? ¿Has ganado treinta gramos?

—No, ha sucedido lo peor. Mira…

Le señala la comisura del ojo. Eugénie no se atreve a reconocerlo, pero necesitaría gafas para tener la oportunidad de apreciar la ínfima marca.

—Eso no es nada, es una pata de gallo, una arruguita de nada, ¡un embrión de arruga!

—¡Tú lo has dicho! Es un embrión que crecerá, ¡y que pronto tendrá mi tamaño!

Descorazonada, Juliette se deja caer en uno de los sillones. Eugénie, que desde hace tiempo ha aprendido a dar la espalda a los espejos, se apoya en el tocador.

—Me acuerdo perfectamente de la primera vez que descubrí que tenía una arruga —confiesa.

—¿Fue antes o después del descubrimiento del fuego?

—Cuidado, jovencita, la abuela puede estallar. Empiezo con golpes de bastón y termino con mi dentadura postiza. No encontrarán nada de ti.

—¡No tienes ni lo uno ni lo otro!

—Cada edad tiene sus armas secretas…

—Es posible, pero empieza diciéndome cómo te diste cuenta.

—Como tú, delante del espejo. Acabábamos de colgarlo en el cuarto de baño del minúsculo apartamento que Victor y yo habíamos alquilado.

—¿Y?

—No me gustó. Fue el día que decidí echarme crema. ¡Abdiqué! Empecé a hacer exactamente lo que me habían aconsejado todas aquellas que me parecían viejas justo antes. Crema de noche, crema de día, crema de las 10:40 h, crema de las 16:50 h… Y años después, fue mejor que me rindiera a la evidencia. No era un embrión de arruga lo que yo había descubierto en mi cara, sino la avanzadilla de una banda organizada que preparaba una verdadera invasión. ¡Y desembarcaron cada vez más, y cada vez más profundas!

Juliette escucha con atención.

—Sé que es más fácil decirlo que hacerlo —retoma Eugénie—, pero lo más sencillo es aceptarlo, controlando los daños.

—Pero Victor y tú ya erais pareja, él te quería… Ya no tenías que preocuparte por tu futuro.

—¿De verdad crees que es así? ¿Crees que una vez que estás casada ya no tienes nada que temer? Pregúntaselo a Céline… Lo más duro, jovencita, no es empezar, sino durar. Encontrar el chico es solo el primer problema; la verdadera aventura es hacer juntos el recorrido, con todo lo que la vida te planta delante de tu camino y del corazón.

—Calla, me vas a asustar.

—No hay razón para asustarte, porque cada trampa superada construye tu felicidad. Hay que lanzarse sin miedo.

—Con la suerte que tengo, ni siquiera estoy segura de encontrar el chico. Mira qué cabeza…

—Todavía tienes margen antes de resultar repulsiva. A propósito, ¿qué tal con tu mecánico?

—¡Fabuloso, extraordinario, inesperado!

—De verdad que sois como animales.

—No, no ha pasado nada, solo me ha quemado un dedo y me ha dicho su nombre.

—No quiero saberlo.

—Pero, desde entonces, estoy triste…

—Vaya, ¿y por qué?

—Porque no voy a poder verlo hasta por lo menos diez días.

—¿Se va de viaje?

—No, pero si vuelvo a estropear el coche, va a terminar por olerse algo. Un accidente por semana, parece que estoy abonada.

—Será mucho más intenso cuando os volváis a ver. ¡Podrá quemarte un pie y decirte su apellido!

—No te rías, que es serio.

—¿Así que admites que las otras veces no lo era?

Juliette sonríe y después, de golpe, se pone muy grave.

—¡Dios mío, lo acabo de entender!

—¿El qué?

—¡Es por estar siempre sonriendo por lo que tengo arrugas! ¡Mi buen humor me cava surcos en la cara!

—No estarás pensando en pasarte de morros todo el día…

—Al menos voy a intentar limitar los daños.

—Va a ser divertido. Entre Norbert y tú, ¡bienvenidos sean los «cara de cera»!

—No me hagas reír.

—No he venido para eso. Tengo algo importante que preguntarte.

—Todo lo que quieras.

—¿Me ayudarías a sacar a Céline de una mala racha?

—Pues claro, ¿qué hay que hacer?

—No preguntar. Confiar plenamente en mí. Dejar tu sentido común a un lado y rezar para que esto funcione.

—¡Me encanta! ¿Dónde hay que firmar?

—En el espejo de tu decrepitud, con tu sangre.

$$18$$

No ha dejado de llover desde el comienzo de la función. Para Eugénie, se acabó lo de subir esta noche a tomar el fresco al tejado, aunque se haya acostumbrado tan bien.

Ahora ya no se acerca al borde como una funambulista empujada por sus pensamientos oscuros; este ritual nocturno le proporciona un momento solo para ella, fuera del día a día. Que ya es mucho.

Pensar allí arriba se ha convertido en una especie de terapia personal. Aislada del mundo adormilado que se extiende a sus pies, consigue evaluar con serenidad tanto lo que la carcome como lo que la motiva. La altura, pero sobre todo la inmensidad de la vista y la amplitud del horizonte despejado le permiten tener una visión de conjunto, tomar distancia y dejar que el viento se lleve lo que no tiene importancia.

Arriba, más que en ninguna otra parte, sin duda porque paradójicamente ha tocado fondo, Eugénie logra pensar sin trabas ni escrúpulos. Es así como, bajo las estrellas, ha empezado a sustituir los arrepentimientos por voluntad de adaptación, y la resignación por indignación.

Hace tan solo unas semanas, esta lluvia que le impide ir arriba la habría irritado. Hoy, es solo un parámetro que integra para esquivarlo mejor. A falta de poder sentarse contra las chimeneas, merodea por el teatro. En medio de la noche, por muy guardiana que sea, todavía no ha encontrado el valor para entrar en los almacenes de repuestos o en los talleres de decorados. Demasiados recovecos oscuros que, al igual que en su mente, la transportan a sus miedos.

De momento, se aventura por el escenario, separada de la sala por el pesado telón de terciopelo. Apoyado en el suelo, en el otro extremo, divisa el ramo de rosas artificiales que volverá a simbolizar el amor en la próxima representación.

Visto desde aquí, el decorado del apartamento podría pasar sin problemas por auténtico. Eugénie se deja llevar e imagina que realmente vive en este lugar. ¿Cómo sería su vida? ¿En qué piso se encontraría esta vivienda? ¿Cómo serían sus vecinos? ¿En qué calle se situaría el inmueble? En torno a estas habitaciones, hay todo un universo que se cristaliza en su mente. ¿Qué habría dentro del frigorífico? ¿Cuál sería su profesión? ¿Quién sería su hombre? ¿Le regalaría rosas de verdad?

Las respuestas que se le ocurren la perturban, ya que ninguna se corresponde con lo que vive en realidad. Una de las virtudes del teatro es proyectarnos en otras vidas más allá de la nuestra, pero para Eugénie, sola en medio de la noche, es desestabilizador. El único parámetro que su cerebro se niega a modificar tiene que ver con sus hijos. No puede imaginarse a otras personas que no sean Noémie y Eliott. Se ha construido para ellos, se ha adaptado a ellos. Es el refugio que los ha visto crecer.

Aquí, como en cualquier otra parte, esperaría impaciente encontrar a «sus pequeños» en cuanto les apeteciera o la necesitaran. También aquí vigilaría sus pasos. En el fondo, es por Eliott y Noémie que habría aprendido a superar sus propios límites. Es por ellos que se ha lanzado al agua. En la actualidad nadan sin ella, en su propia calle. Ya no necesitan ni manguitos ni flotadores. Y es haciendo este recorrido que vuelve al baño, para recordar cuando los llevaba cada dos por tres. Este sentimiento se encuentra en su interior, esté donde esté. No es un decorado el que define quiénes somos, sino el cariño que ningún contexto puede hacernos olvidar.

Pasa revista a los CD, como lo hace Natacha en la obra. Después de recorrer el escenario, vuelve al centro y apoya las manos en el respaldo de una de las sillas de la mesa de enamorados. Maquinalmente, se sienta y se vuelve hacia los espectadores imaginarios.

Los grandes telones echados que se yerguen ante ella la fascinan. Extraña frontera entre lo real y la ilusión, filtro mágico que contiene las emociones antes de abrirse para dejar que se desplieguen ante el público. Qué angustioso tiene que ser ver cómo se abren… ¿Qué efecto debe de producir hablar ante cientos de personas? Ya es difícil hacerlo a una sola… ¿Qué diría si el telón se abriera ante una sala llena? El simple hecho de pensar en ello le produce vértigo. Eugénie no se ve haciendo teatro. Es incapaz. Solo la verdad de los sentimientos presenta interés a sus ojos. Ni siquiera distraerse debería ser superficial. La vida es demasiado corta y sabemos tan poco de ella… No hay que dejar de aprender, ir en busca y captura de lo que puede ayudarnos a aguantar, a realizarnos sin herir, a sobrevivir. ¿No es eso lo que busca la gente, la verdad del cuento? Es parte de lo vivido, la esencia de lo experimentado lo que obtenemos. Cada cual espera el instante en que la historia evita el *déjà-vu* para tocar ese lugar secreto que tenemos escondido en el fondo de nosotros. La experiencia íntima que anida en un texto universal, como un grano de polen pegado a la pata de una abeja que, sin tan siquiera darse cuenta, lo llevará allí donde será fecundado.

Eugénie sería incapaz de ponerse en la piel de otra. Eso exige un talento que ella no tiene. ¿Qué podría decir de interesante o de útil? A falta de poder dar lecciones o mostrar el camino, empezaría por contar dónde ha metido la pata, lo que se arrepiente de haber dicho o de haber hecho, sin olvidar todas las veces que no dijo o hizo cuando habría tenido que hacerlo. Todas esas noches en las que perdió la esperanza. También le apetecería evocar todo aquello de lo que hoy es consciente y que los demás aún no ven. Seguro que habría quien podría encontrar respuestas para su propia vida. Sería su forma de no haber vivido en balde.

—Céline, deberías pasar de ese imbécil. —Sin darse cuenta, se ha puesto a hablar en voz alta—. Te dice lo que quieres escuchar para conseguir lo que él desea. Te tienta con la promesa de un futuro que nunca sucederá, a cambio de un revolcón rápido. Es un timo. Pasará de ti en cuanto le pidas que cumpla sus promesas o, peor aún, en cuanto encuentre una presa tan inocente como tú y, sin duda, más joven. No se puede esperar nada de hombres que se comportan así. Nunca cambian y, sobre todo, no por una mujer que comete el error de tomarlos en serio. Esas basuras desprecian a los que los respetan.

Pronunciar estas palabras, sentir su pecho vibrar por estas verdades que nunca puede reconocer, le sienta de maravilla. Verbalizar lo que piensa le libera la mente y el corazón.

—Eliott, amigo, sé que tu vida es muy complicada, pero, por favor, no nos mantengas al margen. No estamos ahí para juzgarte, sino para ayudar. Es lo que siempre nos hemos esforzado en hacer, quizá torpemente, pero de corazón. No nos eches en cara habernos atrevido a decirte lo que deberías haber admitido tú por ti mismo. No vayas únicamente con aquellos que no tienen nada que venderte ni pedirte. Nosotros solo estamos ahí para ayudarte. Incluso tu hermana te echa de menos. Ya te darás cuenta después hasta qué punto son importantes aquellos que llevan a tu lado desde el principio. Intenta tomar conciencia de ello antes de que sea demasiado tarde. Yo ya no tengo a mis padres. Solo veo la cara de papá en sueños, y te juro que daría lo que fuera para volver a verlo, aunque solo fuera una vez, para hablar con él unos minutos y poder acurrucarme a su lado. Porque te quiero, no me gustaría que llegaras a sentir eso algún día y...

Un golpe seco proveniente de la parte alta del teatro la interrumpe. Al golpe amortiguado le sigue de inmediato un carraspeo siniestro. Un miedo visceral se apodera de Eugénie. Un escalofrío recorre su espalda. En el silencio sepulcral, el eco del fenómeno se pierde entre la maraña de tramoyas que domina el escenario.

No sin miedo, Eugénie levanta la cabeza. Nada se mueve en los telares. Aparejos, portadoras, cuerdas y pasarelas permanecen inmóviles. Intenta convencerse de que se trata de las estructuras centenarias, pero no se lo cree.

A pesar de la aprensión, su instinto de guardiana y el deber que le impone vigilar el edificio la empujan a descubrir la causa de aquello que le encoje el estómago. Se levanta con prudencia, de pronto con la impresión de ser una presa expuesta en medio de un campo despejado. Mientras que hace pocos segundos abría su corazón, ha pasado brutalmente a otra emoción extrema. En estos momentos, cada rincón la asusta. Nunca se había dado cuenta de hasta qué punto este lugar tan irregular se presta a ser espiado.

Lejos de sentirse más segura, Eugénie se dirige hacia el piso de arriba. De puntillas, cruza las puertas haciendo el menor ruido posible. A cada esquina, teme que surja una sombra.

Avanzar hacia los desvanes tomando todas las precauciones es tan laborioso como angustioso. De golpe, este lugar familiar le parece terriblemente hostil. Cada paso es una pequeña victoria sobre la angustia que se acentúa.

Cuando llega al pie de la escalera que conduce hacia la parte técnica, un nuevo golpe resuena, esta vez mucho más cerca. Eugénie está segura: el ruido proviene de la buhardilla llena de cajas viejas.

Con todos los sentidos alerta, avanza escalón a escalón, evitando hacerlos crujir. Una vez en el rellano, escruta el laberinto del almacén polvoriento. De repente, al fondo, entre dos pilas, le parece percibir un movimiento, exactamente igual que la primera noche que subió. Se queda petrificada.

Es entonces, repasando el batiburrillo que se apila hasta donde alcanza la vista, justo encima de un baúl, cuando cree entrever unos ojos que la miran fijamente. Tiene demasiado miedo para gritar. Su terror sube por las nubes. La mirada casi sobrenatural permanece clavada en ella. Eugénie jadea. Su sistema de alerta acaba de pasar a rojo. Ningún argumento podrá ahora hacerla entrar en razón. «Pánico» ha tomado el poder. De pronto, da media vuelta y huye.

Baja a toda prisa las escaleras, enfila por los pasillos y empuja con violencia las puertas que le cortan el paso. Como cuando era pequeña y jugaba al escondite, corre hasta quedarse sin aliento, convencida de que un monstruo le pisa los talones y la va a atrapar. Tras ella, ruidos sospechosos. Puede que las puertas que se vuelven a cerrar tras su paso en tromba, puede que una amenaza que galopa tras su rastro. Ni hablar de darse la vuelta para comprobarlo.

Con la energía de la desesperación, corre que se las pela. Solo tiene una meta, un solo objetivo: perder el culo para encontrase con Victor. A su lado, tiene una oportunidad de sobrevivir al diablo que le pisa los talones.

19

En el escenario, seis jóvenes asiáticas bailan haciendo revolotear unas inmensas banderas que trazan espectaculares figuras de colores en el espacio. La música es clásica, pero no su coreografía. Perfectamente sincronizadas, con una gracia que desafía la gravedad, encadenan las figuras con una precisión que nada tiene de humano.

Instalado en medio del patio de butacas, Nicolas, el director de escena, toma apuntes bajo el reflejo de su lámpara. Como siempre en primavera, el teatro hace audiciones a artistas susceptibles de enriquecer la programación de la siguiente temporada. La tradición manda que aquellos del equipo que lo deseen puedan sentarse como espectadores y dar su opinión. Es un momento particular, distendido, en el que cada uno se convierte un poco en miembro de un jurado que busca la perla capaz de atraer a las masas.

El número se acaba y las jóvenes saludan.

—¡Fantástico! —se entusiasma Nicolas aplaudiendo—. ¡Qué espectáculo! Lo que siento es que nuestro escenario no sea del todo apto para su arte, pero las voy a recomendar a otros locales. ¡Bravo!

Les da las gracias con efusividad y llama al siguiente número. Laura aprovecha el tiempo de preparación para deslizarse junto a

113

los que ya están sentados. Chantal, Marco y Annie están ahí. Arnaud también está presente al lado de Norbert, esta vez vestido de mosquetero.

—Disculpad —murmura Laura—, la profe de derecho nos ha retenido más tiempo del esperado.

—No te preocupes —susurra Victor—. No te has perdido nada. Algunos números fantásticos, pero ninguno apto para nuestra programación.

Laura se sienta a su lado, en la K16. Olivier, sentado justo delante, en la J15, se da la vuelta y comenta:

—Las chicas bailaban de maravilla, pero nuestro escenario las limita. Una pena, porque era un buen trabajo.

Una joven sube al escenario. Va ataviada con un extraño vestido compuesto por formas geométricas de colores chillones, y lleva un par de alas improvisadas e iluminadas por diodos de guirnaldas de Navidad.

—Caray —susurra Olivier—, no la había reconocido.

Se aguanta la risa. Los otros también parecen divertirse de antemano. Victor explica:

—Vuelve cada año. Debes de pensar que somos poco caritativos por reírnos antes de ver lo que propone, pero es una mocosa que se aprovecha de que su padre es teniente de alcalde para intentar imponernos su presencia…

Nicolas le da la bienvenida sin rechistar, totalmente profesional.

—Buenos días, estamos ansiosos por ver lo que nos va a proponer este año. ¡El escenario es suyo!

Ya concentrada, con la cara crispada como la de una víctima de accidente aéreo, la candidata no responde. Una música desestructurada resuena de golpe en la sala. En su butaca, Olivier hunde la cabeza en sus hombros, temiéndose lo peor.

—¡Embriaguez! —grita la artista, estirando los brazos como si estuviera descuartizada. Con voz ronca, escande—: ¡Pelirroja! ¡Gato negro! ¡Bebé azul! ¡Pájaro de fuego!

Grita. Nadie envidia a Nicolas, que debe permanecer estoico mientras al fondo, como una pandilla de zopencos, los afortunados espectadores empiezan a desternillarse.

—Esto todavía no nos lo había hecho… —murmura Victor, al que divierte mucho el espectáculo.

Laura no deja traslucir nada de lo que piensa. Las notas disonantes de música se suceden mientras la señorita multicolor se contorsiona en escena, alternando poses a lo Cristo con otras marciales.

—¡Invierno! ¡Invierno, tu nieve no es bienvenida! ¡Insaciable vitualla que corre a lo largo del tiempo!

Ahora Olivier está sacudido por espasmos que intenta reprimir. A Laura la agitan los sobresaltos nerviosos que Victor imprime a su fila de asientos… Golpe de gong. La chica se deja caer al suelo, doblada en posición fetal. Todo el mundo espera que sea el final. Nicolas busca ya lo que puede decir para largarla sin herirla, pero he ahí que se vuelve a levantar bajo el acorde resbaladizo de un violín maltratado.

—¡Soy expresión de naciones! ¡Mitones, pasamontañas, pantuflas, proteged a mis anfitriones!

Se queda quieta, como petrificada.

Un vigoroso aplauso estalla en la sala. Sentado en la butaca N5, Taylor, uno de los encargados de vestuario, se levanta por su cuenta para una *standing ovation*. Su cara brilla de admiración.

—Esto no va a ayudarnos a decirle que no —comenta Victor.

20

Los bonitos barrios residenciales siempre son más tranquilos, lo cual es una suerte si se tiene en cuenta lo que se está tramando. Las tres mujeres han venido juntas, pero para evitar llamar la atención, han decidido llegar por separado. Céline es la única que conoce la topografía del lugar. Estresada, marca el código de la puerta y se cuela en el suntuoso inmueble, con Juliette y Eugénie pisándole los talones.

El improbable trío se encuentra dentro. Suelo de mármol y arte moderno en las paredes. Céline guía a sus cómplices vestidas de mozos de mudanzas.

Juliette deja escapar un silbido de admiración al descubrir el lujo del vestíbulo.

—Qué elegancia, parece un museo. ¿Es aquí donde vivías con él?

—Durante más de diez años —asiente Céline—, y lo creas o no, lo único que echo en falta es la moqueta de la escalera. Es más, volver incluso me da náuseas.

—Ánimo —declara Eugénie—, estamos aquí por una buena causa.

Invita a Céline a que les muestre el camino. Desde el primer escalón, esta parece arrepentida.

—No estoy segura de que sea una buena idea —murmura reticente—. Quizá deberíamos volver y reflexionar. No se asusta con los alguaciles, así que cuando os vea…

Observa a sus amigas vestidas con ropa de hombre, jerséis de marinero demasiado anchos y pantalones de pana negra excesivamente grandes. Eugénie no da su brazo a torcer.

—Conozco a esta clase de tíos —dice—. Quizá no les asusten las cartas certificadas o las órdenes de los abogados, pero se cagan de miedo con solo pensar en que los puedan zurrar.

—Os va a resultar difícil pasar por matones, ni siquiera con las máscaras —dice Céline, dubitativa.

Juliette se pone a fardar y comenta:

—Nuestro *look* de estibadores va a causar sensación. No hay más que adaptar el paso y alzar los hombros.

Céline ironiza:

—Y esperar que no se fije en que tu *nunchaku* es atrezo de plástico del teatro y que el bate de béisbol de Eugénie es de gomaespuma… Chicas, demos media vuelta antes de hacer una tontería.

Eugénie se niega rotundamente.

—Lo que cuenta es el efecto sorpresa. Está acostumbrado a que no reacciones. Hoy, todo es diferente. Tú llamas, nosotras nos quedamos escondidas, listas para echarnos encima; tú le explicas con calma que no te irás sin el cheque con el total de las pensiones que te debe, y avisas. Si paga, ¡arreglado! Pero si te viene de nuevo con milongas, aparecemos, y ya verás como con nosotras al lado se viene abajo. Se va a cagar de miedo y firmará sin rechistar.

—Espero que tengas razón.

—Pronto lo sabremos —comenta Juliette hurgando en la bolsa que han llevado.

Una vez en el rellano del exmarido de Céline, el trío se prepara sin hacer ruido. Eugénie se pone su máscara de caballo y Juliette la de una vaca que sujeta entre los dientes una margarita.

—¿Y se supone que le tenemos que impresionar? —pregunta Céline en voz baja—. No, en serio, ¿os habéis visto?

Juliette y Eugénie se miran, medio muertas de risa. La mayor se defiende:

—Es lo mejor que he encontrado en los fondos del teatro, son de un espectáculo para niños…

—De verdad, agradezco vuestras ganas de ayudarme, pero tengo mis reservas sobre el método. Esto ya no es una redada para cobrar un crédito, ¡es una visita a una granja escuela!

Juliette se troncha de la risa. Eugénie reacciona:

—A fuerza de trabajar en una aseguradora, lo ves todo como un riesgo.

—Es posible, pero no me dirás que existe alguna organización mafiosa en el mundo que envíe un jamelgo y una vaca lechera para cobrar su pasta…

La vaca con la flor sigue la conversación como se mira un partido de tenis. Céline termina por renunciar:

—Está bien. Ya que estamos aquí, vamos a intentarlo. Colocaos a cada lado de la puerta. Si os ve, no abrirá y lo entiendo, acojonáis.

—Es la idea —susurra Eugénie—. A ver si lo has entendido bien: tú sé clara, con determinación, y reclámale lo que te debe. Nosotras no podemos hablar, solo podemos asentir con la cabeza.

—Lo he pillado. ¿Y qué hacemos si no funciona?

—¿Queso? —bromea Juliette.

—Improvisamos —replica Eugénie con voz segura.

La vaca se agita, bamboleándose.

—¡Me encanta improvisar!

El caballo interviene:

—No hagas eso delante de él. Cualquiera diría que es un niño de seis años. Recuerda, somos bestias, somos asesinas. O mejor dicho, asesinos. Podemos hacerle papilla con nuestros fuertes brazos.

Hinchando sus bíceps, la vaca asiente con la cabeza para demostrar que lo ha entendido. Sin embargo, la margarita bamboleante le resta un poco de credibilidad.

—¿Listas? —dice Céline inspirando profundamente antes de lanzarse.

Sus dos cómplices asienten. Llama al timbre. No hay respuesta. El caballo le hace un gesto para que insista. A los pocos segundos, unos pasos se acercan. Momento de suspense. Sin duda, él mira por la mirilla, después quita el cerrojo de la puerta.

—¡Mi adorable exmujer! ¡Qué sorpresa! Has vuelto a cometer otra tontería. No me toca Ulysse hasta la semana que viene.

—No he venido para eso, Martial. Quiero el dinero que me debes, y lo quiero ahora.

No parece impresionado.

—¿Ya no me mandas a la histérica de tu abogada?, ¿también ella se ha rendido? ¿En esas estamos?

—No estoy de broma.

—¡Oooh, qué presión! Y si me niego, ¿qué pasa?

Las dos acólitas de Céline hacen su aparición en el vestíbulo. El hombre parece retroceder, pero, rápidamente, es otra expresión la que se dibuja en su rostro.

—Has venido con unos forzudos para romperme la cabeza si no apoquino.

—Sé que tienes dinero de sobra para pagarme. Has podido engañar al juez y a Hacienda sobre la verdad de tus inversiones, pero yo estoy al tanto. Siento tener que llegar a esto, pero no me dejas otra elección.

El caballo asiente y la vaca niega con la cabeza.

Céline insiste:

—Corre a buscar tu chequera, no tengo todo el día.

Pero su exmarido no parece tener prisa en acatar la orden. Peor aún, parece disfrutar de la situación.

—Porque, si no, Tacatá y Mu-Muuu me dan una paliza, ¿verdad?

La entereza de Céline se está viniendo abajo como un castillo de naipes. En cambio, sus dos ángeles de la guarda mueven la cabeza al unísono, está vez afirmativamente.

A Eugénie le encantaría golpear su bate en la palma de la mano como ha visto hacer a los matones de las películas, pero la traicionaría el hecho de que es solo una imitación.

—Oye, Céline —dice el hombre con sorna—, y tus bestias, ¿no serán travelos? Porque en lo que a pectorales se refiere, parecen bastante monas. ¿No preferirían levantarse los jerséis para convencerme, en lugar de usar una violencia de la que son incapaces?

—No dices más que tonterías, Martial. No sé de qué estás hablando...

Céline empieza a balbucear. A la desesperada, Juliette se pone en guardia como un *ninja* y hace girar su *nunchaku* a toda velocidad. Al cuarto giro, la mitad del arma se suelta y sale disparada por el hueco de la escalera. El trozo hace un ligero ruido al caer. El exmarido se echa a reír:

—¡La *vacaburra* ha perdido un extremo de su arma de disuasión masiva!

Después fija la mirada en la de su ex.

—Céline, querida, no das la talla. Vete a jugar a otra parte, si no me voy a enfadar.

Y le da con la puerta en las narices. La vaca mira al caballo.

—Me ha llamado *vacaburra*...

21

—Bendígame, padre, porque esta vez sí que he pecado.

—¡Fantástico! Me alegro de volver a verla. ¿Qué tal?

La diferencia entre el entusiasmo del cura y la voz rota de Céline es sobrecogedora.

—Tirando. Contenta también de volver a encontrarme con usted. Por lo demás…

—Cuénteme. Quizá no sea tan grave.

—Bueno… Me imagino que no vendrá mucha gente para confesarle que ha ganado mil euros a la lotería.

—¿A Ulysse le va bien, por lo menos?

Céline nota que el cura se ha quedado con el nombre de su hijo, mientras que su amante no se acuerda ni de que existe.

—Le va bien, muchas gracias. ¿Y la mujer que hace trampas a la belote?

El cura se sume en un incómodo silencio.

—Soy consciente de haber cometido un error al hablarle de ello. Lo siento terriblemente. Me encantaría que pudiera olvidarlo…

—Lo entiendo. Esta bien, vale, olvidado. Nunca he oído hablar de esa historia.

—¿Cómo puede pretender algo así? Sabe muy bien que no se puede borrar de nuestra memoria una información.

—Entonces, ¿por qué me pide que lo haga, si es imposible?

—Era una manera de hablar…

—No apostará dinero, al menos.

—Por favor, al final voy a ser yo el que termine pidiéndole la absolución.

Cada uno en su lado del confesionario, a pesar de sus respectivas situaciones moralmente incómodas, aprecia el cariz poco ortodoxo de su conversación.

¿Con quién se puede discutir con tal franqueza? ¿De quién se puede notar cada matiz de la voz, sin consecuencias, y sin ni siquiera verse?

—Me anuncia que ha cometido realmente una falta —retoma el padre—. Sin embargo, a juzgar por su energía, me parece en mucha mejor forma…

—Sin duda es mi naturaleza demoníaca, que se realiza en el pecado.

—No bromee con eso. Puedo confesarla, pero exorcizarla estaría por encima de mis competencias. Dígame qué ha hecho.

—Además de ser una madre indigna, ahora soy una criminal buscada por la policía.

—No me diga que se ha cargado a su exmarido, me daría mucha pena, me parece usted muy amable.

—No, ese cabrón… Perdón, ese sinvergüenza sigue con vida, pero fui a intimidarle con dos amigas para intentar recuperar el dinero que me debe.

—¡Vaya, hombre! Sin violencia, espero.

—Sin ninguna, iba acompañada de herbívoros.

—¿De herbívoros?

—Mis dos mejores amigas. Es complicado, ya se lo explicaré en otra ocasión.

—¿Consiguió lo que le correspondía?

—Nada de nada. Lo único que conseguimos fue un ataque de risa cuando nos íbamos.

—Entonces, ¿dónde está el problema? Soy cura, no abogado.

—Parece ser que, a pesar de nuestro fiasco, Martial ha ido a denunciarlo a la policía, que me ha escrito y me ha venido a buscar hasta mi lugar de trabajo.

—En efecto, es un fastidio.

—Padre, tengo miedo. ¿Qué pasará si acabo en prisión? ¿Quién protegerá a Ulysse? ¿Quién lo educará? Acabará en una familia de acogida y perderá todos sus puntos de referencia. Tendré noticias suyas en el telediario de las ocho porque habrá atracado un banco o hurtado regalos de Navidad porque no habrá tenido suficientes…

—Todavía no hemos llegado a ese punto. Entiendo su preocupación, pero ni siquiera la desgracia va tan rápido, mientras que Dios me demuestra que está listo para aprovechar las oportunidades.

—Lo cual no quita que a mí me entre el canguelo de cargar con nuevos problemas. Y de verdad que no lo necesito. Ya me cuesta mantenerme a flote…

—Sin embargo, en el difícil período que está atravesando veo progreso.

—Me encantaría saber dónde…

—No ha ido sola, eso significa que ha hablado de su situación con los suyos. Va por buen camino.

Céline no responde de inmediato.

—No lo había visto así, pero tiene razón.

—¿Lo ve?, ya es algo, y me alegro de verdad por usted, porque me da la sensación de que es buena persona.

—Muy amable. No se tome a mal mi pregunta, pero, por casualidad, ¿sabe si se autorizará pronto el matrimonio de los curas?

22

—Eugénie, ¿puedo hacerte una pregunta muy personal?

—Debe de serlo para que tomes este tipo de precauciones…

Juliette se pone roja, pero frente a la situación que está atravesando necesita desesperadamente respuestas.

—¿En qué momento tuviste claro que Victor era el hombre de tu vida? —Eugénie abre los ojos como platos. Juliette precisa—: ¿Qué fue lo que te convenció? ¿Habló contigo? ¿Hizo algo? ¿Fuiste simplemente tú la que sintió un algo especial entre vosotros?

—No fue lo que me hizo lo que me convenció de convertirme en su mujer… Por suerte, mejoró considerablemente después.

Al revés de lo que suele pasar, es la mayor la que hace sonrojar a la más joven.

—Por favor —insiste Juliette—, es una cuestión crucial para mí. Soy incapaz de pensar en otra cosa que no sea Loïc. Lo echo tanto de menos que tengo la sensación de que me carcome por dentro. Me quema.

Crispa las manos sobre su estómago con expresión de angustia. Eugénie comprende que no es humor lo que su amiga necesita. Con voz tranquilizadora, responde:

—Parece ser que, cuando uno se consume de amor por alguien, es ahí donde quema. Tienes que estar enamorada.

—Gracias, algo así me estaba imaginando. Y tú, ¿cómo supiste que lo estabas de Victor?

Eugénie reflexiona.

—Nunca he hablado de ello con nadie. En verdad, no creo haberme planteado nunca la pregunta. De hecho, pensándolo bien, fue él el que se interesó por mí, y yo me dejé.

—¿No sentiste el flechazo?

—La verdad es que no. Al principio me pareció divertido, después atento, después muy presente; pero no noté esa evidencia de la que hablas. Una cosa llevó a la otra, y me encontré con él.

Juliette se abstiene de hacer cualquier comentario, pero le parece triste. Casi lo sentiría por su amiga.

—Empezamos a salir, cada vez más, y luego nos casamos. Ya está.

—¿Y no hubo un momento en el que te dijiste que era él y nadie más?

—Sí, pero no al principio. Fue al echar la vista atrás cuando me di cuenta de que había dado en el clavo. Porque cuando comencé mi vida junto a él, no tenia ni idea de dónde nos estábamos metiendo. Ahora tengo una percepción más clara y me digo que tuve suerte de cruzarme en su camino. Siempre he confiado en Victor, nunca me he aburrido, siempre ha sido un buen marido. Hemos avanzado juntos y hemos salido adelante hasta ahora.

—¿Y la pasión, ese fuego que te devora?

—Tú eres así, Juliette, pero no todo el mundo es igual. En efecto, yo no sentí ese impulso visceral por Victor, quizá porque era demasiado sensata, quizá porque me daba demasiado miedo creer en ello. Hemos hecho un buen trecho de camino juntos, y dos hijos; siempre me ha animado, incluso aceptó dejar su trabajo, que le encantaba, para seguirme hasta aquí; pero no creo haberme sentido con él como tú con Loïc. Mi madre explicaba que hay hombres que elegimos por instinto y otros por razón. Yo creo que, al igual que ella, fue la razón quien la llevó…

Juliette no ha obtenido la respuesta que le habría permitido ver con mayor claridad. En cambio, en lo que a dudas se refiere, va servida.

Eugénie la mira con cariño.

—¿Y ahora puedo hacerte yo una pregunta indiscreta?

—Pues claro —dice Juliette pillada desprevenida—, pero no sé nada que tú no sepas.

—¿Qué es lo que te hace pensar que Loïc pueda ser el hombre de tu vida? ¿Qué le hace tan diferente a tus ojos?

En esta ocasión, es a Juliette a la que le toca sentirse desconcertada.

—No sé. Me causa mayor impresión que cualquier otro. Cada día, descubro lo que le hace especial. Nos pasamos los primeros años imaginándonos los sentimientos que se supone que un hombre tiene que provocar en nosotras. ¡Casi tenemos listas! Lo que debería decir, lo que debe ofrecernos, los pasos obligatorios; y nos decimos que si están tachadas todas las casillas, entonces seremos felices. Pero cuando encuentras a alguien así, las listas no sirven de nada. Ya nada de eso importa y estamos dispuestas a todo para vivir a su lado. Quizá sea esa la respuesta. El hombre de tu vida sería el que te hace descubrir lo que ningún otro te había enseñado hasta entonces.

Juliette tiene la mirada perdida. Está con Loïc. Eugénie bromea para no demostrar que está conmovida.

—¿Quemarse un dedo forma parte de ello?

—Justo. Quemarse toda: el corazón, de lo mucho que lo echas de menos cuando no está; los ojos, de lo guapo que lo encuentras; la piel, a fuerza de imaginar sus manos sobre ti.

Las dos mujeres se miran. Esta vez, es la más joven la que ha enseñado algo a la más experimentada. A la vida le importan un pimiento los principios. Juliette toma las manos de Eugénie y las aprieta como un tesoro.

—Solo a ti te puedo hablar así.

—Solo a ti te podría enseñar cómo elegir un hombre, porque es lo que estás haciendo. No desperdicies esta felicidad. Dalo todo, querida, yo seré tu red si caes.

Eugénie se siente feliz por su joven amiga. Pero, en el fondo, no puede evitar preguntarse si no se ha perdido algo en su propio recorrido.

23

Mientras el equipo asiste a una nueva tanda de audiciones, Eugénie aprovecha para escaparse con discreción. Al atravesar el vestíbulo, saluda rápidamente al taquillero:

—*Hello*, Franky, ¿todo bien?

—Las cifras bajan, ¡por culpa del buen tiempo! Pero se me ha ocurrido una idea genial de la que me gustaría hablarte...

La guardiana hace un gesto para indicar que de momento no tiene tiempo y acelera el paso para escapar. En la calle, camina rápido sujetando su bolso contra el pecho. Lo que se apresura a hacer va contra todos sus principios, pero es la única solución posible. Ha dudado mucho antes de decidirse. Aunque su conciencia proteste, está convencida de que finalmente será lo mejor.

Cada vez que Juliette pasa por el teatro, se lamenta de no ver a su Loïc. Para mantener un nivel aceptable de credibilidad, la joven se ha fijado un margen de diez días antes de volver a abollar su coche. A la espera, sufre. Ya no soporta no poder acercarse a aquel en quien piensa sin cesar.

Cada día repasa mentalmente en bucle los pocos momentos que han compartido juntos. Los maquilla, los sublima hasta llegar a la misma conclusión: es una historia magnífica a la que solo le falta que el destino le eche una mano para que ella se eleve hasta el séptimo cielo.

En todas partes, todo el tiempo, Juliette habla de Loïc. Incluso a los pacientes del gabinete de radiología. En las ecografías, tiene la impresión de reconocer el ángulo de su mentón o la curva de su hombro. Incluso una placa dental le ha hecho pensar en su sonrisa. Se está volviendo una obsesión. Eugénie la ha pillado infraganti en un camerino, haciendo como que tenía una conversación con él. Reía como loca, le contaba cómo le había ido el día e incluso le hacía preguntas callándose durante las respuestas imaginarias. Es fascinante comprobar todo lo que la mente humana puede inventarse para engañar su soledad.

Así que esta noche Eugénie cuenta con convertirse en el instrumento de la suerte, a riesgo de pasar por encima de dos o tres reglas del derecho común. Aunque no tenga el disfraz de superheroína, tiene la mentalidad. Es para interpretar este papel por lo que ha decidido seguir viva. Y por fin ha llegado la ocasión de mantener su promesa.

Se esconde entre las sombras, echa miradas furtivas a la espera de no encontrarse con nadie que la reconozca. ¿Tendría que comprar su silencio? Victor y ella solo tienen una cuenta de ahorros que guardan para sus hijos. Como para quedarse sin un duro. Sin duda sería más económico eliminar a los testigos. Eugénie prefiere no pensar en ello. El aparcamiento está en la calle de al lado. Se cuela a toda máquina. No hay nada sospechoso en ello, Victor también aparca allí su vehículo.

El eco de sus pasos rápidos retumba en las paredes de cemento. Palpa su bolso para comprobar que la «herramienta» sigue ahí. No ha podido tomar prestado más que un modelo de pequeño tamaño, ya que con uno más grande sobresaldría el mango.

Sube la escalera y llega a la planta de los abonados, pasando por los pasillos de la manera más natural posible. Por el rabillo del ojo comprueba la ubicación de las cámaras. Una de ellas graba la entrada y otra la rampa de salida. Hay vía libre. Avanza, creyéndose una espía que se dirige a una cita que puede costarle la vida.

De golpe, en medio de los vehículos en fila, divisa el coche de Juliette. Pasa delante como si nada. Aguza el oído. Solo resuenan sus pasos. Las cámaras están lejos, puede pasar a la acción. Por exceso de celo, decide perfeccionar su coartada dando una brusca media vuelta y fingiendo haber olvidado algo. Con voz de baronesa alegre de cascos, exclama:

—¡Ay, pero qué tonta estoy! Bajo para dejar un paquete, ¡y no lo cojo!

Y suelta una carcajada forzada.

Al llegar al coche de Juliette, se detiene en seco y se sumerge literalmente entre este y el vehículo aparcado al lado. Se hace daño en las rodillas, pero qué más da. Nada le hará renunciar. Con discreción, saca de su bolso un pequeño martillo.

—Perdona, Juliette. Lo hago en nombre de la felicidad. Te juro que de una manera u otra, te lo devolveré.

Con el poco espacio que tiene detrás, golpea una primera vez en medio de la puerta del coche. El golpe resuena por todo el aparcamiento. Se detiene hasta que el eco se disipa. Decepcionada, descubre que este golpecito solo ha producido un efecto muy limitado. Una ligera abolladura de nada. Si quiere que los desperfectos sean lo suficientemente importantes como para poner en marcha todo el talento de Loïc, va a hacer falta mucho más. Así que se arma de valor, se disculpa con el coche, aguanta la respiración… y se desata.

Ahí la tienes dando golpes con el martillo por todo el lateral. Una ametralladora, un auténtico pájaro carpintero. Multiplica los golpes con un frenesí casi patológico. Con la prisa, un cristal salta hecho añicos.

Sofocada, Eugénie se toma una pausa. El resultado empieza a tener buen aspecto. La chapa está llena de abolladuras. Pero a Eugénie le gusta el trabajo bien hecho, y todavía puede darse el gusto de más. Para estar segura de que Loïc se meterá por debajo y alegrará a su amiga, ahora arremete contra los bajos. Evidentemente, sería más práctico con un mazo, pero debe apañarse con lo que tiene. Así que no se anda con chiquitas. Una sesión exprés de deporte.

Atrapada entre los dos coches, se retuerce en todas direcciones y avanza de buena gana. Machaca literalmente el coche a golpes repetitivos. Por un mecanismo psicológico un tanto perverso, incluso termina por encontrarle cierto placer. Llevada por el impulso y por el estruendo industrial que provoca, aferra con las dos manos su herramienta, con las mandíbulas crispadas y mirada de loca de la colina.

De repente, un ruido de motor resuena en el aparcamiento, deteniéndola en su locura destructiva. Se estruja contra el cemento. Un vehículo se acerca. El haz de los faros barre el suelo. Eugénie se agazapa. Esta vez sí que está en una película de espías. Si la capturan, la torturarán. Intentarán hacerle hablar, pero ella no soltará prenda. Ya pueden esperar sentados. No es una chivata, sobre todo cuando se trata de un complot contra una de sus mejores amigas, en el cual ella es la sola comandataria y ejecutora. Clamará la inocencia de Juliette. Es más, para estar segura, como los verdaderos héroes que han conocido esta horrible situación antes que ella, se tragará las pruebas comprometedoras. Lo malo es que es un martillo. Si fuera un castor, al menos podría roer el mango, ¿pero la cabeza de hierro? Un avestruz podría tragárselo y salir corriendo con sus grandes patas. Eugénie ya se imagina a los investigadores lanzados a su persecución; y luego, una vez atrapada, esperando a que el avestruz «evacúe por las vías naturales» para recuperar la prueba.

La berlina pasa de largo para ir a buscar un sitio un poco más lejos. A Eugénie se le sale el corazón por la boca. Todavía tumbada en el suelo como una fugitiva, contempla su obra. No se ha andado con chiquitas. Incluso con un martillito, mamá Bronto ha hecho un buen trabajo. Cuando Loïc interrogue a Juliette para intentar comprender cómo ha podido sufrir esos daños tan improbables, ella podrá responder poniendo morritos y pestañeando a toda velocidad: «Ni idea». Y por una vez, será verdad.

El recién llegado ha aparcado y ha abandonado la planta subterránea. Eugénie se pone en pie con prudencia. Hay trozos de cristal por todas partes. Un trabajo bien hecho.

Un día, está segura, Juliette se lo agradecerá. Eugénie se siente en armonía con el mundo. Una auténtica paz interior. Y ¡pumba!, para el camino, un último golpe sobre el retrovisor.

24

Como un areópago de damas de honor entregadas a su princesa, Eugénie, Céline y Chantal, la encargada de vestuario, se ponen manos a la obra con Natacha, encaramada sobre un cubo de madera y ataviada con uno de sus más bonitos vestidos de escena.

En el taller de confección, discuten sobre los arreglos que hay que hacer en los atuendos de la actriz. La estrella de *Corazón de relojería* se queja de tener que terminar las representaciones embutida en esos trajes, al borde de la apoplejía. Para lidiar con el ego de la diva, todo el mundo admite oficialmente que, sin duda, la telas han debido de encoger con los lavados, pero nadie se chupa el dedo. Aunque lo niegue, la actriz ha cogido un poco de peso. De hecho, es por ese motivo por el que la reunión ha sido calificada como *top secret* y, amablemente, «operación piraña» por Eugénie. Nicolas, el director, pero sobre todo Maximilien, su gran rival, no deben bajo ningún concepto oír hablar de los inoportunos kilos de más de la cabeza femenina de cartel, so pena de los reproches de uno y del sarcasmo del otro.

Llaman a la puerta.

—Había pedido que no se nos molestara —gruñe Natacha.

Chantal va a abrir y descubre a Annie, temblando de la cabeza a los pies.

—¿Qué pasa? ¿Has visto una araña?

—Me habríais oído gritar —replica la peluquera—. No, es más grave: hay un inspector de policía con dos agentes...

Eugénie está a punto de desmayarse. Está claro, ha sido captada por una cámara que se le escapó cuando vigilaba. Su atentado con martillo ha sido descubierto. Y ahí está, presa de un violento hipo que perturba su sentido del equilibrio. Intenta agarrarse a la mesa, pero yerra su intento y se engancha al vestido de Natacha, al cual solo le faltaba eso para ceder. Un desgarrón en todo el sentido de la palabra. La «operación piraña» es un completo fiasco, un magistral fracaso. Eso sí, con semejante rasgón, ahora la diva tiene espacio para coger todos los kilos que quiera. ¡Que aproveche, abuela! Sin embargo, para Eugénie no está todo perdido. Tiene que poder huir por el respiradero del baño. Caerá encima de la basura, pero ya está acostumbrada. Es un poco la historia de su vida. Cubierta de inmundicia, titubeante como una alucinada, cogerá el avión en clase turista hacia un país exótico que no tenga ningún acuerdo de extradición y donde haya avestruces para hacer que se coman ya sabéis qué. Allí aprenderá su idioma, vivirá solo de noche y se acostumbrará a apartar la mirada cuando se cruce con patrullas de policía. Con el tiempo, rehará su vida. Para los lugareños, con el paso de los años se convertirá en la legendaria «Guapamisterosa», la mujer sin pasado, presentada según las versiones como una bruja inmortal o como la primera astronauta en ver lo que se esconde al otro lado de la luna. En ambos casos, condenada para la eternidad. Claro está, echará de menos a Victor, pero podrán comunicarse por Internet con nombres en clave. Al igual que cuando se conocieron, ella será «Gallinita Regordeta» y él «Cua Cua de Amor».

Y, sin embargo, se le plantea un grave problema: los niños. Con lo que le cuesta verlos ya tan poco, ¿cómo podría sobrevivir sin la esperanza de volver a verlos nunca más? Evidentemente, podría pagar a un cirujano corrupto para que le rehiciera la cara, así podría volver a Francia de incógnito; pero no tiene claro que a Noémie y a Eliott les apetezca verla con cara de vampiro recauchutado porque, para qué nos vamos a engañar, los cirujanos corruptos rara vez son buenos.

Eugénie está atrapada, no saldrá de esta. Para una vez que hace algo ilegal, van y la pillan. La mala pata siempre para ella. Por todas partes hay canallas que cometen toda clase de delitos y salen indemnes, mientras que ella, por unos cuantos golpes de martillo —un centenar como máximo y, además, sobre el coche de una amiga—, tendrá que pudrirse en los calabozos húmedos e infestados de ratas en los que solo se pilla una sola cadena de televisión. Qué asco.

—¿Y para qué ha venido este policía? —pregunta Chantal.

—Quiere ver a Céline.

La naturaleza humana depara increíbles sorpresas. Si uno se toma la molestia de estudiarla de cerca, se pueden descubrir en ella tesoros. Ahora, por ejemplo, entre la película delirante que Eugénie ha conseguido montarse ella solita y el momento de preocupación ante la idea de que Céline pueda tener problemas, ha conseguido hacer hueco para un microsegundo de pura alegría al enterarse de que la poli no había venido por ella. A pesar de todo el cariño que le tiene a Céline, se ha sentido enormemente feliz de que el rayo se abata mejor sobre ella. ¿Cómo asumir esta satisfacción indecente sin morirse de vergüenza? Eugénie se lo echa en cara y está dispuesta a cualquier cosa para ayudar a su amiga, sobre todo ahora que sabe que no es su culo el que está en el punto de mira.

Se gira hacia la interesada, que está en estado de *shock*. Con un impulso sincero, pero de dudosa integridad, Eugénie se precipita para abrazarla y reconfortarla. Si a veces Dios habla a nuestros corazones, no cabe duda de que también debe de conversar con nuestros pies, porque ahora son estos los que se convierten en herramienta de su castigo: Eugénie tropieza con el culo de Natacha, que está a punto de perder el equilibrio en su vestido desgarrado, mientras la guardiana acaba en el suelo todo lo larga que es, en medio de los taburetes. La caída es ridícula, y el grito que la acompaña podría hacer huir a todas las aves migratorias de un continente en un solo vuelo.

Todo el mundo se precipita para ayudar a Eugénie, salvo Natacha, que se contorsiona para ver hasta dónde se ha rasgado su vestido. Céline se inclina sobre su amiga, que está en el suelo.

—No te muevas, si te has partido la columna, eso podría matarte.

—No hay nada *doto* —balbucea Eugénie—, *apadte* de mi *amod popio*. Duele.

Chantal se pone de cuclillas a su lado.

—Eugénie, ¿a que día estamos?, ¿cuál es tu nombre?

—Mi *nombe* acabas de *decidlo*, payasa, y estamos a *miédcoles*.

—Formidable, ¡conserva la cabeza intacta!

Como una moribunda en el momento de su último suspiro, Eugénie tiende una mano temblorosa hacia su amiga, que se la sujeta.

—¿Qué sucede?

—Ve a *ved* a los *madedos*.

—¿Que quieres que vaya a ver a quién?

—¡A los *madedos*!

—¡Ah, a los maderos! Es que hablas raro, has debido de darte un golpe al caer.

—Eso eso. Pupa en la cabeza. No es *gave*. Ve a *ved* a la poli, *pedo* no confieses nada. No te *peocupes*, les *didé* que fue idea mía. Todo se *adegladá*.

Con lágrimas en los ojos, Céline se levanta para ir a afrontar su destino.

Chantal se pone a gritar, pero es porque a lo lejos ha visto un ratón. Natacha también grita, pero porque acaba de ver lo que queda de su vestido.

25

En el vestíbulo del teatro, tres policías esperan en compañía de Victor, que ya no sabe cómo mantener la conversación. Dos de ellos van con uniforme. El que no lo lleva se dirige deprisa y corriendo hacia Céline en cuanto la ve aparecer.

—¿Señora Lamiot?

—Señora Haas. Estoy divorciada. Hola.

—Siento tener que molestarla. Inspector De Freitas. ¿No ha recibido nuestro correo?

—En efecto, he recibido uno que me pedía que me presentara ante ustedes «lo antes posible», lo que pensaba hacer…

—En nuestra jerga, es una manera educada de decir «muy rápidamente».

—Trabajo en seguros, sé lo que es una urgencia. «Lo antes posible» no indica una prioridad particular. —Céline no está dispuesta a ser conciliadora. No duda de que su ex esté detrás de esta visita, y eso la enfada—. ¿Cómo me han encontrado aquí?

—Su jefe nos ha informado de que pasa en este establecimiento buena parte de su tiempo libre. Como modista voluntaria, si nuestras informaciones son correctas.

—Completamente. Díganme, por favor, no es un delito, ¿verdad?

Al hombre le hace gracia el comentario y continúa:

—Estamos aquí porque el señor Martial Lamiot, su exmarido, ha puesto una denuncia contra usted. —La expresión de Céline, pero sobre todo sus puños, que se crispan, no dejan lugar a dudas de lo que siente. Su reacción no le pasa inadvertida al inspector que, como si nada, añade—: No conozco a este señor, pero tiene que tener unos contactos pistonudos para que nos hayan endosado este expediente. Nuestra profesión también nos otorga cierta experiencia con lo que es una prioridad y, créame, tenemos casos bastante más importantes de los que ocuparnos.

—Efectivamente, tiene muchos contactos, con frecuencia dudosos...

—¿Tiene alguna idea del motivo de esta denuncia?

Céline recuerda el consejo de Eugénie: «No confieses nada».

—Ninguna.

Uno de los policías de uniforme tiende un sobre a su superior.

—¿Estaba usted de vacaciones hará cosa de unas cuatro semanas?

Céline está desconcertada, no es la pregunta que se esperaba.

—Sí, he pasado unos días con mi hijo, Ulysse, al cual el señor Lamiot, su padre, se negó a recoger en el último momento, a pesar de nuestros acuerdos, porque prefirió irse de vacaciones con una de sus amiguitas.

—Lo siento, pero debo hacerle formalmente otra pregunta. Tenga en cuenta que su respuesta la compromete, mis colegas y yo hemos prestado juramento.

—Le escucho.

—¿Ha proferido usted amenazas de muerte contra el señor Lamiot?

—Les reconozco que alguna vez...

El inspector sonríe.

—Señora Haas, si me permite un consejo, debería responder con la mayor seriedad. No me refiero a esas palabras de enfado que todos podemos dejar escapar, le estoy hablando de amenazas reales. Limítese a los hechos lo más estrictamente posible.

—Entonces mi respuesta es no.

—¿Le ha enviado una carta con amenazas?

—Nunca.

Él saca una fotocopia del sobre y se la tiende a Céline.

—¿Ha escrito usted esta carta?

Céline toma el documento y descubre una postal, enviada desde Florida, en la que aparece escrito: *Sucia carroña, vas a morir, voy a hacerte pagar por tu traición. Te va a costar toda tu pasta. Voy a sangrarte como al sucio ladrón que eres.* Sin firma.

Céline se echa a reír de tal manera que resuena mucho más allá del vestíbulo. La sacuden espasmos y las lágrimas le bajan por las mejillas. El inspector la mira fríamente.

—¿Qué es lo que le hace tanta gracia?

—¡De pronto me siento menos sola! Al menos somos dos las que pensamos lo mismo de esa basura. Pero le prometo que yo no he escrito esta carta. Creía que…, bueno, no tiene importancia.

Aliviada de que la policía haya venido por un acto del que no es culpable, Céline respira.

Además, le encanta la idea de que alguien más le desee la muerte al cretino de su exmarido.

—¿Está segura de no haber enviado esta carta?

—Totalmente. Decenas de personas deben poder testificar que estaba demasiado ocupada intentando salir adelante aquí, como para irme a escribir este tipo de chorradas a Florida.

—Para despistar, podría haber pedido a un cómplice que la enviara por correo…

Céline ríe con más ganas aún.

—No conozco ningún flamenco, ningún jubilado ni ningún traficante de droga. ¡A mi gente no se les ha perdido nada en Florida!

El hombre da un paso hacia ella. La mira directamente a los ojos y le murmura:

—Me encanta su risa, señora Haas, la encuentro terriblemente sexi. Pero cuando ha llegado tenía cara de culpable y de eso sé un poco. Así que no sé de qué se trata, pero estoy convencido de que si no ha escrito esta carta, hay algo más sobre su conciencia.

Céline ya no ríe. Como la puerta de una caja fuerte frente a un soplete, intenta resistir a la mirada inquisidora del inspector.

—Le deseo muy buenas noches, señora. Estoy seguro de que volveremos a vernos muy pronto…

26

Por los altavoces, una voz tan triste que dan ganas de llorar se expande por el teatro. Daniel, el perpetuo enfermo imaginario, se encarga del anuncio como si estuviera decretando un duelo nacional: «Apertura al público en diez minutos. Comprobación de la colocación del atrezo. Por favor, despejamos el escenario y echamos el telón». Al menos, el tono de sus comunicaciones tiene el mérito de divertir a todo el equipo, que las repiten imitando una agonía o, mejor, un ahorcamiento.

Para Eugénie, este mensaje anuncia el final de su servicio. Los equipos toman ahora el relevo y, en una maquinaria bien engrasada, cada uno va a representar su papel para asegurar el buen desarrollo del espectáculo. La colmena funciona a pleno rendimiento, mientras que la reina debe meterse, cueste lo que cueste, su vestido remendado.

Eugénie se convierte entonces en la espectadora privilegiada de la efervescencia que precede a la función. Saborea la energía de los que trabajan juntos. Le encanta. Una verdadera droga, de la que recibe su dosis diaria con glotonería.

Los técnicos son los maestros entre bambalinas, desde donde ponen a punto y ordenan multitud de elementos. Hay tanto que hacer que Olivier ya no puede repetir varias veces cada uno de sus movimientos de fortalecimiento muscular. En el pasillo de los camerinos, todas las puertas están abiertas. Maquilladoras y peluqueras van de una a otra gritándose alegremente para preparar a los actores. Eugénie no se cansa de este ambiente, de esta gente involucrada en una intimidad única. Antes de subir al escenario, como cuando uno va al frente, el equipo se abraza y hace piña, para después encontrarse con la muchedumbre a la que habrá que domar so pena de ser pisoteados. Cada noche, mientras realiza su ronda muerta de miedo, Eugénie atraviesa los diferentes espacios intentando pasar lo más desapercibida posible. Es hora de trabajar y no quiere molestar a nadie. Pasa de las bromas infantiles de los electricistas para interesarse por el pánico de las de vestuario que, como cada noche, han perdido un broche o alguna prenda que volverán a encontrar a los pocos segundos. A veces participa, pero, sobre todo, lo que más le gusta es captar esas chispas de vida que nacen de la gente en el momento en el que se dispone a ponerse en marcha. A continuación, llega a la gran sala, donde las acomodadoras hacen su última inspección.

Eugénie ve a lo lejos a Laura, a la que justo quería comentar algo. Vuelve a remontar el pasillo central y la interpela:

—¡Hola! ¿Todo bien?, ¿preparada para lidiar con las hordas invasoras?

—Todo bien, estoy lista —responde la joven sin demasiado entusiasmo.

Parece evitar tener que mirar a su interlocutora. La guardiana continúa:

—Arnaud nos ha contado que le habías regalado dos gorras idénticas, una para él y otra para Norbert.

Laura asiente, siempre en diagonal. Eugénie se entusiasma:

—¡Estaba loco de alegría! No se la quita y Norbert tampoco, aunque en realidad no le vaya demasiado bien con el disfraz de indio que llevaba hoy. ¡Te apuesto a que van a dormir con ellas!

Laura apenas reacciona.

—¿Tu padre trabaja en obras públicas? —pregunta Eugénie.

—No. ¿Por qué?

—Las gorras tienen la insignia de una empresa de construcción.

—Efectivamente.

—En cualquier caso, has hecho feliz a uno, ¡incluso a dos!

«Apertura de puertas al público en cinco minutos». A juzgar por el tono de Daniel, solo le deben de quedar unos segundos de vida.

—Tengo que ponerme en marcha, señora.

«¿Señora?». Algo va mal. La actitud decididamente tan poco habitual de la acomodadora alerta a Eugénie, que apoya la mano en su hombro.

—Laura, ¿todo bien?

La joven se obstina en mirar hacia otro lado.

—Ningún problema, todo saldrá bien.

—Perdón por insistir, pero no estás como de costumbre…

Eugénie se planta delante de la joven y descubre que tiene los ojos rojos. En sus mejillas aún se ven las huellas de las lágrimas.

—¿Estás llorando? ¿Qué te pasa?

—Nada, perdón, lo siento… No volverá a pasar. Le prometo que los espectadores no lo verán.

—No es el público lo que me preocupa, sino tú. ¿Quieres que pida que te sustituyan?

—No, por favor, quiero hacer mi trabajo. Es importante para mí.

—¿Has tenido algún problema aquí?, ¿alguien te ha molestado?

—No no. Todo el mundo es encantador. Por suerte que les tengo…

—¿Los estudios, un novio, tus padres?

—Se lo prometo, soy solo yo. Todo va bien.

El «todo va bien» huele a frase hecha, pero Eugénie sabe que no va a enterarse de lo que pasa sin terminar por ser entrometida, y no es lo que quiere.

—¿Sabes, Laura? Aquí todo el mundo te aprecia un montón. Te has integrado a la perfección en el equipo. Todos hemos notado tu sentido de la diplomacia y tu eficiencia. De hecho, ningún espectador se queja desde que te ocupas tú de acomodarlos. Siempre haces lo imposible por resolver los casos espinosos. Pero tu presencia no se reduce a tu utilidad. No es la filosofía de este lugar. Todos tenemos nuestros problemas, nuestras historias y, a veces, entre nosotros, se puede hablar de ello y sienta bien. Somos una panda de chalados, pero la mayoría tiene un corazón de oro.

—Lo sé.

Eugénie le coloca el flequillo y le acaricia la mejilla.

—No lo olvides, si lo necesitas, ahí estamos.

27

El público de los viernes no se parece a ningún otro. Se aprecian más grupos de amigos, familias; menos solteros o parejas. Pero si su composición es sociológicamente diferente, lo que primero los distingue es la energía que desprenden. El ambiente es más vivo, más reactivo. Se gastan bromas, se conversa, es menos formal que con los espectadores del sábado por la noche que están —ya un día antes— más «endomingados». Como si los que salieran la noche del último día de trabajo tuvieran en común unas ganas de vivir suplementarias que los empuja a sacar ventaja a su tiempo libre. Cuando se levanten el sábado por la mañana, ya habrán salido, y todavía les quedarán dos días para saborearlos libremente.

Sin embargo, desde el palco de siempre, no es en los espectadores en los que Eugénie se interesa. Observa a Laura, que coloca uno tras otro a los que van llegando. Cada vez una sonrisa, unas palabras mientras se toma el tiempo para acompañarlos a sus asientos sin perder de vista a los que entran y a veces se permiten hacer cualquier tontería. Para mantener el ritmo, compensa los preciados segundos que otorga a cada uno volviendo a la carrera a la base. No es la única que acomoda, pero es con diferencia la mejor. Ha entendido de inmediato el espíritu de su función y, aunque no haya venido al teatro para eso, se consagra a ello de buena gana. Victor tiene razón: es una muchacha con mucho potencial.

Eugénie la sigue con la mirada, aún preocupada por la tristeza que ha descubierto en la joven. Muy discreta, Laura nunca deja traslucir ninguna emoción, bien sea frente a las bromas de Olivier, a los comentarios socarrones de Victor o a los comportamientos arrogantes de Maximilien y Natacha. Incluso durante las audiciones, mientras nadie se priva de comentar, ella se mantiene cauta. Así que sus lágrimas son mucho más significativas.

La luz de la sala se va apagando y una animada musiquilla anuncia el comienzo inminente de la obra. En el patio de butacas y en los palcos, cada uno se acomoda en su butaca. Acabada su misión, Laura se retira. Su silueta retrocede en la sombra hasta desaparecer. ¿En qué piensa en este momento? ¿Qué pena esconde?

El telón se abre sobre el apartamento de *Corazón de relojería*. Luz de madrugada. Maximilien entra de pasada por el escenario, saludado por unos aplausos. En guardia, desaliñado, con la camisa que medio se le sale del pantalón, se detiene frente al espejo y se queja de las marcas de pintalabios que aún lleva en la cara.

—Amigo, ¡cada vez te la juegas más! Al final vas a hacer que te pillen...

Una voz femenina lo llama desde una habitación vecina.

—¿Eres tú, querido?

—¡Sí! ¡Por fin he vuelto! Perdona el retraso. Finalmente nos hemos quedado trabajando toda la noche, pero ¡buenas noticias!, por fin hemos cerrado el contrato.

Mientras miente, intenta borrar las marcas comprometedoras de sus mejillas, sin conseguirlo del todo. La voz de mujer prosigue:

—Debes de estar agotado. ¿Te preparo el desayuno? Ponte cómodo.

—Eres un ángel. Primero, voy a refrescarme...

En perfecta sincronía, se mete en el cuarto de baño en el preciso instante en el que Natacha llega corriendo de la cocina. Imaginándose el alcance de la escena, Eugénie comprende por qué Céline no ha asistido más que a una representación de la obra. La situación de esta pareja debe de hacer dolorosamente eco en su interior. Ella también fue engañada. Quizá, incluso escuchara algunas de estas respuestas tan tristemente universales. Al igual que esta mujer que llega con su bandeja bajo los aplausos, ella también estuvo ciega. Pero —y he ahí la diferencia entre la realidad y la ficción— ella no ha solucionado el fracaso de su pareja en menos de dos horas. No ha dejado las cosas claras y no ha rehecho su vida en una noche. En cuanto al príncipe encantador que vendrá a hacerle olvidar su triste historia, todavía sigue esperando.

Maximilien vuelve a aparecer, cambiado, peinado y libre de los estigmas de sus infidelidades, con una celeridad que solo las elipsis y las puestas en escena autorizan. Natacha se lanza a su cuello y lo besa con pasión. Un auténtico juego de composición. Mientras ella se sienta en la mesa a la espera de compartir un momento juntos, él se tira en el sofá y empieza a hojear una revista. Ella le cuenta su día anterior, que no tiene nada de apasionante, pero que es auténtico; mientras él se inventa mil peripecias —adornadas por algunos actos de grandeza quiméricos— para justificar su ausencia. Él es categórico: ella no sabe la suerte que tiene de llevar una vida tan fácil, mientras él no puede más con tantas preocupaciones y responsabilidades. El público nota que él encuentra la manera de quejarse mientras la camela. El proceso que conduce al odio del malvado se ha puesto en marcha.

El objetivo de la escena consiste en dejar entrever el abismo que separa a los dos protagonistas. Una sinceridad inocente manipulada por un odioso cinismo. Cuanto más odien los espectadores a aquel que se muestra astuto, cobarde y cruel, más éxito tendrá la obra.

Esta noche, la interpretación de Maximilien tiene algo ligeramente diferente. Se le ve saltarín y encarna a su personaje con una intensidad inusitada. A Natacha parece costarle mostrar la misma presencia en el escenario. Incluso teniendo el papel del malo, sale mejor del paso. Eugénie sabe que Maximilien no es el tipo de persona que se esfuerza sin motivo. ¿De dónde le viene esa energía? ¿Quiere impresionar a alguien del público? ¿Un nuevo episodio de la guerra infantil que los dos actores libran a través de su texto? Eugénie va a vigilarlo de cerca, porque es evidente que hay algo que no está del todo claro...

28

—¡Hasta esta noche, querida!

—¡Vuelve pronto, mi amor! ¡Estoy tan impaciente de volver a verte!

Las intenciones ocultas y la articulación de las palabras son caricaturescas, exageradas, para que incluso los espectadores de las últimas filas puedan pillar lo que, en la vida real, solo sería murmurado. Se pierde en matices lo que se gana en evidencia. El hombre besa con hipocresía a la mujer a la que engaña y se despide.

A partir del momento en el que sale de escena, empieza la cuenta atrás. Maximilien sabe que dispone de menos de cuatro minutos para poner en marcha su plan. Ya está disfrutando, con una crueldad digna de su personaje. Los kilos de más que vuelven más frágil a su compañera, y de los que ha oído hablar por casualidad, son una oportunidad que no puede dejar escapar. Acelera sin que se note, se cruza con Olivier y con otros dos tramoyistas que juegan con sus teléfonos a la espera del próximo cambio de decorado. La voz de Natacha llena el escenario. Un monólogo en el que llama a su mejor amiga para hablarle de lo que todavía cree ser su felicidad.

Maximilien finge meterse en su camerino, pero, después de

comprobar que nadie lo está viendo, tuerce en dirección a las tramoyas y se cuela por la puerta que desciende a la parte baja del escenario. No tiene un segundo que perder.

Si quiere salirse con la suya, tiene que darse prisa para estar justo en el lugar adecuado, en el momento idóneo. El éxito de su plan se basa en una conjunción de factores muy precisa.

Se toma una pausa debajo de la escalera. Sus ojos necesitan acostumbrarse a la penumbra. Se desliza entre los pilares, como el buen conspirador que es. Todos los que se aventuran en estos ambientes oscuros tienen decididamente aspecto de bandidos. Maximilien se dirige hacia el punto estratégico. La voz ahogada de Natacha llega hasta él a través del suelo del escenario. De momento, está a tiempo. Si su atroz crimen se desarrolla según lo previsto, nadie sospechará lo que está a punto de cometer. Como buen actor que conoce los clásicos, sabe que los crímenes perfectos son los que nadie descubre.

Ya está harto de los comentarios de su compañera sobre su dejadez y su supuesta falta de talento. Ya no la aguanta más, está hasta las narices. Hablar de ello no servirá de nada. La única manera de contraatacar es llevarla contra las cuerdas para obligarla a descubrir sus propios límites.

Llega a la concha del apuntador. Por la apertura, la voz de la actriz suena clara, muy cercana. Está justo en el proscenio. Maximilien despliega el gran folio que cuidadosamente ha preparado. Solo Natacha verá lo que ha escrito. Ni el público ni el equipo distinguirán nada. En medio de su monólogo, sin que se lo espere, esta criticona que se pasa el día soltándole el sermón va a recibir un mensaje muy personal al que no podrá escapar, y mucho menos responder. Un verdadero misil psicológico del cual ella es el único objetivo, una carga explosiva que va a traspasar su blindaje moral y hacerle perder los estribos. Menos ruidoso que un cañonazo, más destructivo que el disparo de un lanzamisiles, más traicionero que una mina. Maximilien posee el arma absoluta. Ya se ríe sarcásticamente.

Conociendo a la perfección el desarrollo de la puesta en escena, sabe con precisión donde se sitúa Natacha en función de lo que dice. Unos segundos más y se colocará exactamente delante de la concha del apuntador.

Está claro, el efecto será fulgurante. ¿Cómo va a reaccionar Natacha? ¿Balbuceará? ¿Perderá el hilo del texto? Por un instante, Maximilien sueña que ella se echa a llorar y abandona la escena bajo abucheos, antes de poner fin a su miserable carrera.

El momento ha llegado. Por la apertura, enseña su hoja a la interesada.

Revienta tu vestido, cacho burra, será tu mejor papel.

La brutal inflexión en la voz de Natacha no deja lugar a dudas: lo ha leído. El objetivo ha sido alcanzado. Se atasca con su texto. Lo que debería interpretarse con una alegría comunicativa es balbuceado con lamentable simpleza:

—En nuestras próximas vacaciones, nos vamos al fin del mundo, a unas islas paradisíacas…

La diva ya no respeta las indicaciones de la puesta en escena. Maximilien saborea el momento. Sin embargo, no debe eternizarse, o dejará pasar su próxima entrada. Está un poco decepcionado: Natacha parece recuperarse más rápido de lo esperado. Pero el truco ha funcionado, y es lo que cuenta. Quizá ella consiga terminar la representación, ¡pero a base de mucho esfuerzo! A la «burra» le costará concentrarse en su papel. Y Maximilien parecerá mejor, que es lo que importa.

29

Al salir del baño, Eugénie se mete en la cama, en la que ya está su marido. Se ha «preparado para la noche». La expresión siempre ha hecho gracia a Victor quien, por su parte, se hace un rebujo con su ropa antes de dejarse caer en el colchón. «Prepararse para la noche», qué extraño concepto… ¿Nos preparamos para el día? ¿Por qué este ritual secreto dura tanto? Victor nota que es mejor no bromear sobre el tema, visto que a Eugénie no se le pasa el cabreo.

—¡El teatro está en peligro y todo lo que se le ocurre hacer a ese imbécil es desestabilizar a su compañera con el riesgo de sabotear la representación ante una sala llena!

La simple evocación del incidente basta para que a Victor le vuelva una risa que no es capaz de contener. Y eso que sabe a lo que se enfrenta… Eugénie lo mira con desaprobación.

—Cualquiera diría que las chiquilladas te hacen gracia…

—No vamos a llorar.

—Está claro, ¡a ti lo único que te interesa es hacer el idiota con Olivier y el resto de la banda! A veces me pregunto si os dais cuenta de lo que está en juego en este momento. Sois unos irresponsables.

—No ha muerto nadie. Su jueguecito estúpido solo los hiere a ellos.

El argumento no calma a la guardiana, al contrario: la emprende con su marido.

—Estoy harta de que te lo tomes todo a cachondeo. Me encantaría que mostraras más interés en lo que pasa a nuestro alrededor.

—Lo hago —protesta Victor—, lo que pasa es que no me lo tomo todo a la tremenda.

—¿Has visto a la pobre durante su monólogo? Todos hemos pensado que le estaba dando un patatús. ¡Y motivos tenía para ello! Los espectadores han debido de pensar que actuaba como el culo.

—Y al mismo tiempo, su debilidad pasajera ha sido sobradamente compensada por la violencia del tortazo que le ha soltado en la escena final. En lo que respecta al golpe, ¡estaba superbién interpretado! ¡Max ha tenido que flipar!

—La verdad es que la torta no ha estado nada mal. Y bien merecida se la tenía. Quizá deberíamos quedarnos con la idea y sugerir a Nicolas que la integre en la puesta en escena.

—No tengo muy claro que nuestra gran estrella acepte llevarse una así cada noche.

Eugénie sonríe. Su cólera parece aplacarse. Victor se desliza hacia su mujer. Como un perrito, planta su hocico en el hueco de su cuello. Cierra los ojos. No quiere nada especial. Ninguna maniobra, nada de segundas intenciones. Simplemente, espera poder quedarse así el mayor tiempo posible. Sentir su calor, respirar el perfume de su piel. Siempre le ha encantado apoyar la cabeza contra ella. Su propia mente le parece menos pesada. Cuando acababan de conocerse, fue uno de los primeros gestos de ternura que se permitió. Nunca se ha hartado. A lo largo de los años no se ha vuelto ni una costumbre ni una manía, simplemente un placer renovado sin cesar.

—Te preocupas por Laura —murmura él—, te enfadas con Max. Tengo la impresión de que ya estás mejor. Hace meses que no reaccionabas ante nada.

A Eugénie no le apetece responder. Duda si coger su libro de la mesilla, con tal de despejar la mente, pero él no lo entendería. Así que le acaricia el pelo, mecánicamente. Él no dice nada, pero lo nota. Ella termina por preguntarle:

—¿Te acuerdas de nosotros, al principio?

—Perfectamente.

—¿Te acuerdas de lo que te empujó a acercarte a mí?

Victor se reincorpora.

—Menuda pregunta… ¿Por qué hablar de eso ahora?

—Una conversación con Juliette me ha hecho reflexionar.

—No es fácil responder.

—¿Hace tanto tiempo que te has olvidado?

—Para nada. Simplemente, en aquella época no te conocía tan bien como ahora.

—¿Echas de menos aquellos tiempos?

—En absoluto. ¡Caray, vaya preguntitas las tuyas! Hace unas semanas no se podía hablar de nada, y ahora te lanzas a un auténtico interrogatorio afectivo… Lo que intento decirte es que hoy por hoy te conozco perfectamente (bueno, eso creo), mientras que cuando te conocí, te iba descubriendo. No me enamoré solo de lo que eras en aquella época, también deseaba aquello en lo que podías convertirte.

—¿Eras capaz de verlo?

—Probablemente, ya que nunca me he sentido decepcionado.

—Muy bonito, pero no has respondido a mi pregunta.

Victor refunfuña y hace un esfuerzo por recordar.

—Las primeras veces que te vi… En primer lugar, tu nombre, el de una emperatriz, me impresionó. Un nombre al margen del tiempo, de las modas. Particular, como parecías serlo tú. Algunos lo encontraban anticuado, pero a mí me encantó de inmediato. Además, parecías diferente a las demás chicas. Te lo tomabas todo en serio, no hacías nada a medias. Bien fuera por un bizcocho o la revolución, ibas hasta el fondo, conforme a tu conciencia.

—Hacer un bizcocho conforme a mi conciencia…

—Tú me preguntas y yo respondo. Eras una persona entera, íntegra, leal.

—¿He cambiado?

—No. Pero dar tu opinión cuando tienes veinte años es fácil. Tenemos ideas preconcebidas de todo, juzgamos rápido, creemos saber y no dudamos en decirlo. Luego, con el tiempo, hay que tener la fuerza para no renunciar a nuestras convicciones, para no ceder a lo fácil o al jaleo ambiental.

—¿Nunca te has planteado que tu vida habría podido ser mejor con otra mujer?

—Es a ti a quien elegí y no me arrepiento.

—¿Nunca te ha pasado el imaginarte tu vida de otra manera? ¿No te planteas que al vivir conmigo quizá te estés privando de cosas que habrías tenido con otras mujeres?

Victor levanta una ceja.

—Vaya idea más rara… Prefiero disfrutar de lo que tengo antes que lloriquear por lo que no tengo. La vida está hecha de elecciones, y tú eres la mía. No se pueden tomar todos los caminos. Quizá no sea un aventurero, quizá no aspiro a los extremos o a las cimas que otros sueñan, pero me importa un bledo. No necesito nada. No te convertiste en mi mujer por despecho. Y ahora, déjame devolverte la pregunta: ¿piensas que deberíamos arrepentirnos de nuestra vida?

—No llego a ese punto, pero… Si no viviéramos juntos, no te habrías sentido en la obligación de seguirme hasta aquí. Tendrías otras cosas que hacer que dejarte el pellejo para mantener en pie este teatro.

—Todo va bien. Pero respóndete mejor tú misma. Ya que estás en plena introspección, ¿te arrepientes de algo?

Eugénie mide sus palabras:

—El tiempo pasa, cada vez tenemos menos opciones. Perdemos muchas cosas, fuerza, gente…

—También ganamos. Cada vez identificamos mejor lo que cuenta. Ya no caemos en todas las trampas.

—Tienes razón —dice con un suspiro—. Al final, aunque tengas fama de estar un poco loco, eres sin duda el más sabio de los dos.

—El más sabio no sé, pero el menos osado, seguro. ¿Sabes, Eugénie? Corrí tras de ti porque cabalgabas delante. Siempre te he seguido. Estoy enganchado a tu tremendo carácter, aferrado a tu energía, y me va muy bien.

Eugénie no tiene nada que responder. Hace una pausa.

—Victor, me gustaría comentarte una cosa, pero me tienes que prometer que no te vas a reír...

—¿Has roto algo? Has comprado alguna porquería a uno de esos televendedores de...

—Para nada. La otra noche, mientras hacía una ronda por el teatro...

—¿Haces rondas por la noche? ¿Eso es nuevo?

—Cuando no consigo dormir, prefiero levantarme. Bueno, pues la otra noche en el teatro, oí unos ruidos sospechosos en el desván.

—¿Ruidos sospechosos? ¿En el desván?

—Deja de repetirlo todo, que me pone nerviosa. Pues eso, como intentaba explicarte, oí unos ruidos extraños, así que subí y me pareció ver a alguien.

—¿En el teatro, en plena noche?

—¡Te lo acabo de decir! Imagínate, hasta vi unos ojos que me miraban...

Victor se queda observando a su mujer, alucinado.

—Nunca había pasado tanto miedo —confiesa ella con un pequeño escalofrío.

—¿Por qué no me viniste a buscar?

—Me eché encima de ti, pero ni siquiera te despertaste, a pesar de mi pánico.

—Lo siento. Tendrías que haberme zarandeado. En serio, no dudes nunca más en hacerlo. Pero qué historia más extraña… No quiero decir que no esté pasando nada —añade con prudencia—, pero, ya sabes, en este tipo de edificios viejos…

Eugénie se pone como una fiera.

—¡Estaba segura de que me ibas a salir con este tipo de justificación! ¡Pero había algo, estoy segura!

—Vale, vale. Si así te quedas más tranquila, subiremos juntos en cuanto podamos.

—Me encantaría, gracias.

Cada uno se gira hacia su lado. Eugénie está hecha un lío. Demasiadas ideas confusas se amontonan en su cabeza. También Victor se agita en su mitad de la cama. No para de gesticular. Después, de golpe, se queda inmóvil. Fascinada de que se haya podido dormir tan rápido después de su conversación, Eugénie se da la vuelta para comprobarlo.

Entonces suelta un terrible grito de horror. Una silueta espectral tiende la mano hacia ella…

—¡Uuuh! —dice su marido, escondido bajo la sábana—. ¡Ya te había dicho que había un fantasma, Gallinita Regordeta!

Con todas sus fuerzas, ella le lanza su librote en toda la cabeza.

30

Para no perderse la llegada de Juliette, Eugénie se inventa toda clase de pretextos de los que ocuparse para permanecer en el vestíbulo. Aunque se supone que no tiene que saber nada, está impaciente por medir hasta qué punto el sabotaje secreto del coche de su amiga la va a hacer feliz. En efecto, este acto infame le ofrece una excelente razón para volver al mecánico de su corazón.

Hará cerca de una hora que la guardiana se ocupa de cualquier cosa. Después de haber comprobado minuciosamente la alineación de los cordones delimitadores, de inspeccionar los felpudos y las juntas de los radiadores, y de barrer donde los equipos de mantenimiento ya lo habían hecho, pone una atención tan sospechosa como maniática en reponer los folletos informativos que rodean la taquilla.

Al otro lado del cristal, encerrado en su pecera, Franky trata de concentrarse en los registros, pero le cuesta. En efecto, la situación es molesta. Eugénie está enredando justo detrás de la pared. Él se esfuerza en no prestar atención a sus quehaceres, evitando incluso cruzar su mirada. El taquillero se siente como un pez asediado en un acuario, sin una roca donde esconderse.

Aunque ocupada en su frenesí reorganizador, Eugénie tiene la cabeza en otra parte. Ya se ha construido su guion ideal: Juliette aparece, radiante, y le anuncia que, por una maravillosa casualidad, un misterioso vándalo ha destrozado su coche. ¡Qué alegría! Le está enormemente agradecida. De hecho, lo siente mucho, pero no puede quedarse porque tiene cita en media hora con «su» Loïc para hablar de los arreglos, y de más cosas si suena la flauta. Unos cuantos martillazos bien se merecen un empujón del destino… Eugénie está segura, los destrozos que ha ocasionado marcan el inicio de un bonito cuento de hadas. «Érase una vez una jovencita a la que su compañía de seguros rescindió el contrato porque unos conejitos bribonzuelos y unos pájaros cantarines le habían destrozado la mitad de las puertas de su coche…». El día de su boda, entre los fuegos artificiales de sus emociones, Eugénie reconocerá a los jóvenes casados que fue gracias a ella que se vieron aquella noche y que todo empezó entre ellos. Y qué duda cabe, será un momento precioso, por el que habrá valido ampliamente la pena el miedo, la vergüenza y el dinero que ha costado.

Victor baja de su casa.

—Hola, Franky. Y bien, ¿qué tal los resultados?

—*Hello*, Victor. Va remontando un poco. Me pregunto si el tortazo que recibió Max no genera un excelente boca a boca…

Se interrumpe bruscamente al ver el enorme chichón en la frente de Victor.

—¡Madre mía, te has dado bien! ¿Con qué te has golpeado?

—No te lo vas a creer. Esta noche, he soñado que era un chupete.

—¿Un chupete?

—Sí, de silicona, muy cuco. Me dirigía a mi puesto en la boca de un querubín baboso, cuando, con las prisas, ¡no he visto que era una estatua de mármol! ¿Te imaginas qué impresión? Una pesadilla. Y esta mañana, agárrate, he visto esto en mi frente. No hay que fiarse de lo que uno se imagina, porque a veces puede materializarse…

Eugénie está aterrada. Franky más bien pensativo.

—Qué fuerte —dice, con la mirada perdida—. De verdad que existen misterios que nos superan…

Victor merodea alrededor de su mujer. Esta experimenta una mezcla de sentimientos con respecto al chichón que decora su cabeza. A medio camino entre el «pobre, le tiene que doler…» y el «¡te lo mereces», oscila entre los dos polos, un poco estilo corriente alterna. A un tris del cortocircuito.

—¿Qué te traes entre manos con esos carteles? —le pregunta él—. ¿Es la limpieza general de primavera?

—Priorizo información. Nunca se le dedica tiempo…

—Genial, gracias a esta acción esencial, el teatro pronto será nominado al célebre Gran Premio de los Carteles Priorizados…

—¿No te basta con un golpe al día?

Victor hace como que le da vueltas la cabeza. Se lleva la mano a la frente aparentando que desfallece.

—¡Oh, Dios mío, veo mosquitas! Llevan gafas de sol, esperan el autobús para irse de vacaciones a una pera podrida muy de moda. No cabe duda, es el dolor que me confunde.

Eugénie se ensombrece y gruñe en voz baja:

—Ya para. Tú te lo buscaste. Atreverte a asustarme, con lo que te acababa de contar…

—¿Quién es usted? No la reconozco. Y, sin embargo, creo haberla visto antes… Eso es, ya está: era la estrella de un documental sobre dragones devoradores de hombres…

Eugénie ni siquiera reacciona. Acaba de ver a lo lejos a Juliette, que en varias zancadas sube volando los escalones de fuera. Todos los sensores de la guardiana se ponen en alerta máxima. La coreógrafa hace su aparición.

—¡Buenos días, Juliette!

—¡Hola, Eugénie! ¡Hola, Victor! Ostras, ¿qué te ha pasado en la cabeza?

—Una gran paloma ha hecho su nido en medio de mi frente. Todavía faltan las ramitas, pero el huevo ya está…

—¡Me la trae al fresco! —le corta Eugénie, acalorada y muy sorprendida de que su amiga no parezca tan alegre. ¿Quizá esté evitando sonreír para que no le salgan arrugas?—. Y tú, ¿cómo estás? —la apremia.

—Muy bien.

—¿Ningún problema para llegar? ¿Atascos?, ¿tu coche?, ¿ninguna avería importante?

—*Tutto va bene.*

De pronto, a Eugénie le entran dudas sobre su propia salud mental. Su marido se toma por un chupete, mientras ella muele a palos coches al tiempo que los pájaros cantan. Todo esto no puede ser real. Sin embargo, la paloma sí que ha dejado su huevo…

Juliette ya se está alejando en dirección a las bambalinas. Eugénie se queda como boba con su cartel torcido, pero ahora ya no tiene nada que hacer. Disgustada, lo pega en el primer sitio que encuentra. Qué más da si ni siquiera se ve a Franky, el cual no se atreve a protestar. Él también ha debido de ver el documental sobre dragones.

Le toca llegar a Olivier. Él, en cambio, parece francamente feliz. Es evidente que no le dan miedo las arrugas. Entra a toda velocidad y suelta:

—¡Hola, compañía! ¿No os habéis enterado de la última? ¡Oh, mierda! ¡Victor, tu frente! ¡O te han partido la cara o te estás convirtiendo en unicornio!

—Ha sido un libro el que me lo ha hecho. Ningún libro había producido hasta ahora semejante efecto en mí. Un auténtico impacto cultural…

Eugénie explota:

—Visto que se va a saber de todas formas, mejor soltar ya la versión verdadera. ¡Esta noche se hizo pasar por fantasma y me acojonó tanto que le lancé un libro!

—No quiero saber nada de vuestras prácticas sexuales, vais a provocarme náuseas…

Detrás de su cristal, Franky se siente decepcionado.

—Entonces, ¿cuando sueñas no eres un chupete?

Olivier abre los ojos fascinado y se recupera, jovial:

—¿Tú también tienes ese tipo de sueños? Yo una vez era un calzador en una tienda de chanclas. No servía para nada. ¡Un auténtico perdedor! Lloraba y lloraba…

Eugénie se interpone:

—Tú no te metas, Olivier… Si no, ¡creo que tengo el volumen dos para calmarte!

El interpelado levanta las manos en señal de rendición. Por muy cachas que esté, sabe que no estaría a la altura de Eugénie.

—¡Tranqui! Nunca intervengo en peleas de enamorados. Sin embargo, un consejo: leed revistas, pesan menos.

Victor cambia de tema.

—Y bien, ¿qué es esa última que nos quieres contar?

—Con vuestras vilezas, ¡casi se me olvida! Imaginaos, en el aparcamiento había un tío al que le habían destrozado el coche. Nunca había visto algo así. Ni siquiera pensaba que fuera posible. Probablemente, adolescentes colgados de ácido o un animal salvaje de pico duro. Ya verás el coche… Se lo han llenado de martillazos. La poli ha hecho fotos, quieren comprobar si los puntos de impacto dibujan símbolos satánicos…

Eugénie se tambalea. Sabe que no podrá quedarse sin reaccionar. Su cuerpo no se lo permitirá. Es superior a sus fuerzas. Así lo quiere el cielo. Porque está claro que tiene que haber una voluntad superior en la jugada para que este tipo de malditas conjunciones se produzcan. ¿Por qué un pobre diablo tiene el mismo coche que Juliette y lo aparca en la misma planta? Esto ya no es casualidad, roza la teoría de la conspiración.

A la espera, ahí está, de nuevo hasta el cuello. La poli va a volver, y esta vez no será por Céline. Pero sabe qué hacer. Conoce el camino: al fondo del teatro, los baños, el respiradero, la caída en la basura, el avión, el cirujano corrupto y los mensajes electrónicos encriptados enviados a «Cua Cua de Amor», al que echa de menos. En cualquier caso, empiezan a ser demasiadas cosas.

Es la primera vez que Victor ve a su mujer sentarse en el suelo, en medio del vestíbulo, emitiendo ruidos de bebé. Además, se mueve sobre sus nalgas como un pequeño que todavía no sabe caminar y se arrastra sobre su pañal. Qué pena que él no sea un chupete. Olivier tampoco ha visto nunca hacer eso a un adulto; de hecho, a ninguna criatura, aparte de una vez a un labrador que tenía lombrices. En cuanto a Franky, está flipado. Está claro, una vez más, se trata de uno de esos misterios que nos superan…

31

En cuanto Juliette llama, la puerta se abre. Céline la saluda mientras termina de vestirse a toda prisa. Se dan un beso.

—¿Estabas detrás, para reaccionar tan rápido? —pregunta Juliette.

—Visto el tamaño de mi covacha, aunque esté en la otra punta llego a la entrada en tres pasos. Muchas gracias por echarme un cable esta noche.

—Por favor.

—Ulysse ya se ha duchado. Está poniéndose el pijama en su habitación. Hemos hecho los deberes, pero, si tienes tiempo, tendría que volver a leer un extracto de *Robinson Crusoe*.

Juliette deambula por el salón mientras su amiga se maquilla deprisa. Hacía meses que no venía, pero no ha cambiado nada, aparte de los juguetes de Ulysse, que evolucionan tan rápido como el niño crece. Ya no hay nada tirado por el suelo, pero ha aparecido una consola al lado de la tele.

—¿Dónde te invita esta noche? Al menos no te hará la jugada del restaurante mexicano...

Céline asoma la cabeza por su minúsculo cuarto de baño.

—No, esta noche toca jamaicano. Ya veremos si los granos que me salen en la jeta son de diferente color… —refunfuña mientras se aplica el fondo de maquillaje a toda prisa—. No sé por qué me doy tanta prisa, de todas formas volveré a llegar tarde. Menuda modistilla descerebrada que estoy hecha…

Juliette se acerca y se apoya en el marco de la puerta. Cruza la mirada de su amiga en el espejo.

—No pareces loca de alegría por ir.

—¿Tanto se nota? De hecho, me pregunto por qué voy. Ya sé que voy a volver decepcionada y cabreada.

—¿No hay nada que se salve de los ratos que pasáis juntos?

—Sí, cuando me miente. A veces me anestesio lo suficiente las neuronas para hacerme ilusiones.

Juliette no entiende a Céline. En lo que a ella respecta, solo se compromete si se siente realmente atraída. Tiene que sentir algo por el otro. En el momento en el que ya no hay ganas, rompe. Salvo con Loïc. En ese caso, estaría dispuesta a seguir, aunque él no quisiera. Se atreve a preguntar:

—¿Siempre has tenido la sensación de que tus novios te tomaban el pelo?

Céline suspende su gesto, con el *eyeliner* en la mano, y mira a su benjamina.

—¡Qué va! No, al principio no. Las primeras veces, hasta creía en ello. Una luciérnaga fascinada por la lámpara que le va a quemar las alas. ¡Ni miedo me daba! De todas formas, cuando uno es joven, se dice que tiene tiempo. Si no es este, ¡ya habrá otro! Y después el tiempo pasa sin que te des cuenta. Sigue sin ser este, y cada vez hay menos que esperan detrás. Y un buen día, sin saber muy bien por qué, ya no son las ganas las que te guían, sino el miedo. Te dices que habría que buscar un puerto antes de que lleguen las grandes mareas.

—¿Nunca has estado enamorada, al menos al principio, aunque fuera de tu exmarido?

—¿Sabes, Juliette?, a veces me pregunto si el amor no es más que algo que nos montamos nosotras solitas en nuestra cabeza. ¿No será que, a fuerza de buscarlo, al final tenemos la impresión de verlo? Como un espejismo en el desierto. Pensamos que encontrar a nuestra media naranja, a nuestro *alter ego* masculino, será algo mágico. Nos montamos una auténtica comedia romántica y, después, el día a día se encarga de traernos de nuevo a la tierra.

—Eugénie ve las cosas exactamente igual. Agárrate bien, me confesó que, por decirlo de alguna forma, ella no había elegido a Victor. ¿Te das cuenta?

—En cualquier caso, le salió bien. Al menos él se ha quedado, y es amable.

Céline comprueba su aspecto en el espejo. Un toque de brillo, y sonríe para comprobar el efecto.

—Ahora, para mí el amor es como esta sonrisa: sé hacerlo, pero me falta lo que se supone que lo hace nacer. Domino el síntoma, pero estoy cruelmente privada de lo que lo provoca. A tu edad, uno ni se para a pensar en lo que hay que hacer para estar resplandeciente. ¡Se está por naturaleza! Es la fuerza de la inocencia. En mi situación, uno se acuerda de que tiene que tirar de cada lado de la boca para parecerlo. Se sigue el juego a la espera de aguantar lo suficiente para que un día algo te salve de lo que ya sabes.

—¡No hables así! ¡Hay que creer en ello, Céline!

La triste sonrisa de su amiga le oprime el corazón.

—Os he preparado dos platos majos para la cena —retoma Céline—. No dejes que Ulysse coma delante de la tele. Cuando se haya acostado, métete en mi habitación, no debería de tardar en llegar.

—No te preocupes por mí, tómate tu tiempo para disfrutar.

Encima de la cama de su amiga, Juliette descubre decenas de fotos esparcidas de cualquier forma.

—¿Estás haciendo un álbum?

—Selecciono. Estoy guardando lo que le pueda gustar a Ulysse y tiro el resto. No quiero cargar con estos recuerdos. ¿Quién guardaría la foto de la trampa en la que cayó?

—¿Puedo echarles un vistazo?

—Por favor.

Paisajes, puestas de sol, fotos de Céline junto al hombre que Juliette no ha visto más que a través de una máscara de vaca. Sonríen, sobre todo ella. Juliette se dice que no tiene ninguna foto con Loïc. ¿Cómo saldrán en la primera? ¿La tirará algún día?

Céline se une a ella delante de la cama.

—¿Te das cuenta? Fotos en papel. Y pensar que yo me burlaba de mi abuela por sus copias en sepia… La gente de tu edad ya no hace esto, lo tenéis todo en vuestro teléfono. *Selfies*, centenares de fotos de lo que sea porque ya no estáis limitados por el carrete. ¡Y aquí me tienes hablando como una abuelita!

—¿Era mejor antes?

—No sé. Nosotros hacíamos fotos dependiendo de nuestra economía, y solo fotografiábamos lo que nos parecía digno de quedar plasmado para la eternidad. Y guardábamos los negativos con celo. ¡Era la memoria de la familia! Vosotros, si vuestro teléfono se queda colgado, lo perdéis todo; pero, en cambio, podéis hacer fotos por todas partes. Mejor o peor, no sé. Pero así es. Todo cambia y no se puede hacer nada.

Juliette coge una foto de Céline, radiante, absorta frente a su marido.

—¿En qué momento sentiste que algo cambiaba entre vosotros?

—Cuando lo entendí. Cuando dejé de alimentar la caldera de nuestra banal historia quemando en ella mis sueños. Aguantó tanto que me lo creí. Pero no te preocupes, que yo la cagara no significa que tú vayas a hacer lo mismo. ¡Ve a fondo! Escucha solo tus sentimientos, ¡que pronto asomará el hocico tu conciencia!

Examinando las fotos, Juliette se dice que, a pesar de todo, Céline y Martial hacían una bonita pareja.

—Y volver a ver todo esto, ¿no te hace sufrir demasiado?

—Las fotos son engañosas. Unos segundos aislados de felicidad que pueden crear la ilusión para aquellos que no estaban presentes. Aquí solo ves los mejores momentos, los más bellos paisajes, las veces en que fuimos dignos de ser inmortalizados. Pero entre estas décimas de segundo en las que te atrapa la cámara, había una realidad. ¿Ves?, ahí, recuerdo que justo después de la foto me había quedado triste porque lo había pillado echando el ojo a otra chica. Literalmente, la había desnudado con la mirada. Tú ves un bonito recuerdo, yo me acuerdo de una puñalada en el corazón… No hay que limitarse a los mejores momentos, en el fondo no son representativos. Con vuestros teléfonos, quizá tengáis suerte. Por todas partes, todo el tiempo, es el día a día lo que atrapáis. Es ahí donde, sin duda, es más perceptible la felicidad… cuando esta existe.

En la mesilla de noche, Juliette observa el manuscrito de la obra *Corazón de relojería*.

—¿Estás leyendo eso? —dice señalando con el dedo.

—Es lo único que leo desde hace meses. Una verdadera terapia. Me siento tan cercana a la protagonista… Me sé sus entradas de memoria. A veces, las represento sola, delante del espejo o al volante, como si Martial estuviera delante de mí. Me hubiera encantado tener los huevos de soltarle todo eso…

Juliette comprueba su reloj.

—Hablando hablando, vas a terminar por llegar más tarde que él.

Ulysse sale de su habitación, vestido con un pijama de coches de colores.

—¡Juliette! —grita corriendo hacia la joven.

Le salta a los brazos.

—Os dejo, vais a pasar mejor noche que yo.

El chico acompaña a su madre a la entrada y la besa.

—Aun así, intenta disfrutar —le susurra Juliette a su amiga.

—Gracias por estar ahí.

La puerta se cierra de golpe. Ulysse espera a que los pasos se alejen por la escalera, después mira a su canguro, muy serio.

—Antes de que nos pongamos a jugar a mi nuevo juego de carreras de coches, tengo que buscar algo.

—¿Tu extracto de *Robinson Crusoe*?

—No, información. Mamá no quiere que use Internet yo solo cuando ella no está. ¿Quieres ayudarme?

—¿Es para tus deberes?

—No, para Victor. Me ha dicho que necesita una máquina que hace «soldadura de arco» para reforzar algunas piezas de las tramoyas del teatro. Si no, dice que va a terminar cayéndose a pedazos. Le voy a ayudar a encontrar su máquina para soldar.

—Qué amable. —Ulysse se coloca delante del ordenador y empieza a teclear en el buscador—. ¿Es raro ese aparato que buscas?

—No lo sé muy bien. Al principio, incluso pensé que lo habían inventado los indios, por lo del arco; pero en realidad es una máquina en la que usas un palo que suelta chispas con una luz cegadora.

El corazón de Juliette pega un brinco.

—¡La he visto! ¡Sé lo que es!

En la página de búsqueda, aparecen decenas de fotos. Hombres equipados con máscaras frente a haces de luz. Juliette reconoce de inmediato el equipo de soldar de Loïc. Se entusiasma.

—¡Conozco a alguien que tiene uno!

—¿En serio? ¿Podrías pedirle que se lo preste a Victor?

—¡Claro!

—¿Es amigo tuyo?

—Ya me gustaría que fuera mi amigo…

—¿Se lo dirás?

—Te lo prometo, mañana mismo.

—Genial, ¡entonces podemos jugar al Gran Prix! ¡Cojo el Super Racer azul!

—Tu madre me ha hecho prometer que no te pasarías con los videojuegos. Y es mi amiga.

—¿Y yo no soy tu amigo?

Una sonrisa ha bastado para ganarse a Juliette.

Victor levanta la sábana amarillenta y descubre un perchero.

—Sin duda ha tenido que ser este viejo chisme lo que has confundido con el espectro de Violette Marchenod.

—Yo no he hablado nunca de un fantasma. No estoy loca. De todas formas, era más a la izquierda.

Olivier se desliza entre dos filas de baúles para echar un vistazo.

—¿Por ahí, Eugénie?

—Un poco más lejos.

La guardiana ha subido a inspeccionar el desván en compañía de los dos hombres. Olivier se pasa el tiempo levantando cajas que no necesitan ser levantadas, feliz de encontrar algunas muy pesadas. Estornuda.

—¡Cuánto polvo! Mejor no ser alérgico. ¿Qué hay dentro?

—Ni idea —responde Victor—. Seguro que archivos o trajes viejos. Habrá que despejar todo esto antes de que se declare un incendio. De hecho, me sorprende que no nos lo hayan exigido ya los bomberos.

Mientras los dos hombres amplían el campo de su investigación, Eugénie vuelve hacia la escalera para colocarse exactamente en el mismo ángulo que la noche en la que se asustó tanto. Eso le exige un esfuerzo, pero está decidida a superar su malestar para conseguir situar el lugar preciso desde donde aquellos misteriosos ojos la miraban. De golpe, la visión vuelve a ella, tan vívida que se asusta. En cambio, se concentra y termina por identificar las cajas tras las cuales podía esconderse la presencia. Bajo su responsabilidad, se acerca.

Para su gran sorpresa, han dejado huellas en la fina capa de polvo. Un escalofrío se apodera de ella.

Eugénie se apresura a avisar a Victor, pero cambia de opinión. Su marido y Olivier quieren seguir contándole que lo ha soñado, que sin duda debe de tratarse de un roedor que habría dejado sus extrañas huellas. Pero ella es la más indicada para saber que no es el caso. Haría falta mucho más que un ratón para hacer el ruido que ella oyó.

Olivier la llama:

—Lo siento, Eugénie, pero de verdad que no encontramos nada. Lo más probable es que te dejaras llevar por tu imaginación.

—Sin duda debéis de tener razón. Gracias por venir. No perdamos más tiempo aquí, bajemos.

33

—¿Puedo hablar contigo sin molestarte?

—Pues claro, entra, no puedo negarle nada al ángel de la guarda de este teatro.

Como para cada representación, después de la visita de Annie, la peluquera, Maximilien se maquilla solo en su camerino. Se reserva siempre este tiempo para mejorar su apariencia y su concentración. Ante él, unos tubos de crema y tarros de polvos.

—No será mucho tiempo, pero es importante —le previene Eugénie.

Libera el sillón de su abrigo y la invita a tomar asiento.

—¿No te molesta si sigo preparándome?, esto no impide que siga atento a lo que me dices.

—Lo que tengo que decirte no es fácil, pero creo que nos conocemos lo suficiente como para que pueda permitírmelo.

Le guiña el ojo en el espejo y responde:

—Nos conocemos bien, eso está claro. Dime.

—Sabes que estamos buscando proyectos capaces de dinamizar nuestra programación.

—Pues claro, de hecho estoy inmerso en varios clásicos con el fin de pulir mis propuestas.

—No es tanto el contenido de los proyectos lo que me gustaría abordar, sino más bien el equipo que los llevará a cabo.

—¿Qué quieres decir?

—Es sobre lo que hiciste a Natacha la otra noche…

Maximilien ya no se contenta con mirarla en el espejo y se vuelve para hacerle frente.

—Nicolas ya me ha soltado la charla, como a un colegial…

—Yo no vengo a darte lecciones, sino a apelar a lo que de responsable hay en ti. —Halagado, el hombre se vuelve a situar ante su imagen y continúa poniéndose maquillaje—. Eres un actor poderoso y, aunque no comparta tu rivalidad con Natacha, puedo comprenderla.

—Fue ella la que empezó…

—Maximilien, nada de mala fe entre nosotros. Fuiste tú el que intentó fastidiarla insultándola astutamente ante una sala llena a rebosar. Hasta ahora, vuestras pequeñas peloteras tenían lugar entre bambalinas, pero ahí entraste en zona roja.

—No estuve muy fino, lo reconozco…

—¿Muy fino? Fuiste un auténtico grosero, y tu broma estúpida habría podido tener consecuencias catastróficas. Hay muchos que esperan un paso en falso para cortarnos los víveres.

El actor aguanta el chaparrón agachando la mirada. Ya no tiene nada del tempestuoso actor adepto a los golpes de efecto. Ahí lo tienes, todo avergonzado. ¿Por qué todos los hombres parecen tener diez años cuando una mujer los pilla en un renuncio?

—No te estoy echando la bronca —suaviza Eugénie—, intento verlo claro contigo. Este teatro necesita tu talento y el de Natacha. Necesita vuestra pareja. Juntos valéis mucho más que por separado.

—¿De verdad lo piensas?

—¿Me arriesgaría a decírtelo si no estuviera convencida de ello?

—Conociéndote, seguro que no.

—Nunca sois tan buenos como cuando os apoyáis el uno en el

otro. Ella te necesita para estar al máximo, y estoy convencida de que también te motiva a ti.

—Sin duda, no te falta razón.

—Entonces, por favor, vas a ir a presentarle tus disculpas…

—¡De eso nada! ¡Ella me ha abofeteado!

—Maximilien, escúchame: quizá seas un gran actor, pero si no lo haces, te consideraré como un tipo miserable.

—¡No es justo!

—Eres tú el que ha encendido la mecha. Lo que te pido es que apagues el incendio, porque el teatro necesita la fuerza de cada uno.

—Él intenta refunfuñar, pero ella no se deja torear—. Por favor, le regalarás un ramo de rosas, y que no sean artificiales.

Él vuelve a gruñir y replica:

—¿Te das cuenta del esfuerzo que me estás exigiendo?

—Si eres tan noble como pienso, te sentirás feliz con tu gesto.

—Ya veremos. —Vuelve a mirarla de frente—. Voy a hacer lo que me pides, Eugénie, no porque lo encuentre pertinente, sino porque te admiro y confío en ti. Quizá Nicolás sea el director de los espectáculos, pero eres tú la que hace funcionar el teatro. Así que te prometo que voy a ir a pedir perdón a mi burrita preferida. Pero que conste que lo hago únicamente por una sola buena razón: tú.

Eugénie no está acostumbrada, pero se pone roja.

34

Juliette se queda mirando fijamente el semáforo rojo, esperando hacerle cambiar a verde con la sola fuerza de sus ondas psíquicas. Necesita este superpoder. Es casi una cuestión de vida o muerte.

¿En qué estado hay que estar para intentar hechizar un semáforo y considerar que tu vida depende de una bombilla coloreada?

La joven teme llegar después de que haya cerrado el taller. Comprueba su reloj: 18:45 h. Debería poder estar allí a tiempo. Verde. El entusiasmo salvaje sucede a la depresión más absoluta, y así en cada cruce desde que ha girado la llave de contacto. Qué triste la condición humana.

Como cada tarde al dejar el gabinete de radiología, da una gran vuelta para pasar por delante del taller de Loïc. No se atreve a parar; como mucho, reduce la velocidad para observarlo mejor y prolongar el momento unos segundos más. Es su manera de acercarse, la irrisoria manera que ha encontrado para compartir el día a día con él, aunque él no lo sepa. A la espera, cuenta las horas, después los minutos. Su jornada entera no es más que una cuenta atrás. Cuando llega la hora, se transforma en meteorito, una estrella fugaz que despega para pasar cerca de su astro solar. Aunque solo dure un instante, para ella es todo un acontecimiento. Observa el taller con todas sus fuerzas, hasta grabar cada detalle en su memoria. A continuación, extrae todo lo que puede de estas imágenes robadas que la alimentan. A partir de las pocas pistas que cosecha, intenta imaginar cómo ha podido ser el día de aquel que ocupa sus pensamientos. ¿Un coche desconocido delante del taller? Si la carrocería está intacta, debe de tratarse de un problema del motor. Loïc es muy competente en ese tipo de cosas, está segura. Hasta ahora, durante sus visitas de incógnito, Juliette solo ha detectado un 4x4 y un utilitario. Mejor. El hecho de que no sean vehículos de chicas le viene bien. Su obsesión es divisar un pequeño deportivo rojo brillante o, peor aún, rosa con lentejuelas. Sería capaz de ir y prenderle fuego.

Desde que ha cogido la costumbre de pasar por allí, se ha encontrado las puertas cerradas solo una vez. Un drama. ¿Dónde podría estar Loïc? ¿Qué estaría haciendo? O más grave aún: ¿con quién? Perdida en hipótesis que sabía más que ridículas, pero de las cuales no conseguía escapar, Juliette había pasado una noche tan terrible que desde entonces se cuida mucho de estar allí a la hora. Han cambiado tantas cosas en tan pocas semanas… ¡Ella, que se consideraba libre, sin ataduras! La revoloteadora abejita que libaba según los encuentros se ve ahora prisionera de un sentimiento que la supera y la vuelve más viva que nunca. Todo lo que ha conocido anteriormente le parece ahora baladí y ya no cuenta. No eran más que chiquilladas sin un verdadero sentido que, de hecho, no le gustarían nada a Loïc si oyera hablar de ellas algún día. Tantos abrazos para tan poco amor… Lo que descubre hoy día le demuestra que el gesto no es nada sin el sentimiento. ¿Cómo se vive una vez que se tiene esta certeza?

Pone el intermitente, sube por la calle en busca de la insignia que le sirve de punto de referencia en el paisaje industrial. Aparecen las letras rojas, llenas de color en medio de la monotonía. Su corazón se acelera al tiempo que baja la velocidad. Como cada tarde, imagina que aparca, baja, entra y lo besa con pasión, como si fuera lo natural. Su sueño nunca va más allá. Demasiado supersticiosa. Si simplemente pudiera permitirse esta entrada en materia, su vida sería mucho más bonita y mucho más sencilla. ¿Por qué esta calle tan triste se ha convertido en un oasis de felicidad? ¿Gracias a qué milagro estos hangares muertos son ahora, a sus ojos, más luminosos que todas las discotecas en las que ha estado de fiesta? ¿Por qué se siente unida a estas aceras llenas de baches, a estas farolas oxidadas y torcidas? Es estúpido, pero les encuentra su encanto. Se han convertido en los testigos y los cómplices benevolentes de lo que siente aquí. Porque Juliette es categórica: lo que siente es tan desmedido que toda materia viva o inerte situada en los alrededores no puede por menos que percibir su resplandor.

Al acercarse al taller, hunde la cabeza entre los hombros y se apretuja en su asiento para pasar lo más desapercibida posible. Ya sería mala suerte que saliera justo cuando ella pasara. A menos que, al revés, fuera un regalo del destino. La reconocería, lo entendería, y ella ya no tendría que merodear por su trabajo como una espía. Así que Juliette reza para que él aparezca por el umbral de la puerta. Un segundo después, le pide al cielo que no salga para que pueda imaginarse a su antojo lo que él está haciendo. Frágil como está, prefiere conformarse con una ilusión antes que sufrir un fracaso. No tendría fuerzas para comprender que ella y él no tienen ningún futuro.

Esta tarde, a pesar de que se lo había prometido, no se siente preparada para detenerse e ir a pedirle ayuda para Victor. Pero mañana se atreverá. Veinticuatro horas más le darán margen para encontrar valor, como se consigue un rescate.

Nunca nada la ha puesto en semejante estado, ni siquiera la presión de sus campeonatos de gimnasia cuando era adolescente. Hablar con Loïc representa mucho más que un desafío. Esta será la primera vez que vaya a verlo sin un pretexto completamente inventado. No se dirigirá a él porque sea mecánico, sino porque necesita su ayuda como hombre. No es un trabajo contra factura lo que está pidiendo, es un favor.

El taller está a la vista. Las puertas están abiertas y ningún coche nuevo está estacionado delante. La entrada al taller es un agujero oscuro por el que no distingue nada. Como los pozos mágicos de los cuentos, puede proyectar en él sus esperanzas o ver surgir sus miedos. La penumbra es un estuche en el que su imaginación deposita lo que ella rezuma. Juliette entrevé más miedos que motivos para esperar.

El día de la quemadura realmente ocurrió algo entre ellos. ¿Suficiente para convertirse en algo más que un episodio pasajero? Juliette no sabe de ningún cuento de hadas que comience con un equipo de soldadura.

35

Al mismo tiempo, en el centro de la ciudad, la parte final del día de Céline está medida al minuto. Nadie la obliga, pero cada tarde necesita este horario milimetrado para tener la sensación de mantener algo parecido al control de su vida.

En unos segundos serán las 19:00 h. Ulysse va a salir del cuarto de baño y cenarán juntos. La mesa ya está puesta. Le adereza el entrante. Siempre hace el esfuerzo de componer un dibujo con la comida, porque se acuerda de la alegría que esto le daba cuando tenía su edad. En aquella época, disfrutaba más con los ojos que con las papilas. Incluso llegó a negarse a comer los adorables animalitos que su madre le representaba porque eran demasiado cucos. Para Ulysse, los únicos motivos que causan efecto son los coches y las máquinas de las obras. Solo se come sus rodajas de tomate si son ruedas… Uno de los pocos rituales de la infancia que aún conserva.

En unos segundos será la hora. A Céline le encanta cuando el horno suena justo en el momento en que su hijo acaba de sentarse. Después de pasarse el día administrando expedientes de imprevistos destructores, para ella supone una secuencia tranquilizadora en un mundo que no lo es. Al oír la puerta del cuarto de baño, se apresura.

—¡Mamá, tengo hambre!

Ella no.

—Ya está listo, grandullón. Puedes venir a la mesa.

Van a hablar del colegio, sobre todo de sus compañeros y de las historias que empiezan a entablarse entre chicas y chicos. Hasta con doce años es complicado.

Una vez terminada la comida, le dejará que se entretenga un poco con los juegos de coches de la consola, mientras ella comprueba los movimientos bancarios. Sin duda, es uno de los momentos más difíciles para ella, aquel en el que el peso de la soledad se hace sentir más. Teniendo en cuenta las pocas operaciones que realiza, no debería echar cuentas cada noche, pero es más fuerte que ella. Miedo a no terminar el mes, miedo a los correos del banco, miedo a los mensajes en su móvil, miedo a todo, y la impresión de achicar el mar con una cucharilla. Por muy fastidiosas que puedan parecer estas formalidades, prefiere dedicarse a ellas antes que dejar vagar su mente soñando con las vidas mejores que pueden conocer otras mujeres. Porque entonces termina por estar obligada a reconocer que su exmarido le está jodiendo la vida y que su amante la frustra. Deberá esperar a que Ulysse se duerma para permitirse llorar. Quizá se preocupe por la policía, que la tiene en el punto de mira. ¿Cómo se puede salir adelante con eso? ¿Cómo se puede simplemente dormir?

Esta noche, quiere terminar con la selección de fotos. Ha salvado pocas, con el único criterio de guardar algunos recuerdos por si algún día su hijo quisiera saber cómo eran sus padres en sus comienzos.

La noche se desarrolla según lo previsto. Ningún mérito, el universo de Céline es demasiado pequeño para dejar espacio a los imprevistos. Ella no es una estrella fugaz que sueña con acercarse al sol, sino un planeta muerto alrededor del cual gravita un adorable satélite en pijama que un día —cada vez menos lejano— abandonará su órbita para visitar la inmensidad del espacio. Ulysse está en su habitación, va a holgazanear un poco antes de dormirse, pero es normal a su edad.

Céline ha acabado con todo lo que tenía programado. Puede pasar a lo peor. Con gesto firme, recoge las fotos que ya no quiere y las echa en una bolsa de basura. Paradójicamente, se siente aliviada por desembarazarse de ellas y triste por decirse que ya no las volverá a ver. Es la última vez que contempla esas imágenes de Sicilia, ya no podrá pasar revista a los paisajes de Estados Unidos que cruzaron en su segundo año juntos. Un adiós a una parte de su vida. Hace tiempo que Céline descubrió el sentido de la expresión «nunca más», pero esta noche le encuentra otro sentido añadido, íntimamente doloroso.

Elimina los negativos a puñados. Sin darse cuenta, se ha puesto a llorar. Sin ruido, sin odio. Una tristeza verdadera, profunda, desgarradora. No es la vida con Martial lo que echa de menos, sino una época de sí misma. La despreocupación, las ganas, la convicción de tener un futuro entre dos. Es una parte de su vida la que va a acabar en el contenedor. ¿Con qué se quedará? Desilusión, desconfianza, fragilidad. Ninguna esperanza.

Cada día, se ocupa de casos de gente que se enfrenta a siniestros, incendios, accidentes, invalideces… Difícil sacar una visión optimista cuando no hay nadie ahí para compensarlo en tu vida privada. Si tuviera que rellenar su ficha de diagnóstico con la misma precisión clínica que le exige su compañía de seguros, optaría por la referencia «afectivamente inválida en un 90%».

Afortunadamente, Ulysse está ahí para darle fuerzas para luchar. Por suerte, también están Eugénie, Juliette y el teatro. Sin hablar de la costura, que tanto bien le hace. En su marasmo, pocos puntos positivos, pero aun así hay alguno. Casi le entran ganas de cometer un buen pecado para volver a ver a su cura.

36

Han pasado unos minutos desde las 19:00 h. Mientras en el escenario el equipo se dedica a los retoques de mantenimiento de los decorados, Eugénie se toma una pausa en su ronda y se acomoda al fondo de la sala para observarlos. Otro tipo de espectáculo.

Después de trepar por la escalera técnica con la sola fuerza de sus brazos, Olivier hace girar la puerta del apartamento para ayudar a que la pintura fresca se seque antes. Eugénie sonríe.

El público no se imagina hasta qué punto un espectáculo es una materia en constante evolución. Bien sea la interpretación de los actores o la puesta en escena, cada noche aporta su lote de experiencias que vendrán a alimentar la siguiente.

Arnaud llega con Norbert. Como buena muestra de confianza, coloca a su colega al lado de la guardiana, mientras él va a ajustar dos hileras de proyectores. El gran maniquí mira fijamente ante él. Hoy va vestido de mago de la Edad Media.

—Qué gracioso tu sombrero puntiagudo —le susurra Eugénie—. Y por lo demás, ¿qué tal el día?

Eugénie se siente como Juliette, que se inventa conversaciones imaginarias. ¿Será porque ha mantenido un poco de la locura de su juventud o porque no hay edad para estar chalado?

—Por mi parte, por si lo quieres saber —retoma ella—, el mío no ha sido malo del todo. Me preocupa Laura. No consigo averiguar qué la angustia. También me preocupo por Juliette y Céline. Están, cada una de ellas a su manera, en un momento de cambio en sus vidas. Me apetece ayudarlas, pero, de momento, me comporto como una mema. Y para colmo, me acabo de enterar de que la investigación sobre el coche destrozado en el aparcamiento avanza… Estoy rodeada. Te cuento todo esto porque confío en ti. No se lo cuentes a nadie, ni siquiera a Arnaud.

La cabeza de Norbert se baja sola, como si asintiera. Es la segunda vez que Eugénie es testigo de este tipo de reacción. Sin duda, Franky vería en ello la manifestación de los misterios de la vida, que nos superan…

A Eugénie no le parece ridículo hablar con un muñeco gigante. Sus propósitos son perfectamente coherentes y no se los puede contar a nadie más. En efecto, ¿con quién podría hablar con tal libertad? Al menos, Norbert mantendrá la boca cerrada y no la juzgará. «Pero ¿cómo he llegado a este punto?», se pregunta.

Victor hace su aparición en el escenario llevando la luna por fin reparada. Olivier bromea sobre el hecho de que es la primera vez que ve a alguien a quien se le pide la luna y te la da. El equipo se parte de risa. La risa aguda de Annie supera a todas las demás.

Por un breve instante, Eugénie percibe a su marido como un perfecto desconocido al que estaría descubriendo en medio de todos los participantes. Una especie de reinicio de imagen. Captar su velocidad, su energía, lo que libera. Una emoción fugaz, pero poderosa, que se cuela justo antes de volver a considerarlo como el hombre con el que comparte su vida desde hace tanto tiempo. Tres características le saltan a la vista: parece bastante joven; se ve que es el primero en ponerse en marcha cuando se trata de divertirse; tiene un aspecto un poco torpe.

Qué curiosa sensación la de descubrir a alguien cercano como a cualquier individuo visto por casualidad. Por un instante, Victor ya no es el imponente manuscrito de una vida compartida, sino una simple página en blanco en la que se garabatean las primeras impresiones.

Si se topara con él hoy día, ¿qué pensaría ella? ¿Le llamaría la atención? ¿Se plantearía acercarse a él? ¿Se imaginaría que permanecería junto a él hasta darle dos hijos?

Maximilien acaba de subir al escenario para hablar de la iluminación con Arnaud. Eugénie se siente confusa. Unos metros separan a su marido del actor, pero la diferencia en la manera de comportarse es mucho más significativa. Victor hace el bobo mientras trabaja. Maximilien escucha y razona con seguridad. Su estatura y su presencia natural es imponente. Ni siquiera a Norbert, Eugénie puede admitir lo que se le pasa por la mente.

37

A mediodía, las tres amigas tienen cita para su tradicional comida. Céline y Juliette se impacientan en el vestíbulo: Eugénie se hace esperar. Llegar tarde no es lo suyo, pero les prepara una sorpresa.

Cuando la guardiana baja por fin de su apartamento, lleva una gran cesta cubierta por un paño.

—¡Hola, chicas!

—¿Qué tramas? —refunfuña Juliette—. ¡Ya no vamos a encontrar sitio en ninguna parte!

—No hay problema, no vamos a un restaurante. Seguidme, os voy a llevar de pícnic a mi guarida secreta…

Sin añadir nada más, se mete entre bastidores. Sus dos cómplices se interrogan con la mirada.

Con paso ligero, Eugénie abre la marcha. Se mete por pasillos y trepa por escaleras.

—¿Dónde nos conduces? —pregunta Céline, intrigada.

—Confiad en mí.

—¿No acabaremos en un rincón mohoso compartiendo nuestro tentempié con unos ratones? —se inquieta Juliette.

—Ya lo veréis. Mientras tanto, cuidado con dónde ponéis los pies.

El trío gravita por los pisos, cruza puertas, atraviesa el desván y pronto se encuentra en los corredores que rodean la cúpula de la gran sala.

—¡Nunca había venido aquí! —comenta Céline, impresionada—. Qué dédalo… ¡Espero que el teatro esté bien asegurado!

Juliette añade, fascinada:

—Uno ni sospecha que existan estos lugares. ¡Es otro mundo!

Una vez delante de la puerta que lleva al tejado, Eugénie prepara su efecto.

—Sois las primeras a las que traigo aquí. Nadie sabe que vengo, ni siquiera Victor. Os pido que mantengáis el secreto.

—¡Te lo prometo! —responden a coro las dos visitantes.

El tono y el inusual decorado recuerdan esos pactos que los amigos de la infancia cierran antes de enfrentarse a lo prohibido.

Eugénie abre la puerta de seguridad. El viento y la luz cegadora de un día de primavera hacen volar en pedazos la polvorienta penumbra del desván. Céline y Juliette están deslumbradas, embargadas, como si hubieran abierto la puerta de un avión en pleno cielo. Con la cara inundada de sol, los ojos brillantes, la guardiana las invita a cruzar la puerta.

Juliette se aventura la primera. Al salir al tejado, su exclamación está a la altura del panorama que descubre.

—¡Guau! ¡Qué locura! ¿De verdad que quieres que hagamos aquí el pícnic? Es genial.

Cuando llega su turno, Céline apoya un pie fuera sujetándose al montante metálico. Las corrientes de aire hacen revolotear su pelo.

—Es bonito, pero es superpeligroso.

—Está claro, no se puede dejar que ruede la botella… —bromea Eugénie.

Muy a gusto, las lleva un poco más arriba sobre el tejado en leve pendiente del edificio. Señala un rincón entre dos chimeneas.

—Vamos a instalarnos aquí. Apoyadas al abrigo de los conductos, nos protegemos del viento y la vista es fabulosa.

—¿Nos sentamos directamente sobre el cinc?

—Traeremos cojines la próxima vez, ¡pero hoy toca a pelo!

Juliette da unos pasos para disfrutar de la increíble perspectiva. Su mirada abarca la ciudad y ella respira a pleno pulmón.

—No te acerques al borde —le advierte Céline—. Los accidentes ocurren.

Por un breve instante, Eugénie rememora la primera noche que subió. Se había acercado mucho al borde. Hoy la situación es muy diferente. Desempaqueta su cesta y dispone lo que ha preparado en la superficie inclinada.

—Vais a tener que sostener vuestras copas, chicas, ¡porque si no el champán acabará en los canalones!

—¿Champán? —pregunta Juliette—. ¿Qué celebramos?

Eugénie no ha pensado realmente en ello. Improvisa.

—La suerte de estar vivas, la alegría de conocernos, ¡y el hecho de que aquí estemos por encima de todos los problemas que nos atan al suelo!

El corcho salta y se escapa. Rueda hacia la fachada y desaparece en el vacío. Las tres amigas adoptan primero un aspecto catastrófico, antes de echarse a reír juntas.

—¡A lo mejor —bromea Céline—, mañana recibo el parte de siniestro de un coche cuyo techo ha sido abollado por un corcho de champán caído de ninguna parte!

Eugénie llena las copas y levanta la suya.

—¡A vuestra salud, formidables compañeras de vida! ¡Brindo por las alegrías que os quedan por vivir y por los problemas que ya no volverán!

—¡A nuestra salud! —responden sus cómplices.

Las copas tintinean. Así, bañadas por el sol, en pleno viento, parecen tres adolescentes que han salido de excursión a un acantilado que domina el océano.

Cada una saborea su primer trago cerrando los ojos. A través de sus párpados, reciben la fuerza de la luz en un halo tan rojo como el telón del teatro.

—Antes de nada —comienza la mayor—, debo haceros una pregunta. ¿Alguna de vosotras sabe qué preocupa tanto a Laura desde hace un tiempo? La encuentro muy apagada, la he visto llorar y no sé por qué. ¿Os ha comentado algún problema?

—Yo me he fijado en que no estaba bien —responde Céline—, pero cada vez que intentamos saber por qué, nos elude y da media vuelta.

—Hará cosa de una semana —señala Juliette—, la oí hacer una llamada. No quise escuchar, pero noté que, al contrario de su humor habitual, reía durante la conversación. Sin embargo, volvió a ponerse triste al segundo después de colgar.

Eugénie está pensativa.

—Yo no sé como sería para vosotras, pero en mi caso, a su edad, no era nada fácil…

—¡Lo confirmo! —exclama Juliette—, ¡y me doy cuenta de que después no se soluciona!

—Me cae bien esta pequeña —retoma Eugénie—. Está claro que no nos vamos a meter donde no nos llaman, pero soy de la opinión de que deberíamos echarle un ojo e intentar ayudarla.

Juliette alza su copa.

—Excelente idea. ¡Por Laura!

Vuelven a brindar, reconfortadas por el sol, su amistad y sus ganas de ayudar a recuperar la sonrisa a una joven.

38

El sol pega fuerte y ya no queda mucho de las ensaladas preparadas con esmero por Eugénie. Juliette se ha tumbado sobre el cinc y se abandona un momento.

—Por mi parte —dice con los ojos cerrados—, si el tiempo lo permite, voto porque hagamos todas nuestras comidas aquí.

Eugénie asiente sin dudarlo. Céline se muestra menos entusiasta.

—¿Cómo, tan cerca del vacío? ¿Sin ninguna seguridad?

—¡Si quieres, te atamos como a un alpinista! —bromea Juliette.

—Incluso podemos equiparte con un paracaídas —añade la guardiana.

—Podéis reíros de mí. Si supierais lo que veo cada día…

Eugénie blande la botella.

—¡Todavía queda para un último brindis! ¿A la salud de qué bebemos?

Céline tiende su copa.

—¿Qué es lo que más deseáis? ¿Con qué soñáis?

Juliette y Eugénie reflexionan.

—¡Ya sé! —suelta Juliette—. El año pasado, fui invitada a tres bodas de amigas. En cada ocasión, luché por atrapar el ramo de la recién casada. Se dice que trae suerte en el amor…

—¿Y lo conseguiste?

—Dos de tres, y para una de ellas tuve que partirme la cara con una caballona.

—¿Y qué tiene que ver con lo que más deseas?

—Sueño con que por una vez en mi vida, una sola, porque será el tipo correcto, sea yo la que lance el ramo en lugar de atraparlo.

Las dos mayores lanzan una tierna exclamación y alzan sus copas para brindar por la futura felicidad de Juliette.

—Ahora tú, Céline. ¡Cuéntanos!

—¿Con qué sueño? No estoy segura de tener respuesta para esta pregunta… A no ser que haya demasiadas. No volver a casa sola. Dejar de acojonarme por todo. Que Ulysse lleve una buena vida. Manteneros como amigas. ¡Y también diseñar y confeccionar el vestido de novia de Juliette!

—¡Eso es mucho! —le chincha la interesada—. Para lo de mi vestido, estoy de acuerdo, ¡y encantada! Pero para lo demás, no te corresponde más que un deseo.

—Uno solo… Entonces quizá uno que hiciera todos los demás posibles. Conocer a una buena persona. Olvidar todo lo que he vivido y comenzar de cero. No forzarme a creer a toda costa, no esperar desesperadamente porque, en el fondo, ya no lo necesitaría: habría encontrado por fin lo que llevo buscando desde siempre. Por una vez en mi vida, me encantaría saber que estoy con alguien con el que puedo contar. Sin duda, es lo que más espero.

Silencio. El viento sopla. Quieren que se les ponga la cara morena, pero de momento se la trae al fresco. Están conmovidas.

Eugénie tiende su copa.

—Que el destino haga que te lo cruces pronto. A lo mejor ya lo has visto sin saber que era él.

Aúnan su ímpetu. Céline pasa el testigo a Eugénie.

—¿Y tú? ¿Qué puedes desear? Tienes un marido fantástico, dos hermosos hijos que se las apañan muy bien… Pero eso no quiere decir que te sientas satisfecha. ¿Qué esperas en el fondo de tu corazón?

—Os he escuchado y me he vuelto a ver a vuestra edad. Espero de todo corazón que vuestros deseos se cumplan. A mí no me había dado tiempo todavía a pensar que quería un hombre, porque uno ya había venido a mí. Siempre esperé tener hijos, y Elliot y Noémie existen. Soñé con trabajar en este teatro, y ocurrió, con vosotras, por si fuera poco. Soy una privilegiada. ¿Sabéis?, ya no quiero nada para mí; y no os imagináis lo raro que se me hace contaros esto, en este tejado, tan cerca del borde. Sin embargo, por una vez en mi vida, me gustaría poder decirme que todos los que quiero están a salvo, felices, y que, modestamente, he podido contribuir a ello. No sé qué más puedo pedir.

Las tres amigas alzan sus copas a la luz del sol.

Eugénie continúa:

—¡Que nuestros mejores sueños se hagan realidad! Que por una vez en nuestra vida podamos decirnos, cada una a nuestra manera, que estos caminos tortuosos nos han conducido, a fin de cuentas, al lugar donde por fin podamos ser nosotras mismas, en paz, en medio de aquellos a los que queremos.

39

En la callejuela de detrás del teatro, justo delante de la entrada de los artistas, Victor ayuda a Loïc a descargar su material.

—Es muy amable por su parte venir a echarme una mano —dice sacando una caja del maletero.

—Ningún problema.

—En la fábrica donde trabajaba antes, había excelentes soldadores, pero la mayoría se jubilaron y no conozco a los nuevos.

—Espero lograr hacer lo que haga falta para evitarles problemas.

Victor carga con el maletín de accesorios y las máscaras de soldar, mientras el mecánico se ocupa del generador que ha subido a la carretilla.

—Venga, yo le llevo.

—¿La señorita Franquet no está?

Victor no cae en el momento.

—¡Se refiere a Juliette! No debería tardar. En general, es su hora.

Los dos hombres suben por los pasillos que atraviesan los palcos hasta las bambalinas. Se cruzan con Annie y Chantal, cuyas miradas muestran inequívocamente que se han fijado en el joven

193

desconocido en mono. Un poco más lejos, es Taylor el que reacciona de manera más espectacular. Sale del almacén del atrezo y, al ver a Loïc, está a punto de que se le caigan las dos chaquetas que lleva. Este no se da cuenta. Victor se ríe con bondad y le susurra al pasar:

—Chico, sujeta tu mandíbula, que se te va a descolgar...

El regidor lleva al mecánico al fondo del teatro, detrás del escenario, bajo el telar, donde se encuentran los mandos más antiguos de las tramoyas.

—Es muy grande —comenta Loïc mirando a su alrededor.

—Hace falta mucho espacio y mucho material para hacer que la gente sueñe. ¿No había venido nunca?

—A ningún teatro, señor. En mi familia, no tenemos costumbre de salir a divertirnos.

—No obstante, antes de currar aquí, creo que yo no había puesto el pie más que una o dos veces en una sala de teatro.

—Sigue siendo más que yo.

—En relación a nuestra edad, debemos estar ahí ahí. Yo soy qué, ¿dos veces mayor que tú?

—No sé, señor.

—Empieza a llamarme Victor, aumentará mi esperanza de vida.

Llegan ante una hilera de cabestrantes de los que salen unos cables que se pierden en la oscuridad por encima de sus cabezas.

—He aquí el vientre de la bestia —explica Victor—. La mayoría de los equipos de elevación del escenario y los decorados fueron electrificados y automatizados hará treinta años. Pero, por razones presupuestarias, los que se utilizaban menos no fueron modernizados. Son ellos los que hacen que me entren sudores fríos.

El regidor señala una serie de aparejos y bornes de acero empernados a la pared en grandes placas.

—Aquí está mi pesadilla. Se supone que estas suspensiones deberían soportar cada una hasta una tonelada. La fijación a la pared sigue en buen estado, pero si nos acercamos a las escuadras de sujeción...

Desenvaina una linterna y señala con el dedo a los puntos débiles.

—Está oxidado por todas partes —constata Loïc—. ¿Me dice que hay una tonelada de tracción sobre cada uno?

—En teoría es el máximo, pero con frecuencia se supera.

—Comprendo que esté preocupado...

Sin perder un instante, el mecánico prepara su material. Organiza su equipo de soldadura, al tiempo que evalúa cómo puede colocar los refuerzos.

—Si le parece bien, le propongo sanear las partes más frágiles y después fijar esquineras de sujeción. Las que he traído deberían ir bien. Lo más seguro sería añadir una a cada lado por cada aparejo.

—La separación no es muy grande. ¿Tendrás sitio suficiente para soldar?

Loïc asiente con la cabeza. Victor le considera instintivamente digno de confianza.

Mientras el mecánico organiza sus piezas y los soportes, Victor se encarga de despejar los cables. El regidor observa a su cadete por el rabillo del ojo. Sus gestos son precisos, no duda. Conoce su oficio.

—¿Así que trabajas en la reparación de automóviles?

—Eso es.

—Mecánica, chapa, ¿te ocupas de todo?

—De todo lo que pueda necesitar un coche.

—Perdona, te estoy tuteando, una vieja costumbre del trabajo en equipo.

—Ningún problema. Yo al revés, curro solo.

Victor recibe el comentario más como una muestra de timidez que como la voluntad de mantener las distancias.

Los dos hombres trabajan codo con codo. Loïc está visiblemente acostumbrado a apañárselas por sí solo. Victor, al contrario, siempre ha estado ligado al hecho de funcionar en tándem. Cuando llega el momento de pasar a lo serio, Loïc le tiende una máscara de protección y se pone la suya.

—Vamos a empezar por el soporte menos estropeado. Eso nos permitirá comprobar el acero sin riesgo de atravesarlo.

—Eres tú el especialista.

Loïc se pone unos guantes aislantes, coloca la pinza eléctrica en la pieza fijada al muro, y después coge un electrodo. Con un golpe de cabeza, se baja la visera. Al primer contacto, con un chisporroteo, el arco de alta tensión produce una cegadora luz azulada.

El mecánico procede a pequeños toques. Como ha visto unos cuantos soldadores en acción, Victor sabe que el trabajo no es sencillo. El joven demuestra gran destreza y una innegable maestría. Sus gestos son precisos, tranquilos. Progresa metódicamente. No se deja distraer por los haces de chispas y sabe medir la fuerza de la soldadura.

En cuanto queda fijado el primer refuerzo, Loïc se levanta la visera y comprueba el resultado con su lámpara.

—No se puede negar —comenta—, en aquella época no utilizaban acero de lata de conserva.

—¿Crees que aguantará?

—Cuando haya terminado, podrá estar tranquilo por un siglo.

—Me alegra oírlo. No sabes el peso que me quitas de encima.

Mientras Victor se agacha para mirar, Loïc le advierte:

—No toque nada, todavía quema. El otro día, la señorita Franquet se quemó porque se confió.

—Estoy más acostumbrado que Juliette…

Los dos hombres ríen.

—Por cierto, ¿qué tal con ella?

—¿Cómo?

—Si he comprendido bien, es tu novia.

Loïc recibe el comentario como una descarga eléctrica. De repente, ya no tiene nada del profesional tranquilo que da la talla. Recuerda más bien a un chimpancé delante de la luz parpadeante de emergencia de una central nuclear. Como toque algo, corre el riesgo de cargárselo. La herramienta se le medio cae de las manos.

—Para nada —se defiende con torpeza—. Es solo una clienta. Es muy amable, pero tiene un gafe tremendo con su coche.

El joven está rojo como el acero incandescente. Victor sabe muy bien que el calor de la soldadura no tiene nada que ver. En el fondo, el regidor es un extraño que se está aventurando en terrenos íntimos. Como conoce un poco la vida, la manera de desmentirlo de Loïc no es otra cosa que la prueba de una falta de confianza legítima para su edad, y de una timidez bastante conmovedora. Se puede comprender su reacción.

Sin embargo, para la que los espía desde los telares, la respuesta tiene el efecto de una flecha en pleno corazón. Agazapada en la sombra a diez metros por encima de ellos, Juliette quiere morir.

40

Juliette ya no ve. Está cegada por la soldadura que estúpidamente ha mirado sin protección, pero sobre todo porque las lágrimas le queman los ojos.

Para izarse sobre la pasarela más alta de los telares, ha tenido que poner en marcha todo su talento como gimnasta y todos los ardides vistos en las series de espías. Está claro que no se iba a perder la visita de Loïc al teatro. En cambio, ahora se dice que quizá habría sido mejor.

Paradójicamente, cuando le visitó para pedirle ayuda, todo fue de maravilla. Incluso tuvo la sensación de que se alegraba de verla. Evidentemente, nunca le había visto recibir a nadie más. ¿Quizá es que es tan entusiasta con todo el mundo? Aceptó de inmediato ir a ayudar a Victor al teatro. Juliette y él se quedaron charlando un buen rato de cosas tan importantes como el tiempo, el precio de los sellos o el escándalo del azúcar que añaden a los cereales infantiles. Después, ella se marchó sobre su nubecita.

Y desde entonces, lo único que ha hecho es esperar su llegada. Sería incapaz de decir qué ha comido, cuántas radiografías ha hecho en el gabinete o incluso si ha dormido. Se moría de impaciencia por verlo, por saber cómo iban a llevarse él y el regidor.

Juliette aprecia mucho a Victor, le hubiera encantado tener un padre como él.

Aunque Loïc ha llegado a su hora, ella ya esperaba desde hacía mucho en la esquina de la callejuela. Lo ha visto aparcar. Luego ha entrado corriendo en el teatro para alcanzar el puesto de observación que había elegido cuidadosamente con anterioridad. Se trataba de no perderse nada de su intervención. Verlo todo, oírlo todo. No se siente decepcionada. Lo que ha visto le ha chamuscado los ojos, y lo que ha oído le ha devastado el corazón.

Cuando Victor ha comenzado a separar los cables para librar los aparejos, la pasarela sobre la que se había tumbado Juliette se ha puesto a balancearse y a inclinarse peligrosamente. Ha pensado que iba a caer como una fruta demasiado madura desde lo alto de su árbol. Entonces, como en una película de acción y suspense, se ha enganchado a la crujía de al lado, sin hacer ruido, reduciendo al máximo sus movimientos, hasta que la situación volviera a estabilizarse.

Finalmente, había salido bien parada de su número de cuerda floja. Cuando hubo terminado, pensó que ya había pasado lo peor. Se equivocaba.

En este momento, tumbada sobre su vientre en la pasarela, con la cara en su brazo doblado, llora. En cualquier caso, tiene que tener cuidado, porque no debería dejar que una de sus numerosas lágrimas delatara su posición al caer encima de los dos hombres que se encuentran justo debajo. ¿Cómo justificaría su presencia y, sobre todo, su estado?

Es verdad que está gafada con su coche, pero no, no es una simple clienta. Eso es una chorrada. Tiene ganas de decírselo, tiene ganas de gritar, pero sabe que no debe. Así que el grito se queda al fondo de su ser y le hace daño.

Incluso con los ojos cerrados, a través de los listones de las pasarelas, percibe la cegadora luz del soplete del mecánico, que se ha puesto de nuevo a soldar. Victor solo habla de trabajo. Loïc no habla demasiado. Lijan, rascan, preparan y sueldan. Después de los dos primeros aparejos, han cogido ritmo y trabajan bien juntos. En ese tiempo, el corazón de Juliette no deja de caer en un abismo sin fondo. Si fuera de metal, necesitaría un equipo de soldadura para volver a unirlo. La joven nunca había conocido este estado. Hace tan solo una hora, creía que el mundo era colosal y maravilloso. Ahora sabe que es oscuro y frío. De golpe, comprende las dudas de Eugénie y la desesperación de Céline. Está claro, las mujeres son criaturas malditas. Y para su mayor desgracia, aman a aquellos que no las comprenden.

Sin embargo, por muy infeliz que sea, Juliette solo querría estar cerca de Loïc. Aunque ella no sea nada para él, él lo es todo para ella. ¿Qué les depara el futuro? No puede tirarse toda la vida destrozando su coche para visitarlo. Así que, forzosamente, un día dejarán de verse. Sabe que llegará, es lo que pasa con los «simples clientes». Nota cómo el calor de la soldadura sube hasta ella con un tiempo de diferencia. Respira el olor del metal caliente, como en el taller. La luz azulada y llena de chispas proyecta sombras ultraclaras en las estructuras caladas. Para la eternidad, estos ingredientes están ligados a su percepción de Loïc. Cuando sea vieja, ciega y sorda, un simple resplandor, un perfume o un chisporroteo característico bastarán para hacer brotar en su memoria estos instantes en ella sepultados. El tiempo de felicidad y su trágico final incluso antes de haber empezado. Qué vida más perra.

Otra pletina reparada. Loïc se levanta la visera. Victor le felicita con entusiasmo dándole una palmadita en el hombro.

—Buen trabajo, chico, buen trabajo. Y sé de lo que hablo.

—Gracias… Victor.

Juliette se siente abatida. Les ha bastado lo que dura una chapuza para volverse más cercanos de lo que jamás lo ha sido ella para él. ¿Hay que ser tío para tener la oportunidad de acercarte realmente a otro? ¿Por qué los hombres no conceden a las mujeres esta complicidad que nace tan fácilmente entre ellos? Al primer encuentro, se duchan juntos, mientras que incluso con sus amigas, que no eran para nada ariscas, Juliette tuvo que esperar...

Loïc se lanza a por el último soporte. En unos minutos habrá acabado. Él y Victor volverán a marcharse, y Juliette se encontrará de nuevo sola en su pasarela. Se va a quedar allí, bebiéndose su tristeza, deshidratándose a fuerza de llorar, hasta que un día alguien encuentre su cuerpo todo seco. Está claro que habrá algunas personas que la echarán de menos y que se preocuparán de lo que le haya podido pasar, pero no el hombre para el que le gustaría contar. Así es la vida... o, mejor dicho, la muerte.

La luz cegadora se interrumpe, pero el olor a metal caliente todavía perdura. Loïc corta su generador.

Victor le vuelve a dar las gracias. Al menos hay alguien que está feliz. El mecánico recoge sus bártulos. Juliette encuentra fuerzas para abrir los párpados, observarlo todo lo que pueda y llenarse los ojos de él. Ver su pelo, desde arriba. La última vez, lo tenía mucho más cerca. La última vez, se imaginaba que ella y él estaban mucho más unidos.

Loïc apoya una rodilla en el suelo para recoger su material. Vuelve a levantar la cabeza hacia Victor y pregunta con voz insegura:

—En serio, ¿había creído que la señorita Franquet era mi novia?

—Pues claro. Es lo que había entendido. Pero no quiero meterme donde no me llaman.

—¿Se imagina? ¿Una chica tan guapa y tan simpática como ella con un chico como yo?

—¿Y por qué no? Cuando tenía tu edad, estaba coladito por una chica que era tan guapa como Juliette, pero yo era mucho menos guapo que tú. ¡Contaba con mucha menos ventaja!

—¿Y qué hizo?

—Probé suerte. Aguanté el chaparrón.

—¿Dijo que sí?

—Por supuesto que dijo que sí, incluso tuve derecho a hacerle dos hijos. Agárrate: es precisamente por ella por lo que nos estamos achicharrando los ojos reparando esta porquería de aparejos.

Loïc sonríe.

—¿Cree que tengo alguna posibilidad con Juliette?

—Eres realmente bueno con lo de soldar, pero aún te queda por aprender un par de cositas sobre las chicas. ¿De dónde crees que me he sacado lo de que era tu novia? Le habla de ti a todo el mundo.

—¿No me lo está diciendo para tomarme el pelo?

—Chico, voy a confesarte un secreto. Me la puede traer todo al fresco, pero nunca me río de las cosas que hacen palpitar un corazón.

Loïc se vuelve a levantar. Se siente raro. Lo único que se le ocurre hacer es abrazar al hombre que conoce desde hace una hora. Taylor va a ponerse celoso. ¿Y qué es esta gota que ha caído de la nada y que acaba de recibir en la mano?

41

Cuando baja de su coche, Juliette se esfuerza en calmar la tempestad que está causando estragos bajo su cráneo. Ha memorizado cada palabra de lo que Loïc y Victor se dijeron, aunque se supone que no los escuchó. No es tan fácil actuar como si nada… Se muere de ganas de saltarle al cuello, le encantaría tranquilizarlo, liberarlo, decirle que todo es posible entre ellos; pero no debe. También querría reconocerle todo lo que espera para el futuro, pero los chicos no ven tan lejos. En su defecto, al menos podría arrancarle su mono y lanzarse encima de él, pero los chicos no ven tan cerca. Está condenada a contener la presión y la pasión, como un dique retiene un océano. No es control lo que va a necesitar, es una camisa de fuerza.

Ya ha estado a punto de meter la pata con Victor, al que ha preguntado cómo había ido la reparación, evitando con cuidado su mirada.

«Admirablemente —ha respondido este—. Es un buen tipo que conoce su curro. Nada pretencioso, honesto. Espero que os vaya bien».

Menos mal que estaba en los primeros palcos para oírlo por sí misma, porque si no lo habría amenazado físicamente para que fuera un poco más preciso en su informe.

Entra en el taller del mecánico caminando como solo una chica «tan guapa y simpática» puede hacerlo, pero él no está.

—¿Loïc?

Es la primera vez que se atreve a llamarlo por su nombre.

—Estoy al fondo, venga, estoy atrapado debajo de un Buick amarillo.

Está atrapado, es fantástico. Va a poder salvarlo. Llega en el momento oportuno. Es normal, los que se aman deben poder contar los unos con los otros. Este vínculo telepático reservado a las almas gemelas ya los une. Ha sentido que tenía que visitarlo justo en el momento en el que él se encontraba en apuros. Es magia. Pero ¿qué es un Buick? Afortunadamente, lo de «amarillo» sí que lo entiende. Y ahí está errando por el taller. Rápidamente, se fija en el gran descapotable americano de color canario. Dos piernas sobresalen por un lado.

—¡No se mueva —grita—, voy a intentar sacarlo de ahí!

Por suerte, el escándalo de las herramientas impide al mecánico oír lo que acaba de decir, lo que evita que Juliette haga el ridículo una vez más.

—Disculpe que no haya salido de inmediato —dice bajo el coche—, pero estoy con una bomba hidráulica que me trae de cabeza… Un segundo, termino y soy todo suyo.

«Soy todo suyo», cada vez mejor… Mientras espera, ve cómo sus pies patalean. Los perros hacen este tipo de movimientos compulsivos cuando se están quedando dormidos y sueñan. En este caso, debe de estar corriendo detrás de un gato o escarbando para enterrar un hueso.

Loïc termina por salir con dificultad sobre su pequeño carro con ruedas.

—No voy a atinar, ¡así que más tarde veremos!

Se levanta de un salto. Por un segundo, cree que ha salido para darle un beso, pero que ha cambiado de opinión. ¿Porque es consciente de tener la cara llena de aceite usado o porque es demasiado tímido? Para disimular, él agarra un trapo viejo y se seca las manos.

—No me diga que vuelve a tener problemas con su coche…

—No, está bien, gracias a usted. Simplemente he venido para darle las gracias por la mano que echó a Victor.

—Ningún problema.

—Se ha quedado muy impresionado con su saber hacer.

—Mejor.

—De hecho, creo que puede que le vuelva a pedir ayuda.

—Si está dentro de mis posibilidades, será un placer.

—Victor me ha dicho que, para darle las gracias, le ofreció una buena botella…

—… pero no bebo.

—Ya me lo ha explicado. Así que, para demostrarle mi gratitud, he pensado que quizá podría invitarle a venir a ver la obra, al teatro.

Loïc está sorprendido. Mira alternativamente al Buick y a Juliette. Ella espera de todo corazón que no esté dudando de la chica con la que tiene tantas ganas de salir.

—Es muy amable, pero, sabe…

—Iremos juntos. Ahora que conoce las tramoyas, podrá ver para qué sirven…

Pasan unos segundos. Para Juliette duran una eternidad.

—De acuerdo, pero soy yo quien invita.

—No se preocupe por eso. —Feliz, Juliette se permite dar un saltito—. ¡Estoy tan contenta de que acepte!

El gran ciervo tiene miedo. Nunca ha visto dar saltitos a una tarta. De hecho, tampoco a una ostra.

42

Eugénie saca la silla y se sienta a la mesa. Espera este cara a cara desde hace mucho tiempo. Sin embargo, no hay nadie enfrente. El teatro dormido le asegura la paz necesaria para intentar ver con claridad entre la multitud de sentimientos que la atraviesan en este momento tan agitado de su vida.

Mientras todo el mundo duerme, comenzando por Victor, el apartamento desierto de *Corazón de relojería* se convierte un poco en su segundo hogar. Se ha acostumbrado. De vez en cuando, oye algunos ruidos sospechosos, pero nada comparable con aquello que la aterrorizó la primera vez.

Con el telón echado, el escenario se impone por naturaleza como un reconfortante cascarón, el lugar donde se da cita con aquellas y aquellos a los que tiene algo que decir. A falta de tener el valor para hacerlo de verdad, aquí no se atrinchera detrás de nada no dicho.

Hoy está impaciente por verse con Noémie, su hija. ¿Desde hace cuánto no han compartido juntas una comida? Aunque esto no vaya a suceder realmente esta noche, para Eugénie sigue siendo un reencuentro.

Al principio, cuando su pequeña se fue a la otra punta del mundo para unas prácticas, Eugénie se sentía tan desamparada que cenaba en plena noche para mantener ese vínculo diario cotidiano con su niña. Conectada a las redes de Internet, colocaba su tableta contra una botella y, a falta de poder vivir con su hija, de tocarla, por lo menos podía verla y hablar con ella. Esta noche, Eugénie va a poder hacerle ver lo que siente. Desde que ha cogido la costumbre de expresarse en voz alta en el teatro vacío, se ha reconciliado con mucha gente. Hablar la tranquiliza.

Mira ante ella. Aunque no haya nada, no le cuesta imaginarse los rasgos de su hija, los conoce muy bien. Observa a sus niños desde el día en que los trajo al mundo. Los ha visto crecer sin que se le escapara nada, salvo ellos mismos cuando se marcharon de casa.

—Noémie, querida, tengo que decirte algo. Nos invitas constantemente a tu casa y tiene que parecerte extraño que no vayamos. Tu padre no tiene la culpa. Tu novio tampoco. Sé que tienes ganas de enseñarme el lugar donde vives y todo lo que habéis hecho en él. Es normal. Pero todavía no estoy preparada. No del todo. Te has convertido en una joven guapísima, independiente, con una carrera como la que yo nunca tuve. No estoy celosa, al contrario. Estoy extremadamente orgullosa. Pero tu éxito y el buen camino que trazas en tu vida me remiten a aquello que ya no soy para ti: útil, esencial, cotidiana, indispensable. Soy consciente de que es una etapa que todos los padres atraviesan, pero eso no me ayuda. Todos sabemos que vamos a morir un día, y no por eso es más fácil cuando llega el momento. También sé lo ridícula que soy cuando me quejo de no veros lo suficiente, al tiempo que me privo de ello las veces que me invitas a ir a tu casa. Pero, cómo decirlo... Creo que el vacío es menos doloroso que el hecho de no sentirme ya tan cercana. ¿Sabes que es lo que más me duele?

Hace una pausa.

—No tener ya nada para haceros descubrir. Me sentía tan feliz al presentaros el mundo... Tus carcajadas ante los renacuajos del estanque, la manera en que te colgabas de mi pierna cuando viste tu primer perro. He tenido la suerte de ser testigo de muchas de vuestras primeras veces. Ya no me necesitas, es lógico. Pero ser tan poco después de haber sido tanto es una tortura. Sé que voy a superar este bache. Yo misma se lo impuse a mis padres sin darme cuenta. Espero que me perdones mi fragilidad y que sigas invitándome. No es tu culpa, es ley de vida, ya he tenido la suerte de vivir unos años magníficos contigo y con tu hermano. El verano siempre termina por dejar paso al otoño.

Eugénie agacha la cabeza antes de añadir:

—Espero que un día tenga el valor de decirte todo esto a la cara. Si supieras lo mucho que te quiero...

Eugénie espira hasta que su aliento se pierde. Vacía, exhausta. Se siente como los restos de un barco encallado, al abrigo de las tempestades, pero lejos de las corrientes que nos hacen navegar hacia los amaneceres. Va a tener que esperar un poco antes de encontrar la fuerza para volver y acostarse al lado de Victor. Cuando sus hijos, más jóvenes, no estaban, ya solía dirigirse a ellos. Para darles ánimos, para tranquilizarlos. Estaba convencida de que, al menos, recibían la intención, como una ola de bondad que pasaría por alto las distancias. Más que nunca, Eugénie espera que este vínculo mágico nutrido de cariño exista, que no se haya roto a pesar de sus equivocaciones.

Nunca sabrá si sus hijos perciben lo que les murmura con tanto amor. No pasa nada. En cambio, hay alguien, cuya presencia ella no sospecha, que lo ha oído perfectamente.

43

La puerta del camerino de Natacha se abre. Nicolas sale, lívido. Se apoya contra el marco. Juliette, que está anunciando a todo el mundo que asistirá a la representación de esta noche en compañía de Loïc, se detiene a su altura.

—¿Y bien? ¿Nuestro director preferido ha comido algo en no demasiado buen estado?

—Vamos a tener que cancelar...

—¿Qué dices?

Por el resquicio de la puerta, Juliette percibe a Natacha, desplomada sobre su tocador. Solloza. Alertados por los gemidos, esta vez son Chantal y Taylor los que llegan. El encargado de vestuario se precipita para reconfortar a la actriz.

—Va a haber que cancelar —repite Nicolas, desamparado—. Esta noche no puede actuar.

—Pero ¿por qué? —se sorprende Chantal—. ¡Es la función más importante de la semana!

Nicolas se vuelve y señala a su actriz principal con gesto cansado.

—Pérdida de voz. La señora está tan estresada que se le ha bloqueado la laringe.

La estrella se gira, con la cara devastada, y hace amago de hablar. Un ruido extraño sale de su garganta. El chirrido de un envase al vacío mal abierto pasado por el microondas.

—¡Es terrible! —se lamenta Taylor.

Juliette palidece.

—Vamos a darle leche caliente, miel, ¡verás como funciona! ¡Hay que encontrar una solución, cueste lo que cueste! Tengo un invitado de honor…

La noticia se propaga como un reguero de pólvora, hasta el punto de que tres cuartos del equipo no tardan en reunirse en el pasillo comentando la situación. Algunos también proponen soluciones:

—Lo que hay que hacer es que actúe en *playback* —lanza un tramoyista—. Ella que haga los gestos y Nicolas que lea su texto con voz de chica.

Daniel está apoyado contra el muro. Él también llora porque, desde hace seis minutos, sufre exactamente la misma enfermedad que Natacha. Después de la osteoporosis del lóbulo de la oreja y de su esquizofrenia de aliento, le toca ser víctima de esta epidemia planetaria mortal que comienza por la pérdida de voz, de la que Natacha y él serán las primeras víctimas. Le propone que se suiciden juntos para ahorrarse sufrimientos, pero nadie lo oye.

Una señal de que la situación es grave es que Victor no bromea.

—Nos viene fatal —dice—. Como tengamos que devolver el dinero, esto no va a mejorar nuestras cuentas, y la verdad es que no es el momento de que nos pesquen por problemas de gestión.

Eugénie se abre paso hasta la diva y le abraza los hombros.

—Y si te mimamos, calentándote la garganta con un buen masajito, ¿te recuperarías? El telón no se levanta hasta dentro de dos horas.

Natacha sacude la cabeza negativamente mientras Nicolas explica:

—No cambiará nada. Ya tuvo una crisis similar hace unos años. Fuimos al hospital de urgencias y los médicos nos aseguraron que no había nada que hacer. Después de una buena noche de sueño, todo volvió a la normalidad.

—Una noche de sueño de dos horas —prueba Eugénie—, podría funcionar...

La actriz vuelve a derrumbarse, pero sin emitir ningún sonido. El efecto es sorprendente. Disgustado, Nicolas zanja:

—Es una catástrofe, pero tenemos que asumirlo. Necesito cuatro voluntarios para recibir a los espectadores y decirles que la obra no se representará esta noche.

El equipo está en estado de *shock*. Una mala pasada. Nadie culpa a Natacha, pero va a haber que encargarse de ello.

De repente, Juliette exclama:

—¡Esperad, quizá tenga una solución!

44

—¡Estáis enfermos! ¡De eso nada!

En el taller de confección, la tensión es palpable. Para ayudar a convencer a Céline de que es una buena idea, Eugénie, Victor y Nicolas han ido a echarle una mano.

La coreógrafa se defiende con toda la persuasión de la que es capaz:

—¡Te sabes el texto de memoria! Quizá seas mucho más joven que Natacha, pero tienes la madurez suficiente para encarnar el personaje.

Céline no da su brazo a torcer.

—Nunca he representado nada delante de nadie. No os dais cuenta de lo que me estáis pidiendo. Leer la obra por la noche para llorar o lanzarle pullas al espejo es una cosa, ¡pero interpretar un texto completo delante de una sala llena es otra!

Nicolas se entromete:

—Escucha, Céline, estoy de acuerdo contigo, es una locura, pero aun así es la que ocasionará menos daños. El hecho de que conozcas los diálogos es una suerte extraordinaria.

—¿Y la puesta en escena? ¿Qué me decís? Solo he visto la obra una vez. ¡Ya no me acuerdo de nada!

—Todavía nos queda más de una hora, podemos hacer un pase o, mejor, te equipamos con un auricular y yo te guío.

—No os dais cuenta...

Eugénie le toma la mano.

—Sí, perfectamente. Pero no tenemos elección. Eres nuestro último recurso. Si me supiera el texto, te juro que yo misma lo haría.

Céline lanza una mirada furtiva a su amiga.

—¿Y si me quedo en blanco? ¿Y si soy una negada? No solo la gente se pondrá furiosa, sino que seré yo la que cargue con el peso del fracaso, cuando no tengo la culpa de nada.

—No pienses eso —suaviza Victor—. No te estamos pidiendo que salves el teatro o que calmes a la gente; sino solo que interpretes, echándole agallas, un texto que dominas.

Los ojos de Céline vuelan de cara en cara, en busca de otra solución a esa que la aterroriza...

45

Cuando la sala se llena, Eugénie ayuda a instalar a los espectadores sin quitarle ojo a Laura. La joven hace perfectamente su trabajo, como siempre, pero la sonrisa que enarbola cuando se dirige a la gente contrasta muchísimo con la cara gris que hace palidecer su rasgos cuando nadie la mira. A Eugénie no le cabe ninguna duda: esta pequeña está luchando contra algo que la carcome.

Al acompañar a una familia a la fila G, Eugénie ve a lo lejos a Marcelle y Jean, la parejita de jubilados que viene de manera habitual. Siente verdadera ternura por ellos. Todavía se acuerda de la primera vez que los vio. Estaban de espaldas, en la taquilla de Franky. Parecían mucho más pequeños y frágiles ante el mostrador, pero sobre todo fue el hecho de que estuvieran cogidos de la mano, incluso pagando, lo que le llamó la atención. Se diría que eran como dos niños enamorados a los que el tiempo habría encorvado de manera prematura. Eugénie se había acercado y había visto que pagaban sus asientos en efectivo.

Luego pudo constatar que, fielmente, se presentaban todos los primeros sábados de cada mes. Al principio, venían en esta fecha porque su pequeña pensión llegaba justo entonces. Eugénie les consiguió un «abono para jubilados habituales» que no existe, pero que les permite venir gratis. Sin embargo, han mantenido su fecha de siempre. Da igual lo que se represente, ahí están. Unos años antes, todavía iban al cine, pero el ritmo desenfrenado de las películas modernas les da dolor de cabeza. Como dicen: «El teatro no puede ir más rápido que los seres que lo hacen existir».

De un tiempo a esta parte, caminan peor, Marcelle con bastón, pero siguen poniéndose sus mejores galas. Su vestido de flores es de otra época, pero está decorado con lilas, lo que va muy bien con el teatro. Él siempre lleva el mismo traje. Una vez le explicó que se lo había comprado para la boda de su hijo, hacía ya tiempo.

Eugénie termina de sentar a sus espectadores y va a saludarlos.

—Hola, Marcelle. Hola, Jean. Qué tal?

Les da un beso y se da cuenta de que los dos llevan el mismo perfume. Imposible saber si esta colonia es masculina o femenina, es una de esas fragancias que nos recuerdan a nuestros abuelos.

Marcelle sonríe con timidez y Jean responde:

—Tirando, con las pruebas médicas y la vejez. Pero aquí uno se olvida de todo. Una vez más, gracias a su compañía. Es nuestra noche de fiesta. La esperamos siempre con impaciencia.

—Ya empiezan a conocer bien la obra.

Marcelle reacciona:

—Es que me gusta mucho. Me alegro de que la señorita salga de sus apuros. Como me cruce con el otro tipejo por la calle, le arreo un bastonazo.

El año pasado, para sus bodas de oro, Eugénie hizo que los instalaran en la primera fila del palco número diez. Victor les llevó champán y la compañía hizo que toda la sala los aplaudiera. Estaban de pie en el balcón, frágiles, agitando cada uno una sola mano, porque estaba claro que no se la iban a soltar. Eugénie aún recuerda la emoción del equipo. Karim había llorado abiertamente batiendo fuerte las manos y Olivier había salido corriendo a comprarles un ramo de flores. Aquella noche, por unos instantes, no era el escenario lo que estaba iluminado, sino ellos. En el balcón, con su ropa usada, tenían la presencia y la dignidad de una pareja de la realeza.

—Si necesitan cualquier cosa, no lo duden, todos estamos aquí para hacerles pasar una bonita velada.

—Gracias, muchas gracias.

Eugénie los deja con una ligera punzada en el corazón. Le habría encantado cuidar de sus padres de igual manera.

Cada butaca de la sala no solo se corresponde con un lugar y un número, es ante todo un refugio para las almas que vienen a recobrar el aliento en la larga carrera de obstáculos que es la vida.

46

Han quedado en verse delante del teatro. Juliette espera en lo alto de las escaleras, mientras los espectadores se apresuran a entrar. Siempre le ha encantado esta agitación de antes del espectáculo. Los cientos de bombillas del alero componen un firmamento estrellado que da buen aspecto a cualquiera.

Juliette no deja de mirar su reloj, pero confía: Loïc siempre ha sido puntual. Es ella la que llega pronto. Para la ocasión, lleva un vestido sencillo con una chaqueta corta. Céline le ha evitado la agonía de tener que elegir, dándole este preciado consejo: «Evita la ropa que llame demasiado la atención. Es a ti a la que se tiene que ver, no a tu vestido. Búscate algo cómodo. Nunca es la ropa la que tiene que llamar la atención, sino tu manera de llevarla, de moverte, de estar y, sobre todo, la cara que tengas». Horas de negociación con cada parte de su cuerpo han sido evitadas. Juliette está impaciente por descubrir cómo irá vestido Loïc. Mientras se lo imagina con toda clase de atuendos, le surge una duda. «¿Será capaz de venir con mono?». Al fin y al cabo, ella solo lo ha visto así.

Por primera vez, es él quien va hacia ella. Pero ¿con quién ha quedado? ¿Con un amigo, un novio? Un simple adjetivo lo cambia todo. ¿Qué camino está a punto de finalizar en los meandros de su espíritu? ¿Se van a dar un beso? ¿La cogerá de la mano durante el espectáculo? ¿Sus rodillas terminarán por rozarse?

Juliette está febril. Se acuerda de las veces en las que ha esperado a un chico. Ha habido muchas. Nunca se puso en tal estado. Sin duda porque, en el fondo, no había mucho de lo que preocuparse. Pero desde que espera algo, desde que piensa en ello, tiene cosas que perder, y la indiferencia ya no tiene cabida.

En este momento hay una cantidad de gente increíble. Vigila a su alrededor con la atención que la situación requiere, pero el público llega en masa. Su ojo pasa revista a las caras como un auténtico sistema de vigilancia. Un poco más lejos, en la escalinata, otra mujer espera. Ligeramente más mayor, pero con muchísimo estilo. ¿La encontrará Loïc más guapa? ¿Se equivocará e irá a ver la obra con ella? Como la otra haga un simple amago de acercarse a él, Juliette le rompe la cara sin miramientos. Le hará que se coma su collar de perlas gordas y su impagable vestido.

Antes de que pueda recomponer una cara cordial, como Céline le había explicado la importancia, una silueta se le planta delante.

—¡Buenas noches!

Ahí está. El gran ciervo ha llegado. Y se ha puesto su cornamenta de domingo. Es la primera vez que Juliette le ve la cara sin aceite de coche. No apreciaba más que sus ojos. Lleva vaqueros, deportivas —mientras que ella va a destrozarse los pies con sus zapatos de tacón—, una camisa blanca y una chaqueta oscura. Nada especial, ¡pero qué planta! Céline tiene razón: la buena indumentaria es la que te permite ser tú mismo, y en este caso… Sus espaldas, la mandíbula, esa mirada que hace arder a una tarta… lo tiene todo.

—Buenas noches —responde ella ni alegre ni sensual ni responsable.

Juliette tiembla. Aunque él se encuentre dos escalones por debajo, están casi a la misma altura. Le gustaría que el tiempo se detuviera para poder reflexionar con calma sobre toda la información que recibe. Tener una oportunidad para procesar las innumerables preguntas que desbordan su saturado cerebro. Necesita un tiempo muerto para no equivocarse. Él le sonríe. ¿Quizá tampoco sepa qué actitud adoptar? No parece que quiera besarla, y ella no se atreve a tomar la iniciativa. Le gustaría aprovechar el hecho de que están justo cara a cara para mirar sus ojos, para sumergirse por completo en ellos; pero no es ni el lugar ni el momento, con toda esta gente alrededor. Juliette está viviendo uno de esos instantes donde la intensidad de lo que sentimos nos sustrae del espacio y del tiempo para colocarnos en una burbuja donde todo es más fuerte, donde nada cuenta salvo nuestra percepción.

Un hombre con prisa empuja a Juliette, que pierde el equilibrio. Loïc la atrapa. La toma en sus brazos. Es la primera vez que la abraza así. Algo avergonzado, la suelta de inmediato. Ella nunca había sentido tanto en tan poco tiempo. Tendrá que contarle todo esto a alguien. Quizá a sus hijos.

47

Apartando discretamente el telón, Victor echa un vistazo a la sala desde bastidores.

—¿Y bien? —le pregunta Olivier.

—Está llena. Si nos pegamos el batacazo esta noche, habrá unos cuantos testigos.

Dada la situación particular, incluso los que normalmente no se quedan a la representación cuentan con asistir. Los dos hombres vuelven a toda prisa a los camerinos, donde Maximilien intenta tranquilizar a Céline.

—No pienses en nada más que en tu texto. Aunque en la dramaturgia no seamos aliados, en la representación no dudes en apoyarte en mí.

La actriz, por una noche, es bombardeada a consejos. Todo el mundo se los da. Nicolas, los de producción, Chantal, Taylor… No puede más. Todo le da vueltas en su pobre cabeza. El único que permanece callado es Norbert, demostrándole una compasión muda. Con sus botones cosidos en lugar de los ojos, parece lanzarle una mirada de apoyo. Daniel ha venido a explicarle que, de todas formas, nada de lo que va a ocurrir importa porque todos terminaremos por morir. También Annie ha querido decirle algo, pero ha visto una araña y sus palabras de ánimo han mudado en gritos y maldiciones.

Eugénie hace su aparición como un tornado en el camerino.

—¡Venga, todo el mundo, gracias por vuestra visita! —dice dando palmas—. ¡Ahora vamos a dejar que la señorita se concentre!

Una vez que la puerta del camerino se vuelve a cerrar, Eugénie se sienta cerca de su amiga, que sigue postrada.

—¿Quieres que yo también te deje?

—No, por favor, quédate. Si no, me pego un tiro.

—No te va a resultar fácil con un cepillo y fondo de maquillaje…

Céline esboza una sonrisa triste y pregunta:

—¿Dónde está Juliette?

—En la sala, con Loïc. En la N10 y N11. Te manda besos. Ya los verás, pegados el uno al otro, pero sin atreverse a tocarse.

—¿Es eso técnicamente posible?

—Parece un poco raro.

—Espero que nunca la decepcione.

—Lo que vas a representar esta noche habla justo de eso. Me siento feliz de que Loïc vaya a descubrir aquí esta historia. Así, un día, quizá evite hacer daño a nuestra Juju.

—Y soy yo la que le va a representar la fábula…

—A título personal, me parece una magnífica casualidad. Tú, representando esta historia para Juliette y su enamorado.

—Es verdad, es bonito. Pero, igualmente, creo que estamos haciendo una enorme estupidez.

—Tú sabes mejor que nadie lo que significa «cubrir un riesgo», así que piensa que eres nuestro seguro de vida, nuestra red de seguridad.

—Espero no romperme.

Llaman a la puerta. Eugénie se levanta de un salto, lista para proteger a su amiga de una visita inoportuna o de una nueva salva de consejos. Va a abrir.

En el pasillo continúa el alboroto. Natacha se acerca y cierra tras de sí. Con los ojos empañados de lágrimas, mira fijamente a Céline. Querría hablar, pero no puede. Ha venido con una hoja, una nota que le tiende.

No tengas miedo. Hacer que tú la representes es buena idea. Si dudas, fracasarás. Lánzate al vacío y verás cómo el público te lleva. Yo lo vivo cada vez. Estoy contigo.

Una vez leída, Céline mira a Natacha a los ojos. La actriz esboza una sonrisa juntando sus manos, como en una plegaria. Después abraza a la modista.

Vuelven a llamar a la puerta. Esta vez, Eugénie gruñe. Es un asistente de producción que anuncia:

—Céline, entras en escena en cuatro minutos. Vengo a ponerte el auricular. Nicolas estará en la concha del apuntador para ayudarte si se te olvidan tus entradas.

—No hay peligro de que se me olvide, es la historia de mi vida.

El joven ayuda a la actriz por una noche a ponerse el transmisor en miniatura.

—Tres minutos —le precisa él.

—Suficiente para ir a vomitar.

48

Cuando la musiquita introductoria termina, la luz disminuye y el murmullo de los asistentes se atenúa. Eugénie está instalada en su palco de costumbre. Como excepción, se encuentra en compañía de Natacha, a quien le va a producir un efecto curioso ver abrirse el telón desde el lado del público. Extraña experiencia para una actriz ver cómo una modista asume su papel…

El telón se abre sobre el apartamento. El marido infiel entra bajo los aplausos y miente por primera vez. Hay algo eléctrico esta noche en la sala, como si, a falta de saberlo, la gente sintiera que esta representación es especial.

Desde la primera aparición de Céline, se produce algo inusual. En el momento en el que hace su entrada con su bandeja del desayuno, la acoge un torrente de aplausos lanzado por el equipo. Eugénie aplaude vigorosamente, pero Natacha permanece impasible, como hipnotizada por lo que ocurre delante de ella. ¿Por qué no es ella la que se encuentra en escena?

Sus primeras entradas son ligeramente inseguras, pero aquello dura poco y, en cualquier caso, en el calor del momento, seguro que el público no lo ha detectado. Desde su balcón, Eugénie divisa a Juliette y Loïc, que no se atreven a salirse de su mitad del reposabrazos. También ve a Marcelle y a Jean, que se cogen de la mano. Laura está apostada junto a la entrada principal. Chantal se ha colocado en un asiento vacío y, entre bastidores, Karim está tan absorto que se acerca peligrosamente al límite de visibilidad materializado por una línea en el suelo.

Según avanza el texto, Céline va cogiendo confianza poco a poco. Es en la primera entrada ofensiva de su personaje cuando todo el mundo se da cuenta. Acto I, escena cinco.

—¿Te molesta que me apunte con Olga a ese club de gimnasia suave?

—Para nada, cariño, al contrario. Disfruta de la vida. Es para eso para lo que me parto el espinazo cada día.

El tono es despectivo y el comentario humillante. La mujer no se lo consiente. Se acerca a su pareja y le suelta:

—Acepto este tipo de actividad porque no estás. Es contigo con quien he elegido pasar mi vida, no con mis amigas. Preferiría que los dos tuviéramos proyectos juntos, pero tu «trabajo» nunca te deja tiempo. Así que me entretengo como puedo a la espera de servirte la comida preparada con tanto amor que siempre te comes fría... cuando te dignas a tocarla.

La sala está en vilo. Comienza lo serio. Natacha está inmóvil, congelada. Eugénie es incapaz de saber lo que le pasa por la cabeza. ¿Se siente mortificada, fascinada? ¿Ha perdido la consciencia? La actriz está como fuera de servicio. Nunca aplaude, mientras que la sala se entusiasma cada vez más; incluso Marcelle y Jean se sueltan a veces la mano para aprobar la acción. La interpretación de Maximilien tampoco es la misma que de costumbre. Si en las primeras escenas actuaba como normalmente, ahora parece transportado por la interpretación tan personal de Céline. Es probable que nunca se haya representado —de hecho, tampoco visto— la obra con tanta intensidad.

A mitad del acto II, Céline vuelve a pasar de nivel. En pleno diálogo, sin estar en el lugar donde debería estar, da de pronto media vuelta para dirigirse hacia su marido, del que ya sospecha su traición. Discretamente, se retira el auricular y lo lanza a la concha del apuntador.

Nicolas ya no controla a su actriz. La bestia se ha liberado. Ya solo obedece a su propia interpretación del texto, poseída por completo por su personaje. A Maximilien le cuesta seguirle el ritmo. Esta nueva situación le obliga a actuar con mayor sutileza, para alegría de todos. Es brillantemente odioso, sublimemente hipócrita y magníficamente deshonesto. Frente a él, Céline es de una sinceridad absoluta.

En la sala, mientras aumenta la tensión de escena en escena, no hay el menor ruido. Incluso la pobre mujer que ha tosido dos veces ha estado a punto de ser linchada por sus vecinos. Loïc tiene los ojos pegados al escenario. Eugénie está impresionada por la capacidad de adaptación de la que hace gala Maximilien. Para compensar las transgresiones de la puesta en escena, él se coloca en perfecto equilibrio. Frente a esta compañera pugnaz, demuestra un talento que no suele tener la ocasión de expresar. A pesar de su odioso personaje, logra la hazaña de tener encanto. Casi se le perdonarían sus bajezas, si no hicieran tanto daño a la mujer cuya evolución siguen cada vez con más interés.

Eugénie se dice que, para representar el dolor, Céline no tiene que buscar muy lejos. Para imitar la cólera, no tiene más que imaginarse a Martial en el papel del charlatán, aunque Maximilien tenga infinitamente más encanto. Pero ¿en quién piensa la actriz cuando se encuentra con aquel que se convertirá en su verdadero amor?

Todo el equipo se muere de impaciencia por ver cómo va a ser el último acto, interpretado en estas condiciones. Al construir su teatro, el difunto señor Marchenod no se imaginaba, sin duda, que un día pasaría algo tan fuerte. Y sin embargo…

49

El público está de pie y aplaude a rabiar. Muy rara vez las paredes del teatro han retumbado hasta este punto. Desde su palco, Eugénie percibe perfectamente la fuerza de las ovaciones. Nunca había vivido algo así. Los miembros del equipo silban y gritan «vivas». Algunos espectadores se unen también.

En el escenario, Maximilien se aparta para dejar a Céline el triunfo que le corresponde. Aún lleva en la mejilla la marca del monumental bofetón que ella le ha propinado, por motivos de los que en esta ocasión no es culpable.

Céline está de pie, no se inclina, no hay expresión en su rostro. Simplemente se esfuerza por mantenerse en pie mientras el público le demuestra un reconocimiento inédito.

Cuando les toca el turno de saludar a los personajes secundarios, primero aplauden a su compañera de una noche. Está claro que no se ha limitado a representar su papel; literalmente, lo ha vivido, pasando de las lágrimas a la rabia con una fuerza que todo el mundo ha sentido. Karim está tan subyugado que ha abandonado su refugio en el telón de boca, las cortinas que ocultan las bambalinas, para entrar en el escenario y poder saludar mejor a los actores.

Loïc y Juliette están de pie, Jean también; pero Marcelle permanece sentada.

Céline esboza por fin una sonrisa, y la ovación vuelve con más fuerza. Tras unos largos minutos, Maximilien hace un gesto a Olivier para que vuelva a cerrar el telón, y el público empieza a recoger sus bártulos. A pesar de que durante toda la representación no haya pestañeado y no haya manifestado reacción alguna, Natacha se levanta y deja el palco a toda prisa.

—¿Adónde vas corriendo? —la llama Eugénie—. ¡Ni siquiera me has dicho qué te ha parecido!

Ante el camerino normalmente destinado a la estrella oficial, Olivier hace de guardaespaldas, evitando que los miembros del equipo, incluso algunos espectadores, vengan a felicitar a Céline por su representación. Las bambalinas del teatro no han debido conocer tal efervescencia desde los primeros espectáculos de Violette Marchenod.

«Céline está descansando, la veréis más tarde», «le diré que habéis pasado, se sentirá emocionada…». Olivier se toma su papel muy en serio. Cuando se presenta Natacha, se aparta para dejarla entrar. Eugénie, que teme la reacción de la actriz titular, le sigue los pasos, seguida de cerca por Juliette.

Las tres penetran en el camerino abriéndose paso entre la multitud que se arremolina ruidosamente en el pasillo.

Céline está sentada delante del espejo. Se sujeta la cabeza con las manos.

—¿Qué me habéis hecho hacer? —gime, exhausta.

Encomendarle el papel había sido idea de Juliette, pero había sido Eugénie la que la había convencido. Las dos mujeres se acercan y la abrazan. Entre el hueco de sus brazos, protegida, literalmente incubada, la modista les susurra:

—Gracias, chicas, gracias de todo corazón. Era estúpido, era arriesgado, ¡pero qué bien me ha sentado!

Las tres mujeres se abrazan aún un poco más.

—Has estado genial —susurra Eugénie—. Sin duda, vas a recibir un montón de peticiones de matrimonio, ¡y cada uno de tus pretendientes sabrá a lo que atenerse!

—Me has hecho llorar —añade Juliette—, y a Loïc le ha encantado. Dice que es la obra de teatro más bonita que ha visto, que al mismo tiempo es la única.

Las tres amigas se reincorporan. Natacha sigue allí, esperando su turno. Eugénie está lista para intervenir a la primera que se pase. Entonces la actriz se acerca, se arrodilla junto a Céline y le coge las manos.

—Gracias, gracias de todo corazón.

—¡Anda ya!

—El estrés me ha bloqueado, tú me has despertado. Acabas de recordarme por qué quise hacerme actriz. Lo había olvidado. Cada noche hago un oficio, mientras que tú lo has dado todo. Es para ofrecer eso por lo que se construyen los teatros. Es para sentir eso por lo que el público sale de sus casas y hace el esfuerzo de venir a vernos. El resto no es más que vacuidad pretenciosa. Es a eso a lo que esperamos que se parezca una obra cuando nos maquillamos.

—Gracias, Natacha, es muy amable.

—No es muy amable, es la gran verdad. Voy a tener que mover el culo para acercarme a la fogosidad y a la llama que has mostrado esta noche, de lo contrario los que vengan las próximas noches se sentirán decepcionados.

—Nunca se han quejado.

—Porque no sabían que lo que tú has hecho era posible. Porque están acostumbrados a nuestros juegos técnicos de profesionales. Pero una vez que has visto una representación así, sabes lo que puede ser el teatro, incluso con un texto tan regular, y te niegas a contentarte con lo primero que tienes. Gracias, Céline, nunca olvidaré esta noche. Yo estudié en el conservatorio, tuve grandes profesores, he representado más de doscientas obras sobre escenarios de todo tipo; pero eres tú la que me ha dado la mayor lección de mi carrera.

Cuando el teatro volvió a quedarse en silencio aquella noche, algo imperceptible flotaba en el ambiente. Cuando Victor y Eugénie terminaron su ronda, las butacas de Marcelle y Jean, las de Juliette y Loïc no parecían para nada vacías.

Fue esa misma noche cuando la idea más loca que jamás hubiera tenido germinó en la mente de la guardiana…

50

Céline corre, sube los escalones de cuatro en cuatro. A Victor y a Olivier solo les da tiempo a seguirla, sin fijarse en nada del lujoso vestíbulo.

Al llegar —en un tiempo récord— al descansillo anterior al que vive su exmarido, anuncia en voz baja:

—Ya casi hemos llegado. Si seguís queriendo acompañarme, es aquí donde hay que prepararse.

Sin dudarlo, Victor abre su bolsa y le tiende la máscara de vaca a Olivier, poniéndose él la de caballo.

—Pues claro que estamos de acuerdo en respaldarte —replica este—. Es a nosotros a los que tendrías que haber pedido que te echáramos una mano la primera vez.

—Fue idea de Eugénie.

—El concepto era brillante, pero el *casting* arriesgado… Hoy, como ese payaso se niegue a pagarte o te falte al respeto, encontrará con quién meterse.

—Y claro está —precisa Olivier—, si vosotros o alguno de vuestros agentes fueran capturados, negaríamos tener conocimiento de vuestras acciones ¡y le echaríamos la culpa de todo a Norbert!

El regidor y el tramoyista llevan la misma ropa que la guardiana y la coreógrafa en la primera visita: jerséis marineros y pantalones de pana. Se han olvidado aposta del bate de béisbol y del *nunchaku* de plástico...

—¿Listos? —pregunta Céline.

La vaca y el caballo asienten con la cabeza. Céline sube inmediatamente al asalto. Los dos animales, que no es que vean demasiado a través de sus máscaras, la siguen torpemente intentando no pegarse un trastazo en el último tramo de escaleras. Si una entidad extraterrestre tuviera que juzgar a nuestra especie sobre la base de esta única escena, lo llevaríamos claro.

Algo ha cambiado en Céline desde la representación. Aquella noche, la dura tapadera que cubría su almacén de cólera explotó. No fue una pequeña falla lo que surgió, sino una amplia brecha la que se abrió. Lejos de vivir aquello como una catástrofe, aprovecha para hacer limpieza general. No hay nada como la rabia para quitar las manchas, incluso las más resistentes.

Céline no tiene en absoluto la intención de dejarse torear, por nadie. Visto que la vida es una tigresa que la quiere devorar, está decidida a hacer restallar el látigo para domarla.

El trío toma posición delante de la casa de Martial. Céline coloca a sus acólitos a cada lado de la puerta.

—Estamos de acuerdo, no abrís el pico y solo intervenís si él se pasa.

Los animales asienten.

Esta vez, es ella la que dirige el juego. Ya no duda. Ha aprendido la lección de su primer fracaso. En esta ocasión, no dejará que la echen. Ya no tiene miedo. No volverá a irse sin su dinero. Gracias a esta regularización financiera tanto tiempo esperada, su vida va a cambiar con un espectacular efecto dominó: con el dinero, adiós a las deudas, así como a la insoportable presión del banco. Todo irá mucho mejor. Ulysse ya no volverá a sonrojarse por su ropa demasiado pequeña y ella no se verá obligada a hacer malabares con dos tristes pares de zapatos. Como ya no se le puede derramar el cántaro de leche, ¡bienvenidos los terneros, las vacas y los cerdos! Como a Martial se le ocurra insinuar que no paga, es capaz de soltarle el mismo tortazo que a Maximilien en la obra. Casi espera que ponga las cosas difíciles para darse el gustazo…

Resopla y sacude los brazos como un boxeador antes del gong al comienzo del combate.

—Se me hace raro volver a vivir esta situación con vosotros dos —confía Céline a sus cómplices—. Gracias por estar ahí, señores. El hombre con el que os vais a encontrar me ha alejado de vuestra especie, pero vosotros me devolvéis las ganas de volver a creer en ella.

El caballo y la vaca la miran. Están contentos. Si Olivier estuviera disfrazado de gallina, pondría un huevo de alegría.

Listo para el enfrentamiento, bromea:

—Como tu ex me busque las ubres, ¡se va a llevar una sorpresa!

El caballo bromea:

—Deja de rumiar, ¡tampoco vamos a meternos en belenes!

Y sueltan una risa ahogada, como unos críos que intentan contenerse delante de la maestra. Eugénie tiene razón: estos dos no se toman nada en serio.

Céline aprieta el timbre, luego vuelve a hacerlo insistiendo frenéticamente. No hay tiempo que perder, cero paciencia.

La puerta no tarda en abrirse. Al contrario que en el episodio anterior, Céline ni pestañea. Está serena.

Al descubrir a su visitante, Martial se irrita.

—¡Otra vez tú! Deja de llamar como una histérica. ¿No te has enterado? Ese siempre ha sido tu problema. Vives en tu mundo, pero la realidad es un poco más complicada que tus planecitos de niña, mi pobre Céline.

Esta no se achanta.

—Me dan igual tus comentarios. Simplemente, vas a darme lo que me corresponde y todo irá bien. Me debes once mil ciento treinta, pero en un dechado de reconciliación, redondeo a once mil y te regalo los intereses de demora.

Él suelta una carcajada forzada.

—¿Y no quieres un paquete de regalo, además?

Después, echando un vistazo al descansillo, pregunta:

—¿No has vuelto con el corral? Porque fue bastante gracioso la última vez.

Los dos cómplices aparecen. Martial aplaude:

—¡Genial, chicas! ¿Podéis volver a hacer el numerito con el arma de plástico que se rompe? ¡Por favor! ¡Tronchante!

—No he venido para divertirme, Martial. Estoy esperando el dinero que nos debes a tu hijo y a mí, si no te juro que pongo patas arriba tu apartamento hasta encontrar dónde escondes todo lo que has malversado desde hace años.

—No sabes ni de lo que estás hablando…

—¿Qué te apuestas? ¿Me consideras tan imbécil como para no haberme dado cuenta de tus tejemanejes? ¿Con tus sospechosos fajos de billetes y tu manía por pagar en efectivo? ¿Quieres que abordemos el capítulo de tus chanchullos inmobiliarios?

—Ya te lo he dicho, no das la talla. De todas formas, aquí no te podrás llevar más que calderilla. —Llevando aún más lejos la provocación, suelta—: Para tener la oportunidad de poner la mano en mi pasta, tendrás que leer mis pensamientos… —Se da unos golpecitos en la cabeza con el índice—. No tienes ninguna oportunidad de encontrar la llave de la caja fuerte. Ni siquiera fuiste capaz de encontrar la de mi corazón…

Su sonrisa arrogante y su exceso de confianza hacen reaccionar a Victor y a Olivier, que patalean. Martial lo oye.

—¿Qué van a hacer Tocotó y Mu-Muuu? ¿Creéis que me asustan dos herbívoros ridículos?

Estira la mano para alcanzar lo que se supone que es el pecho de la vaca. Con un gesto seco, Olivier le aparta el brazo. El movimiento es vivo, anómalamente fuerte. Desestabilizado, Martial entorna los ojos. Observa que la configuración no es exactamente la misma que en la visita anterior. Esta vez, la situación se le puede escapar de las manos.

Céline insiste:

—El trato es muy sencillo. Si pagas, me voy sin montar el pollo. Si intentas de nuevo pasarte de listo, tendrás que asumir lo que venga después...

Martial se estremece. No reconoce a su ex. La pobrecita que se tragó sus trolas durante años no puede haberse transformado en la mujer decidida que tiene delante. Tiene que estar fingiendo. Con sus amigas disfrazadas de mozos de mudanzas se cree fuerte, pero no es más que un farol. Y los faroles, él se los conoce muy bien. ¡Es él el jugador de póquer! ¡Es él el tío! ¡Y no va a ser al contrario! ¿Quién sale ganando siempre en las negociaciones? ¿Quién vence siempre, incluso con los más marrulleros? ¡Martial!

Le ha vuelto la sonrisa, cínica, carnívora, indignante.

—No estás preparada para ver tu pasta —suelta—. Tú y tus gilipollas podéis iros a pastar a otra parte.

Céline prepara su brazo para darle un tortazo, pero no le da tiempo. Todo se precipita demasiado rápido.

La vaca se levanta el jersey, dejando al descubierto unos magníficos abdominales que nada tienen de femenino, y Olivier gruñe.

—Dime, pobre imbécil, ¿te ha partido alguna vez la cara una vaca transexual?

A Martial le entra el pánico. Como un relámpago, el mal pagador toma conciencia del peligro. Intenta torpemente darles con la puerta en las narices, pero Victor la bloquea. Olivier sale corriendo para echarle una mano. Martial no está a la altura. No conseguirá encerrarse en casa. Esperando encontrar refugio en otra habitación desde la que poder llamar a la policía, sale pitando. Victor se arranca la máscara y se lanza en su persecución, seguido de Olivier. Céline se queda congelada en la entrada, estupefacta por la brutalidad que ha hecho irrupción en una fracción de segundo. Oye ruidos secos, ruidos de carreras. Nada de bonitas palabras, nada de ironías, solo el desencadenamiento de la fuerza bruta.

En el piso de soltero, la caza del hombre dura poco. Martial se deja la piel para escapar de sus perseguidores. Corre que se las pela con la energía de la desesperación. Al darse la vuelta para comprobar su posición, completamente enloquecido, no ve la puerta de su habitación y se traga de lleno el marco. El golpe es de una violencia inaudita. Rebota como una marioneta desarticulada y se desmorona en el suelo. Inerte.

51

—¿Señorita? Sí, usted, la de la blusa de lunares blancos, ¿puede venir conmigo al escenario, por favor?

El mago señala a Laura, sentada en la E17. Animada por Taylor y Chantal, la joven se levanta sin hacerse de rogar.

Las audiciones continúan, alternando géneros, a veces con muy bonitas sorpresas. Por desgracia, ninguno de los números propuestos hasta el momento basta para resolver la crisis de programación que atraviesa el teatro.

El equipo aplaude a la acomodadora, que sube al escenario. El prestidigitador no es mucho mayor que la muchacha a la que da la bienvenida ofreciéndole la mano con gesto elegante.

—¿Su nombre es…?

—Laura.

—Por favor, Laura, ¿puede asegurar a nuestro público que nunca antes nos hemos visto y que no hemos convenido nada juntos?

—Lo confirmo. Nunca nos hemos visto ni hablado.

Nicolas toma apuntes en su cuaderno. La asistencia, siempre entusiasta con los trucos de magia, está impaciente por descubrir lo que les depara.

Eugénie, sentada al fondo de la sala con Arnaud y Norbert —hoy vestido de *scout*—, intenta leer las emociones de la joven, sin lograrlo. Incluso en circunstancias inusuales, Laura no deja traslucir ninguna emoción. Sorprendente actitud, desarrollada únicamente por aquellos que se retraen en exceso, o por aquellos que esconden algo...

Con un movimiento clásico, pero perfectamente ejecutado, el mago hace aparecer una preciosa sortija. En la punta de sus dedos centellea un anillo coronado por un imponente brillante, cuyo esplendor resaltan los focos. Algunos aplausos benévolos aclaman esta entrada en materia. El mago hace que el escaso auditorio admire la joya antes de tendérsela a su compañera.

—Querida Laura, ¿aceptaría colocar este solitario en uno de los bolsillos de su pantalón, por favor?

La joven toma delicadamente el objeto y, tras dudar un instante, a la vista de todos, lo mete en su bolsillo izquierdo.

—Por favor, muestre que en estos momentos no tiene nada en las manos.

Laura obedece. El mago ordena al público que aplauda.

Victor se aburre. Le parece que al número le falta ritmo. Al igual que los niños, odia cuando algo va despacio. Su mente desconecta para vagar por las más descabelladas ideas. Ahí, justo en ese momento, se imagina la misma escena pero con Laura llevando la máscara de caballo y el mago la de vaca. Todo se volvería mucho más interesante. ¿Y por qué no sustituir todos los diálogos de *Corazón de relojería* por gritos de animales? ¡La crítica podría por fin sentirse satisfecha con este dibujo vanguardista!

Mientras Victor se pierde en sus divagaciones, el ilusionista hace girar a su compañera sobre sí misma, sin tocarla. Él precisa:

—En principio, el número está amenizado con un arreglo musical. Este paso viene teóricamente acompañado de flamenco...

Se mueve alrededor de ella mientras esta sigue girando. Le indica que levante los brazos en el aire. El resultado es desconcertante.

Una extraña zarabanda sin música, un baile español privado de su machacona fogosidad.

El público de las audiciones es terriblemente exigente. Está compuesto por profesionales a los que no es fácil colársela. A estos asiduos no les interesa lo que «teóricamente» debería aparecer en escena, pero que no se ve. Solo cuenta lo que observan y sienten en el momento. Los espectadores empiezan a no creer en este joven mago tan simpático, eso sí.

De repente, este detiene la rotación de la joven y le pide que compruebe si la sortija sigue todavía en su bolsillo.

Laura rebusca, se sorprende, vuelve a rebuscar ayudándose de la otra mano y termina por anunciar que ya no tiene el anillo consigo. Su expresión de estupefacción trae a Victor de vuelta a la realidad del número. Por primera vez, Eugénie nota que la acomodadora manifiesta una emoción espontánea. El prestidigitador insiste:

—¿Puedo pedirle que le dé la vuelta a su bolsillo para mostrar que, efectivamente, está vacío?

Laura se esfuerza en ello, comprobando incluso sus otros bolsillos. Los asistentes intentan comprender cómo se ha producido el subterfugio. En vano. ¿Será posible que Laura haya estado fingiendo y que sea su cómplice? Después de todo, nadie sabe nada de su vida privada, y el ilusionista podría perfectamente ser alguien cercano al que está ayudando. El mago se vuelve hacia la sala.

—Usted, señor, el de la camiseta violeta, ¿cómo se llama?

—Taylor.

—Querido Taylor, ¿puede asegurar a nuestros espectadores que jamás nos hemos visto y que no hemos convenido nada?

El encargado de vestuario da fe de ello con un convencido movimiento de cabeza.

—¿Tendría la amabilidad de comprobar su bolsillo izquierdo, el mismo que Laura había elegido libremente?

Taylor mete la mano con nerviosismo. De golpe, su cara se queda congelada. Acaba de sentir algo. Es increíble. Atónito, saca la sortija del bolsillo y la muestra a todo el mundo con exclamaciones bilingües.

—¡*Oh my God*, es increíble!

El mago saluda a la pequeña multitud y da las gracias a Laura con un besamanos, antes de acompañarla al borde del escenario.

Victor es el primero en levantarse para aplaudir, rápidamente imitado por todo el equipo, salvo Norbert.

—Ahora, por favor —declara el mago—, necesitaría a alguien para serrarlo en dos.

Victor agarra el brazo de Olivier y se lo levanta por la fuerza.

Eugénie despliega toda su buena voluntad en una perífrasis infinita para elogiar el nuevo tinte de pelo de Annie —en teoría «efecto natural»—, del que está tan orgullosa. Imposible contarle que de niña tenía un perro de pelo largo al que se le ponía el mismo color cuando se rebozaba en un charco de barro. En cambio, la peluquera presenta dos ventajas sobre el animal en cuestión: huele bien y, a día de hoy, nunca se ha zampado un cojín.

De repente, la guardiana se detiene y levanta la nariz como un suricata que olfatea una amenaza.

—¿Qué huele así a quemado?

—No sé —contesta Annie, que prefería los elogios de su peinado—. Ya apestaba a plástico quemado cuando he llegado.

—Hay que encontrar de dónde proviene. Lo que nos faltaba, aparte de todo lo demás, un incendio.

Con la nariz al viento, Eugénie se lanza a la búsqueda, siguiendo la pista del olor acre. Respira, se mete por un pasillo, olfatea, tuerce hacia la zona técnica, vuelve sobre sus pasos casi a la carrera. Los efluvios tóxicos terminan por conducirla hasta el extremo del pasillo de los camerinos, a la entrada de los artistas, donde el olor es más evidente. La guardiana comprueba inmediatamente que la puerta se mantiene entreabierta por una cuña que impide que se vuelva a cerrar. Qué sospechoso.

Eugénie empuja con prudencia el batiente y descubre a Victor en compañía de Olivier, frente a un brasero improvisado cuyo fuego suelta un horrible humo negro. A su lado, encaramado sobre una caja, Karim blande el extintor apuntando al fuego, en una actitud de dios griego listo para lanzar su rayo sobre la chusma.

—¿Qué estáis tramando? Estáis llenando de humo todo el teatro...

Se acerca al bidón en el que las llamas consumen una materia informe. Se forman ampollas antes de explotar.

—Eliminamos pruebas —declara Victor.

—¿Pruebas de qué?

—Jerséis, pantalones. De hecho, mira cómo arden, no es lana, ¡es sintético!

—Es por eso que picaba —comenta Olivier—. ¡No era natural! Victor va más allá:

—Un verdadero escándalo. La etiqueta mentía. Era mejor destruir todo.

Eugénie mira alternativamente a los dos hombres.

—No, en serio. ¿Qué teméis? ¿Que encuentren vuestro ADN en los forros? ¡Que no estamos en una serie americana!

—Mejor ser prudente —insiste su marido—. Martial está en el hospital y sin duda habrá una investigación.

—¡No me digáis que también habéis destruido las máscaras! ¡Eran de un espectáculo para niños!

Olivier ironiza:

—Probablemente no habrían servido para *Hamlet*. Aunque... ¿Te imaginas al caballo sujetando una manzana con su casco? «¡Beerr o no Beeer!».

Victor sacude la cabeza.

—¡Tu caballo es una cabra! Más bien relincharía: «Siiir o no siiir, he ahí el trotón!».

Los chicos se tronchan de la risa. Eugénie está roja como un tomate, a punto de explotar.

—Os advierto, como hayáis destruido las máscaras…

—No te enfades, están intactas —responde Victor—. En cambio, las hemos escondido allá donde ni el mejor de los sabuesos podrá jamás encontrarlas.

A la guardiana no se le escapa el guiño de ojo que intercambian el regidor y el tramoyista.

—¿Qué entendéis por «allá donde jamás podrán encontrarlas»? Su marido contesta:

—Es mejor que no lo sepas, por tu propia seguridad.

—Espero que no hayas hecho como con los regalos de Navidad de los niños, cuando eran pequeños… ¡Ahí tampoco corríamos el riesgo de que nadie los encontrara!

Karim parece interesado. Olivier levanta una ceja.

—¿Qué hizo? Solo por saberlo…

—En aquella época, para evitar el paro entre dos empleos, este señor aquí presente encontró un trabajo en una empresa de pompas fúnebres.

—¡Tenía que ganarme el pan! —se defiende Victor.

—La cuestión no es esa. Para asegurarse de que los niños no encontraran los regalos antes de la fecha correspondiente, ¡no se le ocurrió nada mejor que esconderlos dentro de un ataúd! Cada vez que lo pienso, ¡menuda idea estúpida! Menos mal que no éramos supersticiosos.

—Por lo menos, no los podían localizar…

—Pero hubo un entierro, y los sepultureros creyeron que se trataba de ofrendas hechas al difunto por su gente para su último viaje.

Victor se acuerda, incómodo.

—Había paquetes… Les tuvo que costar colocar el fiambre…

—Resultado, ¡los juguetitos de mis niños fueron enterrados a saber dónde y con quién!

Olivier sonríe.

—La tumba del juguetito desconocido… ¡Brutal!

—¿Estás de coña? Tuvimos que volver a comprar lo que pudimos, y no es que tuviéramos precisamente mucho dinero. ¿Te das cuenta?, ¡la Navidad de los pequeños enterrada con un muerto!

Victor se siente contrariado. Incluso tantos años después de aquella lamentable metedura de pata, él mismo se lo echa en cara. Karim no se atreve a decir nada, pero su mirada esquiva lo dice todo sobre su perplejidad. Olivier se muerde los labios para no abrumar a su cómplice. Murmura, soñador:

—Así pues, en alguna parte, en un cementerio, hay juguetes enterrados para la eternidad…

—¡Qué contentos van a estar los arqueólogos! —se indigna Eugénie—. Podrán jugar a las comiditas o disfrazar a su Pequeño Pony con todos sus accesorios; o si no, pasárselo pipa con la base de agentes secretos, con efectos sonoros incluidos, ¡aunque las pilas estarán tan muertas como el pobre hombre de la caja!

Una tufarada de humo nauseabundo sube hasta ella. Inmediatamente se protege con el brazo, tosiendo. Victor aprovecha esta distracción inesperada para cambiar de tema.

—Dime, querida, volviendo a algo más serio, y visto que estamos delante de la entrada de los artistas, ¿no habrás sido tú la que, esta mañana, se ha olvidado de cerrarla correctamente?

—Pues claro que no. Además, yo nunca paso por ahí. ¿Otra vez con esta historia?

Olivier interviene:

—Cuando he llegado, me he encontrado la puerta empujada, pero no hasta el fondo. Sin embargo, solo estabais vosotros en el teatro…

Eugénie lo relaciona inmediatamente con los ruidos sospechosos que oyó en el desván la otra noche. Pregunta:

—¿Podría haberse metido alguien en el edificio?

—Es posible —responde Olivier—. Más que nada, porque no

se ha podido abrir sola. ¿Hacéis las rondas de comprobación todas las noches?

Victor confirma y Eugénie precisa:

—Ayer por la noche, la puerta estaba perfectamente cerrada, estoy segurísima.

Un escalofrío recorre a la guardiana. Lo que menos querría sería toparse con un intruso durante sus paseos nocturnos.

Dándose cuenta de su turbación, Olivier propone:

—No te preocupes, ya he pensado en ello. Se puede poner fácilmente un segundo cerrojo. Ya nadie podrá entrar desde el exterior, aunque tenga una copia de la llave. Eso debería eliminar cualquier riesgo.

La puerta en cuestión se abre: es Annie la que desembarca.

—¡Genial, una barbacoa!

Pero al respirar las volutas de humo negro, su entusiasmo recae.

—No es muy limpio, vuestro fuego —constata con una mueca—. Como pongamos ahí encima unas salchichas, van a oler a neumático viejo.

Karim se echa a reír, por eso y por todo lo que ha oído antes.

—Eugénie, es a ti a quien estaba buscando —anuncia la peluquera—. Acaba de llegar Laura. No está en muy buena forma. Me ha preguntado dónde estabas. He pensado que era mejor prevenirte.

—Ya voy.

53

Es la primera vez que Eugénie se sienta realmente con alguien a la mesa del decorado de *Corazón de relojería*. El telón está echado y los tramoyistas no se pondrán a maniobrar hasta dentro de una hora. Una penumbra protectora envuelve el escenario todavía inactivo. Al final de la tarde, el lugar central del teatro, aquel en torno al cual se articula todo, resulta ser el más tranquilo.

Laura mira a su alrededor. Al fin y al cabo, es para subir aquí por lo que quiso formar parte del equipo. Mientras Eugénie la invita a tomar asiento, la joven se preocupa:

—Sin duda, debe de tener otras cosas que hacer. Podríamos vernos después...

—Está todo bien. Por favor, siéntate.

Laura lanza miradas temerosas cada vez que escucha el menor ruido.

—Lo que tengo que pedirle es bastante personal...

—No te preocupes. Aunque se oiga jaleo detrás, no vendrá nadie a molestarnos aquí. Es paradójico, pero la verdad es que este lugar es bastante íntimo. Quedo aquí con unas cuantas personas...

Laura deja de revolverse en la silla y comienza tímidamente:

—Me he acordado de lo que me propuso la noche en la que no me encontraba bien.

—Estupendo. Era para echarte un cable.

La joven se mantiene erguida, con los dedos entrelazados, apretados como si cada mano se aferrara a la otra para evitar caerse.

—Si me lo permite —dice con tono indeciso—, tengo una pregunta que hacerle. Sin duda le va a aparecer incongruente o estúpida…, pero no me queda más remedio. Hace unas semanas no sabía si pedirle ayuda. Treinta y cuatro días, para ser exactos.

—Se hace largo cuando uno espera una respuesta…

Laura intenta sonreír, pero está demasiado tensa.

—No me resulta fácil hablar de lo que me ha llevado a este estado. ¡Incluso me duele pensar en ello! Se me saltan las lágrimas tan rápido… No me lo tenga en cuenta.

—Cálmate. Piensa que no hay nada como un escenario para liberar nuestras emociones.

—Me he imaginado y repetido esta conversación decenas de veces. Había preparado mis primeras frases, la manera de presentarle la situación; y ahora que estoy aquí, no me sale.

—No te preocupes. ¿De qué quieres que hablemos?

—Bueno, pues de Victor, su marido.

—Excelente tema de conversación.

—En realidad no de él, sino de lo que estaría dispuesta a hacer si él se lo pidiera… —Laura se arma de valor y se lanza—: Imaginemos que le ordena que lo deje, con el fin de protegerla. ¿Aceptaría?

Eugénie arquea las cejas.

—¿Si aceptaría dejarlo si me lo pidiera? ¿Es eso lo que quieres saber?

Laura confirma con un movimiento de cabeza. La guardiana reflexiona.

—Curiosa pregunta. Primero tendría que saber por qué. Imposible tomar una decisión sin comprender, no tendría sentido. ¿Tu novio te ha pedido que lo dejes?

Laura prefiere evitar hablar demasiado.

—Algo ha cambiado entre nosotros —se decide aun así a reconocer—, y por mi bien, Quentin quiere que lo deje.

—Así que se llama Quentin… ¿Y puedo preguntar por qué lo quiere? ¿Hay otra persona en su vida?

—No, nadie.

—¿Es una excusa que se ha inventado para alejarte porque no se atreve a decirte que simplemente se ha hartado? Los hombres son capaces.

—Él no.

—¿Os queréis?

—Sí, mucho. Bueno, eso creo. Llevamos juntos desde hace varios años y éramos felices.

—Hablas en pasado…

—Perdón, estoy confusa.

Eugénie percibe que es un tema sensible y no sabe cómo abordarlo.

—Me pides mi opinión sobre una cuestión que te concierne a más no poder, pero tengo la impresión de que no me quieres confiar el contexto. Respeto tu pudor, pero no es fácil pensar en algo sin conocer sus pormenores.

—Lo sé. Mi caso es tan difícil. Sin duda se tiene que estar preguntando por qué me dirijo a usted…

—Con frecuencia es menos complicado confiar en un conocido que en alguien cercano. Tememos su juicio… A mí también me ha pasado. No tienes que justificarte, pero, si quieres mi sincera opinión, dame una oportunidad para comprender realmente lo que te preocupa.

Laura parece presa de sentimientos contradictorios. Levanta el mentón, intenta respirar profundamente. Sus ojos se empañan, pero no le deja tiempo a sus lágrimas para salir, las barre en cuanto nacen.

—Conocí a Quentin en el instituto. Al principio éramos amigos. No era mi primer novio, pero con él todo fue siempre más agradable. También más serio. Es amable, me hace reír. Me veía perfectamente haciendo mi vida con él. Incluso cuando abandonó los estudios, nunca dejamos de vernos. El año pasado encontró trabajo en una empresa de construcción. Recibió formación y se convirtió en encofrador de hormigón. Lo pagan bastante bien. Teníamos proyectos. Pensábamos irnos a vivir juntos. Ahorró y pilló un apartamento. Estábamos de acuerdo en que yo terminara mis estudios…

Se le quiebra la voz. Eugénie le deja tiempo, pero al ver que Laura no consigue recuperarse, termina por apoyarle la mano en la suya para animarla.

—¿Qué pasó?

—El mes pasado, en una obra, había que fijar un jabalcón. No había peligro, no consideró necesario atarse y…

La joven no termina su frase. Se queda un segundo en silencio antes de obligarse a continuar.

—Se cayó. Esa misma mañana lo había dejado en la estación. Todavía lo veo correr para coger su tren. —Su dicción es entrecortada, busca las palabras, aliento—. Por la tarde recibí una llamada de su madre. Nunca me llama. Inmediatamente me di cuenta de que pasaba algo. Se había caído desde siete metros de altura. Habría podido matarse. Se salvó, pero los médicos son categóricos, nunca más volverá a andar. Se va a pasar el resto de sus días en una silla de ruedas.

Laura se interrumpe. Negándose a ceder a la emoción, se arquea para explicar:

—Este accidente hace saltar por los aires todos nuestros proyectos, toda nuestra vida; pero nunca se me ha ocurrido dejar a Quentin, lo juro. Le he dedicado el mayor tiempo posible. Era consciente de que la situación era complicada, de hecho fue por eso por lo que vine a presentar mi candidatura aquí, para tener una válvula de escape, otro universo con el que relacionarme aparte del de los hospitales. Pero unos días después de salir de cuidados intensivos, Quentin me pidió que lo olvidara para rehacer mi vida.

Laura suspende su narración una vez más. Tiene la cara demacrada, como si reviviera en directo ese horrible momento.

—Se mostró muy duro. Me rechazó. Sé que su intención es crearme rechazo hacia él y facilitar la separación, ¡pero qué daño me hace! Incluso hay días que se ha negado a hablar conmigo por teléfono.

—Pobre pequeña…

—Me esfuerzo en aguantar, pero ya no tengo claro nada. ¿Es posible seguir al lado de alguien que te quiere mandar a paseo? ¿Cómo vivir con él cuando todos nuestros planes se van a pique? ¿Puedo aceptar la pérdida del Quentin que fue para replantearme todo en función de lo que este accidente va a hacer de él? Ha perdido el uso de las piernas, pero no es la única consecuencia de su accidente. ¿Qué parte de él, de su personalidad, va a desaparecer también? ¿Qué actitud adoptar si seguimos juntos? No estoy segura de ser lo suficientemente fuerte para seguir a su lado contra su voluntad.

—Menuda prueba… Así que para aclararte un poco, ¿me preguntas que qué habría hecho yo con respecto a Victor?

—Es la idea.

Eugénie se echa para atrás. En ese momento, es ella la que busca aire, con la mirada perdida en el techo.

Trastocada, intenta ponerse en la misma situación. Con todas sus fuerzas, intenta imaginárselo, pero su mente se niega, sin duda asustada por los innumerables temores que despierta en ella.

—Lo siento, Laura, pero no te puedo ofrecer una respuesta. Siempre se puede razonar, decirse que se haría tal o cual cosa; pero de nada sirve, visto que no tenemos que afrontarlo en realidad. Cada uno tendrá su visión de lo que tú y Quentin estáis soportando, pero nadie puede saber lo que realmente haría estando entre la espada y la pared. Todo lo que pueda decirte no te ayudará a elegir, a vivir lo que te toca vivir.

—Gracias por ser sincera.

—Quentin quiere protegerte, se considera perdido. Por tu parte, tú no quieres abandonarlo, pero te preguntas si puedes asumirlo.

—¿Qué va a ser de nosotros? Ni siquiera me gano aún la vida y su apartamento no está adaptado…

—Cuánto debéis sufrir…

—Sus padres y sus amigos están hechos polvo. Tengo la sensación de ser la única que lucha para que tenga un futuro, para que lo tengamos juntos.

—Olvídate de las preguntas existenciales por el momento. Aguanta. Una cosa a la vez. No te preocupes más que del día a día. Date tiempo. No te perdonarías haber obedecido a su idea loca de romper. No decidáis nada con prisa. Tu vida con Quentin no será la que os habíais imaginado, está claro. ¿Sabes?, incluso sin drama, la vida nunca se desarrolla como teníamos previsto. Lo que le pasa es trágico, desolador, y va a poner en juego vuestros proyectos. No sé lo que pasará con vosotros, pero he vivido lo suficiente para asegurarte que, de todas formas, nunca sucede lo que uno espera. A veces es mejor, ¡la mayoría de las veces es mucho peor! Pero lo que está claro es que seguir un esquema preestablecido es ilusorio. Hay que adaptarse continuamente.

—¿Tenemos alguna posibilidad de ser felices después de esto?

—No hay nada imposible. Debes de estar desbordada por tantas preguntas. Vas a tener que aceptar que no vas a obtener respuestas inmediatamente. La sola pregunta que tienes que tener en mente tiene que ver con el vínculo que os une. Si miráis en la misma dirección, da igual los muros que se levanten ante vosotros, existe la posibilidad de que salgáis adelante juntos.

—Me da vergüenza dudar. Debería ser fuerte por los dos.

—Esas son nobles ideas que te honran, Laura, pero no son más que principios. Uno no aguanta cada día, cada hora, a base de principios. Se sobrevive, se arriesga y se aguanta por aquellos a los que amamos, sin que haga falta que nos lo pidan.

La joven se relaja. Se echa a temblar.

—No había conseguido hablar de ello hasta ahora.

—Espero que te siente bien.

—Tengo miedo de las decisiones que se avecinan. Sé que no podré escapar a ellas. Soñaba con ser su mujer, pero su enfermera… ¿Cómo lo vamos a hacer? Por más que lo pienso, solo veo lo negativo. Si me quedo, la gente dirá que lo hago por piedad; y si me voy, pensarán que lo he abandonado.

—Ese no es tu problema. Tienes que encontrar tus propias razones para quedarte o irte. Los que te juzgarán nunca estarán ahí para ayudarte a tomar tus decisiones del día a día. Siempre es fácil tener una opinión sobre algo que a uno no le concierne. Pero es vuestra vida. Que no te distraigan las lecciones de los demás. Mantente concentrada en lo que en el fondo sientes. Quentin te ha ofrecido una puerta de salida, eres tú la que debe elegir si franquearla o no.

54

—¿Se acuerda de mí? Inspector De Freitas.

—Buenos días, inspector. ¿Ha resuelto por fin el misterio de la postal que tanto asustó a mi pobre exmarido?

—Para serle sincero, me da totalmente igual. No estoy aquí por esa parte del expediente. Pero encuentro la situación cada vez más apasionante.

—¿Y por qué?

—Presentía que íbamos a volver a vernos, pero no pensaba que fuera a ser tan pronto. Reconozca que su relación con él está tomando un extraño cariz.

—Martial y yo ya no tenemos ninguna relación, inspector.

—Pero estaba presente cuando tuvo su «accidente doméstico»…

—Desde luego, no me irá a acusar de haber enviado a mi exmarido al hospital.

—No pretendo nada semejante, pero permita que me sorprenda de que, después de su último encuentro, acabara en una camilla, amnésico, tras un golpe unánimemente calificado por los médicos como «de una violencia inusitada en el cuadro de la vida cotidiana».

—Estaba en su casa porque teníamos que arreglar unos asuntos.

—Y fue entonces cuando se lanzó con todas sus fuerzas contra una pared, hasta el punto de perder la memoria… Vivimos una época terrible, señora mía. La gente hace auténticas locuras.

—¿Qué está insinuando, inspector?

—Nada. Simplemente me hago preguntas. Recuerde, es mi trabajo. Estamos comprobando si no tenía contratado un seguro de vida del cual usted seguiría como beneficiaria a pesar de su divorcio.

—No está muerto, que yo sepa.

—Cerca ha estado.

—¿Así que está investigando las postales y las muertes que potencialmente habrían podido ocurrir? No me extraña que la policía esté desbordada.

—¿Qué «asunto» tenía que arreglar con él?

—Por si lo ha olvidado, tenemos un hijo, y aunque lo lamente, ocasiona ciertas decisiones que tenemos que tomar en común, sobre su escolaridad principalmente.

—No se preocupe. El joven Ulysse, de doce años, cuyos resultados escolares no son para nada malos, figura en buena posición en mi pantalla radar.

—No meta a mi hijo en esta historia, por favor.

—No tengo la más mínima intención. Si me dice lo que quiero saber, no tendré que citarlo.

Céline se pone tensa. La idea de que su hijo pueda ser citado para un interrogatorio la repugna. Alega:

—No es mi culpa si Martial tiene la costumbre de pasear en calcetines por el parqué demasiado encerado, una manía contra la que yo luchaba cuando vivíamos juntos, porque daba mal ejemplo a nuestro hijo.

—¿Es por pasearse en calcetines por lo que se divorciaron?

—Su comentario está fuera de lugar. Si hace preguntas, que sean buenas.

—Tiene razón. Así que me pregunto por qué ha estado a punto de morir después de haber recibido esta postal con amenazas que usted no envió, pero que le hizo tanta gracia.

—Los accidentes domésticos representan el 17% de las defunciones y el 34% de las causas de hospitalización, señor mío. Recuerde, es mi trabajo. Martial entra perfectamente en las estadísticas.

—Sobre todo ha entrado en el marco de una puerta.

—No es lo más fino, pero es bastante curioso.

—¿No quiere modificar nada de su declaración?

—Absolutamente nada. Se lo repito, fui a visitarlo para hablar y, mientras estaba en el salón, oí un terrible ruido. Fui corriendo y me lo encontré en el pasillo, tumbado todo lo largo que es, con la cara llena de sangre.

—Reconozca que es extraño.

—No tengo nada que reconocer. ¿Qué encuentra de «extraño»?

—Usted, que trabaja en seguros, si leyera esta versión de los hechos en el informe de un accidente, ¿le daría crédito?

Céline no debe dejar traslucir en ningún caso lo que piensa. El inspector sonríe. Acaba de marcar un tanto.

—Aunque no me responda, estoy de acuerdo con usted.

—¿En serio piensa que yo lo golpeé? ¿Con qué arma?

—Estoy considerando ese aspecto, pero las cicatrices y contusiones que se observan en la cara y en el torso del señor Lamiot certifican que fue el impacto contra la puerta lo que le abatió.

—¡Vaya, hombre, así que soy inocente!

—En cierta forma, sí. Pero la cuestión es que usted ya no lo quiere, ¿verdad?

—Bravo, inspector, acaba de descubrir la verdadera causa del divorcio.

—Percibo en usted sentimientos contradictorios, señora Haas. Proclama su inocencia, y sin embargo la asusto.

Céline balbucea. El inspector vuelve a clavar la mirada en la suya. Odia que lo haga, pero es incapaz de escapar de ella.

—Como en nuestro primer encuentro, estoy por apostar que me oculta algo. No estaría bien que se convirtiera en una costumbre…

—Más que ensañarse conmigo, haría mejor en orientar su investigación hacia aquel o aquella que realmente le haya amenazado de muerte.

—Es usted la que estaba junto a él cuando estuvo a punto de morir. ¿Sabe, señora mía?, me he informado sobre su exmarido, y tiene razón sobre un aspecto.

—¿Que no debería correr en calcetines por parqués encerados?

—No, pero, efectivamente, está implicado en varias transacciones inmobiliarias fraudulentas.

—Tendrá que hablarle de ello cuando recupere el sentido.

—Puede contar con eso. Pero no por ello la voy a dejar. Porque estoy ansioso por saber por qué, mientras usted estaba tranquilamente sentada en el salón, él habría echado a correr a toda velocidad por el pasillo para ir a estrellarse contra el marco de una puerta.

55

—¡Enrique IV! ¿Es así?

Victor se entusiasma por teléfono.

—No se trata de un juego, señor Camara, sino de una encuesta de consumo que puede darle la posibilidad de ganar una maravillosa estancia para dos personas en un famoso balneario.

—¿En qué emisora estamos? ¡Dígame, que enciendo mi radio a galena para escucharlo!

—No estamos en el aire.

—Pero no estoy loco, oigo su voz, ¡y me hace preguntas!

—En efecto, señor, me gustaría conocer sus hábitos de consumo.

—¡Hábitos!, ¡me está pidiendo el nombre de un monje famoso! Ahora lo entiendo mejor. Efectivamente, no puede ser Enrique IV ni el Yeti. Venga, deme otra oportunidad, por favor. Hágame su pregunta. ¿Cuánto tiempo tengo para responder?

—Tenemos todo el tiempo que necesitemos, señor Camara. Primera pregunta: ¿es usted o su mujer el que se encarga de comprar la comida?

—Mi pobre mujer ya no puede, señor mío, ha vuelto a beber. Un desastre. Se pimpla hasta mi loción de afeitado. ¡De cuarenta grados! ¿Se da cuenta? Después me intenta pegar, porque tiene mala loción. Y de paso me doy cuenta de que lo que huele bien en mis mejillas no huele igual de bien en su boca.

—Así que es usted el que hace los recados.

—¡Es Blancanieves! ¿He ganado? ¡Estoy tan contento! —Grita por el auricular—: ¡Muchas gracias! ¿Sabe? Hace años que escucho la radio y nunca había ganado nada. Además, tengo una enfermedad incur...

El televendedor ha colgado. Victor consulta su cronómetro. Casi tres minutos. Excelente resultado. ¡Qué alegría comprobar que aún hay nuevos que tienen fe en su asqueroso oficio!

Al oír que se abre la puerta del apartamento, se levanta de un salto.

—Eugénie, ¿eres tú?

—¿Quién quieres que sea?

Victor contempla algunas respuestas que le harían reír, pero no quiere rebotarse con su media naranja.

—¿Dónde estabas? —pregunta él.

—Te lo he dicho, pero no escuchas.

—He puesto con Olivier la cerradura suplementaria en la entrada de los artistas. Ya no tienes que preocuparte. Nos ha costado un poco taladrar, porque es de una chapa excelente, pero ya está arreglado.

Eugénie aparece en el salón y apoya su bolsa de la compra. Es ella la que la hace. Como cada vez que ella y Victor han estado separados durante horas, él habla demasiado. Es como esos niños que, después de haberse sentido solos, lo cuentan todo y buscan el contacto para compensar el tiempo que les ha parecido tan largo. Él continua:

—Antes de que se me olvide, Noémie ha llamado por teléfono. Se ha quedado chafada por no poder hablar contigo y te manda un beso. Ya casi han terminado de reformar el baño. Van a irse una semana a hacer senderismo a casa de unos amigos, pero cuando vuelvan le encantaría de verdad que fuéramos.

Eugénie se concentra.

—De acuerdo. Vamos a fijar una fecha.

Victor no rechista, pero no puede creer lo que oyen sus oídos. Nada de negativas, nada de excusas para aplazarlo. Es un enorme paso adelante. Continúa como si esta respuesta fuera banal, pero en el fondo está entusiasmado.

—¿Te preparo un té?

—Muy amable, pero no sabes hacerlo.

—Como quieras. Por cierto, ¿te acuerdas de la investigación sobre el coche destrozado en el aparcamiento…?

—¿Sí?

—Van progresando. No lo he entendido todo, pero tienen pistas. Un rollo sobre ADN en un fragmento de cristal o una imagen del reflejo indirecto captada por las cámaras de vigilancia.

Eugénie ya no tiene ganas de relajarse. Va a haber que actuar.

56

Capricho de las citas, esta sesión de audiciones se parece mucho a números de cabaré, lo que tiene la ventaja de difundir una atmósfera más festiva que de costumbre. Música, voces y canciones resuenan en la bóveda del teatro.

Tras varias cantantes de estilos variados, una pareja de malabaristas, un coro góspel y un humorista no demasiado gracioso, es un imitador novato el que finaliza su presentación. Hay buena voluntad y sacrificio, pero aún no hay talento. Nicolas bosteza discretamente y le anima aconsejándole trabajarlo un poco más antes de volver a proponer sus servicios.

En cada uno de sus comentarios, el director se esfuerza en mostrar bondad, porque sabe que detrás de cada presentación, incluso de las menos logradas, se esconden un sueño y una sensibilidad que no quiere dañar. Todos los grandes artistas comenzaron su carrera buscando su estilo, con frecuencia vapuleados por individuos encargados de evaluarlos que no supieron detectar su potencial. Nicolas nunca lo olvida. A la espera de descubrir la perla que les permitirá ampliar su programación, pocas veces ha tomado tantos apuntes y su cuaderno está casi lleno.

Una tropa de una docena de bailarines compuesta tanto por

hombres como por mujeres se apodera del escenario. Sus conjuntos son un poco anticuados, muy coloridos, y sobre todo muy cuidados. Trajes con chaleco para los chicos y faldas cortas plisadas para las chicas. Impecablemente alineados, saludan con profesionalidad. Un moreno alto y esbelto toma la palabra:

—¡Hola! Gracias por recibirnos. Hemos venido a presentarles un popurrí de tres minutos de lo que nos gusta ofrecer al público. Luego estaremos a su disposición si desean ver una pieza entera.

Los miembros del equipo, diseminados por la sala, los animan con un entusiasmo formal. Solo Juliette los aplaude de verdad. El baile es lo suyo. También tiene otro motivo por el que estar particularmente en forma: Loïc está sentado a su lado. M27 y M28. Al sentarse, se ha dicho que la eme podía significar «Mi amor» o «mano a mano», y que el número se correspondía con su edad. Es una buena señal. Por primera vez, Loïc ha aceptado asistir a este momento particular de la vida de una sala de espectáculo. El hecho de descubrir verdaderos números ejecutados delante de un patio de butacas casi vacío le perturba. Solo en televisión ha visto este tipo de espectáculos, pero siempre se desarrollaban delante de un público numeroso y reactivo. Aquí, la diferencia entre la energía de la representación que intenta convencer y este público tan restringido que parece inexistente produce malestar. Agua que gotea en el desierto. Una fiesta sin fiesteros. Una orquesta que toca en una sala de concierto privada de espectadores. Todos los acordes están ahí, la música, la amplitud y la fuerza de los instrumentos, pero faltan aquellos para los que se supone que se despliega ese talento. La obra por sí sola no puede tomar toda su dimensión cuando aquellos para los que nace están ausentes. Es como una declaración de amor no escuchada. Una puesta de sol sin nadie delante. Loïc casi siente pena, tristeza.

Cada vez que termina un número, el mecánico pasa desapercibido y se contenta con escuchar las reacciones de los profesionales. Suele estar de acuerdo con Victor. Encuentra extraños los argumentos de Chantal. No comprende por qué a Taylor le encanta todo, mientras a Daniel no le gusta nada. Juliette le fascina. Loïc también se pregunta qué hace allí. El universo del teatro le es completamente ajeno. Toda esta gente se siente cómoda con los sentimientos. Hablan de «emoción», de «sensación», de «carisma». Él nunca ha utilizado esas palabras. Los que le rodean en este lugar impresionante saben moverse, explicarse. Dicen cosas que él ni siquiera se atreve a pensar. Se sienten como pez en el agua, libres. Hacen malabares con nociones con las que el mecánico no está realmente acostumbrado. Eso no significa que no sienta nada, simplemente no tiene las herramientas —o la suficiente confianza en sí mismo— para expresar su opinión.

Pero no ha ido para asistir a los ensayos, está allí para acompañar a la chica con la que después tiene que ir a cenar. Su primera cena. Un cara a cara. Juliette no parece preocupada. Él está muerto de miedo.

Hace una semana desde que él y Juliette salen juntos, se besan. En la mejilla. Él admira su naturalidad, su capacidad para entusiasmarse y preocuparse por los demás. También por su belleza. No tanto por su figura, como por esa mezcla chispeante de gracia y vivacidad. También le gusta el comportamiento inesperado que demuestra. No copia a nadie. No se parece ni a esas fotos de moda de las que, en cambio, tiene su elegancia; ni a esas chicas que se dan tantos aires. Juliette se mantiene natural en todas las circunstancias. Bien sea en el caos mecánico del taller o bajo el esplendor del teatro, es única.

A su contacto, Loïc tiene la impresión de abrirse, de descubrir nuevas dimensiones que hasta entonces desconocía de su existencia. Los pernos, los motores de arranque, los cromos y las bielas nunca le han impresionado. Todo lo que Juliette deja traslucir, sí. No se atreve a mirarla de arriba a abajo, pero en cuanto tiene la oportunidad, aprovecha. Solo cree oler bien en presencia de ella, porque le pasa revista. Entonces él hace como si nada. Con las pocas chicas con las que ha podido salir antes no era así. Las encontraba monas y dejaba que se le acercaran. Pensándolo bien, él nunca dio el primer paso. No compartían mucho, aparte de las ganas de pasárselo bien. Incluso hubo una de la que nunca entendió muy bien a qué se dedicaba, y eso que se lo había intentado explicar. Un puesto con un nombre muy largo en la administración, relacionado con la gestión de algo. Juliette está lejos de todo eso. Aparte. Por encima.

Porque solo puede hablar de lo que conoce bien, Loïc se pregunta qué tipo de coche sería el que mejor le correspondería. El tipo de modelo que ves pasar y te dices que qué suerte has tenido de verlo, porque nunca se para ante tipos como tú. Una bomba, siempre con el motor en marcha. Siempre en ebullición, lista para largarse. No le faltan ni caballos ni reprises, y la carrocería es más que bonita. Le encantaría llegar más lejos, pero ya se imagina que no va a ser como con las otras. Tiene miedo de no saber lidiar con ello y, sobre todo, de no estar a la altura.

El número comienza con los primeros compases de un tango cuyo tempo parece gobernar sus cuerpos. La tropa de bailarines funciona al unísono. Loïc no entiende nada de este tipo de representaciones, pero le gustan. Ve cómo las parejas se atraen, se forman, evolucionan sobre el escenario como si fueran una sola y misma entidad. Del conjunto se desprende una fluidez y un espíritu de libertad compartida. Ya en una ocasión sintió algo parecido, ante el vuelo de unas palomas torcaces en el enrojecido cielo del alba. Aquí es aún más fuerte. Las mujeres son hermosas y los hombres tienen buena planta. Juliette debe de leer incluso más cosas que él, porque está literalmente subyugada. Una sonrisa de felicidad se le dibuja en la cara a medida que los bailarines revelan su talento. Ella se siente feliz mirándolos. Sus pies baten al compás de los extractos que se van encadenando, desde el charlestón a la música disco. Loïc se dice que nunca será capaz de provocar en ella esta mezcla de admiración y de felicidad. No está celoso, se siente abatido. Juliette ya no está con él. Está totalmente absorbida por la espectacular coreografía que hace vibrar la sala. Él ya no se interesa por el escenario. Aprovecha para contemplar su perfil. Sus largas pestañas, sus adorables hoyuelos, su piel aterciopelada, los reflejos en su pelo, sus labios. Nunca ha mirado tanto a una chica, y le gusta. No es costumbre en él, pero con Juliette tiene la impresión de que podría tirarse así horas.

Los tres minutos pasan rápido, y Juliette no es la única en ovacionar a la compañía. Todo el mundo está en pie. Ella silba con los dedos. Han puesto las pilas al equipo. Se merecen más que de sobra estar en escena. Incluso Nicolas se levanta. Loïc no sabe cómo reaccionar. El número le ha parecido muy bien, pero no hasta el punto de atreverse a manifestarlo de esa manera. ¿Quizá no lo entienda? ¿Quizá no esté lo suficientemente educado para comprender este universo?

Juliette interpela a Nicolas:

—¿Quieres que les pidamos una pieza completa?

Todo el mundo asiente al mismo tiempo que el director. Entonces la coreógrafa se dirige a la compañía:

—Sois fabulosos. ¡Hacéis que te entren ganas de moverte! Es fluido, perfectamente sincronizado, os gusta y conseguís comunicar vuestro disfrute. ¡Sois una auténtica bocanada de aire fresco! En serio, me habría encantado bailar en una compañía como la vuestra.

Casi sin aliento, los artistas dan las gracias.

—¿Baila? —pregunta el que había presentado a la compañía.

—Sí, es mi pasión.

—¡Entonces venga con nosotros al escenario!

Juliette se siente más que tentada.

—¡Pero si ni siquiera he calentado!

—¡Venga, suéltese!

Los miembros de la compañía la animan. Con la mirada, pide permiso a Nicolas, que le hace un gesto para que vaya.

Con el subidón, se vuelve hacia Loïc y lo besa —en una mejilla— antes de salir corriendo para llegar al escenario.

El mecánico se vuelve a sentar, solo. Fue subir la música, y la pieza arranca. Los metales de este *swing* de posguerra despegan con un ritmo endiablado. Mientras la compañía se lanza, uno de los bailarines invita a Juliette a unirse a ellos. En medio de parejas que llevan a cabo todo tipo de figuras, ella encuentra inmediatamente su lugar. Hace piruetas delante de una primera pareja, después se dirige a otra. Da vueltas de brazo en brazo, respondiendo perfectamente a la música y a las figuras del género. La mirada de Loïc se ensombrece. Juliette baila en medio de un torbellino de energía y se deja llevar. Pocas veces ha tenido la oportunidad de bailar en semejantes condiciones. Llevada por la orquestación, se siente bien entre aquella gente que comparte su pasión y para la que el lenguaje del cuerpo es universal. Pasa de hombre a hombre, ágil, etérea, sensual. Le gustaría que la pieza no se terminara nunca y disfruta de cada compás. El tempo vuelve a acelerarse, el espectáculo es total. Estos hombres y estas mujeres no están realizando una audición, simplemente están haciendo aquello que les gusta. El final es magnífico y termina con auténticos fuegos artificiales. Todo el mundo está bajo el influjo de este momento único, los aplausos crepitan. Juliette saluda a sus efímeros compañeros y les da las gracias. No es fácil volver a bajar después de tal cúmulo de emociones.

Su primera mirada a la sala va dirigida a Loïc, pero no lo ve. No está en su sitio. Se preocupa. ¿Se habrá perdido su número? Victor, que está al lado, parece desconcertado. Mientras que el resto del mundo sigue con el buen humor de la pieza, él esboza un gesto de impotencia, como si algo grave hubiera sucedido y él lamentara no haber sido capaz de impedirlo.

57

Desde que lleva errando por este planeta, en repetidas ocasiones Eugénie se ha visto en la obligación de llevar a cabo actos absurdos. Normalmente por sus hijos, todo sea dicho de paso. Se acuerda de aquella vez que tuvo que saltar vestida al gran estanque del jardín público para recuperar el pequeño velero azul al que tanto cariño tenía Eliott y que el viento se negaba con obstinación a traer hacia la orilla. Qué graciosa la naturaleza… Otra vez, tuvo que ponerse de rodillas dejando a un lado su dignidad y pagar una fortuna por el último ejemplar de un peluche, para reemplazar el que Noémie había perdido. Os daréis cuenta, por haberlo sufrido también, que este tipo de desgracia nunca le ocurre al objeto que al niño le importa un pimiento. La desgracia, esa traicionera, arremete siempre contra los muñecos de compañía. Eugénie se había roto los cuernos para sustituir al famoso castor —¡imitando incluso lo desgastado!—, para que la pequeña no se diera cuenta de nada. Y ahí os encontráis a las dos de la mañana desgastando unos dientes de fieltro y una cola plana con un rallador de gruyer, estropeando aposta el preciado botín que os ha costado un ojo de la cara. Si bien Eliott se había contentado con coger su velero y volver a meterlo inmediatamente en el agua sin el menor atisbo de agradecimiento, Eugénie había sentido una alegría inmensa cuando su hija había encontrado «milagrosamente» su tesoro y había abrazado la copia con el mismo placer que el original. A veces, la ausencia de reacción es la mejor manifestación de una estruendosa victoria sobre el destino. Los falsificadores y los mentirosos lo saben muy bien.

Eugénie ha conocido con regularidad situaciones imposibles, ridículas, molestas; pero nunca al nivel de la que ha tenido que hacer frente esta mañana. Para animarse, se ha repetido que era su bien merecido castigo y que, para su alegría, nunca lo sabrá nadie.

Iniciando una última maniobra, el hombre termina de aparcar su coche recién reparado en el aparcamiento subterráneo. No ha visto la silueta que lo espera agazapada en la sombra. Echa el freno de mano, agarra el maletín apoyado en el asiento del copiloto y baja.

Sus pasos resuenan en la estructura desierta de hormigón. Se sobresalta cuando una forma apenas humana se alza en medio de su camino.

—Hola —le lanza esta con una voz indefinible.

Él duda en responder. La dicción y el timbre son realmente anómalos. Se diría que es un personaje de dibujos animados que hablara con la nariz. Se pregunta con quién —o qué— se las tendrá que ver. De altura media, ropa deforme, unas enormes gafas de sol y un pañuelo que no deja adivinar nada de su cara. Instintivamente, apostaría que es una mujer, pero a veces la naturaleza depara sorpresas.

—Hola —termina por responder con desconfianza.

—No se preocupe. Vengo en son de paz.

En el mismo instante en el que pronuncia esta frase, Eugénie se muerde los labios. Con sus pintas, el pobre hombre va a pensar que es un extraterrestre engalanado como un paleto que tiene la intención de invadir nuestro planeta, comenzando por los aparcamientos, ya que, en su galaxia, a los trulalá cósmicos les falta cruelmente espacio para aparcar.

—¿Qué quiere?

—Estoy aquí por su coche, que fue dañado. Lo lamento mucho.

—¿Quién es usted?

—Eso no importa. Pero conozco a los que lo hicieron. Son unos jóvenes que no llevan una vida fácil. Otro drama más de nuestra sociedad moderna. Pero han entendido la lección.

Eugénie no puede dejar de pensar que el drama de la sociedad moderna es ella. ¿Cómo ha llegado a eso?

—No querrá que sienta piedad por esos pequeños delincuentes, ¿verdad?

El hombre entorna los ojos para intentar identificar mejor a su interlocutora, pero su estrambótico atuendo se lo impide. Se diría que la cosa que habla se ha endosado una multitud de capas de ropa.

—Vengo a proponerle un acuerdo beneficioso tanto para usted como para ellos. Yo le devuelvo su dinero, y así estos críos de la calle, que tienen derecho a una segunda oportunidad, evitan problemas con la justicia. —Le tiende un sobre—. Aquí tiene algo con lo que olvidar este infortunio. A cambio, le pido que retire la denuncia y que haga que cierren la investigación.

El hombre duda sobre cómo reaccionar.

—¿Es usted familiar de estos pillos?

—En cierta manera.

—La reparación me ha costado muy cara.

—Su seguro ha debido de pagarlo. Por tanto, considere esta suma como una cómoda prima.

—También me han hecho perder mucho tiempo y me han estresado.

La primera respuesta que le sale a Eugénie es la siguiente: «Pobrecito, si se nos pagara por nuestro estrés, tendría con qué comprarme Honolulú para nadar y un portaaviones para guardar mis aletas de buceo».

Pero no puede decirle eso porque su plan haría aguas, más parecidas a aquellas fangosas del estanque que ya bebió, que a las azules y transparentes de Hawái, donde nunca ha puesto los pies. Así que prefiere decir:

—No dudo que no haya tenido que ser fácil, es por eso que estoy aquí. Esta importante suma debería ayudarle a superar el daño.

El hombre da un paso hacia Eugénie, pero ella lo detiene:

—¡No se acerque! ¡Si no, desaparezco y habrá perdido su oportunidad!

Está muerta de calor. A puntito de desmayarse. La pinza en la nariz escondida bajo el pañuelo no la ayuda a tener una voz intimidatoria. El timbre nasal y chirriante acredita la teoría del bicharraco de pico duro. Esta vez, está claro, el hombre va a pensar que viene de otro planeta, o al menos de otra rama del reino animal. ¡Qué alegría saber que la especie de los dodos no se extinguió!

—Si le parece bien el trato, deposito el dinero en el suelo y todo termina aquí.

—Si usted lo dice…

—Entonces estamos de acuerdo. Le pido de nuevo disculpas en mi nombre y en el de esos diablillos.

Eugénie se agacha con trabajo. Las numerosas capas de ropa la entorpecen y la pinza le está despellejando la nariz. El anonimato tiene este precio.

Deja el sobre.

—Ahora, me voy a marchar. No nos volveremos a ver. Adiós, señor.

Como salga corriendo detrás de ella, está perdida. Bajo su guardarropa multicapa salido del almacén del teatro, apenas puede respirar. Meterse un vestido versallesco encima de un traje de apicultor no ha sido buena idea. Además, apenas pasa por las puertas. Ni siquiera se ve los pies. Mejor, ya no sabe ni qué zapatos lleva, pero no se arrepiente de haberse librado de las aletas.

Para encontrar las fuerzas que aún necesita, Eugénie se dice que acaba de resolver un espinoso asunto y que, sin duda, nunca tendrá que hacer nada peor en su vida perra.

A veces, uno se equivoca.

—Y bien, doctor, ¿cómo va?

—En el plano físico, bastante bien. Evidentemente, le va a quedar una cicatriz en la cara durante un tiempo, pero no conservará ninguna secuela estructural.

—¿Y su memoria?

—En ese sentido, no hay tan buenas noticias… No detectamos ninguna evolución por el momento. No recuerda nada de su llegada al servicio. Nos hemos visto obligados a recordarle su propio nombre…

—¿Ni el más mínimo recuerdo?

—Es incapaz de precisarnos su dirección, su actividad profesional, si tiene hermanos o hermanas, hijos, o si está casado.

—¿Es temporal?

—Incluso con los avances de la ciencia, los arcanos del cerebro guardan sus secretos. Este tipo de amnesia puede desaparecer perfectamente en unos días o durar años. No me arriesgaría a dar un pronóstico.

Céline se pregunta cómo va a gestionar la pérdida de memoria de Martial. Eugénie la reconforta, mientras el doctor añade:

—Aun así, ayer por la noche tuvo un comportamiento muy

sorprendente. Turbador, debería decir. Mientras veía la tele, de repente entró en pánico al ver imágenes de animales. Las vacas y los caballos, en particular, parecen aterrorizarlo. ¿Se le ocurre alguna explicación? ¿Algún trauma de la infancia?

—Los arcanos del cerebro, doctor…

—Tiene toda la razón. Dejo que vayan a verlo.

Con la mano en el picaporte de la puerta, delante de la habitación, Céline duda.

—Tienes que ser fuerte —la anima Eugénie—, sé que no es fácil.

—Me gustaría no volver a tener contacto con este individuo. Me ha hecho sufrir, y encima soy yo la que me siento culpable, ¿te das cuenta?

—Nos quedamos solo unos minutos, aquí estoy.

Entran. Al descubrir a su exmarido con un enorme vendaje en la cara en el decorado aséptico de esta habitación de hospital, se apoderan de Céline emociones contradictorias. Culpa enormemente a este hombre, pero verlo así postrado, dormido, impide que su rencor se manifieste. Al pie de la cama, lo observa. Eugénie se queda un poco apartada.

Céline se siente turbada. Si hubiera visto a Martial en la misma situación tres años antes, habría sido capaz de donar sus dos riñones con tal de que se curara. Se habría sentido mortificada, destrozada por la idea de que el hombre al que tanto amaba pudiera sufrir. Hoy se alza ante él, distante, fría, poco interesada, en principio satisfecha de que Ulysse no haya insistido en ir a visitar a su progenitor. Mide la evolución de sus sentimientos y el agujero abismal que se ha abierto entre lo que sentía antes y lo que siente ahora. ¿Cómo pudo amar a este hombre?

Mientras piensa ya en marcharse, Martial abre los ojos. Ahí la tienes, como un conejo sorprendido por los faros de la camioneta de una charcutería. Más vale que no se acuerde de nada o ella acabará hecha terrina.

La mira como a una perfecta desconocida. Extraña sensación.

—¿Es una matasanos?

—No.

—¿Nos conocemos?

—Un poco.

—Ha venido con mi madre, ¿o es la suya?

Eugénie se contiene. Mamá Bronto en el hospital, otro par de niños a los que poner el pañal.

Martial la trata de usted. Nunca lo había hecho. Ni siquiera en su primer encuentro, una cena de negocios; la había tuteado de inmediato.

—¿No me reconoce? —pregunta ella.

—No, la verdad es que no.

Céline encuentra extraño que no le pregunte quién es. Pero le viene bien.

Por la manera en que la mira, Céline se da cuenta de que todavía la encuentra de su agrado. Por primera vez en su vida, tiene derecho a uno de esos vistazos vagamente lúbricos que él reservaba normalmente a todas las mujeres salvo a la suya. Algunos hombres solo codician lo que aún no poseen, sin preocuparse por aquello de lo que deberían cuidar.

—¿Sabe qué me ha ocurrido? Nadie ha sido capaz de explicármelo. He tenido un accidente de coche, ¿es así?

—No exactamente. No conozco los detalles, pero…

Martial hace una mueca y se lleva la mano a la cara.

—¡Ya me vuelve otra vez! —gime—. ¡Vaya a buscar un analgésico, rápido!

Céline obedece sin pensárselo dos veces. Los viejos reflejos no se pierden fácilmente. Sale de inmediato, seguida por Eugénie, que la coge de la manga en el pasillo.

—¡No tan rápido!

—Le duele, tengo que avisar a las enfermeras.

—Ya no eres su criada, no tiene más que usar el botón de llamada.

Céline se da cuenta de que le ha bastado tan solo un instante para volver a caer en las viejas costumbres.

—Tienes razón. Una venda en la cabeza y ya me olvido de quién es. Soy yo la que está amnésica.

—Exacto, y quizá tengamos una oportunidad.

—¿Qué quieres decir?

—No se acuerda de nada. Es como un disco duro virgen…

—¿Qué se te ha ocurrido? Conozco esa cara. ¿Qué disparatado plan está volviendo a germinar en tu mente enferma?

—Piensa. ¡Podemos contarle lo que queramos, lo que sea! Esta vez será él el que se trague nuestras historias.

—Me estás acojonando. Pero me interesa…

—¿No te dijo que para que pusieras la mano en su pasta tendrías que leer sus pensamientos?

—Esas fueron sus palabras exactas.

—Mientras no tenga la cabeza en sí, quizá podríamos hurgar dentro…

59

—*Hello*, ¿está ahí?

—Estoy en el almacén, ahora voy.

Victor entra por primera vez en el taller y descubre hasta qué punto el taller de Loïc está lleno. Para él, en cambio, no es una leonera. Comprende perfectamente la lógica que reina en aquel lugar. Las herramientas están colocadas lo más cerca posible de los sitios donde van a ser utilizadas, en función de las operaciones a realizar. Lo que puede parecer un auténtico desorden a ojos profanos, es en realidad el fruto de una búsqueda instintiva de eficacia mecánica.

Deambulando, Victor se fija en una moto parcialmente desmontada. Va hacia ella y se agacha para estudiarla de cerca. Loïc llega tras él, con una caja de bujías en la mano.

—¡Hola!

Victor se incorpora y se gira hacia él.

—Hola.

Al darse cuenta de que es él, el mecánico hace un ligero movimiento hacia atrás.

—Si es Juliette la que…

—Nadie me ha enviado. Ya te lo dije, puedo reírme de todo,

pero no de lo que hace latir un corazón. Dime, ¿es una Harley Sporster la que tienes ahí? 1961, si no me equivoco.

—Exacto. Estoy esperando unas piezas. Se la estoy arreglando a un colega.

—Bonita bestia.

—¿Es motero?

—Para nada, pero, cuando era crío, uno de nuestros vecinos tenía una. Creo que la quería más que a su mujer y a sus hijos.

Loïc apoya su caja de bujías.

—Mi padre era un poco así. Acabó largándose y olvidándose de nosotros. Cualquiera diría que los motores son malos para el espíritu familiar.

—Por mis catorce años, estos famosos vecinos me llevaron a dar una vuelta en su coche de carreras. Un auténtico cohete.

—¿Le gustó?

—No precisamente. Es la única vez en mi vida en la que he potado sobre la espalda de alguien.

Loïc sonríe antes de volver a ponerse serio.

—¿Por qué ha venido?

—¿Por qué te fuiste la otra noche?

—Tengo mis razones.

—No es para nada mi intención juzgarte, pero me gustaría entenderlo. Eres un tío leal, me gusta mucho tu manera de actuar. Incluso me gusta tu taller. Con Juliette parecía que había empezado bien, y después, de golpe, desapareces. Ni una explicación, nada.

—¿Ella está bien?

—No demasiado. Ya sabes cómo son las mujeres… De hecho, no, creo que no lo sabes. Está destrozada. Lógico. Se pregunta por qué te has largado.

—¿La ha visto bailar?

—Más de una vez.

—¿Qué efecto le produjo?

—Un poco como el hojaldre de setas que prepara mi mujer. Lo

encuentro bastante bueno cuando lo tengo en el plato, pero no me levantaría por la noche para comerlo.

—No le comprendo.

—Digamos que me parece que baila bien, pero no es la expresión artística con la que me siento más cercano.

—Ni de coña habría dicho yo una frase así.

—Si quieres, le pido a Eugénie que te prepare un hojaldre de setas, y verás cómo terminas por conseguirlo.

—Soy incapaz de explicar por qué me fui como un ladrón, pero no soportaba la idea de quedarme más. Era más fuerte que yo.

—¿Hubo algo que no te gustara en el hecho de que baile?

—Era la primera vez que la veía.

—En general, es impresionante. Es buena.

—Tiene razón, es buena, demasiado buena para un tío como yo. No le digo ya cuando la vi con todos aquellos hombres, pasando de uno a otro…

—Bailaban, eso es todo. Es exactamente igual que en la obra: Natacha y Maximilien se besan, pero es una ilusión. No se acuestan juntos en la vida real. El tío que berrea su desesperación en canciones para crías no se suicida al final de cada interpretación, ya sabes. Lo que hizo Juliette no es más que expresión corporal. Es arte.

—Pues le puedo decir que me hizo hervir la sangre verla tan guapa, entre todos aquellos brazos. Y venga que te cojo, y venga que me pego a ti…

—Es su manera de provocar emociones. Es el objetivo del espectáculo. Por lo que parece, sentiste algo. Lo que pasa es que no era para nada positivo. No soportaste verla físicamente tan cerca de otros hombres.

—Algo así.

—¿Incómodo?

—Peor. No podía más. Creí que les iba a reventar la cabeza. Así que preferí largarme.

—Deberías haberte quedado, habríamos hablado de ello.

—No soy bueno hablando. Sin embargo, me siento bien con los motores. Los comprendo.

—No entiendo la relación. Vivimos entre humanos, Loïc, no entre herramientas. Ningún mecanismo te hará feliz como lo podrá hacer un ser vivo dotado de voluntad. Merece la pena poner un poco de tu parte. Hoy día te sientes a gusto con los coches, pero no siempre fue así.

—No puedo decir que no.

—Entonces piensa que es igual con tus semejantes. Acuérdate de tus comienzos. Intenta comprender a Juliette y confía en mí. No quiero venderte nada. Que estéis o no juntos no cambiará nada en mi vida. Además, mi mujer me va a freír a preguntas cuando se entere de que he venido.

—No está obligado a decírselo.

—Es verdad, pero confío en ella, por lo que, naturalmente, no viviría tranquilo ocultándoselo. Ya verás, la confianza es una idea excelente. Juliette y tú haréis lo que os dé la gana, pero me parecería una pena que lo dejarais porque ella baila que te cagas de bien. Apenas os conocéis. Comprendo que lo que has descubierto de ella en el escenario te haya sorprendido, pero deberías mirar más de cerca. Esta chica es una joya cuya apariencia no lo dice todo. Como tú, creo.

Loïc mira a Victor a la cara.

—¿En qué momento conocemos realmente a alguien?

—Nunca al principio. Como a las cartas, hay que sacrificarse para ver el juego del otro. Es un riesgo que hay que asumir. Es bastante astuta, tu pregunta, para un tío al que solo le interesan las motos… Yo diría que conoces a alguien cuando en cada una de sus palabras, en cada uno de sus gestos, puedes identificar qué motores de su personalidad están en funcionamiento. Un individuo es un mecanismo increíblemente complejo, Loïc. Haga lo que haga, siempre deja ver de una manera u otra lo que le pone en marcha. Salvo que, al contrario que con las máquinas, nosotros mismos elegimos el carburante. El amor, el odio, la envidia, el miedo, el interés, la esperanza… Existen tantos… Pero todos los sentimientos de la humanidad se leen en los actos que los engendran. Al igual que los músculos hacen mover nuestro cuerpo, nuestras emociones nos empujan a actuar. Cuando empieces a leer los sentimientos que hay en sus gestos, incluso en los más ínfimos, entonces me atrevería a decir que no estás lejos de conocer a una persona.

—Soy incapaz con Juliette.

—Evidentemente, todavía es demasiado pronto. Pero ¿puedo darte un consejo?

—De usted, lo acepto.

—No es de ella de lo que tienes miedo, sino de ti. Déjala que te enseñe a bailar.

60

Una pobre chica con un sari descolorido ondula junto al bufé de los entrantes, síntesis absoluta de lo peor. Más que bailar, se bambolea; y ni siquiera intenta disimular que no le gusta estar allí. La tradición milenaria que se supone que encarna ha sido completamente masacrada. Una farsa que plagia la cultura india sobre un fondo de música demasiado fuerte. Las luces de colores chillones se reflejan en las bandejas de acero inoxidable ya destrozadas por clientes decididos a ponerse las botas, visto que es «libre».

Céline solo ha cogido arroz blanco. Quizá su sobriedad le ahorre nuevas espinillas. Rebuscando en todos los platos, su amante acumula cucharas llenas a rebosar de comida en salsas de diferentes colores. El plato termina por recordar a un surtido de helados italianos echados a perder después de una tarde de sol.

—Me encanta este ambiente exótico, ¿a ti no? —pregunta él al volver a su mesa.

—Si hacemos caso omiso del centro comercial y de los tubos de calefacción que parecen larvas gigantes, es un auténtico viaje…

—Pero hay un pequeño extra que te va a encantar: nos he buscado un hotel muy majo, justo al lado. No necesitamos mover el coche, la caña…

Guiño de ojo picarón. A Céline le entran náuseas.

—No voy a poder quedarme esta noche, Ulysse no se encuentra bien.

—¿Quién?

—Mi hijo no se encuentra bien.

Tienen que hablar alto para oírse. Él empieza a comer como un cerdo, mientras ella no puede dejar de mirar el inverosímil decorado. Nada le falta a este palacio de delicias indias, ni la ausencia de gusto ni las imitaciones totalmente fuera de lugar, por no decir irrespetuosas con otras culturas. Céline está especialmente fascinada con la diosa Shiva de plástico, en la pared, donde uno de sus brazos se tiende hasta la alarma de incendio, sobre la que parece querer apretar. ¡Que lo haga! Al menos ocurrirá algo en este lugar sórdido.

Algunos hacen fotos del restaurante, de lo que comen. Otra riqueza humana a compartir en las redes sociales. Incluso hay uno que se permite un *selfie* con la bailarina. Entre dos bocados, el marido promiscuo se inclina y susurra:

—A las diez y diez, disimula. Dos locas nos hacen fotos. Seguro que son dos bolleras que te encuentran mona.

Céline no se levanta y anuncia:

—Esta noche soy yo la que invita.

—¡Genial! ¡Cuenta conmigo para agradecértelo a mi manera dentro de un rato!

—Te he dicho que no me podía quedar.

—Ah, sí, es verdad, perdón. ¿Y a qué se debe el honor de esta invitación? ¿Es nuestro aniversario?

—No el de nuestra boda, desde luego…

Apenas parece molesto. Ella continúa:

—Te invito porque es la última vez que nos vamos a ver.

Él interrumpe su gesto. Su tenedor chorreante llora sobre su plato.

—¿Qué dices?

—Te dejo. Paso. Se ha acabado entre nosotros.

Él apoya el tenedor y se limpia la boca.

—¿Por qué, mi niña? ¿Hay algo que no va bien? ¿Tienes problemas en el trabajo? Podemos hablarlo, nenita, estoy aquí por ti, ya lo sabes.

—Pues no, precisamente. Hace años que prometes, y yo te creo, y seguimos en el mismo punto. En serio, ¡mira a nuestro alrededor!

—Si quieres, iremos a comer a otra parte. No entiendo.

—A ti, que te pasas la vida redactando contratos; a ti, que adoras la letra pequeña al final de la página que nunca se lee y que nos cuesta tan cara, voy a tratar de explicártelo. La operación promocional «Diviértete con una pobre chica y luego vuelve a casa» podía ser cancelada sin preaviso. Y fíjate, el servicio de gestión de mi culo ha decidido que es el momento.

—¡Qué gracioso! Me estás dando puerta, ¿es eso?

—Hasta fin de existencias, ver condiciones en mis primeras cartas de amor.

—¿A qué estás jugando? Vale, es verdad, habría tenido que llevarte a sitios más elegantes. Prometido, la próxima vez…

—Lo siento, la conexión ha quedado interrumpida, va a ser redirigido a una página genérica. Esta sección está reservada a los socios.

Céline se está divirtiendo. Él no. Normalmente, suele ser al contrario.

—¡Para ya!, ¡te digo que la próxima vez iremos a un restaurante excelente!

—No es el restaurante, eres tú. Relájate. No es tan grave. Somos adultos, no vamos a echarnos nada en cara, vamos a decirnos amablemente adiós y pasar a otra cosa.

—¡Pero yo te quiero!

—¿Cómo te atreves? —se estremece Céline—. Para inmediatamente.

—De todos modos, me pareces dura. He hecho todo lo que podía…

—Yo también. Reservándome el derecho de aceptación del expediente.

—Nosotros, no quiero que esto termine.

—Yo sí. El incumplimiento de uno de los artículos de la cortesía conlleva la nulidad de la participación. Sin ningún premio de consolación.

Céline se siente mejor. De hecho, se siente increíblemente bien. Por primera vez en años, respira con libertad, como si se hubiera quitado un peso del pecho. Una decisión, unas palabras, ¡y listo! ¿Satisfecha o reembolsada? Ni una cosa ni la otra, pero se ha llevado el premio gordo: ¡la libertad!

Sonríe a todo el mundo como una boba, pero le da igual.

—Después de todo lo que hemos vivido…

—Sobre todo después de lo que no hemos vivido. Ciertas restricciones se aplicaban cada vez que a ti te convenía. Dentro de los límites de las fechas y de los patéticos restaurantes que participaban en tu operación miserable.

Él se ensombrece:

—Te estás pasando. No me cabrees. Si me buscas, me vas a encontrar.

—Su participación conlleva la automática aceptación sin reservas de los términos del contrato.

—Deja ya ese jueguecito. Créeme, no te vas a salir con la tuya.

—Por mi parte, te voy a ayudar. Las condiciones de rescisión son superclaras. ¿Ves aquellas dos mujeres de ahí? A las 18:32 h, como tú dices, especie de fantasma de tres al cuarto que se cree un piloto de caza. No son lesbianas, pobre imbécil, sino dos amigas. Y como te atrevas a volver a ponerte en contacto conmigo o intentes lo que sea para hacerme daño, envío las bonitas fotos que acaban de tomar a tu encantadora esposa y a tus compañeros. ¿Lo pillas? Termínate el plato, tengo otras cosas que hacer.

61

En la sala de ensayos, no hay suficientes sillas para todos los miembros de la compañía que han venido a participar en esta reunión decisiva. No falta nadie. Laura y Céline han llegado juntas. Eugénie se ha sentado entre Maximilien y Natacha. Victor permanece de pie, al fondo, en compañía del equipo de iluminación y de los tramoyistas. Norbert está al piano. Parece triste de no tener dedos con los que tocar.

Nicolas abre la sesión:

—Antes de que nos lancemos al debate, me gustaría dar las gracias al señor Thibaud Marchenod, propietario de este teatro, por haber querido unirse a nosotros. La presencia del tataranieto del fundador es un gesto importante. Un compromiso positivo a favor del futuro del establecimiento frente a los plazos de negociación con el Ayuntamiento.

El tono oficial adoptado por el director y la presencia del heredero, con su traje gris, confieren al conjunto un carácter inusualmente formal. Karim está de los nervios, y muchos miembros de la compañía se encuentran en el mismo estado. La participación de un invitado de honor corre el riesgo de refrenar la espontaneidad de los más tímidos.

El señor Marchenod se levanta, saluda a la asamblea y declara:

—Si estoy entre ustedes hoy, es porque dan vida a este lugar diariamente. En ese sentido, perpetúan el sueño de mi abuelo que, en sus propias palabras, describía este teatro como «una especie de zoo de las emociones en vía de extinción», una reserva natural donde vendrían a retozar todos los sentimientos amenazados de muerte a los que con demasiada frecuencia se expulsa de una realidad que él ya juzgaba, hace más de un siglo, demasiado materialista. Les estoy muy agradecido por perpetuar la tradición del espectáculo. No soy más que su heredero y no poseo ni su talento visionario ni su poder financiero, sino simplemente estas cuantas paredes. Los accionistas que ahora controlan la empresa, en otros tiempos familiar, esperan que su excepcional emplazamiento pueda próximamente permitir una muy rentable operación inmobiliaria. Están en su derecho de pensar que, por interés, soy de su opinión. Sin embargo, no es el caso. Y es por una razón muy simple: no quiero ser el que cierre este teatro. No quiero ser el que ponga fin al logro más humano de nuestra familia, y mucho menos el que quede como el enterrador de una maravillosa aventura a los ojos de sus hijos. Así que estoy de su parte, decidido a hacer todo lo posible por la supervivencia de este lugar donde también yo crecí. Mi padre, como el suyo antes que él, se pasaba todas las noches de los sábados aquí. Papá me contaba que, de niño, era una fabulosa área de juegos; y que una vez adulto, podía tomar distancia, reconciliarse con los estados de ánimo que sus responsabilidades no le permitían. Tenía la costumbre de decir que aquí se curaba. He tomado la decisión de hacer lo mismo. A partir de este día, estaré presente todas las noches de los sábados.

»Pero, de momento, he venido a escucharlos. Estoy ansioso por oír sus propuestas, para ayudarles a defenderlas mejor cuando haya que luchar por su causa, que también es la mía. Nos disponemos a atravesar un episodio crucial en la vida de este teatro. Procuremos que no sea el último. Si me aceptan, me consideraría como un miembro de su compañía. Creo poder asegurarles que los espíritus de Violette y de Fernand velan por nosotros.

Un ligero murmullo recorre la asamblea. La sinceridad del hombre ha dado en el clavo.

Maximilien hace una seña a Nicolas para indicarle que quiere intervenir.

—Por favor, Max —dice el director—, te escuchamos.

—Gracias al señor Marchenod por esta conmovedora introducción, que alcanza mi profunda convicción. Su antepasado, así como sus descendientes hasta llegar a él, han sido mecenas de este lugar con el fin de permitir a la gente disfrutar de las bellezas de un arte milenario.

Nadie lo duda: Maximilien va a volver a sacar su sempiterna cantinela sobre los clásicos. Todo el mundo se burla de él. Al fondo de la sala, una voz discreta, pero perfectamente audible, lanza un «¡Con un par!» que alegra a todos aquellos que no se reconocen en el preámbulo pomposo del actor. Maximilien no contesta y continúa:

—El repertorio clásico ha ofrecido a este lugar su razón de ser. Es él el que asegura su resurrección.

Un murmuro dubitativo se expande. Franky levanta la mano.

—Ya que el señor Marchenod está aquí, aprovecho para exponer el proyecto original del que os había hablado y que he desarrollado al máximo. Porque no nos engañemos: primero tenemos que tentar al público para que venga a reservar nuestras butacas. Ahora bien, ¿qué desea este público? Basta con mirar lo que funciona mejor a nuestro alrededor, bien sea en el cine o por la tele: el público quiere aventuras, romanticismo; quiere reír; también le gusta pasar miedo; y todo con un toque de sensualidad. Así que he puesto a punto la historia que reúne la totalidad de estos ingredientes, actualizando los mitos que todos amamos. ¿Quiere escuchar la presentación?

Nicolas desconfía, pero no puede hacer otra cosa que dejar que Franky lo cuente.

—¡Ahora veréis! Allá voy. Todo comienza en el corazón de una noche sin luna. Mientras huye de una tormenta cuyos rayos corren el riesgo de transformarlo en zombi para la eternidad, Frankenstein cae en las minas del rey Salomón y sus fabulosas riquezas. Pero el dinero no da la felicidad. Aunque forrado de pasta, está maldito, porque su amor por la sublime Cleopatra es imposible. Su amada está prisionera por el infame señor Bloodyou, un marciano libidinoso cuyas tropas solo esperan un simple gesto para invadir la Tierra en patinete eléctrico. El muy miserable se aprovecha del hecho de que la seductora reina sufre una extraña enfermedad, una alergia a los tejidos que la obliga a vivir completamente desnuda...

La misma voz proveniente del fondo vuelve a gritar: «¡Con un par!». La asistencia está boquiabierta. Incluso Natacha se siente abrumada. ¿Quizá se esté imaginando ya como reina sensual vestida únicamente con cadenas?

Todas las miradas convergen en Thibaud Marchenod, que permanece impasible. Se entiende. Hay que reconocer a Nicolas el valor de su función, porque en este tipo de situaciones es siempre a él al que le toca el terrible privilegio de reaccionar.

—Franky —responde con el mismo tono—, una vez más, aclamamos el espíritu pionero de tu idea, pero me parece demasiado vanguardista para asegurar nuestros socios capitalistas.

—¿Tú crees? Sin embargo, este concepto toca todos los temas.

—Es verdad. Quizá toca demasiados.

—He dudado sobre lo de los zombis. Sin duda, puedo aportarle un tono más político.

—Tenemos que pensarlo.

Eugénie levanta la mano.

—Tengo una idea que proponer...

Nicolas, demasiado feliz por salir de esta, se apresura a responder:

—¡Fantástico! Estamos impacientes por escucharla.

—... pero aún no está del todo lista.

—¿Al menos puedes esbozarnos las ideas principales? —insiste Nicolas—. La cita con el Ayuntamiento está prevista para dentro de una semana…

—Lo sé. Ya no duermo, como muchos de vosotros, me imagino. Me gustaría poder presentaros un proyecto, pero todavía no es más que un boceto. Sin embargo, desde que se me ha ocurrido esta idea, no dejo de pensar en ella. Todo me empuja a descartarla. Es arriesgada, sin sentido, imposible…, pero, en cambio, me parece evidente. —La guardiana hace una pausa. Mide sus palabras—: Os conozco a todas y todos, amo este lugar. Como vosotros, no quiero que desaparezca. Para cada uno de nosotros representa algo esencial. Un lugar para expresarse, bien sea a través de la luz, los trajes, los decorados, la puesta en escena o los personajes que creáis. Yo no tengo ninguno de estos dones. Para mí, este teatro es mi hogar. Junto a mi marido, somos los únicos que vivimos aquí día y noche. Cuidamos de él como de nuestra propia casa. Y no tengo miedo a decir que sois mi familia. Así que no sé dónde voy, pero sé que tengo que ir. Si confiáis en mí, voy a necesitaros, a cada uno de vosotros.

<h1 style="text-align:center">62</h1>

El pasillo del hospital es de un improbable color pistacho. Cualquiera diría que los botes de pintura que nadie quiere terminan en los establecimientos públicos… La auxiliar de servicio que quita las bandejas de comida pasa junto a las tres amigas y desaparece con su carro por la esquina del pasillo. Ellas retoman la conversación en voz baja.

—¿De verdad que no queréis venir a verlo conmigo? —pregunta Juliette—. Podríamos ser conocidas…

—Demasiado arriesgado —señala Eugénie—. No tiene que sospechar nada.

—Incluso amnésico —apoya Céline—, continúa siendo un tremendo granuja. Como nos vea juntas, es capaz de imaginarse un complot. Y por una vez, no estaría equivocado…

—¿Y si le vuelve la memoria?

—No hay nada que temer. Tú te ciñes al guion. De todas formas, con el micro y los auriculares podremos escuchar vuestra conversación y dirigirte.

Juliette se siente más tranquila.

—Así que lo único que tengo que hacer es entrar y hacer mi numerito.

Céline la abraza.

—Gracias, hermanita, crucemos los dedos, nuestras esperanzas están en ti.

Eugénie bromea:

—Si fuera vuestra agente, me llevaría el diez por ciento de todo el dinero que lograríais.

Juliette hace como que se enfada:

—Mi carrera aún no ha empezado, y ya soy una actriz explotada.

Masca chicle como parte de su personaje, se ajusta su falda muy corta y se dirige hacia la habitación de Martial.

El hombre está despierto y va pasando los canales de televisión. En el instante en que entra la guapísima joven, deja de prestar atención a la pantalla para escudriñar de la cabeza a los pies a su visitante.

—¡*Hello*! Déjeme adivinar: nunca nos hemos visto. Estoy seguro, porque incluso herido no habría podido olvidar semejante belleza.

La devora literalmente con los ojos. Tiene la memoria jodida, pero no las hormonas. Maldito animal. Juliette adopta una postura muy sexi, con las caderas ladeadas.

—¿Que no me has visto nunca? ¡Estás de broma! ¡Si fuiste tú el que me dio mi primer biberón!

Martial, incrédulo, abre los ojos como platos. Juliette rodea la cama y se acerca para besarlo como si lo conociera de toda la vida. Un beso perfectamente calculado entre la costumbre y la cercanía, uno de esos que se reservan a los miembros de la familia.

—Pero ¿quién es usted?

—No, ya en serio, ¿de verdad que no me reconoces?

—Disculpe, pero no.

Ella le toca la cara con descaro, siguiendo con los dedos el contorno de las cicatrices.

—Es verdad que te has metido un buen viaje en la chola. Soy tu hermanita Tiffany.

—¿Mi hermana? ¡Pero si usted es muy joven!

Ella estalla en carcajadas.

—¡Pues sí que tienes lagunas! Mamá me tuvo después de que se volviera a casar, pero tú eres mi hermano mayor, y he venido tan pronto como he podido, en cuanto me he enterado de tu accidente.

Juliette se sienta en la cama, procurando dejar bien a la vista sus largas piernas. Martial pregunta:

—¿Sabes qué me ha pasado?

—¿De verdad que no te acuerdas de nada?

—Ni del más mínimo detalle.

—Por lo que tengo entendido, se te cayó un paño de la pared en la cabeza. Algo por el estilo. Crac, bum.

—¿En serio?

—No sé más, pero los doctores dicen que vas a recobrar rápido la memoria. ¿No notas cómo vuelve?

—Para nada. Ni siquiera te he reconocido, ¿te das cuenta? ¡Simplemente me ha parecido que estabas muy buena!

—¡Y es que estoy muy buena!

—Es verdad, pero eres mi hermana. Nunca habría debido imaginarme… En fin, pasando.

Juliette le acaricia la frente para desestabilizarlo un poco más.

—No tienes fiebre. Sin esos vendajes, se podría pensar que estás en perfecto estado.

—Si exceptuamos que ni siquiera sé dónde vivo. Al despertar he descubierto mi nombre. «Martial Lamiot», casi me he sentido decepcionado. Creo que me habría visto con un nombre molón americano, tipo Kyle Strong…

—¡Es superraro! Mamá me contó que, cuando eras pequeño, Kyle era el nombre que siempre elegías para jugar a los espías.

—¡Guay! Así que el golpe no ha borrado todo de mi cerebro.

—Verás, Martial, no contaba con hablarte de ello inmediatamente, pero visto que estás tan despierto… Sigo con mi problema. Ya sabes. ¡Bueno, no, ya no sabes!

El hombre se hace un ovillito.

—¿Y no puede esperar? —refunfuña—. Tengo unas migrañas atroces.

—No me llevará mucho y es bastante urgente. Hará algo más de un mes, te anuncié que tenía problemas de dinero y tú decidiste ayudarme. Me confesaste que tenías «algún dinerillo apartado», según tus propias palabras.

—No me acuerdo.

—Lógico. Pues eso, si pudieras echarme una mano, estaría bien, porque la cosa está chunga. Me arriesgo a que me expulsen.

—No llevo nada encima.

Juliette bromea:

—No es cuestión de prestarme un billete, sino más. Estabas en condiciones de hacerlo.

Él entorna los ojos y se esfuerza en pensar. Un ligero levantamiento de cejas indica a Juliette que la información parece despertar algo en él.

—Tengo que darle al tarro. ¿Cuánto necesitas?

—Quince mil.

Juliette acompaña el anuncio de la suma con una mueca absolutamente irresistible y una pompa de chicle. ¡Es alucinante cómo semejante cantidad pasa mejor con una pompa rosa!

—¿Qué? ¿Estás segura de que te dije que sí a tanto?

—Hace unos meses, sí. De hecho, te lo agradezco con todo mi cuerpo.

Ella se menea.

—Lo veremos. Ya tenía que haberme llevado un buen golpe en la cabeza para haber aceptado…

—¡… o simplemente tener ganas de salvar a tu adorada hermanita! Cuento con ello, ¿sabes? Sobre todo porque nunca antes te he pedido nada.

Él gruñe y vuelve a interesarse por la tele. Juliette insiste:

—Me dijiste que disponías de fondos, de una reserva para tus cosas… Me hablaste de un lugar seguro que solo tú conoces. Puedo ir por ti, si quieres.

Martial echa un vistazo suspicaz a la joven. El esfuerzo que hace para encontrar en su cabeza el camino a su secreto se lee en sus rasgos contraídos.

—Escucha, Tiffany, no hablemos más de esto por hoy. No sé en qué lío te habrás metido, pero no es a mí a quien corresponde solucionarlo. No soy Papá Noel.

Mientras lo está pensando, Céline le susurra por el auricular: «Incluso amnésico, una rata asquerosa sigue siendo una rata asquerosa».

63

Nada más entrar en el camerino de Maximilien, Eugénie cierra la puerta tras de sí.

Nadie debe saber que se ve con él.

—Gracias, Max, por haber aceptado este encuentro, es todo un detalle.

—Por favor. He escuchado tu mensaje en el contestador automático. Reconozco que me ha intrigado. ¿Qué es eso tan importante?

—Me gustaría que respondieras a una pregunta. Es muy personal, incluso íntima. Si te incomoda, lo entenderé.

—Despiertas mi curiosidad. Siéntate.

Eugénie se sienta.

—Tienes que contestar con sinceridad. Nunca he hecho esto, no sé si es inadecuado, irrespetuoso o qué sé yo. Tengo miedo.

—¿Tú, miedo?

—Hay tantas cosas en juego. Eres el primer hombre al que me atrevo a preguntárselo. Así que…

En el momento en el que Eugénie se prepara para hablar, Maximilien apoya un índice en sus labios para ordenarle silencio.

—Antes de que me lo cuentes, debes saber que nunca he conocido a una mujer como tú. Sea lo que sea lo que me tengas que decir, que sepas que siempre sentiré por ti el mayor de los respetos y el más sincero de los cariños.

—Muy amable por tu parte… Allá voy. No es fácil. Voy. Pues eso: en tu interior, más allá del magnífico personaje que te has construido, necesito saber qué hombre se esconde realmente. Para ello, solo he encontrado una pregunta que hacerte. Te lo suplico, si lo que me vas a responder no es la verdad, prefiero que te calles. En el período que estoy atravesando, con los retos a los que me enfrento, no quiero mentiras ni falsos pretextos.

—Comprendo, yo también estoy en ese punto. Pregúntame.

—Maximilien, ¿qué te recuerda que estás vivo?

El actor está sorprendido. No se esperaba para nada esa pregunta.

—No estoy seguro de haberlo entendido bien.

—Voy a intentar ser más clara. De todo lo que has vivido u oído, ¿cuál es el recuerdo o la historia que te hace sentir la suerte de estar vivo?

Maximilien está desconcertado. Al hacerle esta pregunta, Eugénie no solo lo ha sacado del terreno de la seducción en el cual pensaba aventurarse, sino que además ha llamado a la puerta secreta de una parte de su personalidad a la nunca nadie había tenido acceso. Él espira, sin saber si es para liberarse de una opresión o para alentarse a responder.

—Lo que quiero preguntarte, Max…

—Lo he entendido. Simplemente, necesito unos segundos. Tu pregunta encuentra en mí un eco especial. Me pilla desprevenido. Nunca he abordado este tema con nadie. —Una risa nerviosa le sacude—. No me sorprende que esta brecha en mi intimidad venga de ti.

—Si te sientes incómodo…

—Para nada. Simplemente necesito recomponerme. Estaba listo para interpretar un papel, como de costumbre, y de repente me pides que abra mi corazón.

—Es justo eso lo que espero vislumbrar.

—No es tan sencillo. Estoy acostumbrado a interpretar los grandes sentimientos de los demás, pero si tengo que revelarte los míos...

—Tómate tu tiempo para pensar. No tengo tanta prisa.

—No tiene sentido esperar, es el momento adecuado. Tu pregunta ha traspasado mi coraza como una carga de explosivos habría hecho saltar la muralla tras la cual se esconde una gruta. Hay una respuesta, una piedra angular sobre la que reposa aquello en lo que me he convertido. Se trata de una pesadilla secreta, una historia familiar transmitida desde hace cuatro generaciones por los hombres de los que desciendo. Convivo con ella en el día a día. He crecido con ella, y sin duda ha influido en cada una de mis decisiones. Nadie lo sabe. Mi abuelo me la contó cuando yo tenía diez años, y aquel día mi vida cambió. Nunca he vuelto a ver el mundo de la misma manera.

—Estás seguro de que...

—Seguro. Ya que has abierto esa puerta, necesito que la franquees. Esta es la historia: a finales del siglo XIX, Louis, un tío bisabuelo paterno, trabajaba en un astillero del Atlántico. En aquella época, los principales países de Europa rivalizaban con arrojo para construir transatlánticos cada vez más grandes y lujosos. Miles de hombres acababan agotados para cumplir los plazos de los armadores, con el fin de entregar a tiempo estas increíbles construcciones. Louis era el encargado del remache de las placas que formaban el casco del barco. Como un puzle gigante, sobre estructuras metálicas, él y su compañero Edmond ensamblaban incansablemente lo que iba a constituir el cuerpo de esos futuros gigantes de los mares. Se sentían orgullosos de trabajar en majestuosos navíos capaces de transportar de un continente a otro a los hombres más ricos del mundo. Contribuían a un sueño.

»En aquel tiempo, para reforzar la solidez de los navíos, los ingenieros los equipaban de un doble casco. Dos paredes paralelas con un hueco de separación que aumentaba la flotabilidad del barco en caso de avería. Cada día, mi antepasado y su amigo subían un poco más para dar forma al titán de los océanos. Por lo que me contaron, estaban a pocas filas de chapa del puente superior, cuando sucedió. Es decir, muy arriba. El transatlántico ya tenía su silueta y se le veía a lo lejos desde más allá del puerto. Sometidos a ritmos de trabajo infernales, en un constante jaleo en el que se mezclaban decenas de oficios, apremiados por capataces ávidos de resultados, los hombres tenían muy rara vez tiempo para descansar.

»Un día, agotado, Edmond perdió el equilibrio. Cayó entre las dos paredes de chapa. Desapareció en esa falla estrecha y tan profunda como un sótano de ocho pisos. Louis lo vio colarse por la sombra y oyó cómo su grito se alejaba en esa noche de hierro. Corrió para pedir socorro. Le respondieron que su compañero no era el primero, que probablemente ya estaría muerto y que, de todas formas, estaba fuera de consideración detener la construcción. Junto a otros dos compañeros, se hizo con una cuerda y bajó lo más que pudo para intentar salvar a Edmond; pero era tal la altura, tan grande la oscuridad y tan estrecho el paso que, muy a su pesar, tuvo que renunciar… Se tiró horas llamando a su amigo, desgañitándose en el entrecasco. Edmond no murió del golpe. Incluso pudieron intercambiar unas palabras. Las últimas fueron para su hija. Le pidió a Louis que le diera un beso y que cuidara de ella. Louis se quedó toda la noche y todo el día siguiente, hasta que ya no obtuvo respuesta y el capataz lo mandó a su casa, despedido porque no había cumplido con el programa. Otros ocuparon su lugar y continuaron remachando chapas, hasta terminar el barco. Cuando el transatlántico fue bautizado y puesto a flote, toda la ciudad se sentía feliz y orgullosa del trabajo realizado. Por su parte, Louis lloraba. Para él no era un palacio flotante, sino una tumba.

Maximilien se calla, pálido. Eugénie se queda sin palabras.

—Eugénie, soy claustrofóbico. Odio los cruceros. Evito los puertos. Amo los grandes sentimientos de las tragedias y me refugio en ellos porque bastan para hacerme olvidar los que nos impone nuestra condición de mortales.

Mete la mano en el bolsillo interior de su chaqueta y saca de su cartera la copia de una foto amarilleada por el tiempo. Dos hombres vigorosos se tienen por los hombros, con la gorra en la cabeza y con el bigote de moda de la época.

—Pienso en Edmond y Louis cada día, incluso cada noche. Con frecuencia me despierto sobresaltado, imaginándome atrapado en las tinieblas, incapaz de moverme, casi sin respirar. Otras veces me veo en lugar de mi tío bisabuelo, impotente ante al drama. Louis se ocupó de la mujer y de la hija de su compañero. No fue sencillo, pero salieron adelante, juntos, con el recuerdo de aquel al que habían perdido. Aunque yo no escuchara el grito de Edmond y las llamadas desesperadas de Louis, estas resuenan en mí. Con frecuencia imagino lo que estos dos amigos sintieron durante aquella última noche. A pesar de los años, nunca he conseguido abordarlo desde otros ángulos o resumirlo. ¿Qué se siente al fondo de esa trampa, cuando la luz del día es, como mucho, una inaccesible línea, tan lejos por encima de la cabeza? ¿En qué se piensa cuando se sabe que la muerte es el único futuro, a pesar de que unos minutos antes todavía se estuviera bromeando sobre la fiesta del próximo sábado? ¿Cómo se puede vivir cuando se es el superviviente? A través de ellos, cada día, descubro nuevos territorios del corazón humano, y me abaten. Tú lo ignoras, Eugénie, de hecho nadie lo sabe, pero cada vez que abandono el teatro, lo primero que hago es mirar al cielo y darle gracias por no estar atrapado entre dos chapas esperando la muerte.

64

—Esta vez, padre, prometo no ocultarle nada.

—En principio, esa es la razón de ser de una confesión.

—Espero que no se sienta molesto conmigo...

—Recuerde que no estoy aquí para juzgarla. Parece volver a tener el sentimiento de haber cometido una falta...

—Fui a ver a mi exmarido con una vaca y un caballo para que me pagara la pensión.

—¿Una vaca y un caballo?

—Unos amigos que llevaban máscaras para no ser identificados. Pero todo se precipitó y él quedó inconsciente de un golpe contra la pared.

—¡No es de extrañar que el caballo se precipitara! —bromea el cura.

—Que no me juzgue, me parece bien, pero al menos intente tomarme en serio.

—Lo siento, continúe.

—Así que mi marido quedó inconsciente del golpe contra la pared y perdió la memoria.

—¿Entonces no ha recuperado su dinero?

—Exacto. Así que, como está en el hospital, amnésico, a una

muy buena amiga mía, otra vaca, se le ocurrió contarle una historia para sacarle parte de la pequeña fortuna que esconde.

—A lo mejor su amiga también debería venir para confesarse…

—Está claro, aunque en su caso creo que un exorcismo sería lo más indicado. De todas formas, en el punto en el que estamos, Dios no puede hacer nada por ella. Así que, a la espera de arder en el infierno, nos turnamos con el padre de mi hijo para manipularlo y descubrir dónde esconde la pasta.

El cura no responde inmediatamente.

—¿Sigue ahí? —se preocupa Céline—. ¿Ha dimitido? ¿Mi horrible vida ha acabado con su fe?

—Deme tiempo para digerir su historia, no es muy común. En efecto, esta vez sí que ha cometido pecado.

—No he terminado. También he mandado a paseo a mi amante, un hombre casado con el que mantenía una miserable relación desde hacía tres años, a la espera de que dejara a su mujer…

El cura permanece en silencio. Céline precisa:

—Para estar segura de que no me cause problemas, ya tengo bastante con el otro, mis amigas hicieron unas fotos comprometedoras y le he amenazado con enviárselas a sus conocidos.

—Es la vaca la que ha hecho las fotos…

—El caballo, pero no importa.

Silencio en el confesionario. Ella oye un suspiro.

—¿Se siente decepcionado? —pregunta Céline—. ¿Cree que no soy tan buena mujer como pensaba?

—Digamos que esto es demasiado. Pero qué más da, usted es la oveja descarriada que Dios coloca en mi camino.

—Tenemos la vaca y el caballo, ¡con la oveja ya casi está el belén al completo!

—Varios de mis correligionarios se han vuelto locos después de ciertas confesiones. Me pregunto si no serían de esta naturaleza… Aparte de eso, ¿Ulysse va bien?

—Consigo mantenerlo al margen de todo esto, es mi único motivo de satisfacción. Porque, por lo demás, creo que puedo acabar entre rejas.

—No obstante, técnicamente opino que ningún jurado aceptaría la asociación delictiva con un équido y un bovino.

—Estoy realmente asustada, padre. Ya hay un inspector que sospecha de mí. No me dejará.

—Las plegarias nada pueden contra las investigaciones de la policía y, por lo que sé, no existe ningún santo patrón para su causa. Santa Rita, quizá…

—¿Es la patrona de los que se aprovechan de los amnésicos? ¿O de aquellos que se traen algo entre manos con animales? A no ser que sea la de las criaturas lúbricas que atentan contra los lazos sagrados del matrimonio.

—Ni una cosa ni la otra. Es especialista en causas perdidas.

—Muchas gracias. ¡Me produce un curioso placer estar en el equipo de los vencedores! Tengo una pregunta que hacerle…

—Por favor.

—¿La Iglesia sigue otorgando asilo a los perseguidos por la justicia?

—Desde hace siglos, cada casa de Dios constituye un santuario en el que aquellos que lo deseen pueden encontrar refugio para ponerse bajo la protección del Más Alto sin miedo a ser juzgados por los hombres.

—¿Así que podría mudarme aquí?

—¿Perdón?

—Si una mañana me presento con un petate y golpeo a su puerta gritando: «¡Asilo, asilo!», ¿me abriría?

—Sin dudarlo. Pero no podría quedarse aquí eternamente.

—¿Por qué no? Podría serle útil, podría ayudar. Cocino bastante bien. ¿Le gusta la pasta al pesto? Es una de mis especialidades. También soy capaz de realizar trabajillos. Además, soy buena costurera, y prometo ocuparme de la casa.

—Ya tengo a alguien.

—Ella hace trampas a las cartas. Debería desconfiar. Mientras que yo, soy la honestidad en persona.

—¡Dios mío! Voy a rezar por usted.

65

A pesar de que los dorados que decoran los techos datan, sin duda, de la misma época que los del teatro, Nicolas, Eugénie y los demás miembros de la compañía que han venido a acompañarlos se sienten mucho menos a gusto que bajo aquellos.

El fasto y la riqueza de la decoración de una sala de espectáculo contribuyen a instalar al visitante en una atmósfera de bienestar y de lujo alejada del día a día. Pero en los pomposos salones del Ayuntamiento, estos artificios cargados de simbolismo tienen como primera función recordar la omnipotencia de las instancias que rigen la ciudad.

Ante la amplitud de la delegación, el recepcionista se sorprende:

—¿Están todos para la audiencia ante el Consejo?

Nicolas y el señor Marchenod confirman al unísono. Desde la noche en que fue al teatro, el heredero ha mantenido su palabra y se le puede ver todos los sábados por la noche, a veces en familia, en el palco de honor que ocupaba su antepasado. Aunque a Eugénie le haya parecido observar que no se quedaba hasta el final de las representaciones, su presencia tranquiliza al equipo.

Después de esperar durante un buen rato mientras la comisión de finanzas examinaba otros asuntos más importantes que la supervivencia de un «local de ocio», se los invita a que compadezcan ante el Pleno.

La sala de reuniones se llena rápidamente hasta la bandera. Para permitir a los que se han quedado en el pasillo escuchar la deliberación, se ha decidido, de manera excepcional, no cerrar la doble puerta. El teniente de alcalde encargado de Cultura acoge a esta inesperada multitud:

—No es una audiencia lo que nos tienen preparado, ¡sino una representación!

Formidable público, en este caso, porque hoy son los saltimbanquis los que pasan la audición. Cada uno de ellos sabe que su futuro se va a decidir en los próximos minutos. Todo es posible, sobre todo el final.

En esta época hay cosas más urgentes que mantener un zoo para las emociones, aunque estas estén en vías de extinción. Ningún trazado de autopista ha sido jamás cancelado para salvar a unas cebras. Decoradores, actores, acomodadoras, carpinteros, maquilladoras, peluqueros, pintores, administrativos y todos los demás han venido a demostrar su solidaridad y a apoyar a la única que, según ellos, tiene una oportunidad de convencer.

La noche anterior, Eugénie había pedido a todo el mundo que se reunieran. En realidad, no estaba preparada, pero el plazo así lo exigía. Ya había corrido el rumor de que se veía con algunos miembros del equipo para hacerles preguntas de las que ninguno había querido revelar nada. Ella había expuesto su idea a la compañía, sin ni siquiera saber adónde podría llevarles aquello. La reacción fue sorprendente. Lejos de considerarla como un salvavidas ante el naufragio, la mayoría encontró la idea pertinente. No fue el plan de trabajo lo que sedujo, sino el espíritu y, sobre todo, las ganas de volver a fuentes refrescantes. Mientras que todos habían llegado resignados, muchos se habían marchado listos para ponerse manos a la obra, combativos y confiados. Así fue como decidieron ir todos juntos a defender su causa.

Un teniente de alcalde abre la sesión. Está encaramado entre los demás miembros del Consejo, detrás de una imponente tribuna, como un magistrado. En este lugar solemne, son los oficiales los que ocupan el estrado. Aquí, los artistas no controlan la escena y se los mira desde arriba.

—Buenas tardes, señoras; buenas tardes, señores. Su llegada en masa es impresionante. Me hago a la idea de lo que los trae aquí, y los comprendo. Les puedo asegurar la benevolencia del señor alcalde. ¿Quién va a hablar en nombre de todos?

Nicolas se adelanta:

—Si me lo permite, yo me encargaré de comenzar. Soy el director del teatro, y el señor Thibaud Marchenod, aquí presente, es el propietario del terreno.

—Ya saben, las finanzas del Ayuntamiento apenas se mantienen en equilibrio, y la degradación de las condiciones económicas nos obliga a reasignar algunos fondos a urgencias, principalmente sociales.

—Somos conscientes de ello —responde Nicolas—, pero igualmente pensamos que, en este contexto, el público tiene más que nunca la necesidad de despejar la mente. Nuestra vocación no es comercial, y nuestros ingresos se reinvierten íntegramente en el funcionamiento de la estructura. Añado que la mayoría de nosotros somos voluntarios. El aspecto educativo es igualmente primordial en nuestro enfoque. Nuestro teatro recibe a montones de escolares, pero también hogares de jubilados y personas en riesgo de exclusión.

—No lo niego. Pero algunas realidades nos superan, tanto a ustedes como a mí.

El señor Marchenod interviene:

—Sus palabras dan a entender que la decisión ya ha sido tomada y que estamos aquí únicamente para escucharla…

—Estamos abiertos a argumentos, pero no voy a mentirles: no tenemos más elección que dejar constancia de lo que nos impone el rigor presupuestario, muy a nuestro pesar. De hecho, no son los únicos afectados.

—¿Puedo señalar que al construir este teatro y al mantenerlo con vida sin ningún tipo de ayuda durante más de un siglo, mi familia ha contribuido al prestigio de nuestra ciudad?

—Eso es innegable, pero…

—Antes de tomar su decisión y de cortarnos las últimas ayudas, le pido por favor que escuchen lo que esta gente tiene que proponerles.

El hombre duda, pero termina por aceptar.

—Adelante.

Nicolas retoma la palabra:

—El que les presentamos es un proyecto ambicioso. Nada de vanas promesas, sino un riesgo que asumimos. Los necesitamos para tener la oportunidad de lograrlo y, si no lo conseguimos, nos entregaremos a su juicio. O todo o nada.

—¿Y qué más?

—Para explicárselo, prefiero ceder la palabra a la persona que ha tenido la idea, la señora Camara.

Eugénie sale de su fila. Discretamente, en señal de apoyo, Victor le acaricia la mano al pasar.

—Buenas tardes, señores. Esta es una idea que se me ocurrió hace unas semanas, pero creo que lleva en mí desde siempre. Sin duda nació cuando, de niña, yo misma vine a este teatro y salí de él maravillada. Para mí era otro mundo donde todo era más grande, más bonito. Un lugar al abrigo de la bajeza y de los verdaderos dolores. Podría hablarles de esta profesión fuera de la norma, de esta gente un poco loca, adorable y sensible que se consagra a ella en cuerpo y alma; pero esta tarde, prefiero mencionar a aquellos para quien y por quien existimos: los espectadores.

»Desde la noche de los tiempos, con total libertad, hombres y mujeres aspiran a soñar, a olvidar su día a día y proyectarse en relatos que los transportan y los emocionan. Nuestra especie disfruta con ello por naturaleza. A veces, al descubrir esos destinos trágicos que no son más que ficción, nos sentimos felices de escapar a ellos. Pero después de haberlos sufrido como testigos, superamos mejor nuestros propios dramas y nuestros dilemas morales, porque nos han contado que otros se han enfrentado a ellos y los han superado. En cuanto a los desenlaces más felices, esperamos que un día nos llegue el turno de conocerlos. A todos nos apasionan las historias de amor antes de vivirlas. Tal es el inestimable valor de las fábulas.

»El teatro nació de un profundo sentimiento, exclusivamente humano, que nos empuja sin cesar a contarnos historias para compartir y comprender, para imaginar, esperar y, sobre todo, transmitir. Poco a poco, a estos apasionados guiados por su instinto, que lo único que podían hacer era ponerse ellos mismos en el escenario delante de sus semejantes, se les unieron otros, menos pioneros, que hicieron de ello un oficio. A lo largo del tiempo, de las épocas, y con la multiplicación de medios, estos arranques de humanidad universal se transformaron poco a poco en otro mercado comercial más. Hoy en día, la emoción ha sido industrializada, difundida, amplificada, debilitada, con el objetivo de llegar lo máximo posible a la gente, hasta el exceso. Nuestro cariño sincero suele ser instrumentalizado con el objetivo de incitarnos a consumir o adherirnos a causas, a ideas políticas. La emoción se ha convertido en una herramienta que debe ser útil, véase «rentable». Como tal, ya no tiene ni voz ni voto y solo se practica en su forma original en el seno de la esfera privada. Las bebidas gaseosas se apropian de nuestras sensaciones, los coches se atribuyen nuestra sensualidad, verter aceite en una sartén sería una de las alegrías del día a día. Nos dejamos caer en la trampa. Un niño que da sus primeros pasos no tiene nada que ver con una cocina en promoción. Hacer creer que un café puede desencadenar una pasión es mentira. Comer platos de dudosa composición en ningún caso puede asegurar la felicidad de una familia... Estamos asfixiados, saturados, invadidos. En todas partes, este espíritu que nos eleva y que hace de nosotros algo distinto a los animales ha sido confiscado y traicionado. Se nos asusta, se nos compadece, se nos indigna, se nos tienta, se nos frustra. Las historias que funcionan son versionadas, los trucos copiados, se libera lo peor para excitar más que para emocionar, para vender todo salvo un sueño. Se nos encierra en emociones básicas, en un imaginario calibrado; se nos construyen laberintos de sensaciones prepagadas que hay que recorrer sin falta, como ratones de laboratorio, para tener éxito en la vida. Tenemos que haber vivido el baile de fin de curso esperando poder ser el rey o la reina, habernos rebelado contra nuestros padres y despreciarlos, enterrar nuestra vida de chica o chico como en las películas americanas y acordar un crédito para comprar un cacharro inútil que otros habrán elegido por nosotros... ¿Dónde está la vida en todo eso? ¿Dónde están, lejos de los clichés, nuestras primeras veces que no esperamos? ¿Dónde están esos arrebatos que nos permiten equivocarnos y aprender? ¿Dónde están los secretos que nos permiten descubrir y amar? ¿La vida no sería más que un parchís en el cual ni siquiera lanzaríamos los dados?

—Edificante presentación, querida señora... ¿Cuál es su apellido?

—Camara.

—... Edificante, como decía, pero si le parece bien, vayamos al grano.

—Considero útil contextualizarlo para ayudarles a comprender nuestro enfoque.

—Continúe.

—Experimentar no es un oficio, imaginar no se corresponde con ningún diploma. Son aptitudes que todos los seres humanos poseen, cada cual en su medida, y que se pueden secuestrar. No me apetece hacer añicos mi tele porque demasiados de aquellos que la pueblan sean mediocres. No quiero cerrar los teatros porque aquellos que se los han apropiado los hayan convertido en lugares vacíos de sentido o llenos de polvo. Pero necesito desesperadamente lo que las primeras sagas de artistas consiguieron sembrar: lo más fuerte que hay en nosotros. Si la manera de proponer una emoción ha cambiado, sigue siendo el mismo ímpetu el que une, en todas las partes del mundo y por todos los medios, a los que quieren soñar y a los que se ofrecen voluntarios para transportarlos. Yo estoy en el lugar del niño al que se le pide que se vaya a dormir porque es hora, y que suplica que se le cuente otra historia más porque no tiene sueño. No quiero cerrar los ojos, no quiero ser buena. Tengo ganas de salir a la aventura, ganas de tener miedo, de ver gente que supera lo peor y que se quiere. Cuando me piden que me tranquilice y acepte lo que sería bueno para mí, me muero de ganas de sentirme viva. Y no soy la única…

Se gira y señala a la compañía.

—Conozco a esta gente. Vivo con ellos cada día, soy espectadora de su talento y me siento fascinada por las personalidades tan ricas que poseen. Son ellos los que me cuentan historias todas las noches. No lo hacen ni para reciclar ni para recuperar. Lo hacen porque esto les permite expresar lo mejor que hay en su interior. En compañía suya, como en un buen libro o una gran película, quiero arriesgarme a llegar a lo más profundo de nosotros, buscar la materia con la que hacemos nuestros océanos de desesperación, pero también las balsas que nos permiten sobrevivir a la espera de una isla.

»No quiero perderme en argumentos. Me odio cuando se me dice lo que se supone que tengo que experimentar. Así que, para la vuelta, a modo de programación, les proponemos un espectáculo únicamente construido a partir de aquello que nos emociona a todos, a ustedes, a mí, a ellos, como nunca antes se había hecho.

—¿Y cómo logrará esa hazaña? ¿Ha descubierto alguna obra inédita?

—No, señor. Vamos a escribirla. Le dedicaremos cada instante de los próximos meses.

—¿Se da usted cuenta de la dificultad del empeño? Sin hablar del riesgo al que se enfrenta…

—¿Qué otra opción nos queda? Estamos al borde del abismo, mejor levantar el vuelo.

—Me siento tentado, pero cuénteme más sobre su proyecto.

—Disculpe, pero es demasiado pronto. No dudo de que necesite elementos tangibles para otorgarnos una prórroga, pero no tengo más argumento que el que ha empujado a mis cómplices a venir a defender nuestra causa esta tarde: las ganas y la convicción de que es posible.

—¿Cuál sería el título de este espectáculo suyo tan particular?

A Eugénie le entra el pánico: no ha pensado en ello. Se vuelve hacia su gente. Cruza la mirada con Victor, con Céline. Ve a Olivier y, justo a su lado, a Arnaud, que sujeta a Norbert vestido con traje y corbata para la ocasión. No ve los ojos de Juliette quien, desde que Loïc se fue, nunca se quita las gafas negras. Todo el mundo espera que hable. Incluso Daniel, el cual está claro que podría morir como ella no dijera nada, está pendiente de sus palabras.

Se vuelve hacia el Consejo.

—*Una vez en la vida*. Si nos lo permiten, este será el título de nuestro espectáculo.

—Me gusta… Creo poder decir que su discurso nos ha seducido realmente. ¿Quién es usted para haber imaginado todo eso?

—La guardiana del teatro, señor.

El hombre esboza una sonrisa que podría ser burlona. Consulta a sus vecinos para escuchar sus reacciones. Murmullos y conversaciones privadas. El instante es delicado. El interés suscitado es frágil y puede volver a caer.

Para apoyar a su mujer, a Victor no se le ocurre nada mejor que lo que el público brinda cuando quiere apoyar a un artista: aplaude. Rápidamente ampliado por el conjunto de la compañía que lo imita, el plebiscito se vuelve ovación. Las paredes de la sala tiemblan. El fervor enciende el lugar y ahoga el silencio que se estaba volviendo glacial.

Thibaud Marchenod se entrega en cuerpo y alma:

—Yo no soy de su mundo —dice señalando al grupo—, pero tengo fe en ellos. Como espectador, tengo ganas de ver lo que van a proponer. No deseo contentarme con el mínimo esfuerzo recalentado que propone nuestra época. Sin duda, encontrarán las primicias de este programa muy frágiles frente a sus imperativos. Pero tengo una propuesta que hacerles. No podrán por menos que aceptarla. Déjennos hasta final de año. Déjenlos trabajar sin la amenaza de cierre. Son conscientes de que el fracaso conllevará su desaparición. —Se interrumpe, como si tomara conciencia de la importancia de su propósito—. Están condenados a conseguirlo… ¿Cuántas obras maestras nacieron bajo este ultimátum? En el fondo, mirándolo bien, en la historia son casi siempre los principiantes los que abren camino. Muchos artistas que no presumían de este nombre se revelaron bajo esta presión. La compañía aquí presente no pide una muleta, sino la oportunidad de caminar. Por mi parte, les prometo que, si fracasamos, cederé el teatro a la ciudad. Si no salimos de esta, podrán arrasar el teatro ideado por mi antepasado y construir otro centro comercial más.

66

En el taller de confección, Céline está junto a un elegante vestido chino, cuya seda se ha desgastado con el tiempo. La operación se anuncia delicada, ya que el material es uno de los más complejos para trabajar. La vecina anciana que la había iniciado en la costura solía repetir que este tejido es comparable a la vida: nacido de un milagro de la naturaleza, magnificado por los rayos del sol del amanecer, y más preciso que cualquier otra cosa.

Céline se siente feliz de pensar solo en su trabajo. Espera cada una de estas sesiones de restauración con impaciencia. Concentrarse en su aguja y su hilo libera su mente y la calma. Es absolutamente necesario, sobre todo en los últimos tiempos. En unas semanas, las revoluciones se multiplican en su existencia, y su pasión, una vez más, le ofrece un remanso de paz. Al contacto con las telas, puede dejarse llevar por aquello que es, sin ningún compromiso.

Vuelve a colocar el vestido bajo la luz. ¿Quién era la actriz que lo había llevado hace ya tanto tiempo? El vestido evoca el pasado, pero reaviva igualmente el eterno espíritu de aquellos que se vestían para hacer teatro. ¿Qué será de estos disfraces si el teatro cierra? ¿Se destruirá este legado? ¿Se venderá? ¿Se dispersará? Los cientos de horas consagradas a su conservación no habrán sido más que una pura pérdida. Pero Céline no cuenta con renunciar a la misión que se ha fijado. Hasta el último instante, continuará con su trabajo de chinos con la misma energía. De todas formas, solo aquí se siente en su lugar.

Eugénie llama a la puerta abierta.

—¿Todavía colmando de atenciones a esas bellas reproducciones?

—Ulysse se ha quedado a dormir en casa de un amigo. No me veía dando vueltas por mi apartamento. Prefiero mantenerme ocupada. ¿Y tú? ¿Cómo vas? Annie me ha contado que habéis estado trabajando hasta tarde en la configuración del espectáculo.

—Damos palos de ciego. Victor piensa que lo sensato sería vincularlo con los mejores números que hemos visto, a condición de que tenga sentido y que los artistas acepten correr el riesgo con nosotros.

—Es bastante inteligente. Al igual que nosotros, no tienen mucho que perder. Por cierto, ¿sabes algo de Juliette? Le he dejado dos mensajes, pero no ha dado señales de vida.

—Está menos presente estos días. Dice que venir aquí le recuerda el día en que Loïc se fue. El simple hecho de entrar en la sala la perturba. La otra noche, se detuvo delante de las butacas donde se habían sentado como si fuera delante de un mausoleo…

—Pobre. ¿Por qué no prueba a hablar con él?

—No se atreve. Le da demasiado miedo que le diga que todo ha terminado.

—La comprendo. Cuando uno está desesperado, la duda es mejor que la certeza del fracaso…

Eugénie no ha venido a cotorrear con su amiga, pero no sabe muy bien cómo abordar el tema. Para mantener la compostura, va a la mesa de costura y se pone a jugar con un dedal.

—Tengo que hablarte de algo importante en relación al espectáculo…

El tono es inusualmente grave. Céline levanta la mirada.

—¿Qué pasa?

—Vamos a tener que prescindir de tu talento de creadora de vestuario.

—¿En serio?

—En parte para evitar los costes de fabricación, pero sobre todo porque, para ambientar la historia en el presente, vamos a tener que elegir sin duda ropa contemporánea.

—Lógico. No pasa nada. No te preocupes por mí.

Céline se pone de nuevo a coser. La guardiana añade:

—En cambio, te voy a necesitar para otro puesto.

La modista vuelve a interrumpir su labor y bromea:

—¿Portera? He aprendido nuevos insultos…

—Me gustaría que actuaras en la obra. Todavía no sé en qué papel, pero me parece obvio.

Céline se queda estupefacta antes de soltar:

—¿Ya te has olvidado del estado en que estaba cuando me empujasteis a subir a escena?

—El espectáculo necesita tu personalidad. Y siendo egoísta, me encantaría tenerte a mi lado para los diálogos, principalmente. Nadie más se atreverá a decirme si me estoy equivocando. Tú sí. Eres una creadora de vestuario fantástica, pero para mí, antes que nada, eres una persona extraordinaria. Quiero poder contar con tu mirada incisiva, con tu humor, tu cólera y tus ganas de amar.

—Vas a hacer que me eche a llorar.

—Eso espero.

—Pero nada de un papel demasiado importante…

—Un personaje que se parezca a ti.

—¿Una colgada a la que le encanta coser?

—Un corazón inmenso en proceso de sanación.

67

La voz susurra, liberando su secreto:

—Tenía tanto miedo de que vinieras, Eugénie. Y, sin embargo, me apetecía tanto... *Crazy*, ¿no te parece?

Taylor mira a la guardiana directamente a los ojos. Siempre se comporta así. Aunque sea tímido, busca la reacción de la gente allí donde menos miente.

Se apresura a añadir:

—Hace días que te espero. Se me secaba la garganta cada vez que te acercabas. Me decía: «¡Ya está, me toca!». ¿Te imaginas? ¡Como la muerte! Sabemos que terminará por llegar, pero nos preguntamos cuándo.

—Tranquilo, he dejado mi guadaña en el escobero. No vengo a arrebatarte la vida, estoy aquí para intentar comprenderla.

—Algunos me han contado que habías hablado con ellos. No me han revelado nada de vuestras conversaciones, pero se los veía trastocados. Haces preguntas que conmueven.

—Son más bien sus respuestas las que son fuertes.

—¿Consigues sacar ingredientes para el espectáculo?

—La materia es magnífica, pero quién sabe si conseguiré darle forma para transmitirla... En cualquier caso, la experiencia es increíble. Pocos dramaturgos han debido tener el privilegio de acceder a lo que vosotros me ofrecéis. ¿Soy digna de recibirlo?

—¡Eres como la abeja que liba a la espera de fabricar su miel!

—Esperemos que sea capaz de hacer al menos un tarro...

—¿Qué quieres saber de mí?

—Quiero entender qué es lo que os hace a todos tan particulares en esta compañía.

—¿Somos tus cobayas?

—Más bien mi muestra selectiva de humanidad. ¿Qué os hace universales? ¿Por qué sois únicos?

—¿Esas son tus preguntas?

—No. Es mi enfoque.

—Mejor, porque no me veía capaz de responder. ¿Has encontrado lo que me hace único? ¡Aparte de mis llamativas camisetas!

Eugénie mira al responsable de vestuario.

—Siempre estás dudando. Siempre vas en busca de señales lanzadas por los demás. Se diría que esperas o, mejor, que tienes esperanza en algo. ¿Me equivoco?

Taylor aparta la mirada. Eugénie le acaricia el brazo con cariño.

—Perdona, no quería incomodarte. Nada te obliga a responder. En este momento, solo manipulo sentimientos altamente radiactivos. Ya no sé mantener las formas, me sumerjo directamente en el corazón de los reactores. Me paso el tiempo desenterrando cosas de las que nunca se habla...

—No estoy acostumbrado, pero está bien. Hazme tu pregunta.

—Taylor, ¿qué es lo que más te asusta?

Él piensa.

—No estamos hablando ni de serpientes ni de latas de conserva caducadas que pueden explotar, ¿verdad?. Me preguntas por lo que realmente me aterroriza.

—Si puedes pensar en ello, sí.

—¿Le preguntas lo mismo a todo el mundo?

—Nunca. Intento averiguar lo que cada individuo es el único capaz de enseñarme.

—Así que ahora me toca a mí formar parte del club de los trastocados.

—No me necesitabas a mí para eso…

Taylor se apoya en la pared de ladrillo, como para tranquilizarse.

—En el fondo, tus preguntas son como esos misterios existenciales a los que sistemáticamente deberíamos hacer frente. Para saber dónde estamos, para que no sea demasiado tarde cuando descubramos las respuestas. Ver con claridad en nuestro interior. Es un excelente principio. Si sabes lo que te importa y lo que te asusta, ya no te dispersas. Déjame pensar…

Las expresiones que se suceden en su cara traducen las múltiples emociones a las que conducen sus pensamientos a través del laberinto de su conciencia. ¿En qué piensa? ¿O en quién?

En varias ocasiones, Eugénie presiente que va a hablar, pero Taylor se bloquea, con la boca abierta, continuando con su reflexión interior. De golpe, como un paisaje que se aclara con el amanecer, su mirada cambia.

—La idea de vivir solo es lo que más terror me causa en este mundo.

Él, normalmente tan locuaz, tan parlanchín, responde únicamente con una frase, sin la más mínima duda, como si hubiera tocado el epicentro de su ser. Eugénie siente que no ha acabado de formular su pensamiento. Se miran durante un buen rato.

—De hecho, es mi único miedo —confía Taylor—. Por más que busco, no veo nada más susceptible de asustarme. Lo peor para mí sería no existir para nadie, no encontrar a quien poder entregarlo todo. Tú tienes a Victor, a tus niños; pero yo sigo buscando. No creo valer demasiado, pero sé que si alguien confiara en mí, si se me diera mi oportunidad, tendría el valor. Lo poco de bueno que he hecho desde que estoy en este mundo, lo he hecho por los demás, por amor…

Se pasa la mano por su pelo corto y suspira.

—Nunca se habla de estas cosas. No se puede hablar de ellas con nadie. En cambio, ¡qué bien sienta! ¡Todo parece tan sencillo cuando se dice lo que se tiene que decir! Se pierde tanto tiempo hablando para no decir nada, mientras lo más importante permanece encerrado en nuestro interior… —Taylor hace una pausa. Parece liberado—. De hecho, ¡me paso la vida esperando a la persona que haga de mí lo que realmente soy! Espero la chispa que encienda la llama. Sin embargo, muchas veces ya no creo en ello. Me da miedo que no llegue nunca. Todos estos años avanzando solo, convencido de que el mundo es diez veces más bonito cuando lo contemplas con alguien…

—¿Has estado ya enamorado, Taylor?

—Con frecuencia. ¡Pero nunca de las que mi madre se esforzaba en presentarme! —Su risa se pierde en una expresión triste—. Extraña alquimia de la que nadie se salva. Algunos nos hacen arder y otros nos dejan fríos. No elegimos lo que nos enciende. Como si fuéramos incapaces de identificar la reacción que nos hará vivir antes de que esta alcance nuestra piel. ¿Existe esta reacción realmente o solo la soñamos? Con frecuencia me pregunto si no estamos eternamente solos.

—No en este instante, Taylor. No en este instante.

<h1 style="text-align:center">68</h1>

—Quizá el trastazo haya hecho saltar conexiones, ¡y resulta que en el interior de tu cabeza se ha producido el gran cortocircuito! Como un panel eléctrico por el que un tío hubiera pasado una desbrozadora. ¡No me extraña que no te acuerdes de nada! A lo mejor eres Lenin, Elvis o la princesa de Clèves. Y mientras estás ahí, tocándote las bolas en tu cama, esperando acordarte de quién eres, ¡te han birlado Rusia, tu mantequilla de cacahuete y tus vestidos de puntillas!

Como el encanto de Tiffany no ha surtido efecto, Daniel constituye la nueva arma secreta del trío infernal para desestabilizar a Martial. La idea, proveniente de Victor, consiste en enviar a un hipocondríaco paranoico a poner de los nervios a un amnésico hospitalizado, con el fin de debilitarlo psíquicamente antes de hacerle la visita decisiva.

Preocupado, el ex de Céline mira a su interlocutor quien, por su parte, lo mira sin vergüenza. El hombre inclinado sobre su vendaje está tan cerca que Martial puede contar los pelos de su barba. No tiene ni idea de la identidad de su visita, como tampoco de la del resto de la gente que ha ido a verlo desde que recobró el conocimiento. A veces, tiene la impresión de que se está volviendo loco.

Daniel sacude la cabeza, asolado.

—Aseguran que no te quedará ninguna cicatriz, pero mienten. A mí también me contaron rollos. Una vez, mientras lavaba con un chorro de agua mi contador eléctrico, recibí una gran descarga, y resultó que me dejó de funcionar el brazo. Me arrastré durante kilómetros para llegar al hospital. Estaba tan mal que me tuvieron una noche en observación. Al día siguiente, como por un milagro, mi brazo volvía a funcionar perfectamente, así que esos asquerosos me pusieron de patitas en la calle contándome la milonga de que estaba curado. ¡Pero yo sé que era una intoxicación! Me apuesto una mano a que, mientras dormía, me injertaron una mierda de brazo biónico. Lo controlan a distancia. Un día me voy a liar a tortas conmigo mismo ¡y no podré hacer nada! ¡Me teledirigirán desde su cuartel general secreto! Además, con el cacharro que me han puesto pueden escuchar todo lo que pienso y seguirme el rastro. Y, agárrate, seguro que han ganado una pasta vendiendo mi verdadero brazo a algún pobre manco. Estos cabrones ganan por partida doble. ¡Nos controlan y se forran! No se puede hacer nada.

Lo bueno de Daniel es que da igual escribirle su papel. Basta con dejarle vía libre y el resultado está garantizado. Asustaría a un alcornoque, justo después de deprimirlo. Ahí está, tendiendo la mano hacia el amnésico y plantándole el índice debajo de la nariz.

—Fíjate en el extremo de mi dedo.

Martial se tiene que poner bizco para intentar distinguir algo, pero no observa nada especial.

—Haz un esfuerzo —insiste Daniel—. Bajo la piel, se percibe un rastro oscuro. Te apuesto a que es un nanoemisor.

Martial intenta volver a aportar un poco de cordura a su conversación.

—¿Estaba hospitalizado en este servicio?

—¿Aquí o allí, ¿qué más da? De todas formas, ¡he pasado por todos! Una vez estuve ahí por el mismo tipo de golpe que tú. En aquella época iba de acampada y, una noche, un cacharro inmenso aplastó mi tienda. Era un viernes trece… En tres metros a la redonda, solo yo y un mapache sobrevivimos. Podría haber sido triturado, hecho papilla. ¡Menos mal que me meto en la piltra con casco! ¡Me reventó las piquetas e hizo trizas la tela! Durante tres días solo vi por un ojo, nunca por el mismo. Cambiaba a cada hora. ¡Un susto que te cagas! Me contaron el rollo de que había sido una rama de árbol que había cedido a causa de una ráfaga de viento; pero después vi un documental, una investigación muy seria sin duda emitida en plena noche entre dos telefilmes eróticos, que me puso la mosca detrás de la oreja. Parece ser que, en zonas apartadas, una facción secreta del ejército ruso está probando nuevos virus que sueltan por la naturaleza. ¡Los sueltan por helicóptero cuando todo el mundo duerme! No hace falta seguir buscando: ¡me topé con uno de bruces! Uno grande que te cagas. De hecho, me ha estado picando durante seis años.

Martial está cada vez más estresado. No le gustan las historias que le cuenta este tipo.

—¿Ha sido ya amnésico?

—¡No me acuerdo! Lo que sé es que un día en el que tenía vacíos en la memoria, como tú, me pusieron electrodos en la cabeza para efectuar «mediciones»…

—Me hicieron pruebas del mismo tipo ayer, anteayer…

—Pues bien, amigo mío, desconfía; porque, en mi caso, aprovecharon para birlarme ideas que tenía bien al resguardo bajo el pelo. Imagínate, estaba a punto de inventar el airbag y los fideos precocinados y, casualmente, cuando salí, ¡todos los coches estaban equipados con ellos y mis fideos se podían encontrar por todas partes! Por supuesto, no he visto un céntimo por mis inventos. A lo mejor están contando los fajos de billetes que me han mangado con el brazo que me han birlado… Pero eso no es lo peor.

—¿Ah, no?

—No. Agárrate bien: después de hurgarme en la sesera, me examinaron minuciosamente por todos los agujeros, no sé si me comprendes lo que quiero decir…

—¿Y qué tiene que ver con la amnesia?

—Nada, que son unos pervertidos. Pero déjame decirte que cuando terminaron con mi culo, este se parecía a un mina de cobre brasileña.

—¿O sea?

—A cielo abierto, visible desde el espacio. Te lo voy a enseñar.

<h1 style="text-align:center">69</h1>

Juliette no lo ha visto venir. Durante todo el día, como un autómata, ha ido encadenando radiografías y ecografías, resignada a sufrir después una enésima noche de depresión, prisionera de sus preguntas, torturada por sus dudas. Está tan chafada que el domingo por la mañana se presentó en el trabajo preguntándose por qué era la única en el gabinete. Domingo, lunes, miércoles… ¿Qué más da? Cuando uno se muere de pena, los días son idénticos y las horas demasiado largas.

Su lúgubre existencia podría haber seguido así hasta que le llegara la muerte, pero un clic terminó por encenderle la bombilla. Justo antes de que terminara su turno. Una bofetada soltada por una mano invisible. Un electrochoque antes de la parada cardíaca. Una chispa. Sin darse cuenta, la aguja que mide el índice «pasa de todo/pon toda la carne en el asador» ha entrado en zona rojo vivo. Ignoraba incluso que este indicador existiera en ella, hasta que la sobrepresión amenazó con hacerla explotar. De repente, nada de volver a encerrarse en casa como un animal herido. Qué extraño comprobar hasta qué punto nuestros mecanismos internos trabajan a nuestras espaldas, siguiendo sus propios ritmos, manifestándose a nuestra conciencia solo cuando han finalizado sus misteriosos procesos y ya ninguna alternativa es posible... Es ahí donde el instinto toma las riendas, después de largar a «sensatez» y a «razón», que saltan en marcha del tren. Ya solo tenemos que obedecernos a nosotros mismos, ciegamente. Y es justo eso lo que va hacer Juliette.

La joven se sube a su coche. No canta, ni se le pasa por la cabeza. Sin rechistar, espera en cada semáforo. Ya no cuenta con hipotéticos superpoderes para salir de esta, solo con ella misma. No perderse en falsas esperanzas o batallas inútiles. Ahorrar fuerzas para la prueba que se avecina. Mientras conduce, no duda del fundamento de su decisión. De todas formas, no podría aguantar un día más en este estado. Debe saber. Quiere hablar. Tiene que descubrir si puede vivir o debe estirar la pata.

Cuando llega a los alrededores del taller, se da cuenta de que las letras que sobreviven del rótulo, cogidas por otro orden, pueden igualmente significar «ATENCIÓN». Qué más da. Está fuera de discusión ser prudente. No tiene los medios para ser razonable. Cueste lo que cueste, tiene que hablar con Loïc. Él decidirá lo que quiera, pero ella ya no puede contener el ciclón que le devasta el alma desde la maldita audición.

Las puertas del taller están abiertas. Mejor, evitará que Juliette tenga que echarlas abajo. Habría sido capaz. La joven aparca a la remanguillé. Qué se le va a hacer si aquello estorba a los utilitarios o a los inmundos cochecitos de otras chicas que pudieran estar siendo atendidas. Esta tarde, vuelve a ser su plaza.

Con paso decidido, entra. Su buen ímpetu no dura demasiado. La mezcla de olores le produce un extraño efecto. Ralentiza. Carburante, metal quemado, lubricante... El cóctel olfativo es familiar, tranquilizador. Juliette tiene la impresión de volver a casa. Pero ¿sigue siendo así?

—¿Loïc?

No hay respuesta. Avanza, entra en el elevador esquivando aquello que pudiera ensuciarla. Un ruido de herramientas proveniente del fondo del taller la alerta. Se cuela y ve luz al fondo. De repente, se detiene ante el Buick amarillo. Acaba de entrever los zapatos del mecánico que sobresalen por debajo del coche. No es la parte que prefiere del joven, pero igualmente se alegra de verlos. ¡Hasta echa de menos sus pies!

Estos patalean, señal de que está arreglando algo.

—Loïc, soy yo, Juliette.

Los pies se detienen. Las piernas empiezan a agitarse para salir, pero la joven reacciona:

—No, por favor, quédate debajo. Prefiero hablar contigo sin tener que enfrentarme a tu mirada. Tengo demasiado miedo de no encontrar ya en tus ojos lo que tanto me gusta leer en ellos.

—Pero...

—No digas nada. Por favor. No me extenderé. Te suplico que me escuches. Después, si es lo que quieres, me iré y no volveré a molestarte nunca más.

Juliette se lanza como cuando se salta al vacío.

—La primera vez que te vi, fue justo aquí. Me acuerdo de cada detalle, ¡aunque sea incapaz de explicar qué hacías! Tenías un gran trozo de hierro con el que intentabas torcer otro mientras le hablabas. Curiosa como primera visión, pero qué más da. No sé por qué, me enamoré de ti al instante. Eras guapo, es verdad, pero no fue eso lo que me causó mayor efecto. Sentí algo loco. Inmediatamente, me entraron ganas de acurrucarme a tu lado, de que me encerraras entre tus brazos. Para sentirte. Para no volver a tener miedo, para no volver a estar sola, para estar contigo. Siempre. Habría dado lo que fuera para que me hablaras, aunque fuera como a tu trozo de metal. Para que me sujetaras tan fuerte como a él. De golpe, tenía la impresión de entender por qué existía, la certeza de saber lo que tenía que hacer a cada segundo de mi existencia. Al salir de tu taller, sin saberlo, ya me habías enseñado lo que significaba «estar loca por alguien». Aquella vez, nuestro encuentro se debió al azar. No así los siguientes. Sin duda me tomarás por loca, pero luego saboteé mi coche para volver a venir a verte. Lo necesitaba.

Los pies apenas se mueven. Juliette los mira como si fueran el interlocutor al que quiere convencer. De pie, en el taller, ante dos zapatos, se explica tanto con las manos como con su cuerpo…

—Nunca me he parado a hacer el retrato robot de mi hombre ideal, pero cada vez que pasaba tiempo contigo, me daba cuenta de que te correspondías con él perfectamente. Me encanta tu aire serio cuando inspeccionas mi coche, la manera en que te deslizas debajo, tus gestos tan precisos cuando coges un destornillador y tan torpes cuando se trata de mi mano… El día que curaste mi herida permanecerá como uno de mis más bonitos recuerdos. Ya sé que me dará calor hasta mi último suspiro. Contigo he descubierto que el amor existe de verdad. He tocado aquello de lo que hablan las canciones, las películas y los libros, y que tanto nos hace soñar. También he tomado conciencia de todo lo que este sentimiento tiene el poder de hacernos hacer. No me arrepiento de nada. Ni de mis mentiras para verte ni de las horas esperándote y pasando delante de tu taller para intentar verte a lo lejos. ¡Dios mío, qué bien sentaba! Todo era evidente, indiscutible, posible. Ni por un segundo me imaginé que algo pudiera interponerse en nuestra historia. Sobre todo yo.

»Y sin embargo, una noche, desapareciste brutalmente. Me quedé perdida, sin comprender el motivo. Me he pasado las noches recordando nuestras conversaciones, nuestras palabras, nuestros gestos, sin detectar nada destructivo en ellos. He sobrevivido a la espera de una señal, la que fuera, incluso un reproche. Cada visita, cada llamada solo podía ser la tuya. Pero nada. Estoy convencida de que eres un buen hombre, así que, forzosamente, he empezado a decirme que era yo la responsable de tu ausencia. ¿Sabes lo que es considerarse culpable de haber arruinado lo que más te importa en este mundo? Me he odiado. He tocado fondo. ¿Qué maldición había hecho que me privara de ti? A cada minuto, me ponía en tela de juicio. He terminado por deducir que no te gustó que subiera al escenario a bailar. Sin duda, me tuviste que encontrar ligera, quizá demasiado próxima físicamente a otros hombres. Estaba conmocionada.

Los pies ya no se mueven. Juliette ya no es capaz de detener sus lágrimas.

—Así que, Loïc, he venido para pedirte perdón. Si así lo quieres, prometo que nunca más bailaré. Me la trae al fresco. Le hago una cruz. La vida está jalonada de decisiones, esta es gigantesca, pero ni lo dudo. Si puedes olvidar lo que viste la otra noche, dame una oportunidad y quédate conmigo. Dame la esperanza de poder ser algo más que un recuerdo.

Las piernas se agitan. Él sale de debajo del coche, con menos delicadeza que de costumbre. Juliette tiene miedo, pero de golpe cambia radicalmente de expresión.

—¿Victor? ¿Qué haces ahí?

Se esperaba cualquier cosa, salvo ver aparecer al marido de su amiga.

—¡Qué mal me siento, querida Juliette, qué mal me siento! Estaba reparando el circuito hidráulico, porque el chico no consigue salir del atolladero.

—Pero ¿por qué no has dicho nada? ¿Por qué me has dejado contar todo esto?

—He intentado prevenirte, pero me has mandado callar y has arrancado. ¡Ha sido magnífico! En serio…

Juliette lo fulmina con la mirada.

—Perdona, pero no iba dirigido a ti. Tengo la impresión de haber sido sorprendida desnuda en la ducha. ¿Dónde está Loïc?

—En el almacén.

Juliette se echa a temblar.

—No tendré fuerzas para volver a decírselo. He necesitado semanas de desesperación para reunir semejante falta de sentido común y venir a abrirle mi corazón… Para este tipo de representación no se hacen ensayos. Se acabó.

—No tendrás que repetirlo.

La voz ha surgido grave, pausada.

Juliette se gira. Loïc está allí. Está paralizada. Esto nunca le pasa a las tartas. De hecho, a las ostras tampoco. Se acerca a ella. Suelta su barra antibalanceo, que cae al suelo tintinando. Un escalofrío recorre la piel de la joven. Una extraña onda que tiene el poder de devolvernos inmediatamente a la vida.

La toma en sus brazos y la besa. No sobre la mejilla. Los grandes ciervos no se abrazan así.

—Lo siento. No me he dado cuenta del daño que te hacía.

—Pídeme lo que quieras, pero déjame que me quede.

—Quédate, por favor. Y enséñame a bailar.

Uno de los sueños de Juliette acaba de hacerse realidad: su pequeño top está manchado de grasientas huellas negras de dedos. ¿Qué milagro puede convertir una faena en algo inestimable?

Victor gime:

—Dadme al menos tiempo para escapar. ¿Os dais cuenta hasta qué punto es incómodo? ¡No me apetece pasarme la noche debajo del coche tapándome los oídos!

70

Arnaud lleva a Eugénie hacia el centro del escenario.

—He estado pensando en lo que me pediste: hacer que la luz del sol entre en el escenario. Es bastante inusual. En general, este tipo de iluminación se reserva al cine, para falsas escenas de exterior rodadas en estudio. En nuestro caso, estamos mayoritariamente en decorados interiores. Pero tengo algo que proponerte. Dime si te parece bien.

Teclea en el panel de mandos. Algunos proyectores se apagan, otros se encienden y se reorientan, modificando radicalmente el ambiente lumínico. Eugénie está deslumbrada por el flujo de luz. Le recuerda de inmediato su primera visita al tejado del teatro. Obligada a entornar los ojos cuando perdió el equilibrio.

—Es una cuestión de temperatura de color —explica el técnico de iluminación—. Se calienta la tinta y se intensifican los haces para hacer los contornos de las sombras más nítidos.

Alucinada, Eugénie observa el dorso de sus manos haciendo juguetear sus dedos.

—Es fantástico. Parece que estamos fuera. Gracias, es justo lo que esperaba.

—Genial. Podremos afinarlo cuando tengas definidas tus escenas.

El técnico de iluminación se aleja.

—Arnaud, si tienes un minuto, me gustaría comentarte otra cosa.

—¿Qué puedo hacer por ti?

—¿Dónde está Norbert?

—Me lleva esperando desde hace rato. Ha debido de quedarse dormido.

La compañía está acostumbrada a escuchar al técnico hablar de su compañero acolchado como de un pariente perfectamente vivo. Maximilien piensa que se trata de una transferencia; otros optan por versiones a veces más extravagantes, como Chantal, que está convencida de que Norbert es para Arnaud la representación de su padre muerto, del cual no habría podido ocuparse todo lo que hubiera deseado.

—Quiero hablarte de él. Quizá sea mejor comentarlo con él delante.

Arnaud asiente y va a reunirse con su amigo en compañía de la guardiana. El maniquí está sentado en una caja, apoyado contra una columna seca, vestido de obrero, con peto y camiseta blanca.

—Me gusta mucho el cuidado con el que eliges su ropa. Tiene que llevarte una cantidad de tiempo impresionante.

—Me contento con adaptar su ropero a lo que tiene que hacer. En este momento, estamos haciendo obras y él me ayuda.

Eugénie no se atreve a preguntarle qué se supone que hacía Norbert vestido de indio o de astronauta…

—Qué bien que podáis trabajar juntos.

La guardiana se vuelve hacia Norbert y le felicita:

—Gracias por echar una mano a nuestro Arnaud.

Eugénie sabe que detrás de cada locura siempre se esconde una fisura o un mensaje. A veces los dos. Nunca ha considerado loca a la gente extravagante. Simplemente, buscan su lugar a su manera.

—Me gustaría hablar del espectáculo con vosotros dos.

Arnaud se sienta al lado de su colega, muy atento. La guardiana continúa:

—Aún no hemos definido del todo los personajes, pero creo que la historia va a articularse en torno a un papel central que servirá de hilo conductor. Le veremos de niño, después de adulto, incluso de anciano. Será nuestro guía de la historia a través de sus aventuras. He pensado que para encarnar a alguien tan universal, Norbert sería sin duda la solución ideal.

La cara de Arnaud se ilumina. Se siente al mismo tiempo incrédulo y extremadamente emocionado. Mira fijamente a Norbert, como si intercambiaran una mirada cómplice.

—¿Te das cuenta? —le dice—. ¡Te están pidiendo que interpretes a un hombre vivo!

Arnaud ya no tiene nada del técnico seguro de sí mismo. Esboza un gesto. Eugénie tiene la impresión de que ha estado a punto de abrazar a Norbert, pero que su pudor se lo ha impedido.

—¿Puedo contar con vosotros? —pregunta ella—. ¿Aceptáis?

La gratitud que se lee en los ojos de Arnaud vale por todos los compromisos. La guardiana precisa:

—Será mucho curro. Aunque Norbert no tenga diálogos, tendrás que ayudarlo a cambiarse y colocarse. ¿Podrás con todo esto más las luces?

Arnaud toma las manos de la guardiana y las besa.

—Ningún problema, Eugénie. Puedes contar con nosotros. Gracias por permitirnos vivir esto.

71

El verano está ahí. El buen tiempo y las escapadas de veraneo han ganado la partida. Ahora ocupan la mayor parte del tiempo libre de los ciudadanos.

La tregua estival marca el final de la temporada y esta noche, por última vez, se representa *Corazón de relojería*. Inmediatamente después, el teatro cerrará sus puertas durante unas semanas.

En las filas de asientos, Laura y sus compañeros instalan a hombres sin chaqueta y a mujeres con vestidos ligeros. Fuera, el mercurio asciende. El ambiente es de vacaciones, y el público aprecia tanto el frescor de la sala climatizada como la obra.

Los espectadores no sospechan nada de la punzada en el corazón que cada miembro del equipo siente. Hace meses que la compañía vive al ritmo de esta historia de traición conyugal. Un asombroso cúmulo de cientos de gritos, amenazas y venganzas, amenizados por litros de falsas lágrimas, desdichas que se repiten una y otra vez e iras a hora punta. También se encuentran algunos tortazos auténticos. Ha llegado el momento de hacer balance: en lo que a duración se refiere, este vodevil habría conseguido un apreciable éxito, habiendo mantenido la asistencia, sin conseguir invertir la lenta erosión que le prosigue.

A partir de mañana, se descolgarán los carteles del frontón y Victor no volverá a encender las bombillas. En unos días, se desmontarán los decorados y se acometerá la limpieza general.

Artistas y técnicos están acostumbrados a los finales de programación, pero este les promete un sabor particular. Cada uno de ellos espera que no sea amargo. Aunque la perspectiva del nuevo espectáculo motive a todo el mundo, vivir un final nunca es fácil.

Eugénie ha tomado asiento en «su» palco. A lo lejos ve a Laura, a la que no se atreve a preguntar por su situación con Quentin, aunque piense en ello con frecuencia. La guardiana ha decidido proponer a la joven un papel de verdad en el proyecto que está preparando.

Como es tradición con la última representación, algunos han maquinado algunas sorpresitas. A Eugénie la han advertido de la mayoría de ellas, bien sea porque han ido a contárselas o porque Victor es cómplice de una manera u otra. Los tramoyistas van a pedir a Karim que los ayude con los cambios de decorado. Annie, Chantal y Taylor han tomado asiento en la sala y lanzarán confeti al final. Olivier tiene previsto bloquear la puerta justo antes de la salida de Marco, uno de los personajes secundarios, para ver cómo reacciona. Maximilien cuenta con regalarle rosas reales a Natacha en el momento de los saludos, y ella misma va a servirle *whisky* de verdad en lugar de zumo de manzana en la escena 14. Cuando el final se acerca, lo más normal es que se refleje una alegre bondad.

Barriendo la sala con la mirada, Eugénie ve a lo lejos al señor Marchenod, instalado en el balcón del palco de honor. Está acompañado por su esposa y por una pareja de amigos. Cuando la luz se va apagando para anunciar la subida del telón, es el primero en aplaudir. La sala lo sigue.

Se levanta el telón: interior diurno, amanecer... Maximilien está muy en forma, Natacha también. Los dos ofrecen una representación de primera. Su tándem de verdugo y víctima está perfectamente rodado y funciona de maravilla. Pero para aquellos que los conocen bien, después de haberlos visto interpretar este texto tantas veces, es imposible no detectar una pizca de nostalgia en su interpretación. Incluso cuando se supone que se odian, uno percibe que un poco sí que se quieren. Conmovedora complicidad de dos actores para los que es la última representación. Poco importa que hayan estado compitiendo. Para declararse la guerra, hay que ser dos, y esta noche cada cual se dispone a abandonar un campo de batalla en el que han luchado bien, hasta tomarse cariño. Los duelistas lo saben: la última escaramuza no es en absoluto un enfrentamiento.

Por el rabillo del ojo, Eugénie advierte un movimiento en el palco de honor. Thibaud Marchenod se levanta. No es la primera vez que se retira discretamente justo después de la escena dos. ¿Qué le llama fuera de la sala? ¿Documentos que leer, mensajes que consultar, llamadas que hacer?

A Eugénie le encantaría saberlo, y es su última oportunidad para salir de dudas. Decide ir a comprobarlo por sí misma. La guardiana se levanta y abandona su palco.

Con paso sigiloso, bordea la pared curva del pasillo hasta llegar a las inmediaciones del palco de honor. El señor Marchenod no está al teléfono. Ya se aleja. Eugénie le sigue los pasos. Por un segundo, sopesa que pueda estar dirigiéndose al lavabo, pero el cuidado con el que cierra las puertas batientes sin que hagan ruido la intriga. El heredero no se tomaría tantas molestias en evitar hacerse notar si se tratara de ir al baño. En las intersecciones, él se asegura de que los pasillos estén desiertos antes de continuar. ¿Por qué teme encontrarse con alguien?

Eugénie conoce el teatro como la palma de su mano. Cuando pierde de vista a su objetivo, es capaz de adivinar el camino que ha tomado con solo identificar los ruidos que producen sus pasos. De hecho, está mucho mejor dotada que el señor Marchenod para ahogar los sonidos que podrían traicionar su presencia. Controla cada bisagra que chirría, cada rampa que vibra, y conoce todos los escalones susceptibles de hacer resonar sus pasos. Él llega al piso de arriba tomando la precaución de dar prioridad a las escaleras secundarias. Su paso rápido y sus gestos seguros demuestran que no hace este trayecto por primera vez.

Cuando el propietario abandona la zona pública para colarse por la puerta que sube al desván, Eugénie se siente cada vez más intrigada. Su imaginación se desboca. ¿Por qué sube a la parte alta del edificio? ¿Irá al tejado? A ver si el heredero, convencido de que su proyecto de última oportunidad no funcionará, no quiere ser responsable del cierre del teatro ¡y se va a lanzar al vacío!

Eugénie afloja. En el momento en el que empieza a subir por las escaleras que conducen a la buhardilla repleta de cajas viejas, ella está tan solo a unos metros detrás de él, agazapada en un rincón entre un extintor y un hidrante contra incendios. Le oye llegar arriba. Rebusca. Ella identifica el arrugamiento de una tela, a no ser que se trate de papel. Los pasos se alejan hacia el fondo. Eugénie avanza y se detiene al pie de la escalera. Mantiene la respiración y aguza el oído.

De repente, un golpe y un carraspeo. Se le hiela la sangre. Conoce ese ruido: es exactamente el mismo que la aterrorizó cuando se encontraba sola en el teatro en plena noche. Su corazón se acelera, sus manos están húmedas. Mientras las voces de los actores le llegan ahogadas, oye resoplar a Marchenod, como a causa de un esfuerzo físico. ¿Qué estará trasteando? ¿Es para venir aquí por lo que desaparece durante las representaciones?

Manteniendo la respiración, al acecho, Eugénie se aventura a cuatro patas por el tramo de escaleras. Una vez arriba, se queda tendida sobre el vientre y observa con precaución de no dejarse ver. Al fondo, ve el haz de luz de una linterna eléctrica que baila entre el polvo. De repente, ahoga un grito. Abajo, entre los montones de baúles y de trastos viejos, reconoce la silueta. Así que no lo había soñado la primera vez. ¡No está loca! Thibaud Marchenod lleva puesto un mono verdoso y mueve cajas. Con método, las abre e inspecciona minuciosamente el contenido. A veces, parece sopesar objetos o incluso leer documentos. ¿Qué busca? Una vez terminada su exploración, pasa a la siguiente. Conque es él el que se cuela en el teatro por la noche...

Eugénie se pregunta qué actitud adoptar. La situación es complicada desde muchos puntos de vista. ¿Cómo reaccionará si la descubre espiándolo? Puede despedirla, sin problema. El proyecto del espectáculo se iría a pique sin jamás ver la luz. Todo se habría acabado. Victor y ella se encontrarían en la calle. A lo mejor el señor Marchenod mintió cuando dijo que la batalla de la compañía era también la suya. Eugénie ya no sabe qué pensar. La verdad es que no necesitaba otra preocupación más. Como si la responsabilidad de crear el espectáculo de última oportunidad no fuera suficiente, ahora tiene que desconfiar del dueño del lugar donde se va a representar.

Mientras espera, no le cabe ninguna duda: hay que dar marcha atrás. Nunca debería haberlo seguido. ¿Qué mosca le había picado? Tiene que volver rápido a su palco, hacer como si nada y olvidarse de todo. Intentar distraerse con la última representación de la obra. No le hablará de ello a nadie, ni siquiera a Victor.

Como un niño que aún no sabe andar, empieza a bajar los escalones hacia atrás, siempre sobre el vientre. La retirada es trabajosa, pero el final de su calvario está próximo. Después tendrá que dirigirse al pequeño pasillo de puntillas, franquear dos puertas y, por fin, estará a salvo.

De repente, un escalofrío de miedo sacude a la guardiana. Nota una presencia. Levanta la cabeza.

Thibaud Marchenod está en lo alto de las escaleras, con mirada sombría. Con su mono verdoso, parece un fantasma luminiscente o un asesino en serie. A Eugénie no le apetece vérselas ni con uno ni con otro.

—Vamos a tener que darnos explicaciones, señora Camara.

72

—¿Me va a despedir?

—¿Por qué tendría que hacerlo? Eso sí, le pido que no le cuente nada a nadie. Será nuestro secreto. Me hubiera gustado ahorrarle tener que compartirlo, teniendo en cuenta lo que ya lleva sobre sus espaldas, pero no me ha dejado otra opción.

—Podríamos hacer como que no he visto nada…

—Si no me hubiera seguido, efectivamente, todo habría sido más sencillo. Pero no es el caso.

—¿Era usted el que estaba escondido detrás de las cajas la noche en la que subí?

—Negarlo sería mentir.

—Por poco hace que me muera del susto.

—Cuando escapó, armó tal escándalo que creí que se había caído por las escaleras.

—Le tomé por un monstruo y estaba convencida de que me perseguía. Póngase en mi lugar…

—Yo tampoco las tenía todas conmigo. Usted temía ser atrapada y yo ser descubierto. Cuando volví los días siguientes, me cuidé mucho de hacer menos ruido, pero aquello me ralentizaba muchísimo…

—El mono, ¿es para proteger su traje?

—Sin él, al final de las representaciones volvería a aparecer cubierto de polvo y de telarañas.

—Si le pregunto qué está buscando en esas cajas, ¿se verá obligado a eliminarme?

—Mi pobre Eugénie, estamos en un teatro, pero vamos… No nos pongamos tan dramáticos. Usted es la más indicada para saberlo: la realidad de los acontecimientos y la percepción que de ellos se puede tener con frecuencia están alejadas.

—¿Qué busca?

—Algo con lo que salvar este edificio. Aquí donde me ve, soy un buscador de tesoros. Sin duda ya lo sabe, mi tatarabuelo había regalado un montón de joyas a la mujer para la que construyó esta sala.

—¿Las célebres joyas de Violette Marchenod?

—Eran muy famosas. En su época, *La Gazette Mondaine* les había dedicado un reportaje comparándolas con las joyas de la reina.

—Así que es cierto que tras la muerte de Violette nadie las volvió a encontrar…

—Exacto.

—Entonces, mi marido no cuenta chorradas cuando lo explica cada vez que hace visitas por el teatro… También se divierte haciendo creer que el fantasma de su antepasada se aparece por estos lugares.

—De niños, todos estábamos convencidos de ello. Pero siendo realistas, existe la posibilidad de que sus joyas estén escondidas entre todo este desorden.

Señala el desván lleno a rebosar. Eugénie se da cuenta de lo difícil de la tarea.

—Centenares de baúles y de cajas por registrar… —dice ella, pensativa.

—Cuatrocientos cincuenta y ocho, para ser exactos. Hace dos

años, cuando supe que cabía el riesgo de que el Ayuntamiento no nos diera la subvención, se me ocurrió buscar. No me quedaba otra solución para tener la impresión de estar haciendo algo. Soy el último de un linaje que no ha hecho más que meter mano en la fortuna acumulada por Fernand. Todas estas generaciones no han tenido más que vender, o malvender, pedazos del patrimonio familiar para mantener su nivel de vida y el esplendor de nuestro apellido. Yo no. Al tomar las riendas, descubrí que las arcas estaban vacías. La ruina como herencia. Ni siquiera sigo siendo el dueño de las escasas hilanderías que aún llevan nuestro apellido… Así que me aferré a la esperanza de volver a encontrar el último botín familiar. Como un niño inocente que excava en su jardín con la esperanza de descubrir un cofre pirata lleno de oro. Mi planteamiento puede parecer fantasioso, pero me ha ofrecido la ilusión de intentar algo. A veces, ya no creía en ello y otras, algunos artículos o recuerdos de la época me permitían pensar que iba por el buen camino.

»Al principio venía una vez al mes. Después, al aumentar el riesgo de que cerraran, vine con más frecuencia. Cuando pusieron esa cerradura suplementaria en la entrada de los artistas, ya no estuve en condiciones de entrar en secreto. Así que aprovecho cada representación para seguir con mi trabajo de excavación arqueológica. Minero de archivos…

—¿Cuántas cajas le quedan por comprobar?

—Ciento setenta y cuatro. Las posibilidades disminuyen, pero cuento con llegar hasta el final.

—¿No ha encontrado nada?

—Sí, cartas desgarradoras, documentos apasionantes, algunas fotos increíbles; pero nada que pueda salvarnos.

—Cuando delante de la compañía dijo que nuestra batalla era su batalla, ¿estaba siendo sincero?

—Pues claro. ¿Qué se piensa? ¿Que me meto entre cacas de ratón para mi propia gloria? Sé pertinentemente que nunca restauraré nuestro poder industrial, pero este teatro es el testigo más conmovedor de lo que fue nuestra familia. Me gustaría que me sobreviviera. No se imagina los problemas que me han causado estos registros. ¡Mi mujer ha estado incluso a punto de pedir el divorcio! Estaba convencida de que en mis excursiones nocturnas me marchaba para encontrarme con mi amante…

—Señor Marchenod…

—Thibaud.

—¿Por qué quiere mantener en secreto su búsqueda?

—¿Qué diría la gente?

—La gente en general, no sé. Pero estoy segura de lo que son capaces algunos miembros de nuestro equipo. Confíe en ellos.

73

Durante los saludos, Natacha —con los brazos cargados de rosas— ha besado a Maximilien. No un beso de teatro, sino una autentica muestra de cariño. Annie y Chantal, que a veces se han visto obligadas a separarlos físicamente de lo violenta que podía llegar a ser su relación, no han podido retener su emoción. El actor, radiante, ha hecho una seña de que quería pronunciar unas palabras.

El plebiscito de la sala se ha ido calmando poco a poco.

—Señoras, señoritas, señores, esta noche hemos tenido el honor de representar para ustedes esta obra por última vez. Espero que me permitan, en nombre de toda la compañía, darles las gracias por su atención y por su calurosa participación. —Aunando el gesto con la palabra, se inclina y hace una reverencia a la cual la sala responde con una salva de aplausos—. Quiero compartir el éxito que ustedes nos obsequian con nuestro director, al que invito a que se una a nosotros en el escenario; con el equipo técnico; pero también con el señor Thibaud Marchenod, propietario y descendiente del que fundó este ilustre teatro.

Maximilien señala el palco central. La muchedumbre se vuelve. Durante un breve instante, no se distingue más que una butaca vacía entre su esposa y la pareja de amigos, que parecen sentirse embarazados. Una gran silueta termina por aparecer entre la penumbra y saluda.

El actor continúa:

—En nombre de nuestra compañía, pero también a título muy personal, desearía igualmente dar las gracias a quien ha hecho posible que esta sala vuelva a encontrar un segundo soplo de vida; quien, sin escabullirse nunca, vela por cada uno de nosotros preparando un espectáculo muy personal que podrán descubrir a partir de otoño. ¡Tengo el placer de presentarles a nuestra querida Eugénie Camara!

Un torrente de aplausos resuena, encabezado por el reparto y el equipo. Juliette y Céline gritan como adolescentes, Laura silba e incluso intenta empezar una ola.

La interesada no se esperaba este homenaje. No le queda más remedio que levantarse. Sale a la luz y se apoya en el parapeto del balcón. Al pie del escenario, Victor la mira. Se encuentra muy lejos de la mujer con la que comparte su vida. El regidor se siente a la vez emocionado por este merecido homenaje, y triste por no haber encontrado la forma de habérselo podido ofrecer él mismo. En cambio, era su idea.

Eugénie se siente rara. Agita la mano. Es todo lo que es capaz de hacer para manifestar su agradecimiento. No es cuestión de hablar. El clamor la envuelve. Todas esas caras, esas sonrisas, esas ovaciones, solo para ella. No ha conocido nunca nada semejante. Otra emoción más después de las otras tan fuertes de los últimos meses. Querer terminar antes de volver a subir la pendiente. Perder sus puntos de referencia antes de encontrar otros objetivos. Abandonar sus ilusiones para partir hacia sus sueños.

Entre el espectáculo que está escribiendo, lo que acaba de enterarse del señor Marchenod, la última obra y todo lo que le remueve la mente y el corazón, Eugénie se tambalea. Sin duda, es demasiado para una sola mujer. Mientras saluda cada vez más débilmente, la guardiana se desploma.

Colgados de las paredes del apartamento hay numerosos croquis preparatorios para los decorados. Bocetos de escenas alineados incluso en las puertas de los armarios. La mesa del salón está invadida por apuntes y guiones inacabados. En el extremo, la carpeta roja en la que Eugénie recoge las notas que garabatea en pequeños trozos de papel a todas horas del día y de la noche. Nadie tiene derecho a abrirla, ni siquiera a tocarla para cambiarla de sitio, bajo pena de desintegración inmediata.

Victor vuelve de la cocina con una taza de té que apoya delante de su mujer.

—No llegaremos —se lamente esta—. Hemos conseguido arreglar lo de la puesta en escena de la seis, pero de pronto tengo la sensación de que se pierde el hilo de la evolución íntima de algunos personajes. Ocurre al revés con la cuatro y la diez. Cada modificación desequilibra el conjunto.

—Revisemos todo punto por punto. Cada cosa a su tiempo.

—¡Victor, no tenemos tiempo!

—Lo que necesitamos no es una prórroga, sino buen estado de ánimo. Ayer sufriste un desmayo, ¡hace semanas que te dejas la piel en este espectáculo doce horas al día! No me extraña que te canses.

—No sé qué hacer. Un paso adelante, diez atrás…

—No seas derrotista: algunos elementos van encajando. Ninguno de los artistas a los que se les ha pedido participar lo ha rechazado. Las primeras clases de canto para el equipo ya dan sus resultados, con bonitas sorpresas. ¡La gente te sigue! Cree en ti.

—Eso aún me asusta más. ¿Qué pasará si metemos la pata?

—No es asunto tuyo. Concéntrate en la historia y en lo que te toca. Ya veremos lo demás más tarde. Quédate con la creación, no te cargues con el análisis.

—Si lo hago, tengo la sensación de que lo que hemos hecho hasta ahora no es bueno. Dime tú qué piensas, sinceramente.

—Estamos lejos de haber terminado, pero estoy convencido de que la base es excelente. No te desmotives. Mantente fresca.

—Ya no siento nada, ni siquiera con las grandes escenas.

—A fuerza de verlas una y otra vez, de recortarlas, pierdes el efecto sorpresa y te ahogas en los detalles. Es lógico.

—Si no te pareciera bueno, ¿me lo dirías?

—Siempre lo he hecho. Con nuestros proyectos, desde que vivimos juntos.

Ella da un trago al té y después apoya la taza sin hacer ningún comentario. ¿Será porque Victor ha encontrado el tiempo de infusión ideal o porque la guardiana sigue débil por la bajada de tensión?

Victor agarra la descripción del personaje de Norbert.

—Has tenido una excelente idea al dar el papel principal a un pelele. Eso evita el problema de una encarnación simplista, y cada cual proyecta lo que quiere sobre él.

—Como en la realidad…

—¿Es decir?

—Todo el mundo en la compañía tiene su propia versión de las razones que han empujado a Arnaud a pegarse a este maniquí.

—¿En serio?

—Annie piensa que Arnaud es gay y que, en cierta forma, Norbert le permite mostrarlo abiertamente. Franky cree que se encuentra en plena fase de regresión infantil porque echa de menos a su madre, muerta hace diez años. El jefe electricista está convencido de que dentro esconde dinero sin que nadie lo sospeche…

—Norbert cristaliza las visiones…

—¿Y tú, Victor?

—¿Yo qué?

—¿Cómo explicas tú este tándem?

—No sé. Pero el apego que Arnaud muestra por su amigo para nada imaginario me conmueve.

—¿Un antídoto a la soledad?

Victor sonríe.

—Si bastara un maniquí para evitar la soledad, todo el mundo tendría uno, ¡y nadie se complicaría la vida con estas malditas relaciones humanas! Tiene que haber otra…

Suena el teléfono. Él descuelga.

—¿Señor Camara?

—El mismo.

—Tengo el gran placer de anunciarle una excelente noticia: ha sido elegido al azar…

—Cierra el pico, estamos currando.

Cuelga.

Eugénie se lo queda mirando, estupefacta. Él se da cuenta.

—¿Qué?

—¿Era un televendedor?

—Solo llaman ellos.

—¿No te vas a entretener sacándolos de quicio?

—Tenemos otras cosas que hacer, creo.

—Pero normalmente…

—Normalmente estoy muerto de aburrimiento. Echo un montón de menos a los niños y tú no quieres nada de mí, así que normalmente me entretengo con lo que tengo a mano. Pero ahora estamos un poco desbordados, ¿no?

Eugénie está sorprendida por el tono.

—¿Hay algo que no va? ¿Algún problema?

—¡Mi problema eres tú! Primero te deprimes, veo cómo te pones mustia; luego quieres cambiar de vida para venir a currar aquí. Luego evitas a los niños hasta el punto de alejarte de ellos, cuando los adoras; y entonces llega el colmo de los colmos: te disfrazas de caballo para atacar a ese tonto del haba; ves fantasmas en desvanes donde, de hecho, no deberías ir; y, por si fuera poco, ¡te metes en la creación de un espectáculo completo durante nuestras vacaciones! Y se me olvidaba la guinda del pastel: te desmayas ante una sala a rebosar. Así que, como procuro cuidarte porque te quiero, ¡tengo un poco de curro!

—No te enfades. No lo he hecho aposta, lo de desmayarme.

—Quizá, pero creí que te ibas a caer por el balcón y, en cualquier caso, ¡pensé que quizá estabas muerta! ¿Qué sería de mí si ya no estuvieras? No te estoy hablando de la comida o de la ropa. ¡Eso me la trae al fresco! Siempre puedo casarme con Olivier, ¡al menos él no intentará hacerme ingurgitar tu horror de menestras de verduras que asustan a los críos!, ¡y no me doblará las camisetas como tanto odio! No, te hablo de la vida, te hablo de nosotros, ¡te hablo de todo lo que nos queda por hacer antes de diñarla!

Llaman a la puerta abajo de la escalera. Victor grita:

—¿Qué pasa?

Alguien sube con paso decidido.

—¡Hola, hola! —Es Maximilien—. ¡Estáis en pleno trabajo! ¡Perdón! Pero necesitaba saber cómo estaba nuestra hada madrina. Después del accidente de anoche, no he dormido. ¡Qué susto me has dado!

Eugénie se incorpora y le sonríe.

—Estoy bien. Un simple golpe de cansancio. Con todo esto, no te he dado las gracias por tu magnífico homenaje. No deberías...

—¡Por supuesto que sí! ¡No será Victor quien diga lo contrario! ¡Él mismo quería homenajearte!

El interesado aparta la cara. Eugénie no se da cuenta, porque solo tiene ojos para el actor. Con voz suave, le declara:

—Muchas gracias, Maximilien. Nunca un gesto me había emocionado tanto.

Victor se levanta y desaparece en la cocina para volver a hacer té. Enfadado como está, le va a salir mal.

75

Martial abre los ojos. Se sobresalta al descubrir a Victor junto al cabecero.

—¡Me ha asustado!

—Qué tontería, yo, con lo majo que soy.

—Creí que había vuelto el otro tarado.

—¿Un tarado?

—Un tío que cuenta historias de enfermos.

—Pero bueno, usted está en un hospital… Así que las historias de enfermos… ¿Ha dormido bien?

—Bastante bien.

—Mejor, porque tenemos que hablar seriamente.

Victor se levanta y se acerca al ex de Céline. Articulando de manera exagerada, le susurra:

—Juan y Zúrrame se fueron a esquiar…

—¿No es «se fueron a bañar»? Es un ejercicio para mi memoria, ¿verdad?

—No, no es un ejercicio y, además, son Juan y Pínchame los que se fueron a bañar. Juan y Zúrrame prefieren el esquí. Les da miedo el agua.

—¿Por qué me cuenta eso? Me importa tres cojones.

—No debería. Porque Juan acaba de descender. ¿Quién queda?

—¿Sabe dónde se puede meter su gilipollez de juego?

—En ese caso es mejor bañarse, porque los esquíes, con los palos…

—Joder, ¿quién es usted?

—Alguien a quien le debes una buena pasta.

—Nunca lo había visto. Salga de mi habitación.

—¿De verdad que esperas librarte de esta largándome? Noto que pones mala cara por no conocerme, pero que lo de deberme dinero no te sorprende. Así que te ha vuelto la memoria.

—Si no se larga, pido auxilio.

Como un guepardo que merodea tan tranquilo alrededor de su presa, Victor se pone a dar vueltas alrededor de la cama.

—Si fuera tú, esperaría un poco antes de pedir ayuda. Uno no enseña sus mejores cartas al inicio de la partida. Mejor prevenirte cuanto antes: no se te dará ninguna oportunidad. Se supone que sales mañana. Ahí estaremos. Si pagas, todo irá bien. Si intentas resistirte o huir, te encontraremos y te traeremos de vuelta a este mismo hospital, con un poco de suerte al servicio de traumatología, pero lo más probable es que sea al de reanimación, incluso a la morgue si tiras demasiado de la cuerda.

—Fui víctima de un accidente. No recuerdo nada.

—¿En serio? ¿No te acuerdas de nada de lo que te trajo hasta aquí?

—Ya se lo he dicho. Puede amenazarme, pero no sé de lo que me está hablando.

—Excelente línea de defensa. Pero tengo artillería pesada.

—¿Qué rollo me va a soltar ahora? ¿Que es mi hermanita? ¿Que es mi tío? ¿Mi padre, el papa?

—Te recuerdo que Juan ha descendido, solo queda Zúrrame…

—No tengo miedo.

—Bravo, me encanta ese espíritu tan bravucón como estúpido. Ya tuve la ocasión de darme cuenta que a estúpido no hay quien te gane. Pero hay que reconocer que cuando la presión sube un poco, te desinflas como una colchoneta sobre un banco de erizos de mar. Sin embargo, tengo una excelente noticia para ti. Estás nominado para el premio supremo en tres categorías: gran palurdo, sucia alimaña y feo patán.

Martial se queda sin voz. Victor finge una entrega de premios.

—Redoble de tambor, abro el sobre ante la muchedumbre que mantiene la respiración… ¡Bravo, cariñito, has ganado los tres! ¡Eres el campeón de todas las categorías!

—Pero qué gracioso.

—¿Quieres que te explique lo que diferencia al bicho que tiene la oportunidad de salir de esta del cretino al que se va a machacar?

—No se fíe, soy amnésico, no impotente. Usted ya no es tan joven…

—El bicho sabe percibir el peligro antes de darse de bruces con él. Pero visto que a ti te cuesta pillarlo, te voy a ayudar.

Victor chasca los dedos.

Una mano surge a los pies de Martial, por debajo de la cama. Blande una jeringa como si fuera un puñal.

Sorprendido y preocupado, este sube las piernas y se acurruca al máximo sobre su almohada.

—¿Qué coño está pasando? ¡Usted está como una cabra! ¿Quién está escondido debajo de la cama? ¿Y qué diablos significa esto?

—Debajo de la cama se esconde el espíritu de los plazos vencidos. Está muy enfadado. Pronto vendrá el espíritu de los plazos pendientes, que espera de todo corazón que por fin te muestres razonable. —Victor señala la jeringa y precisa—: Y eso es un pequeño instrumental médico provisto de una afilada aguja empleada para suministrar sustancias por inyección. Fue inventada en 1720 por un cirujano francés llamado Dominique Anel…

—Está chalado.

—Si pagas, se para todo y puedes volver a dormirte plácidamente.

La mano con la jeringa se agita al pie de la cama y hace como que le apuñala, como en las escenas de las películas de terror. Martial no sabe de quién tiene que desconfiar más, si del tipo que le mira sonriendo como un loco o de la mano salida de ninguna parte.

—Este es el plan —explica Victor—: en cuanto salgas de aquí, te acompañamos hasta tu madriguera, me das lo que me debes y, como el señor que soy, incluso te dejo el resto de tu botín de estafador. Es tan sencillo como todo eso. Luego, quedamos como amigos. ¿Qué me dices?

—Antes la muerte.

—Como quieras.

Victor vuelve a chascar los dedos. Esta vez, Olivier sale de debajo de la cama. Lleva puesta la máscara de vaca. Al verlo, Martial suelta un grito de terror.

—Mira quién está aquí —comenta Victor—, ¡es Mu-Muuu! ¿Te vuelve la memoria? Cuidado, es una vaca de combate, ¡va a dejarte la jeta como un yogur de frutas!

Martial intenta alcanzar el botón de llamada, pero Victor lo aparta antes de que pueda llegar a él.

—¡Socorro! ¡Socorro!

El hombre grita con todas sus fuerzas. Está muerto de miedo.

Victor hace una señal a Olivier para que desaparezca debajo de la cama.

—Cálmate. Es inútil que berrees así, no eres tú la vaca. Pero tienes que tener presente que, allá donde vayas, Mu-Muuu te encontrará, y su colega el caballo también. La única forma de librarte de ellos es pagar.

—¡Socorro! ¡Auxilio!

La puerta de la habitación se abre y entra corriendo una enfermera.

—¿Qué ocurre? ¿A qué vienen esos gritos?

Victor se acerca a ella. Su calma y control contrastan de manera espectacular con el pánico de Martial.

—Tiene que disculpar a mi amigo. Acaba de tener una de sus alucinaciones… El pobre. Mire en qué estado se pone. Uno espera que le vuelva la memoria y, de golpe, ¡zas!, se le va la olla.

Sollozando, Martial vocifera:

—¡Debajo de mi cama hay una vaca con una jeringa!

Victor sacude la cabeza con aire afligido.

—Cómo me duele verlo así… ¿Se da cuenta? Lo he conocido de bebé. Tenía que haberlo visto, tan mono. Parecía un coco, todo gordito y con una pelusilla en lo alto.

—¡No es verdad! ¡Yo nunca he visto a este tío!

La enfermera siente piedad por Martial y por sus comentarios incoherentes.

Victor añade, conmovido:

—Su pobre padre era como un hermano para mí.

Se vuelve hacia el herido y clama, con la voz vibrante de emoción contenida:

—Te lo prometo, buen hombre, no te abandonaré. Somos como el 82º de Infantería.

Se pone firme y saluda. La enfermera está conmovida, le recuerda las grandes películas de guerra que hacen llorar a las chicas. Es tan bonito, los héroes que nunca abandonan a sus compañeros de armas, ni a sus familias…

Martial se cabrea.

—Compruébelo usted misma, ¡la vaca está debajo de la cama!

Victor ironiza:

—«La vaca está debajo de la cama»… Suena como uno de esos mensajes en clave que Radio Londres lanzaba para poner en marcha operaciones clandestinas. —Se tapa la nariz—. «Aquí Londres, la vaca está debajo de la cama, repito, la vaca está debajo de la cama». ¿Por qué no un cocodrilo en el baño o un loro en los gayumbos?

Comprensiva, la enfermera levanta la mirada al cielo y pregunta en voz baja:

—¿Quiere que le administre un calmante?

—No, es inútil, muchas gracias. Me voy a quedar con él hasta que recupere la calma. Se lo debo a su padre…

—No dude en caso de necesidad.

—Es usted adorable, una vez más le pido disculpas por las molestias. No se preocupe, yo me ocupo. Y si se encuentra una vaca por el pasillo, ¡le ruego que nos la traiga!

La enfermera se ríe a carcajadas. Victor la acompaña hasta la puerta, que cierra tras ella.

La vaca vuelve a aparecer, pero está vez a su lado. Martial está aterrorizado.

—¡No me mate! —suplica.

Victor se acerca.

—Las vacas no matan, cabeza de chorlito, a no ser que seas una apetitosa florecilla. ¿Eres una apetitosa florecilla?

—¡No, no, no soy una apetitosa florecilla!

Martial sacude la cabeza con frenesí. Está sudando, listo para la estocada.

—¿Te has decidido a pagar?

—De acuerdo, suelto la guita.

—¿Treinta mil?

—Ningún problema.

—¿En cuanto salgas?

—Desde mañana. Pero después, me dejan en paz.

—¿Sabes a lo que te arriesgas si nos la intentas jugar?

La vaca juega con la jeringa, sin duda por pura crueldad. Las vacas también tienen su lado oscuro. Martial no le quita los ojos de encima.

—Tendrán su pasta, se lo juro. —Por fin se atreve a mirar a Victor—. ¿De verdad me dejarán la diferencia?

—Palabra de herbívoro.

La vaca baila frotándose la panza. Se va a armar el belén…

76

Nueva obra, nuevo peinado. Maximilien no sabe nada ni del espectáculo ni del papel que interpretará, pero eso no le impide empezar a buscar una nueva cara. Ante el espejo de su camerino, Annie le ayuda con gusto en sus múltiples intentos. Ya han vaciado un bote entero de gomina a fuerza de intentar todos los géneros. Por desgracia, nada le parece bien. Él se irrita:

—¡No, así no! Hace falta más movimiento.

—¡Lo que haría falta es más pelo! —replica la peluquera, que ya ha agotado casi todas sus posibilidades.

Maximilien se despeina vigorosamente.

—Empecemos de cero.

—¿Por qué no probamos un color? Te apuesto a que de rubio platino estarías estupendo.

Juliette entra en el camerino, seguida de inmediato de Céline. Annie las saluda y no parece sorprendida por su llegada. Al contrario, su reacción contenida da a suponer que las esperaba. Las tres mujeres intercambian una mirada cómplice, y la peluquera compinche recita entonces el pretexto que se ha inventado para dejarles vía libre.

—¡Perdona, Max! Me he olvidado por completo de que tenía una llamada importante que hacer. Os dejo unos minutos y vuelvo.

Imitando unos aplausos silenciosos, las dos amigas la felicitan discretamente por su talento como actriz. Annie desaparece, con cuidado de cerrar la puerta tras de sí.

Como seductor profesional, Maximilien solo necesita dos movimientos de mano para volver a encontrar un peinado impecable.

—*Hello*, chicas! Y bien, ¿qué hay de nuevo? Vosotras, que estáis en el secreto del Olimpo, ¿avanza la escritura?

Céline confirma:

—El conjunto va tomando forma.

—¿Alguna primicia sobre mi papel? ¿Canto? ¿Me tienen previsto un número especial?

—Eugénie te hablará de ello cuando llegue el momento —responde Juliette.

—Qué mujer extraordinaria. Ya no es una guardiana, ¡es un ángel de la guarda! La descubro cada día y no dejo de derretirme ante su encanto.

Las dos visitantes flanquean al actor, al que miran en el espejo. El hombre se alisa las sienes, perdido en su propia contemplación.

—Precisamente es de Eugénie de quien hemos venido a hablarte —precisa Céline.

—¡Encantado!

—Bueno, más bien de vosotros dos… —precisa Juliette.

—¡Mejor todavía! ¿Os envía para planificar sesiones privadas de trabajo?

—No exactamente —rectifica la modista—. De hecho, sería más bien al revés.

La coreógrafa ataca:

—Eres muy buen actor, Max, y todo el mundo te admira. Una vez precisado esto, también sabemos hasta qué punto es compulsiva tu necesidad de seducir.

Max frunce el ceño.

—«Compulsiva», que palabra más fea. Dejémosla para las enfermedades. Yo simplemente soy amante de los placeres de la vida y de las bellas criaturas...

—Llámalo como quieras, no se trata de ofenderte, sino de constatar una realidad. Todas nosotras, en diferentes grados, hemos sido objeto de tus atenciones. Este teatro es un poco como un gallinero en el que tu serías el gallo...

Maximilien, perturbado por el cariz del comentario, intenta defenderse:

—Protesto, me estáis caricaturizando. Os respeto a todas, ¡e insinuar lo contrario es una afirmación falsa!

Juliette se dirige a Céline como si él no estuviera:

—¿No te parece que, para las escenas de indignación, Natacha es mucho mejor?

—Sin duda.

Maximilien está indignado. Céline prosigue:

—No hemos venido para montar numeritos, Max, sino para evitarlos. Tu lado «macho donjuán» forma parte de tu encanto y ya estamos acostumbradas. En lo que se refiere a Eugénie, es diferente. A nadie se le ha escapado que la rondas. Está en tu punto de mira desde hace mucho.

—Es completamente...

Céline le corta:

—Max, por una vez, cállate y escucha. Es serio. Si estamos aquí, es porque creemos necesario abrirte los ojos antes de que ocurra una catástrofe. Eugénie te aprecia y te admira...

—¿De verdad? ¿Me admira?

—Escucha. Como todas nosotras, es perfectamente consciente del numerito que representas con cada una. Eres una estrella y eso forma parte de tu juego. Pero de manera excepcional, vamos a pedirte que te mantengas alejado de Eugénie. Porque no está armada frente a ti. No tiene experiencia. En el fondo, solo ha estado con un hombre y, por suerte para ella, no es un canalla. Ella no conoce el talento que tenéis cuando se trata de acumular conquistas... Además, actualmente se encuentra bajo una presión que la vuelve frágil. Atraviesa un período rodeado de tantas dudas que podría, por debilidad, caer en tu seductora tentación…

Juliette subraya:

—Eugénie tiene la suerte de vivir una historia duradera. Si un día quiere ponerle fin, será su elección, pero de momento no ha manifestado la intención de hacerlo. No está libre, Max. Además, Victor es un tipo notable que no lo superaría. Si se concretizara, tu aventurita de pacotilla causaría enormes daños. No es cuestión de joder lo que ellos dos comparten por una aventura amorosa.

Ante estos argumentos tan directos, Maximilien titubea.

—¿Cómo podéis suponerme semejantes intenciones?

Juliette se le enfrenta.

—No te hagas el inocente, Max. Sabes muy bien de lo que estamos hablando. Acabas de interpretar una historia de adulterio durante meses…

—La relación particular que existe entre Eugénie y yo no os incumbe.

—¡Respuesta incorrecta! —corta Céline—. Todos estamos en el mismo barco. Si desequilibras a la que lleva el timón, nos hundimos. Ella tiene mejores cosas que hacer que estar jugando a los besitos para aumentar tus trofeos de caza.

Juliette remacha:

—Te queremos un montón, Max, pero en ese sentido te vas a calmar. Si no, tendrás a todo el mundo encima y terminará mal. Eugénie necesita ayuda, no amoríos de instituto.

—¿Es así como me veis?

Céline estalla en carcajadas.

—¡Bravo, hacía cuarenta segundos que no hablabas de ti! ¡Has batido tu récord!

Juliette se inclina sobre el actor completamente abatido. Le besa amablemente en la mejilla.

—Eres el mejor, Max, y por eso te vas a comportar como un

hombre honrado. ¿Entendido? Si no, vas a descubrir que no todas las mujeres son adorables criaturas y que la vida no es solo placer. Te darás un buen batacazo.

En el espejo, Céline imita una leona sensual que enseña los colmillos y las garras de sus dos patas.

77

En la buhardilla, entre pilas de viejas cajas polvorientas, han sido instalados dos proyectores trípode. Una pequeña parte del equipo se esmera en peinar los baúles. Mono verdoso y máscara antipolvo para todo el mundo. Con gestos pausados bajo una luz cruda y un silencio de biblioteca, los que buscan parecen investigadores de una película de ciencia ficción intentando aislar una sustancia extraterrestre en el fondo del océano.

En el laberinto de trastos acumulados, Olivier entra a hurtadillas llevando con dificultad un cofre de madera, como si se tratara de una bomba. Hace un gesto a Victor para que se una a él y llama:

—¡Annie, Chantal! Venid a ver...

La peluquera y la responsable de vestuario abandonan su clasificación y se dirigen hacia el tramoyista.

—¿Has encontrado las joyas? —pregunta Annie.

—Vosotras me diréis.

Conociendo al energúmeno, las dos mujeres desconfían un poco, pero tienen demasiadas ganas por saber lo que contiene el cofre.

Con delicadeza, Olivier apoya la mano en la tapa... que abre con un gesto brusco.

Las mujeres gritan exactamente al mismo tiempo, pero no por

la misma razón. En la caja, una junto al otro, hay una gran araña muerta, con las patas peludas dobladas, y un ratón apergaminado que ha perdido su pelo.

Annie y Chantal huyen gritando, la una frotándose la cabeza para desembarazarse de aquello que no tiene encima, y la otra maldiciendo.

—Bravo, colega —comenta Victor lacónico—. Esta vez la has hecho buena. Nos hemos tirado dos horas para convencerlas de que nos ayudaran, rezando para que no se toparan con los bichos que las asustan, y vas tú y se los sirves en bandeja…

Como un niño que acaba de hacer explotar su primer petardo, Olivier todavía sigue soñando, entre la fascinación y la toma de conciencia de un poder que ignoraba hasta ese momento.

—Guau… Dos gritos simultáneos, pero por fobias diferentes. ¿Te das cuenta? Quizá sea un récord mundial…

—Formidable. Ni se te ocurra intentar repetir la hazaña con Eugénie y conmigo. De todas formas, nunca conseguirías meter un payaso y un cerdo salvaje en tu caja mohosa.

—¿Un cerdo salvaje?

—Un ejemplar embistió contra ella cuando era pequeña, durante un paseo por el bosque. Olvida inmediatamente esta información.

—Así que a ti te dan miedo los payasos.

A Olivier le brillan los ojos, pero la cólera de Annie y Chantal evita que Victor tenga que discutir. Vuelven a arremeter contra el tramoyista. En el torrente de palabras que sueltan, «¡pobre enfermo!» es la expresión que sale con más frecuencia, junto a «pelos», sin que sea posible precisar si se refieren a aquellos que todavía conserva la araña en gran cantidad o a aquellos que el ratón ya no tiene.

Olivier se disculpa, pero es evidente que no se arrepiente de nada. Alertada por los gritos y las voces, Eugénie aparece, seguida de cerca por el señor Marchenod.

—En serio, chicos, ¿os parece gracioso?

Reconforta a las víctimas. Victor se defiende:

—¡Yo no he sido!

Al ver el cofre, el propietario pregunta:

—¿Habéis encontrado algo?

Con la cabeza gacha, Olivier responde:

—No, señor, nada importante, por desgracia.

Abre la caja para demostrar que lo que dice es verdad, e inmediatamente las dos mujeres se ponen de nuevo a gritar.

El señor Marchenod está desilusionado. Por un instante, había esperado que las joyas hubieran sido encontradas y que los gritos fueran manifestaciones de alegría. Mientras Chantal y Annie recuperan la calma, pregunta:

—¿Qué han dado vuestras cajas?

No recibe más que caras de decepción y movimientos negativos de cabeza.

—Hemos desempolvado algunas bagatelas —explica Eugénie—; he descubierto un registro de entradas de principios de siglo y una recopilación de críticas de diferentes espectáculos que pueden ser interesantes, pero nada valioso.

—Con todo lo que hay aquí apilado —señala Victor—, se podría montar un museo o una bonita exposición; pero, de momento, nada que pueda volver a ponernos en marcha.

—Así que hemos llegado al final de nuestro camino, amigos míos, porque ya solo queda una caja por abrir. —Señala un rincón, a lo lejos—. Espera ahí desde hace generaciones. Además, no es muy grande. La 458ª…

—No está todo perdido, ¡la última oportunidad puede ser la buena! —argumenta Annie.

—Tiene razón, pero es muy pequeña. En cualquier caso, les doy las gracias por haberme ayudado a terminar. Al menos algo bueno. Gracias a estos últimos días en su compañía, este inventario quedará como un buen recuerdo. Si han terminado de asustarse con animales muertos, y visto que sus cajas ya han sido ordenadas, les propongo ir a abrir la última todos juntos. ¿Qué les parece?

La pequeña asamblea está de acuerdo. Thibaud Marchenod va a la cabeza de la escuadra. Su paso lento le hace parecer un condenado a muerte que se dirige hacia su horca. Detrás de él, le sigue la banda sin decir nada. Recorriendo la superficie llena de trastos, todos miden el peso de la historia y de las esperanzas que cada baúl ha debido de representar para él.

El propietario llega ante la última caja. Cada uno lo evalúa a su manera, entre resignación y recogimiento. Olivier todavía quiere creer:

—¿Sabe? He conocido partidas de cartas donde el tipo que se jugaba la vida ha sacado los cuatro ases en la última ronda.

—Su optimismo me conmueve, pero se han visto bastantes más partidas perdidas que ganadas sin giros inesperados.

Victor ayuda a Thibaud a sacar los clavos de la tapa. Se inclinan sobre el contenido. Una vez más, descubren una acumulación de formas irregulares empaquetadas en telas o papel amarilleado por el tiempo. Todos imaginan, algunos esperan. Annie ya entrevé brillar bajo la luz blanca de los proyectores una bolsa llena de piedras preciosas. Chantal tiene miedo de encontrar ratas secas atrapadas desde hace décadas. A Eugénie, por su parte, no le interesa esta caja cuya importancia simbólica es, sin embargo, tan fuerte. Ella observa las caras de aquellos que la escrutan. Sus diferentes emociones son, a sus ojos, el verdadero tesoro.

El señor Marchenod sumerge la mano en el interior. Extrae tres pequeños cuadernos que hojea sin entusiasmo. Cuando llega su turno, Victor rebusca y desempaqueta un candelabro descolorido. Annie coge una vieja caja de plumas Sergent-Major. Chantal descubre dos figuritas de porcelana. Olivier se acerca, evalúa el contenido e intenta juzgar.

—¡No se elige! —suelta Victor—. Se coge al azar.

El tramoyista extiende la mano y saca un cofre metálico lo

suficientemente pesado como para estar bien lleno. Una sonrisa infantil se dibuja en su cara. No se atreve a sacudirlo. La tapa está cerrada con candado. Todas las miradas se dirigen hacia él.

—¿Alguien tiene un cuchillo?

Victor responde:

—Yo acabo de encontrar una bayoneta. ¿Me permite, señor Marchenod?

—¡Adelante, adelante!

Incluso el propietario parece de pronto presuroso por saber. Victor vuelve rápidamente y tiende la cuchilla a su cómplice, que consigue forzar el cierre.

El cofre no contiene más que manojos de llaves oxidadas de todos los tamaños. Cada uno se esfuerza en digerir su decepción.

La caja está ya casi vacía. Thibaud Marchenod llama a la guardiana:

—Eugénie, es su turno. Quizá usted nos traiga suerte…

Sumerge la mano. Sus dedos identifican un volumen rectangular, sólido. Al principio piensa en otra caja envuelta en una tela. Saca el objeto y lo desempaqueta, pero no se trata más que de un viejo libro compilando clásicos de teatro con anotaciones.

El señor Marchenod suspira y dirige una mirada circular al desván. Aunque a rebosar, el lugar está vacío de lo que se esperaba encontrar. La última caja ha desvelado sus secretos. Ningún tesoro vendrá a salvar su teatro.

Para animarlo, Victor le apoya una mano en el hombro.

—Ha hecho bien en intentarlo, Thibaud. No se preocupe. La verdadera riqueza de este lugar no son esas joyas, sino los que viven en él.

78

La relajante vista panorámica de los tejados de la ciudad ha desaparecido. La luna desenchufada reposa contra la pared del fondo, incluso el apartamento ya no está ahí. El decorado ha sido desmontado y el escenario parece dos veces más grande. Quizá sea la razón por la que esta noche Eugénie se siente dos veces más pequeña. Otro punto de referencia menos. Y mira que los necesita en este momento.

Ha encontrado una silla coja entre bastidores y se ha instalado en el centro del escenario, frente al telón echado. En los últimos tiempos se ha acostumbrado a no dormir, y casi todos los días viene aquí, mucho antes del amanecer, a repetir extractos de futuros diálogos, pero también a hacer preguntas en voz alta. Aquí, encuentra la intimidad en la inmensidad. Aquí, puede dudar sin preocupar a nadie. Es importante cuando tanta gente cuenta contigo y está convencida de que sabes lo que haces.

¿Cómo imaginar que llegaría hasta allí? Cuando había expresado su deseo de unirse al teatro, no pensaba que un día se encontraría en parte responsable de su futuro. Ella no es dramaturga, no es directora, por supuesto no es actriz. Sin embargo, no puede reprochar a nadie haberla puesto en la espiral que le toca sufrir ahora.

Etapa tras etapa, es ella la que lo ha elegido. Con Victor, podrían haber mantenido su casa. También habría podido saltar del tejado. Si hubiera estado sola, sin duda lo habría hecho; pero Noémie, Eliott y los suyos la han retenido sin ni siquiera darse cuenta. Siempre son los demás los que nos salvan la vida.

¿Se arrepiente de volver a encontrarse en una situación que le asusta tanto? No demasiado. Como si, instintivamente, siguiera un camino tortuoso sabiendo que la conducirá al lugar adecuado.

Se estira. Piensa en el espectáculo, en el estrecho vínculo que existe entre lo que siente en lo más profundo de sí y lo que intenta escribir. Se pregunta si la historia que se anuncia contiene lo más importante, si el resultado se corresponde con la idea que tenía. Una profusión de emociones que se dan forma. La diferencia con lo que se hace normalmente le da miedo. Al público no le gusta sentirse desconcertado. Razón de más para escuchar solo a los que nos hablan de verdad. Así nadie se perderá. El estilo solo se vuelve lo esencial cuando no hay nada que decir.

Desde hace meses, anota en un papel todo lo que significa mucho para ella. Los engranajes de nuestro paso por la Tierra: el nido familiar, los primeros descubrimientos, las esperanzas puras y la energía infinita de la juventud, las reglas que se nos presentan como inamovibles mientras que no lo son, la confrontación con las verdaderas leyes del mundo, las ilusiones perdidas, la experiencia de lo que realmente cuenta en una vida y el miedo de ser privado de ello una vez que sabemos que existe. Luego viene la hora de hacer balance, que llega muy pronto. Encontrar nuestro lugar, intentar comprender quiénes somos; conocer a los demás, bien sea a nuestros hijos como a la gente que nos cruzamos por casualidad. Actuar con convicción, decir solo lo que uno piensa. Es tan fácil decirlo, pero tan difícil ponerlo en práctica en el día a día. En cuanto se han comprendido las reglas del juego, hay que ir pensando en marcharse. Ya es hora de cumplir con otras cosas, hora de recordar, de transmitir antes de desaparecer.

Eugénie vive entre estos principios vitales, en el corazón de estos concentrados recopilados. Trabajar esta materia humana le ha enseñado que sin la fuerza del sentimiento, presentar objetivamente una vida no tiene ningún interés. Resumir no sirve de nada, compartir es primordial.

¿En qué punto de su propia existencia se encuentra? En alguna parte entre los balances y el saber partir. Pero antes, va a tener que entrar en escena. En el fondo, esto resulta más duro que saltar de un tejado.

Tararea:

Y si fuera gente a la que ya no queremos abandonar,
Y si fueran lugares de los que no queremos partir,
Si fueran sitios para soñar
Y un corazón tenga un día el valor de decir...

Escribió esta letra hace meses, pensando en sus hijos. En aquella época, se encontraba en lo más hondo del agujero. Ahora ha salido de él para intentar compartir esta emoción coloreándola de esperanza.

Se levanta. Esta noche, a quienes desea dirigirse no tienen ninguna posibilidad de estar ahí. Al igual que ella, también les apeteció contar historias. Desde lo alto del panteón, tienen que poder comprender la agonía de una modesta criatura que comienza. A falta de compartir su talento, Eugénie se acerca a sus tormentos. Dickens, Austen, Wilde, Molière, Kipling, Racine, Woolf, Chaplin, Twain, Dumas, increíbles trayectorias vitales para un puñado de páginas o algunas imágenes...

En voz alta, los interpela:

—Vosotras y vosotros que habéis escrito, ¿habéis sentido esta soledad? ¿Este peso, este vértigo? Tantas ganas y tan pocos medios... ¡Necesito vuestra luz! Antes de convertiros en monumentos, erais seres de carne y hueso, corazones rotos que pusisteis vuestra vida en vuestro trabajo. ¿Voy por el buen camino? ¿Tengo acaso una oportunidad?

No hay respuesta.

De repente, el telón del escenario se abre solo. Eugénie retrocede, aterrorizada. ¿Por qué la perspectiva se ha abierto misteriosamente hacia la sala desierta? ¿Es una señal lanzada por sus pares muertos? ¿Tiene que ver en ello un mensaje? ¿Se está volviendo loca? A fuerza de pasarse la vida entre sueño y realidad, se ha perdido.

La guardiana escruta la penumbra. Ella, a la que le asustaba hacer frente al público, se da cuenta de que una sala vacía es aún más espantosa.

De golpe, alguien aplaude. Lentamente, pero golpeando fuerte.

—¿Quién está ahí?

—¿Tú quién crees? ¿Quién ha estado siempre ahí?

—¿Victor?

—Para servirla. Desde siempre, soy tu espectador número uno y tu mayor fan.

No consigue localizarlo. Por más que busca, es imposible saber dónde se encuentra. ¿En la platea? ¿En un palco?

—¿Me has seguido?

—Como siempre. He renunciado a mis costumbres para seguirte cada vez que lo has deseado. Así que, ¿por qué no esta noche? Antes de que contestes, mejor reconocerlo: no es la primera vez. Al principio lo hice para protegerte, después para oírte…

—Pero…

—Esta noche, las reglas cambian. Tengo tres preguntas para ti. Ella hace una pausa.

—Te escucho.

—Te has visto con todos los que trabajan en este teatro. Has interrogado a cada uno. Salvo a mí. ¿Por qué? —Eugénie se acerca a su silla—. No, querida, quédate de pie. No tengas miedo de tu público. No quiere ninguna excusa, ninguna circunvolución. Simplemente tu verdad.

—Es sencillo, Victor. Creo que te conozco bastante como para ser capaz de responder por ti a las preguntas que habría podido hacerte.

—¿Estás segura?

—Estoy francamente convencida.

—¿Estás en condiciones de interpretar cada una de mis palabras o de mis actos, lo que subyace en ellos?

—No lo necesito. Ese es tu método. Yo soy más intuitiva.

Largo silencio.

—Pregunta número dos: si tuvieras el poder de crearte un día ideal, ¿a qué se parecería?

Eugénie se echa a reír.

—¿Me estás sometiendo al mismo tipo de preguntas que he hecho a los del equipo?

—Limítate a responder, por favor.

La voz se ha desplazado, sin que la guardiana pueda decir cómo.

—¿Mi día ideal? ¿Sin límites de tiempo o de espacio?

—Ningún límite. Estás en un escenario, todo es posible.

Ella se toma un instante para reflexionar.

—Allá va lo que se me ocurre: estaríamos aún en nuestra antigua casa, una mañana de junio. Siempre he preferido la primavera. Dejaríamos a los niños en el colegio porque todavía serían pequeños, Noémie al final de primaria y Eliott al principio de secundaria. Evidentemente, estaríamos llegando tarde, pero serían lo suficientemente mayores para correr con nosotros. Luego nos iríamos a trabajar. Tú tendrías como compañero a Olivier, y yo a Juliette y Céline. —Hace una pausa—. También me gustaría tener cerca a todos aquellos con los que nos relacionamos hoy en día. Thibaud podría ser nuestro jefe. Haríamos nuestro trabajo, con su lote diario de penas y alegrías, que cambiaría según las circunstancias. A mediodía, me organizaría bien para comer con mis amigas. Muchas risas, porque cuando estamos juntas podemos reírnos de todo aquello que nos contraría cuando estamos solas. La tarde transcurriría con las cosas del día a día; y, por fin, llegaría la parte del día que siempre más he esperado, porque he echado de menos a los pequeños y nos encontramos en familia. Es lo que más adoraba por encima de todo: volver, para vivir juntos en nuestra casa. Funcionar porque los cuatro tenemos cosas que hacer. Yo haría que los niños hicieran los deberes, mientras tú intentarías convencerlos para jugar. Cómo me cabreaba, pero ¡cuánto me gustaba! Por la noche, apiñados unos sobre otros en la misma habitación porque nos encantaba esa cercanía. Buscarnos; hablarnos; compartir la comida, una película, una historia... todos los días. Solo separarnos para volver a encontrarnos mejor. Odiar la hora del crepúsculo, porque anuncia el fin del día que no volverá. Acostar a los niños, darles un beso y volver a encontrarnos los dos. No pensar en nada, simplemente por el placer de creer que esta vida durará eternamente y que nunca necesitaremos nada más... antes de empezar el día siguiente. —Eugénie se sienta. Aunque no tenga derecho, sintiéndolo mucho—. Es de una desalentadora banalidad, ¿no? En mi defensa, su señoría, diré que nunca había pensado en ello.

Ninguna reacción de Victor, que continúa con su interrogatorio:

—Pregunta número tres... —La voz se acerca. Esta vez, Eugénie consigue localizar a su hombre. Él se apoya en el borde del escenario—. ¿Por qué quieres montar este espectáculo?

—¿Lo dices en serio?

—Totalmente.

—Cómo quieres que lo sepa...

—Nada de excusas, la respuesta está en ti, solo tienes que aceptarla y formularla.

Eugénie se vuelve a levantar. Se pone a andar por el escenario, describiendo círculos.

—Para salvar el teatro.

—La necesidad de salvar el teatro no es más que un detonante. No la razón.

Eugénie querría escapar a esta pregunta, querría rugir como una bestia salvaje para asustar a aquello que la amenaza, pero se contiene. Sigue andando. Después, de golpe, se detiene.

—¿Quieres saber realmente por qué?

—Por favor.

—He tenido la impresión de estar muerta, Victor. He creído haber recorrido mi camino en esta vida, sin ninguna alegría que esperar ni ganas de soportar sus sufrimientos… Demasiado cansada. —Duda antes de confiar—: Incluso pensé en ponerle fin. No fue el miedo a la muerte lo que me hizo echar marcha atrás. Simplemente no tuve el valor de abandonaros. Así que a falta del carbón que hace avanzar la locomotora, me dije que al menos podía regalar un poco del ímpetu que me quedaba a aquellos que todavía siguen sobre los raíles.

»Comencé a imaginar cosas, al principio en la vida real; tracé planes, actué. No para un público, sino para gente que quiero y que tiene problemas. Todo llegó a mi pesar, pero soy del todo responsable. No buscaba encargarme de este espectáculo, ni siquiera se me había pasado por la cabeza. Pero lo asumo. ¿Por qué? Para decir que amo la vida, a mis hijos, a todos aquellos cuyas trayectorias tanto me emocionan. Quiero hacerlo para compartir lo que he aprendido, para dejar un testimonio anónimo a aquellos que continuarán en este mundo. Les deseo vivir sin repetir mis errores. Necesito este espectáculo para que mi vida no haya sido en balde. Quiero que exista para que vivamos otra aventura, todos juntos. Tal vez la última.

Victor no aplaude. Mira a su mujer de pie en el escenario. Ella se acerca a él.

—Victor, tengo una pregunta que hacerte a la cual no estoy segura de poder responder por ti.

—Si tiene que ver con mi matrimonio con Olivier, prefiero no hablar de ello.

—Eres el más sensato y el más lúcido de nosotros dos. Siempre me has protegido y tranquilizado. De hecho, porque eres capaz de ello, me he permitido todas mis locuras. Pero dime, después de todos estos años, ¿qué es lo que, a lo largo de toda tu vida y tus experiencias, te ha sorprendido más?

Victor se queda inmóvil un momento.

—Que sigas a mi lado, Eugénie. Que no te hayas largado con otro más alto, más guapo o mejor.

—Estás loco.

—Lo espero. Ya me he esforzado bastante. Haz ese espectáculo. Dale caña, no dudes. Es solo de las locuras de lo que no nos arrepentimos nunca.

79

—Inspector De Freitas, ¿qué hace usted aquí?

—Si le digo que estoy interesado en un balance comparativo para mi seguro de automóvil y hogar…

—Entonces venga mañana. Como ve, estoy cerrando. Nuestras oficinas abren de 9:00 h a 12:00 h, y de…

—No estoy aquí por eso. Paseemos un poco, ¿le parece?

—¿Tengo otra opción?

—Siempre hay otra opción. Lo único que habría que aceptar después las consecuencias.

—Así que colecciona refranes tontos de los que aparecen en las galletas de las frasecitas[6].

—Mis padres las ponían cada Navidad.

—En mi caso, eran mis abuelos.

—No intente colármela, conozco su edad. Tengo dos años menos que usted.

—Qué elegante. Pero le perdono. Después de todo, mientras

---

[6] En el original, los *gaufrettes amusantes* son unas galletas históricas, tipo barquillo, sobre las que aparecen impresos refranes y expresiones simpáticas (N. de la T.).

yo ya brincaba con ese encanto que me caracteriza, usted todavía se arrastraba por el suelo sobre su pañal como un gran gusano.

Céline mete las llaves en su bolso y se pone en marcha. El policía le sigue los pasos. Con el final del curso escolar, las calles están menos animadas al terminar el día. Los rayos de sol todavía calientan y se reflejan en las fachadas acristaladas de los inmuebles modernos.

—No parece sorprendida de verme.

—Me había prevenido de que no me dejaría.

Intercambian una breve mirada.

—Me da la impresión de que ya no me tiene miedo —observa el policía.

—A ver, uno se acostumbra a todo. ¿Le gusta que la gente le tenga miedo?

—Depende de quién.

—No se lo tome a mal, pero intentemos ser breves. Tengo cita en el teatro. Estamos en plenos ensayos.

—Que así sea. ¿Puede explicarme de dónde proviene la muy importante suma que ha metido en su cuenta a principios de este mes?

—Una prima.

—Falso. La cantidad es totalmente desproporcionada y, de todas formas, si así fuera, nunca habría sido ingresada en metálico. Y ha efectuado el depósito en billetes grandes. Si quiere llegar a tiempo a sus ensayos, le aconsejo que no me tome por aficionado.

—Es un préstamo.

—¿De quién?

—De unos amigos.

—Voy a necesitar un nombre. Y no me diga que se trata del señor y la señora Camara, porque me veré obligado a citarlos para determinar la procedencia de los fondos. En cuanto a su amiga Juliette Franquet, o su madre, ninguna de las dos tiene los medios necesarios.

Céline está escandalizada.

—¿Ha investigado a mi gente? ¡Es acoso!

—También he estado examinando minuciosamente sus recibos de teléfono, sus cuentas, sus últimos desplazamientos, los de ellos… ¡El colmo!

—Hace un trabajo estupendo.

—A mí también me lo parece. —Cuando llegan a la esquina de la calle, el inspector señala las dos direcciones posibles—. Por ahí hay un parque. Por el otro lado, estamos a unos minutos de mi oficina. ¿Qué prefiere?

—El parque. Por favor.

Cruzan.

—Así que, volviendo a lo de la suma… Visto que, a pesar de su indiscutible talento como actriz, han fallado sus dos primeros intentos, le permito otro más. ¿Qué va a representarme esta vez?

Céline piensa rápido. El inspector ironiza:

—Si me va a contar que son los ahorros de la hucha cerdito de su hijo, la hago arrestar por blanqueamiento.

Céline le hace frente.

—¿Qué está buscando exactamente, inspector?

—Ni siquiera la verdad. Usted y yo ya hemos pasado la edad de engañarnos con lo de que esta siempre triunfa.

—Así que no es tan joven.

—Simplemente, quiero hacer mi trabajo. Es más fuerte que yo. En cuanto hay algo que no entiendo, me pica. Le pido, por favor, que me ayude a encontrar la paz.

—Se lo pasa bien conmigo.

—Es verdad que me gusta verla desplegar esa maravilla de ingenio, al tiempo que vislumbro su verdadera naturaleza.

—¿Sádico?

—Profesional. Es paradójica, señorita Haas. Cuando no tenía nada que reprocharse, me tenía miedo; mientras que ahora, que tiene toda la razón del mundo para desconfiar, parece tranquila. Una mujer sorprendente.

—Admito que no le he contado todo, pero usted sabe exactamente por lo que estoy luchando. Nunca he hecho nada para enriquecerme a costa de los demás. Si Martial me hubiera ingresado mi pensión, no me encontraría atrapada en estas historias imposibles. De hecho, nunca nos habríamos encontrado.

—Qué pena… Estoy a un pelo de darle las gracias por haberla llevado al límite.

—El dinero de mi cuenta es el que él me debía.

—Más del doble de lo que le debía. Ha venido a denunciarlo.

Céline palidece. Si la iglesia no estuviera tan lejos, correría a pedir asilo. Pero no se huye y se espera en la parada del autobús para atravesar media ciudad.

—Así que no voy a salir de esta —constata lastimera.

—Usted misma lo ha dicho: está atrapada. Reconozco que nunca había oído una declaración tan abrumadora… y tan curiosa. Dentro de su desgracia, al menos tiene un motivo para ser feliz. Como mínimo, puede decir que tiene amigos de verdad. La tienen que querer para apoyarla en unos planes tan disparatados.

—Déjelos en paz. Ellos no tienen la culpa de nada.

—Entonces, pongamos las cartas sobre la mesa. ¿Quiere que le resuma lo que nos ha contado el señor Lamiot?

—Sin piedad.

—Nos ha explicado que una vaca, potencialmente transexual, y un caballo desembarcaron bajo sus órdenes en su domicilio, y que fueron ellos los que lo dejaron inconsciente de un golpe. Mientras estaba en el hospital, la vaca volvió con una jeringa y un tarado para sacarle una fortuna… Se asustó tanto que se hizo pis encima.

—¿Le cree?

—Mi trabajo me enseña cada día que las historias más improbables suelen ser las únicas auténticas. Por otro lado, las fechas y las cantidades corresponden.

—Cuando fuimos a su apartamento, aunque me moría de ganas de hacerlo, nadie le atacó. Se desmayó de golpe él solito.

—¿Tenemos que citar al bote de cera para parqués como testigo?

—Mi vida se va a pique y usted bromea.

—Es justo cuando todo se va a pique, cuando hay que bromear. Esto venía en una galleta de la fortuna.

—¿Qué me va a hacer?

—De momento, me apetece invitarla a cenar. Eso me permitiría contarle cómo rechacé su denuncia y cómo envié su expediente a los compañeros de servicios fiscales, que no tardarán en hacerlo investigar por la justicia, la cual, como es lógico, me lo volverá a enviar para arrestarlo. Si le interesa, podría tenerle al corriente de cómo evoluciona el asunto. Claro está, para ello tendríamos que volver a vernos...

Céline titubea.

—¿Está ligando conmigo?

—¿Prefiere que la acuse?

—No le conozco.

—Interróngueme. Al contrario que usted, no le esconderé nada. ¿Quiere mis recibos del teléfono y del banco?

80

En el pasillo de los palcos, Juliette desprende entusiasmo ante una Eugénie totalmente impasible.

—¿Te das cuenta? No era más que un ensayo, tres escenas, ¡y todo el mundo estaba emocionado después de la canción! Realmente pasó algo. ¿Te tranquiliza un poco, al menos?

—Ya hablaremos después del general…

La coreógrafa abraza a su amiga.

—Sé muy bien hasta qué punto te ves superada por el alcance de la tarea, por no hablar de los miles de detalles que tienes que ajustar. Pero no te olvides de disfrutar de lo que pasa a tu alrededor. Estamos aquí, y como bien dice el título, solo ocurrirá una vez en nuestra vida. No sería justo que la responsable de que todo esto esté pasando no disfrute de ello.

Eugénie asiente con un movimiento de cabeza cansado. La mustia Mamá Bronto ya no está en condiciones de divertirse. Especie en vías de extinción.

Cambia de tema:

—He observado a Loïc mientras bailabas. Tengo la impresión de que le está cogiendo gusto.

—Es verdad, y aun así, al final de cada pieza, incluso en los ensayos, me aseguro de que siga en la sala. Todavía siento la angustia de descubrir su sillón vacío.

—Libérate de ese miedo.

—Si bastara con quererlo… No te lo voy a contar a ti.

—Está claro, yo me cago por todo. A fuerza de apretar el culo, creo que soy capaz de hacer pajaritas de papel con él.

—¡No está mal! Prueba a doblar tenedores. Si no salvamos el teatro, podríamos abrir un circo.

—Oye, ¿puedo hacerte una pregunta personal?

—Creía que habías terminado de escribir.

—No tiene que ver solo con el espectáculo…

—¿Es muy personal?

—Bastante. Tú que has estado con tantos chicos…

—No me pidas una cifra, por favor, intento olvidarlo.

—Echando la vista atrás, ¿te han sido útiles esas relaciones? ¿Esas experiencias te han preparado para lo que estás viviendo con Loïc?

Juliette reflexiona.

—Útiles no, aunque en el momento fueran muy agradables. Pero no me han servido de nada para mi relación con él. ¡No por haber patinado mucho sabes montar en bicicleta!

—Menuda metáfora…

—Quiero decir que cuando la cosa se vuelve seria, siempre eres una principiante. Lo que había antes ya no cuenta. Los tonteos, los falsos pretextos ya no valen. Tengo tendencia a olvidar a todos aquellos chicos. Antes me gustaba pensar en ellos porque me hacía sentir bien. Encontraba grato saber que era capaz de seducir. Cuando eres joven, todo el mundo te repite constantemente que uno no se siente realizado si no está en pareja. Te lo presentan como el objetivo final de toda existencia, ¡sobre todo para las mujeres! Así que al principio quieres comprobar si eres capaz de formar una, para estar tranquila, para decirte que es posible. Así que lo intentas, aunque sea haciendo una locura. Pero no construyes nada con el otro, te sirves de él para construirte a ti misma.

—¿Cuándo estás segura de que está pasando algo diferente?

—Cuando ves más allá de ti. Cuando encuentras a aquel que hace que dejes de mirarte el ombligo. Cuando ya no te miras, porque solo lo miras a él.

—Es terrible, querida Juliette. Tengo la impresión de ser una joven pánfila y tú la que tiene toda la experiencia. Nunca he conocido esta fase de ensayo o de descubrimiento. Solo ha habido Victor.

—¿Y qué más da? Para mí, Loïc es el primero. ¡Los otros solo me han servido para esperarlo! Tú no has tenido que esperar. ¡Es una suerte! Hacer lo mismo que todo el mundo no es interesante. Lo que cuenta es encontrar a aquel que te va, a tu ritmo, a tu manera. ¡Y mejor aún si es él el que te encuentra a ti! Mira Céline y su poli. Estoy segura de que va a salir con el que estuvo a punto de enchironarla. ¡Así es la vida! —Juliette hace una pausa—. ¿Por qué me hablas de esto? ¿Te estás cuestionando sobre Victor y tú?

—Mucho.

—¿Algún problema?

—Ninguno. Creo que entre él y yo va en serio.

Se echan a reír.

81

Victor se agacha para echar un vistazo al sifón del lavabo. Kévin no las tiene todas consigo. Noémie le ha repetido mil veces hasta qué punto su padre es quisquilloso con el tema de la fontanería. Hay presión no solo en las tuberías.

Para la joven pareja, recibir a sus padres en el apartamento que han reformado constituye un examen final. Desde su llegada, los hombres se han apartado para hablar de puertas blindadas, de pegar papel pintado; mientras las mujeres pasaban revista al mobiliario, a la alfombra y a la funda del sofá, sin olvidar el ángulo de luz natural que los ilumina.

El padre de Noémie se vuelve a levantar.

—Has hecho un buen trabajo. Limpio. Chapó.

El joven se relaja.

—Gracias, señor.

—Empecemos con buen pie: existe la posibilidad de que seas el padre de mis nietos, así que llámame Victor, por favor.

—Vale.

—En cambio, como alguna vez me llames «abuelito», te reviento.

Victor señala la pequeña obra de al lado de la ducha.

—El armario en la esquina, brillante.

—Idea de Noémie.

Victor no deja de pasar la mano por la pintura para asegurarse de que esté lisa. Se fija bien en las juntas de los azulejos, en el plato de ducha. Incluso deja correr el agua de los grifos. A Kévin le empieza a parecer un poco larga la inspección.

—Si ha terminado, quizá podríamos volver a pasar al salón. Para celebrar que han venido, he comprado una botella de *whisky* del bueno.

—Muy amable, amigo, pero todavía vamos a quedarnos un rato más aquí.

Kévin está sorprendido, pero no dice nada. Victor se demora aún en algunos detalles, luego termina por sentarse en el suelo.

—¿Qué hace?

—Créeme, es probable que esto lleve un rato. Sé que puede resultar idiota, pero vamos a esperar pacientemente a que sean ellas las que nos vengan a buscar.

—¿En el baño? ¿Los dos?

—Exacto. Me encanta encerrarme con chicos en el baño. ¿A ti no?

Victor da unos golpecitos sobre la alfombrilla de rizo para que la pareja de su hija vaya a sentarse. Ante la cara de asombro del joven, explica:

—Hace un montón que no hablan. Démosles su tiempo para encontrarse.

El joven se sienta.

—No será porque no hayamos intentado invitarlos…

—Lo sé. No tenéis la culpa. Eugénie siempre ha estado muy ligada a sus hijos y ver cómo se alejaban para dejar la casa no ha sido sencillo. Supongo que para ella ha marcado el final de una época, y quizá haya encontrado el eco de la pérdida de sus propios padres. No ha reaccionado muy bien. No me gusta hablar de depresión, pero creo que cayó en ella. Luego Noémie y tú os mudasteis. Eso la perturbó todavía más.

—¿A usted no?

—Sí, claro. Echo de menos a mis hijos diariamente, pero recuerdo que yo también formo parte de la casa de mi padre y mi madre. ¡Os toca a vosotros! Esto no hace las cosas más fáciles, pero las relativiza. Hay que adaptarse. ¿Sabes, Kévin?, no ha sido una etapa fácil para nosotros: fin de carrera, el tiempo que pasa…

—Entiendo.

—No, no entiendes nada, y mejor. Tienes edad de construir y de esperar. No te compliques la vida con problemas que no corresponden a tu edad. ¡Saborea el presente! Tómate tu tiempo para agobiarte por tus pequeños descubiertos en el banco, indígnate porque tu bonito polo todo ajustado no resalta lo suficiente tus pectorales, cágate de miedo preguntándote si serás un buen padre… Créeme, no te envidio. Cuando pienso en el tiempo que se pierde con historias que luego nos la traen al fresco…

—¿Se acuerda de esa época?

—Fue antes de la invención de la rueda. Los continentes ni siquiera se habían separado. En la punta de Italia estaba Australia. ¿Te imaginas? Siracusa-Perth veinte minutos andando. Se podía ir a pie para cotillear en las bolsas de los canguros. Qué guay. En aquel lejano entonces, se creía firmemente que si uno conseguía atrapar un rayo para encerrarlo en un bote, tendría suerte para el resto de sus días. Tengo un amigo que murió en el intento. Una carnicería. Antes de aquello era guapo, musculoso, con unos ojos tan magníficos como los tuyos; y justo después parecía una vieja galleta chamuscada.

—¿Se está riendo de mí?

—¡Eres tú el que te ríes de mí al preguntarme si todavía me acuerdo! ¡Evidentemente, eso no se olvida! Y ya que estamos, déjame decirte otra cosa, chico: en nuestro primer baño, ¡mis arreglos fueron diez veces más chapuceros que los tuyos!

Kévin sonríe.

—Noémie dice que nadie la hace reír tanto como usted.

—A mí me dice que nadie la hace tan feliz como tú. Duele un huevo, ¿no te parece?

—Digamos que estamos uno a uno.

Los dos hombres miran a su alrededor. Victor señala una esquina debajo del mueble en la que era imposible fijarse cuando estaban de pie.

—Te has olvidado de la pintura, allí.

—Me la trae al fresco, no me paso el día sentado en el baño.

—Mentiroso, es lo que estás haciendo ahora.

—Solo para hacerle compañía. ¿Cree que van a hablar aún durante mucho tiempo?

—Ni idea. Han debido de hablar de manteles, de decoración, de gamas de colores, de esas cosas importantes a las que a nadie le importan tres pitos. ¿Sabes? Lo importante es que al hablar de esas minucias se envíen señales, que estén de acuerdo, que coincidan la una con la otra. Las chicas hacen ese tipo de cosas. Lo que se cuentan tiene menos importancia que la intención que le ponen. Si te quieren, están de acuerdo contigo, incluso si estás equivocado.

Como si acabara de tomar conciencia de uno de los secretos del universo, Kévin se emociona:

—¡Es verdad! ¡Tiene razón!

—Atención, hombrecito, este milagro solo dura un tiempo. Porque, después, tienes que saber que, cuando te equivoques, te lo echarán en cara.

Se ríen.

—Según usted, hoy, ¿cuánto van a necesitar para enviarse sus señales?

—No sé. ¿Tienes hambre?

—Mogollón. Sobre todo porque Noémie ha preparado unos platos excelentes. Se ha tirado horas.

—No me hables, voy a empezar a salivar.

Victor mira a su alrededor para evaluar los medios de subsistencia.

—Para aguantar hasta que lleguen los servicios de emergencia, podemos mordisquear el jabón y bebernos el gel de ducha. También podemos zamparnos el maquillaje en crema de mi hija.

—Le dejo mi parte.

—No dirás lo mismo en unas horas. Bromas aparte, es importante que se olviden de nosotros. Van a recuperar el tiempo perdido, y está genial. Noémie se está dando cuenta de que su madre va mejor y que todo vuelve a la normalidad. En cuanto a Eugénie, está a punto de comprender que el vínculo con su pequeña no se ha roto. Evidentemente, si todo va demasiado bien, se van a olvidar de verdad de nosotros y se irán al cine o a un restaurante para festejar su complicidad restaurada…

—Vamos a pasar aquí la noche.

—Tú duermes en la ducha. Yo me quedo con la alfombrilla suavecita. Ventajas de la edad. —Victor hace una pausa—. ¿Sabes, Kévin?, me alegro mucho de conocerte, y siento de verdad no haber estado antes para ayudaros con las obras.

—No pasa nada.

—Un día, quizá, tendrás una hija. Verás hasta qué punto es fuerte lo que une un padre a su hija. Luego ella crecerá y tú mirarás a todos los chicos de su edad con ojo suspicaz.

—¿Hizo eso conmigo?

—¿Qué te parece? Me cagaba de miedo solo de pensar que mi adorada princesa se encaprichara de un bufón con cara de concursante de *realities*. Un palurdo que se echa gomina en el pelo y que no sabe contar hasta tres.

—Yo a veces me echo gomina en el pelo, pero le aseguro que, ayudándome con los dedos, llego a contar hasta ocho. En dos años, espero llegar a nueve.

Victor le da un golpe con el hombro. Kévin mira su reloj y refunfuña:

—Hemos quedado para pasar la tarde.

—Las damas primero.

—Estoy seguro de que van a hacer todo lo que usted ha dicho y que será genial para ellas, porque Noémie tiene muchas ganas. Pero creo que después van a abordar un tema *top secret* que, en principio, deberíamos mencionar todos juntos durante el postre.

—¿Vais a casaros?

—Por el momento no. Antes de darle la información, me tiene que jurar que no va a meter la pata. Cuando lo diga, tiene que parecer realmente sorprendido, si no acabaré como su colega después de rayo en lata.

—Serías rico toda tu vida.

—Victor, no vamos a tardar en llamarle abuelito. En siete meses y medio, si todo va bien. Por favor, no me reviente.

82

La multitud delante del escaparate obliga al pequeño sastre a salir de su tienda.

—¿A quién están esperando? ¿Han cambiado de sitio la parada del autobús?

Eugénie le da la mano y le explica:

—Acabamos de colocar los paneles para el nuevo espectáculo. Todo el mundo ha salido para esperar que mi marido encienda las luces. ¿Quiere mirar con nosotros?

El hombrecillo entorna los ojos detrás de sus gruesas gafas y descifra las inmensas letras rojas de lentejuelas sobre fondo blanco.

—*Una vez en la vida*. Me gusta. En mi caso, sería poder irme de vacaciones por primera vez en treinta y dos años, ¡sin máquina de coser!

—Comenzamos en dos semanas. Si le apetece, le invitamos.

—Con mucho gusto, ¡iré a pie!

Nicolas se pregunta si la mención «Un espectáculo animado, musical e inédito» no debería haberse escrito más grande. A nadie le da tiempo a tranquilizarlo porque todos los proyectores de la fachada acaban de iluminarse. Un clamor recibe el evento. La nueva iluminación moderniza el edificio.

Victor, Arnaud y Loïc han logrado su objetivo. Los miles de circulitos móviles escarlata que componen las letras del título centellean bajo los haces de los proyectores.

Maximilien declama sobreactuando la emoción:

—A partir de este momento el espectáculo empieza realmente a existir. ¡Nuestro bebé ha nacido!

Victor y Loïc salen del teatro, orgullosos de su efecto. Un alegre alboroto mezclado de aplausos y de gritos los recibe. Desde la escalinata, saludan a la compañía con énfasis. Algunos transeúntes se paran preguntándose qué ocurre. El buen humor es contagioso. Alguien grita «¡Con un par!», pero esta vez es una voz femenina. Juliette lanza una mirada acusadora a Céline, que se disculpa inmediatamente. Olivier sabe que ha sido Annie la que ha gritado pensando en Loïc, pero guardará su secreto.

El regidor y el novio de Juliette se apresuran a cruzar la calle para acercarse a comprobar el resultado. Los comentarios brotan:

—¡Se ve de lejos!

—Está genial.

—¡Casi dan ganas de ir a ver el espectáculo!

Natacha está feliz. Chantal felicita a Arnaud. Eugénie se abre camino para unirse a Victor, que sigue delante examinando la instalación. Se desliza a su lado y le besa en la mejilla.

—Gracias, Cua Cua.

Laura aparece por la esquina del edificio. No está sola. Empuja una silla de ruedas en la que va sentado un joven. Se detienen a los pies del teatro. La compañía cruza inmediatamente para unirse a ellos, provocando un buen desmadre en el tráfico. A Laura le ha pillado desprevenida la emoción que reina en el grupo. Desbordada, no sabe por dónde empezar.

Anuncia a todo el mundo:

—Os presento a Quentin, mi prometido.

Annie es la primera en besarla, seguida de Chantal, incluso de Taylor. La peluquera hace melindres:

—Laura se había cuidado mucho de no decirnos que tenía un novio tan mono.

Victor le da la mano.

—¿Te acuerdas —le susurra a Laura— la primera vez que nos vimos? Fue aquí mismo. Querías ser figurante…

—Es verdad. Bajo estas mismas luces. Habías perdido tu rebaño de ovejas y tus lingotes de oro.

Quentin se sorprende, pero Laura le tranquiliza:

—No te preocupes, están todos locos. ¡Sobre todo este de aquí!

Ahogado por el ambiente, que nada tiene de serio, Victor prosigue:

—Meses después nos encontramos en el mismo lugar, vosotros dos prometidos, y tú que serás mucho más que una figurante. Bienvenido, Quentin. Sed felices, jóvenes, el resto no importa.

Laura se pone de puntillas para dar un beso a Victor.

—Gracias por todo. De verdad. ¿Dónde está Eugénie?

La guardiana se ha quedado en la acera de enfrente y observa la escena. Victor tiene razón, la luz del frontón sublima todo. Bajo el alero, la vida parece una película. Laura está radiante y Quentin parece resistir a la impresión de descubrir a la compañía desatada. La guardiana se siente feliz de verlos juntos. El futuro les pertenece. El inmenso panel de vivos colores que los protege resuena como una profecía bondadosa.

83

Qué más da si la guardiana ya no es realmente la guardiana. No puede evitar comprobar que todo esté en orden en el teatro. Acaba de tirarse diez minutos comprobando las tapas de todas las papeleras. Además, es incapaz de quedarse quieta, sobre todo esta noche. Por fin ha llegado el día del ensayo general.

En menos de una hora, el telón se levantará y los primeros espectadores descubrirán *Una vez en la vida*. El departamento de producción bulle. Annie, Chantal y Taylor no tienen brazos suficientes. El equipo de sonido y los tramoyistas están poniendo toda la carne en el asador. Con todos los artistas que participan, faltan camerinos y ha habido que apañar uno en cada rincón disponible.

La sala también se anuncia más que llena. Entre los funcionarios del Ayuntamiento, los herederos Marchenod al completo, los familiares de casi toda la compañía, Marcelle y Jean, Noémie, Kévin e incluso Eliott, sin hablar de un público de curiosos, no debe de haber ni una sola butaca o asiento plegable libre. Cuando Franky ha anunciado la tasa de ocupación histórica de más del cien por cien, Daniel ha comentado sombrío: «Así, si es una castaña, se enterará todo el mundo».

Sorprendentemente, después de meses cargando con la mayoría de las angustias y dudas, Eugénie no es la que está más nerviosa. Las cartas están echadas, se pasea por el ojo del huracán.

No todo el mundo puede decir lo mismo. Maximilien se cuestiona sobre la conveniencia de su pelo rubio platino, Natacha teme perder la voz, Laura se ha encerrado en un camerino con Quentin, y Juliette calienta con los tres grupos de bailarines.

En el pasillo de los camerinos, el ambiente está tenso. Karim no consigue hacerse el nudo de la pajarita. Tiene la sensación de ahogarse. Taylor, que pasa llevando unos trajes, lo ve y corre en su ayuda. Bajo ningún concepto debe quedarse sin aire esta noche.

En la esquina de al lado de la entrada de los artistas, insensible a la efervescencia, Norbert espera su entrada en escena. Para esta primera función, lleva esmoquin. Eugénie se acerca y le susurra:

—Arnaud sigue en producción, ¿verdad?

El maniquí ni se inmuta.

—Estás superelegante, pero no vamos a tardar en cambiarte porque no es tu vestimenta.

Como un gran profesional, el personaje principal de la intriga no parece considerar aquello un problema.

—Te dejo, amigo mío, tengo que amoldarme a los acontecimientos y dar la bienvenida a los invitados. Esta noche nos jugamos el culo.

En el vestíbulo a rebosar, Nicolas está en todas partes al mismo tiempo.

—¡Señor alcalde, qué alegría! Gracias por haber respondido a nuestra invitación. Tiene su asiento reservado en el palco de honor.

—Tengo curiosidad por ver lo que van a hacer salir de la chistera.

—¡Nosotros también! —bromea el director—. Precisamente está aquí la que ha ideado todo. Le presento a Eugénie Camara.

Eugénie apenas saluda al representante público. Acaba de reconocer a uno de los que le acompañan. No sabe nada de este hombre, salvo que aparca su coche en el aparcamiento vecino y que, la última vez que lo vio, ella venía de otro planeta y sujetaba en la mano un sobre con billetes. La voz le falla al saludar. Él frunce el ceño.

—Nos hemos visto antes, ¿verdad?

—No creo.

—¿Por qué tengo la impresión de conocerla?

—Lo ignoro. Hay quien afirma que todos tenemos un doble…

—Es su voz la que me dice algo. Una voz singular…

Eugénie no debe venirse a bajo, no tiene derecho. Dios mío, ¿es que nunca habrá un respiro? Otra prueba más que le envía el cielo y, cómo no, esta noche. ¿No puede ser que, de manera excepcional, todo fuera bien por una vez en su vida? Haría falta algo que le distrajera, un milagro, ahí, ahora. No tendrá fuerzas para correr hasta el respiradero de los baños. Además, tampoco quiere. Es que ni se le ocurre. Ya no habrá nada que la haga huir. Ha tenido demasiado miedo, ha sufrido demasiado.

Ahí está, cerrando los ojos y rezando para que, cuando los vuelva a abrir, y por una razón que ni siquiera quiere saber, su interlocutor haya desaparecido y el problema esté resuelto.

Cierra los párpados como se bajan los escudos blindados. Unos segundos de oscuridad en la luz, unas migajas de calma en la tempestad. Respirar hondo. Que le quiten lo bailado.

Una mano se apoya en su brazo. Vuelve a abrir los ojos. El hombre con el coche destrozado ya está lejos charlando con otra persona. Es Céline la que tiene delante. Está acompañada de Ulysse, que le salta al cuello, y de un desconocido.

—Me gustaría presentarte a Anthony de Freitas. Anthony, esta es Eugénie Camara.

La modista se inclina hacia el policía y le susurra al oído:

—Es ella la que lo maquinó todo. Incluso hizo de vaca. Esta noche la necesitamos, ¡pero a partir de mañana puedes enchironarla!

El hombre ríe y besa a la guardiana.

—Céline me ha hablado mucho de usted. Es un placer poner por fin cara a un número de identificación.

Eugénie no sabe muy bien cómo reaccionar. Se gira para interrogar con la mirada a su amiga, pero esta se ha dado la vuelta de sopetón. Acaba de ver a alguien que parece perturbarla profundamente. Deja el brazo de Anthony y se dirige hacia un hombre cuyo alzacuellos indica que es cura. Parece perdido.

Céline se presenta ante él.

—Buenas noches, padre…

—Buenas noches, ¿es usted del teatro?

—Totalmente.

—Sin duda mi pregunta va a parecerle absurda, pero estoy buscando a una mujer que trabaja aquí. Una modista. Todo lo que sé de ella es que tiene un hijo pequeño que se llama Ulysse.

Céline se echa a temblar.

—¿Cree en el azar, padre?

El hombre la mira de manera extraña. Incluso sin el filtro de la celosía de madera y en un ambiente mucho más bullicioso que el del confesionario, la voz le es familiar.

—En mi profesión, el azar se llama Dios.

A pesar de las circunstancias, Céline lo abraza sin ningún pudor.

—¡Qué contenta estoy de verlo por fin!

El cura está sorprendido, pero no desconcertado.

—Y yo.

—Por primera vez, estamos del mismo lado. ¿Se ha vuelto pecador o soy yo la que por fin ha encontrado el camino de la luz?

—Sin duda un poco las dos cosas. Me preocupé por usted. Para mi gran vergüenza, incluso deseé que cometiera otras infracciones a la moral para que volviera.

Céline señala el teatro con un gesto circular.

—Tranquilícese, no faltarán ocasiones, ¡los saltimbanquis son todos almas perdidas!

Eugénie, Anthony y Ulysse se acercan, intrigados. Todos creen conocer a Céline y, sin embargo, ninguno identifica a aquel por el que acaba de demostrar semejante cariño. La modista se siente rara.

—Que no os sorprenda. Os tengo que contar… Mientras tanto, os presento al padre…

Se da cuenta de que no se sabe su nombre. El cura precisa:

—El padre Florian.

—No nos habíamos visto antes de esta noche.

—Entonces, ¡es un flechazo! —ironiza Anthony.

—Padre, le presento al inspector que nunca me dejará en paz, de lo que me siento más que feliz. He aquí también a mi adorado hijo y a Eugénie, a la que habrá que pensar en exorcizar…

—Así que no ha abandonado su loca idea del pesebre…

—¿Cómo?

—Su chico es un poco mayor para hacer de Jesusito, pero aparte de la vaca y el caballo, ha conseguido un pavo.

84

Eugénie nunca ha sentido algo así. Ni siquiera pensaba que fuera humanamente posible. Y mira que la receta es sencilla, aunque los ingredientes sean raros. Se necesita una sala hasta arriba de público que espera expectante, decenas de artistas para los que es su última oportunidad, toneladas de decorados que ya han servido para otros espectáculos, montones y montones de presión y... un silencio absoluto. Entonces se produce una conjunción extraordinaria, una paradoja total. Justo antes de que se abra el telón, se hace la calma tanto en la sala como entre bambalinas, y todo el mundo aguanta la respiración. En este preciso instante, justo en la frontera entre el antes y el después, Eugénie cierra los ojos. Podría creer que está sola en medio de la noche, en el teatro desierto; mientras que, sin duda, este nunca ha estado tan lleno desde el día de su inauguración. Extraña sensación de tiempo suspendido, en equilibrio ante la irrupción de lo posible.

El telón se levanta sobre una plaza sombría. Los pájaros cantan. Hay un hombre en traje sentado, solo, en un banco. La sala aplaude. Él no se mueve. Quizá se haya quedado dormido.

Una decena de bailarinas que portan inmensas banderas entran en escena a la vez por izquierda y derecha, y dibujan increíbles figuras multicolor alrededor de él. El ojo percibe formas efímeras. En cuanto nacen, son inmediatamente reemplazadas.

La luz cambia y se vuelve irreal; los árboles se visten de colores vivos y una pequeña casa de cuento de hadas desciende del cielo. El hombre del banco está soñando y nos arrastra a sus recuerdos.

El baile de los estandartes se desvanece. El banco ha desaparecido como por arte de magia, él hombre ya no está. En su lugar, un arenero en medio del cual la réplica en miniatura del personaje está sentada junto a otros niños vivos que juegan. El efecto es sorprendente.

En producción, Nicolas señala su cronómetro. Está satisfecho, la primera escena se ha ejecutado a la perfección. Todo se ajusta a la milésima de segundo. Pedazo de puesta en escena para la secuencia.

Desde su puesto de observación al lado del escenario, Eugénie evalúa las reacciones de la sala. Como esperaba, los espectadores están enganchados, pero también relajados. La primera escena es voluntariamente abstracta, con el fin de sacarlos de los códigos habituales de narración. En menos de tres minutos, deben comprender quién es el personaje y la amplitud de lo que va a vivir. Lo descubrimos niño, rodeado de mamás desbordadas que un vendedor de helados mago multiplica serrándolas en dos. Primeras risas. Puede que Olivier tenga algo que ver, con su peluca y su vestido que no esconden su envergadura.

Cae la noche y todas las madres se llevan a sus hijos. En las fachadas de los inmuebles que se vislumbran en segundo plano, algunas ventanas se iluminan. En el arenero, ya solo queda un pequeño, al que nadie vendrá a buscar.

Esta noche nadie representa un papel, todo el mundo interpreta un poco su propia vida. Juliette va a bailar para Loïc; Céline va a mentir delante de Anthony y va a encontrar la redención ante el padre Florian; Eugénie va a dudar entre dos hombres. Annie y Chantal van a tener la ocasión de chillar y Taylor de amar. Daniel por fin podrá morir.

Victor no entrará inmediatamente en escena. Solo aparece en la quinta. Por eso se ha tomado su tiempo para colarse en la sala, para tomarle el pulso al público.

Después de haber sido desconcertada, la asistencia parece recuperar el ritmo. El regidor tiene la impresión de que la gente siente, de que no se contenta con escuchar, sino que está alerta, atenta, como si hubiera comprendido que en esta historia todo es posible.

El niño ha crecido, ahora está en un internado, entre una profesora que le enseña algo más allá de la vida y un vigilante que espera la mínima para arrearle un guantazo.

Maximilien está virtuoso como torturador cínico, y Natacha conmovedora como mujer de buen corazón.

«Norbert —le exhorta ella—, si te niegas a aprender, te pasarás el resto de tu vida entre paredes como estas. No renuncies. ¡Prueba suerte! No dejes que nadie te condene por lo que otros han hecho de ti…».

El joven en vaqueros y camiseta no responde. Nunca responde.

La siguiente escena comienza con un canto sencillo que se eleva, melodioso, mientras Norbert desespera. Eugénie se encuentra detrás del decorado, lo más cerca posible del lugar por el que la artista va a entrar en el escenario. Cuando escribió esta escena, la guardiana ignoraba hasta qué punto sería difícil representarla. Son inútiles las palabras cuando nadie las encarna. Los genios pueden escribir textos sublimes, que no valdrán nada si son reproducidos sin emoción. Eugénie es consciente de ello. Solo la humanidad de los que se atreven a sentir en público transforma en tesoro las fantasías de aquellos que sueñan en secreto. Es una escena capital. La primera que debe elevar a los espectadores. Eugénie casi se reprocha haber hecho cargar esta responsabilidad en tan frágiles espaldas. Sin embargo, nadie más podía hacerlo. Ni siquiera se atreve a mirar a su intérprete.

Cuando la voz de Laura se alza, pura en el silencio del teatro, la emoción se palpa de inmediato. Su timbre es claro y su respiración poderosa. Se percibe la vibración al fondo de su pecho. Hay que haber sufrido para ofrecer tanto.

> *Y si fuera gente a la que soñamos abandonar,*
> *Y si fueran lugares de los que quisiéramos huir,*
> *Si yo tuviera ganas de familia y de libertad*
> *Y un día un alma tuviera el valor de decir…*

A pesar de que Norbert ha sido castigado y encerrado, escucha la triste melodía. Le traspasa. Se reconoce en el texto. También él es prisionero de prejuicios. Como este canto, que tiene el poder de dar luz a su miseria, no se siente fuera de lugar donde está encerrado. Todos somos prisioneros de algo. Cada cual con sus cadenas, aunque nunca sean del mismo metal.

La voz le seduce, la endecha le trastoca. Se creía el único en sentir aquello con tal intensidad. Le encantaría reunirse con aquella que le transporta de tal manera, pero no puede. La voz se aleja sin que él haya podido ver a quién pertenece. Cuando la canción se detiene, Laura ha salido del escenario. Norbert agacha la cabeza en el momento en el que su lúgubre universo se sumerge en la oscuridad.

Silencio en la sala. Eugénie reflexiona a toda velocidad. Tiene frío, tiene calor, se siente perturbada por la emoción que acaba de producirle Laura y aterrorizada por la ausencia de reacción del público. De golpe, llega hasta ella una vibración. La percibe primero con el cuerpo, antes de oírla. Se arriesga a mirar la sala.

El público aplaude a más no poder. Eugénie vuelve de tan lejos, ha tenido tanto miedo, que no siente ninguna satisfacción. Esta primera aclamación no será más que la bocanada de oxígeno que le va a permitir salir de la apnea, esperando no ahogarse antes de volver a encontrar el aire libre.

85

Olivier tuvo que adaptar el elevador hidráulico como «asiento eyectable de avión caza» para que Victor efectuara un salto récord. Ha hecho maravillas en su número de contramaestre que da su oportunidad a un joven sin diploma.

Norbert ha dejado su internado. También aquella a la que por fin ha conseguido identificar la voz. Han encontrado trabajo en la misma ciudad, pero el tímido joven todavía no le ha confesado sus sentimientos. En la siguiente escena, Norbert y Laura tienen que cenar juntos por primera vez, y él tiene pensado reconocerle que la ama desde la primera noche. Karim hace del dueño del restaurante.

Mientras tanto, en la fábrica, malabaristas y acróbatas, al ritmo de la música, hacen volar las bolas brillantes que se supone que Norbert ha fabricado bajo la vigilancia de su jefe de equipo. El baile aéreo es impresionante. Con discreción, Arnaud se cuela para recuperar a su protegido, cambiarlo y volver a ponerlo en su sitio para la siguiente escena. Durante este tiempo, Victor sale del escenario, empapado de sudor por tanto esfuerzo. Eugénie lo atrapa al vuelo.

—¿Cómo te sientes?

—Voy a diñarla. Quiero un camerino más grande, un porcentaje sobre las entradas, asistentes con grandes pechos y un doble, porque si me obligas a que haga esto todas las tardes, no aguantaré la temporada.

—Por lo que veo, te queda suficiente energía para decir chorradas.

—Lo haré hasta mi último suspiro, Gallinita Regordeta. Y tú, ¿te mantienes en pie?

—Tengo la sensación de estar atada a la parte delantera del vagón de una montaña rusa que nadie controla…

—Vas a terminar por vomitar.

—Ya lo he hecho. Tres veces. No soy una pila eléctrica, soy una central nuclear al borde de la fusión. Después de las primeras escenas, me ha parecido que el público tardaba un tiempo infinito en aplaudir.

—¡Ya se te han subido los humos a la cabeza! ¡La señora quiere triunfar a la primera!

—¿A ti no te ha dado miedo que no les guste?

—Pues claro que sí, pero nunca lo reconoceré. Los hubiera abofeteado de lo que han tardado en aclamar a Laura.

—Es fabulosa.

—Todos lo son.

—Incluso tú, ¡fíjate si es bajo el nivel!

—Me tengo que ir a cambiar. Echa un ojo a Nicolas, creo que está bebiendo a escondidas para aguantar el tirón.

—¿Estás de broma?

—Pídele que te sople en la nariz.

Mientras se aleja, ella le llama:

—Victor.

—¿Qué?

—¿Te acuerdas cuando me preguntaste cómo sería mi día ideal?

—Perfectamente. ¿Estás segura de que es el momento de hablar de eso?

—Probablemente no, pero querría modificar mi respuesta.

—Y bien, ¿cómo es tu día ideal?

—Hoy.

—¿Perdón? Nos estamos jugando nuestro futuro, das órdenes a todo el mundo, incluso amenazas a los que se rezagan, impides a tus actores que se vayan a cambiar y empujas a buenos tipos a beber. ¿Es este tu día ideal?

—No, Cua Cua de Amor. Mi día ideal es tener algo que hacer junto a ti, proyectos con los niños y con todos estos pirados. Me apetece vivir contigo.

—¿De verdad necesitas semejante enredo para sentirte viva?

—Es muy posible.

Se miran con intensidad.

—Deja de llamarme Cua Cua, es ridículo.

—Ve a cambiarte, llegas tarde.

Céline asoma la cabeza. Está eufórica.

—Es verdad, Cua Cua, vas con mogollón de retraso, ¡yo ya estoy lista!

86

La catástrofe se produce al final de la escena dieciséis. Como si el pobre Norbert no hubiera vivido ya suficientes peripecias en la historia, se hace daño de verdad… Durante el cambio de decorado, la costura de su brazo derecho se abre por el hombro. Falta un pelo para que el público se dé cuenta. A Arnaud le entra el pánico. Karim está listo para hacerle el boca a boca al herido. Afortunadamente, Céline llega corriendo y consigue *in extremis* «cauterizar la herida», en palabras del técnico de luces.

Hay que poner en pie a la estrella sin perder un segundo, porque la intriga no perdona. Norbert no se ha atrevido a decir a Laura que la ama, y un apuesto y adinerado joven ha intentado seducirla en la siguiente escena. Al lado de su rival, Norbert parece un cero a la izquierda. No sabe ni hablar ni bailar, mientras que el otro se menea divinamente. Si Laura elige a aquel que parece poseer todas las cualidades, se le promete una vida de desahogo, a falta de felicidad.

Maximilien ha resultado irreconocible en el papel del riquísimo padre del joven seductor. Cumple con el arquetipo sin caer en la caricatura. Más de un mes de trabajo para conseguirlo. En cuanto a Natacha, resulta odiosa como la vecina de Laura que denigra al pobre Norbert, el cual se pasa horas esperando a la joven al pie de su edificio. Afortunadamente, Céline y Juliette, las dos compañeras de piso y amigas de Laura, siempre están ahí para abrirle los ojos ante la realidad del ser humano. Hay que decir que tienen experiencia: Juliette es una guapa prostituta y Céline una coleccionista de joyas que nunca compra... La complicidad entre las dos amigas es una baza que da luz a sus comentarios. Por cierto, casi se tronchan de risa cuando, al intentar convencer a su benjamina, se han tratado de «pilingui» y de «mangante».

El espectáculo va a toda pastilla y el público está totalmente metido. Vive al ritmo de las alegrías y de las penas de los protagonistas, y aquellas en la sala que no han previsto el maquillaje *water-proof* lo están pasando mal.

A lo largo de sus aventuras, Laura y Norbert van a seguir topándose con muchos obstáculos, perdiendo sus ilusiones, dudando de ellos mismos y de lo que deben hacer. Cada escena es una encrucijada, cada encuentro una oportunidad o una prueba. Los espectadores se sienten un poco como Eugénie, llevados por montañas rusas emocionales acompañadas de creaciones visuales que rompen las convenciones de la narración. La mezcla de géneros, atípica, produce su efecto.

Volvemos a ver a Norbert solo en un banco, bajo los árboles, con los pájaros. Laura acaba de dejar en sus brazos un niño que se le parece. Este no se quedará solo cuando caiga la noche. La sala está conmovida.

Las escenas siguientes se encadenan, los destinos se dibujan, las vidas se desarrollan. El público no muestra ningún signo de cansancio, al contrario. No quiere que esta historia termine. Sin embargo, es el momento. Llega la escena final.

Norbert ha vuelto a su banco. Su traje está gastado, él está encorvado, con el pelo blanco y gafas. A su lado, en un arenero, tres niños juegan. Son la prolongación de su historia, su orgullo y su mayor alegría.

El tiempo no parece haber pasado por Laura, que canta como

en la primera noche. Mientras algunas notas musicales suenan de manera dispersa, uno a uno van apareciendo en el parque los protagonistas para interpretar su última canción. Las voces se aúnan, se responden, y cada cual canta esta vida que podría ser la nuestra. Tal es el inestimable valor de las fábulas. Los personajes se apartan. En medio de los suyos, Norbert ya no se mueve. Esta vez no está dormido, y su sueño durará para siempre.

En el estribillo final, en un coro que incluso los tramoyistas y los de producción entonan, los actores se cogen de la mano. Avanzan hacia la parte delantera del escenario. Cuando la última nota del último acorde desaparece bajo los dorados del teatro, la sala se pone en pie y hace temblar las paredes. En todas partes, desde la noche de los tiempos, esta es la energía que se desprende cuando los humanos experimentan juntos las mismas emociones. Laura está en primera fila; hace un gesto a Arnaud para que se una a ella en el escenario y le ayude a sujetar a Norbert. Céline y Juliette empujan a Eugénie hacia la luz.

Eugénie siente que la gente la toca, la agarra, la besa. Literalmente, la elevan. Los gritos de sus compañeros y las ovaciones de la sala se confunden. Todos los soles de Arnaud la deslumbran. Hizo bien en no saltar. Hizo bien en no tener ideas estúpidas. Hizo bien en confiar.

La apremian para que vuelva a saludar, pero ya no puede ni controlar su cara. Espera sonreír, pero a lo mejor llora. Incluso Norbert demuestra un mayor control de sí mismo. No importa.

De golpe, mientras los aplausos están lejos de cesar, Olivier irrumpe en el escenario con un traje de payaso que nada tiene que ver con el espectáculo. Eugénie se pregunta qué mosca le ha picado. ¿Y por qué Victor huye gritando mientras su cómplice intenta abalanzarse sobre él?

En la vida, como en el escenario, nunca hay nada ganado ni perdido. Las cosas buenas no llegan solo una vez en la vida.

87

La puerta se abre y el viento entra con fuerza. Ella se acerca. Es de noche, hace un poco de frío. Ante la luna llena que brilla por encima de los tejados erizados de antenas y de chimeneas, Eugénie inspira profundamente. Separa lentamente los brazos, como una antigua sacerdotisa. Después de lo que ha superado, por fin se vislumbra una promesa de futuro, este gesto es toda una apertura al mundo. Hace una seña a Céline y Juliette para que le den la mano.

—Venid, chicas.

—No te acerques tanto al borde —advierte Céline.

—Esta noche no nos ocurrirá nada malo —responde la guardiana.

—Nos esperan todos abajo —añade Juliette.

—Son solo unos minutos.

Las tres amigas se colocan al lado, no lejos del vacío. Eugénie se inclina ante el panorama oscuro y azulado que se extiende hasta perderse de vista. Saludar a la vida como se saluda al público. Gracias por todo.

Pase lo que pase, esta noche ha cambiado su destino.

Las manos se separan, y Céline se apresura a refugiarse al lado de Anthony, que permanece apartado, mientras Loïc recibe a la bailarina cerca de la puerta.

Victor se acerca y se pone al lado de su mujer.

—¿Es aquí desde donde quisiste poner fin a todo?

—Es aquí desde donde eché a volar.

Un soplo de viento los envuelve.

—Y ahora, ¿qué hacemos?

—Continuamos, Victor. Aguantamos y damos todo lo que se pueda.

—¿Tengo derecho a hacer el imbécil?

—Es esencial. Cuento contigo.

Él aprieta los brazos alrededor de ella, hunde la nariz en su cuello y cierra los ojos.

Y para terminar…

Gracias por haberme seguido hasta estas páginas. Me siento feliz de volver a encontrarme con vosotros. Esta cita constituye para mí un momento extraño, una especie de brecha temporal en la cual tengo derecho a dirigirme a vosotros de otra manera, más cercana, sin filtros. Una extraña ventana, una vez al año. Justo al revés de un eclipse, más bien una esquina de cielo azul en un hueco nuboso.

Desde mi modesta posición, haber terminado esta historia permanecerá como un recuerdo muy particular. Las últimas palabras de la última escena, por la mañana muy temprano, como siempre, pero esta vez con algo más fuerte aún. De hecho, nunca me he sentido tan triste al escribir la palabra «fin». Le he cogido un gran cariño a este teatro y a todos aquellos con los que he vivido en él. Espero que vosotros también.

Por suerte, vuelvo a la realidad en vuestra compañía. Así que todo va bien.

Me gustaría dedicar este libro a aquellos —músicos, autores, directores, pintores, escultores…— que viven para compartir sus emociones, y a aquellos que tienen ganas de recibirlas. Ya os estoy viendo sonreír. Os diréis que, al combinar estas dos categorías, abarco la totalidad de la población mundial. No os engañéis. Algunos tienen otras cosas mejores que hacer que compartir y a otros no les apetece sentir. Observad a vuestro alrededor. A pesar de ser, en teoría, inherente a nuestra especie, la empatía y el ímpetu no son universales. Así que es a los soñadores a los que rindo este afectuoso homenaje, al igual que a los que creen en ellos.

En una época tan turbulenta como la nuestra, mientras los puntos de referencia se nublan sin cesar, es cada vez más importante saber por qué se hacen las cosas. Reducir la distancia entre la palabra y el acto. Descubrir quiénes somos realmente y aceptarlo. Encontrar nuestro lugar. Creo que hay que pasar primero por estas etapas cruciales antes de beneficiarse de una verdadera libertad de acción. Para aquellos que no tienen la suerte de conseguirlo antes de quedarse sin fuerzas, llega ahora el momento de la acción sincera, la que supera lo que uno es para ir hacia lo que uno cree. Yo estoy ahí. He tenido que seguir un camino tortuoso, jalonado de encuentros maravillosos o dolorosos, y de lecciones del mismo tipo, para llegar hasta vosotros.

No tengo intención de contaros mi vida, pero me encantaría confiaros una anécdota que, quizá, suscitará en vosotros las preguntas esenciales que aún despierta en mí. En la trayectoria del luchador que todos tenemos que seguir para esperar sentirnos un día en paz con nosotros mismos, he conocido algunas etapas que literalmente me han configurado y, si me lo permitís, me encantaría contaros la primera de todas.

Tenía apenas diez años. Vivía en la calle Clos-Lacroix, y el colegio al que iba todos los días se encontraba en una calle paralela situada justo detrás. Las dos calles estaban en aquel entonces unidas por una amplia franja de terreno sin cultivar plantado de árboles frutales con los que nos poníamos las botas a lo largo de las estaciones. Para ganar tiempo, solía acortar por este atajo secreto al que se accedía por el jardín de nuestros adorables vecinos. Era el territorio de nuestra pequeña banda, donde los que eran mayores que nosotros habían construido unas cabañas fabulosas. ¡Todo un mundo del que nunca nadie conseguía desalojarnos!

Un día, al salir del colegio, iba a meterme allí, cuando un amigo me preguntó si podía acompañarme. Nunca lo había hecho. Y aunque nos lleváramos bien, no formaba parte del grupo para el que este terreno era un santuario. Mi madre me esperaba. Le dije que tenía que volver a casa. Él simplemente me respondió: «Yo no». Creí que iba a echarse a llorar, de pie en la calle. A esa edad, no era plan dejar a un colega lloriquear delante de todo el mundo, es una vergüenza insoportable, una infamia que incluso hay que evitar a tu peor enemigo. Así que lo llevé conmigo hasta la selva de cerezos, manzanos y ciruelos, y nos sentamos en el tronco de un árbol caído.

Cuando estuvo seguro de que ya nadie podía vernos, se dejó llevar y le empezaron a caer las lágrimas. Nunca antes había visto llorar así a un amigo, salvo a Cristophe cuando se rompió la pierna al saltar del muro del cobertizo después de gritar: «¡He besado a Nathalie!». En ese caso, mi camarada me contó, hipando, que en su casa la situación era insostenible. Todas las noches gritos, todas las noches portazos. Sus padres estaban a punto de divorciarse. En aquella época —hace cuarenta años—, todavía nos daba miedo la palabra. Era sinónimo de catástrofe familiar. Pero no era lo peor: la víspera, su madre le había declarado que él era en buena parte responsable.

Después de esta horrible acusación, estaba en estado de *shock*, devastado. Y cómo no, porque a esta edad uno cree lo que le dicen los mayores, sobre todo cuando es tu madre. Así que había decidido que no iba a volver a casa. Fugarse, huir, no causar más daños y no volver a sufrirlos. Sin saber adónde ir. El tipo de plan que uno hace cuando tiene diez años. ¿En qué estado tienes que estar para abandonar tu base? Solo llevaba consigo un billete de cincuenta francos doblado en cuatro, pero había calculado que podía aguantar al menos un mes. En mi universo bastante estable y bondadoso, aquello a lo que se enfrentaba tuvo en mí el efecto de una bomba. Era incapaz de reaccionar adecuadamente. Me sentía perturbado con él. Le propuse venir a casa.

A mi madre no le gustaba cuando traía de improviso un amigo, pero en esta ocasión no dijo nada. Al vernos la cara, seguro que se dio cuenta de que esta vez era serio.

Nos preparó la merienda. Tostadas con mantequilla con chocolate Poulin espolvoreado por encima. Se quedó una hora y media. Convencí a mi madre para que llamara a la suya y le dijera que todo iba bien y le ahorrara una vuelta severa. Le regalé dos cochecitos, un Simca verde y un Panhard negro. Y lo acompañé a su casa.

Creo que aquella noche dormí tan mal como él. Estaba preocupado por lo que mi amigo podía hacer, pero también me pregunté lo que se siente cuando los que se supone que te tienen que defender te hacen responsable de un drama. Y sobre todo, ¿en qué nos convertimos cuando nuestro hogar se viene abajo? ¿Cómo se sobrevive a un terremoto de magnitud diez en la escala del corazón de un crío?

Ese día fue teatro de dos situaciones inéditas para mí. Era la primera vez que pasaba el brazo por los hombros de un tío que llora, uno no hace eso fácilmente cuando tiene diez años. Y aquella noche me juré que, cada noche al acostarme, me preguntaría qué hacía aquí, por qué seguía vivo y por qué tenía ganas de seguir adelante. Todavía lo hago.

No puedo daros el nombre de mi amigo, porque hoy le va bien. Lleva una vida feliz en familia y no quiero molestarlo. Nos vemos menos, pero tenemos un asunto pendiente entre nosotros. Tendríamos unos treinta años cuando volvimos a hablar de nuevo. Fue él el que se sentó a mi lado, fuera, en un banco o, mejor dicho, sobre un tronco, la tarde en que se casaba un amigo en común. Me hizo notar que habíamos recorrido un buen trecho desde aquel día. Me atreví a preguntarle por qué me había elegido a mí para confiarse. Me respondió: «No sé. Ni lo pensé. Me caías bien, siempre hacías el gamberro, pero en el momento en que me dije que quizá no volvería a ver nunca más nuestro pueblo, ni nuestro colegio, fuiste el único al que me atreví a decir adiós».

Veinte años después, lloramos como gilipollas y fue él el que me apoyó la mano en el hombro.

No sé por qué atraigo este tipo de situaciones, este tipo de contactos, pero la cuestión es que al final son mi razón de vivir. Por encima de todo, soy sensible.

Voy a ser honesto con vosotros, que ya nos vamos conociendo. Por la noche, cuando me pregunto por qué existo y con quién vivo, no me cabe duda. Pascale, mis hijos, mi gente, incluso vosotros, sois una respuesta imparable que borra mis tan numerosas dudas. Gente por la que sentir miedo, gente con la que avanzar, gente por la que imaginar.

Sin duda porque estoy casi en paz conmigo mismo, aconsejo a todos aquellos a los que quiero plantearse sus cuestiones existenciales y no tener nunca miedo a las respuestas. Aceptar o reaccionar. Cualquier alternativa es valida. Es la única manera de ser uno mismo. Os deseo a todos que encontréis vuestro lugar, que estéis en paz con vosotros mismos y que hagáis solo aquello en lo que creéis. No es una fórmula salida de un libro de autoayuda, es la mejor lección que uno puede aprender de esta vida tan perra. Desde el fondo de mi corazón, os deseo que lo consigáis.

Desde *El milagro original*, he vivido una boda y cuatro entierros. Hubiera preferido la proporción inversa, como en la película. Cada día me enseña a no perder el tiempo, a dirigirme hacia lo que cuenta. Vosotros me empujáis a ello. Os lo agradezco.

Sois muchos los que me leéis. Sabéis lo agradecido que os estoy por ello. Algunos de vosotros os habéis convertido en algo más que simples conocidos. Así que si me autorizáis, públicamente, me encantaría dar las gracias a algunas personas por los magníficos encuentros que encarnan. En cada ocasión, esta gente ha tenido la bondad de venir hacia mí. Gracias.

A Emmanuelle, por los sublimes amaneceres vistos desde su gran camión que recorre Europa; a Marie-Louise, por su magnífica tribu y su sabiduría que ilumina; a Ingrid, por su valor que la conducirá a la felicidad; a Nicolas, por sus viñedos de Champaña, su humanidad, su bigote y su hacha; a Brigitte, por su generosa pasión por los autores y los libros; a Marjorie, por sus dudas que dibujan un corazón inmenso; a Nelly, por su discreta bondad que mantiene vivo un magnífico grupo; a Nathalie y a Thomas, por su energía y su visión de la vida que compartimos; a Maïte, por su humor que solo hace estragos en la radio belga y por su integridad frente a la vida; a Sophie-Véronique y a Dominique, por esta cálida alianza de talento y elegancia; a Aurore, porque verla crecer es una suerte;

a Claire, sus hijos y su nueva vida; a Yvan y Dominique, por su mirada cómplice que nunca excluye a nadie; a Jean-Luc y a Marie-Claire, por su conmovedora capacidad para buscar la emoción allá donde esté; a Anne y a su alegre banda que recorre Francia.

A cada uno de estos nombres le corresponde una historia magnífica. La lista no es exhaustiva y podría haber llenado páginas. Que me perdonen los que no aparecen en ella.

Quiero dar las gracias también, en particular, a Juliette Franquet, a quien he robado el nombre, su encanto y su energía para mi personaje. Conocerte ha sido un verdadero placer.

Gracias a los libreros que me apoyan día a día, y mis mejores deseos para Fabio Agosta, Valérie Alletto, Jean-Michel Blanc, Julie Boucher, Véronique Bruneau, Valérie Caffier, Sandrine Dantard, Frédéric Delbert, Adeline Giry, Juliette Jeanroy, Eric Lafraise, Danièle Lanoë, Martin y Émilie Montbarbon (¡os deseo lo mejor, pandilla de jovenzuelos!), Angélique Müller, Pascal Pannetier, Maëlle Rey, Charlotte Roux, Samantha Sabba, Julien Tenat, Brigitte Ternisien, Betty Trouillet y Caroline Vallat. Una vez más, no puedo citar a todas aquellas y aquellos que me han apoyado, y os ruego que me perdonéis.

Gracias igualmente a los bibliotecarios, profesores y apasionados editores extranjeros que me llevan hacia su público tanto en Francia como en la otra punta de nuestro pequeño planeta.

Gracias a Anna Pavlowitch y a Gilles Haéri, sincera y particularmente; así como a los equipos de Flammarion, por la manera tan humana como profesional de progresar. Vosotros también me devolvéis la fe en este mundillo.

Gracias a Béatrice Pellizzari por su preciada ayuda, su mirada benévola y sus sesiones maratón de relectura con Pascale…

Mando un beso a todos mis amigos de la infancia que veo reaparecer por casualidad en las sesiones de firmas, y con quienes retomamos el camino. Ninguno ha cambiado, al menos a nivel humano… ¡No sé si es una buena noticia!

Bienvenida, pequeña Andrea. Tienes suerte. Has caído en una familia llena de amor.

A Pascale, Guillaume y Chloé. Con vosotros tres, *Una vez en la vida* es todos los días. Lo que vivimos juntos constituye el corazón de mi existencia. La buena combinación sigue siendo la alianza entre un golpe sordo y una carcajada de Chloé mientras su hermano dice que es un timo.

A mi amada familia, con quien cada vez paso más tiempo, para mi gran felicidad. Olivier y Juliette, llegamos para la cena…

Y para acabar, fielmente, es por vosotros que termino, vosotros que sujetáis estas páginas, como mi vida, entre vuestras manos. Gracias por dejarme esperar que este sea mi lugar.

Si os apetece, os doy cita el año que viene con una nueva comedia: *J'ai encore menti.* ¡Estoy seguro de que este título os dice tanto como a mí!

No le tengáis miedo a nada. Estéis donde estéis, a la hora que sea, os mando un beso. Los que no aman, no lo hacen. De hecho, las ostras tampoco.

www.gilles-legardinier.com

Gilles Legardinier
BP 70007
95122 Ermont Cedex France

www.ingramcontent.com/pod-product-compliance
Lightning Source LLC
Chambersburg PA
CBHW030912300726
48970CB00001B/120